AF758557

# दोज़ख़ की हूरें

( उपन्यास )

# दोज़ख़ की हूरें

रेणुका तिवारी

प्रलेक प्रकाशन

**प्रलेक प्रकाशन**

**PRALEK PRAKASHAN**

( an Imprint of "PRALEK PUBLISHING HOUSE PVT. LTD.")

**मुख्य कार्यालय :** 702, जे-50, ग्लोबल सिटी, विरार (वेस्ट), मुम्बई, महाराष्ट्र-401303

**दिल्ली एनसीआर ऑफ़िस पता :** 03/सी, ज्ञान खण्ड-4 इंदिरापुरम गाजियाबाद, उ.प्र.-201014

E.mail : pralek.prakashan@gmail.com

Website : www.pralekprakashan.com

दूरभाष : +91 7021263557

**दोज़ख़ की हूरें / रेणुका तिवारी**

Dozakh Ki Hoorein / Renuka Tiwari

**ISBN : 978-93-5869-22-66**

**प्रथम पेपरबैक संस्करण : 2025**

**मूल्य** : 299/-



**मुद्रक :** रेप्रो इंडिया लिमिटेड

**आवरण एवं पुस्तक सज्जा :** प्रलेक स्टूडियो

---

(प्रलेक प्रकाशन का लोगो मिक्की पटेल की तूलिका से।)

# अनुक्रम

# 1. दोज़ख़ की हूरें

मैडम आप देखना चाहती हैं ना कि कहाँ कहाँ चोट लगी है तो देखिए। उसने अपने कपड़े खोल डाले। अरे अरे ये क्या कर रही हो। नइ देखिए ना। आप तो माँ जैसी हैं हमारी, शरमा क्यों रही हैं। हमारी शर्म को जब तार तार किया जा रहा था, एक औरत के सामने ही तब तो किसी ने नहीं रोका था।

ठहरो! नाज़िया मत करो ये। मेरा गला अवरूद्ध हो गया।

नाज़िया की इस स्थिति ने मुझे आसपास के परिवेश से काट दिया और मेरे सामने एक जीवित दोज़ख़ सरमाया हो गया।

देखिए! उसने इशारा किया। यहाँ मुझे सिगरेट से दागा गया, जब मैं चिल्लाती तो उन्हें और मजा आता। हे भगवान! उसका पूरा शरीर जले हुए निशानों से भरा था। नाज़िया बस। मैं समझ सकती हूँ तुम सबकी पीड़ा। नहीं मैडम इस पीड़ा को समझने के लिए आपको दूसरा जनम लेना पड़ेगा। उसकी आँखें खुश्क हैं बिना किसी संकोच के। वह सब कुछ दिखा सकती है, बता सकती है।

नाज़िया नाम है उसका। एक गरीब मुस्लिम घर की लड़की जो इंटर की स्टुडेंट थी और एक अच्छी एथलीट भी। कराटे भी जानती है। कंधे तक कटे बाल। मैं उससे पहली बार निराश्रित बालिका गृह मे़ं मिली थी। मुझे हैरत हुई कि एक मुस्लिम परिवार में पली बढ़ी लड़की इतनी साहसी हो सकती है। आख़िर कैसे इस मुस्लिम लड़की ने इतना साहस संजो रखा है।

मुझे एक स्टोरी करनी थी अपने अख़बार के लिए। इस बालिका गृह के बारे में कई तरह के किस्से सुनाए जाते थे। मसलन यहाँ की लड़कियाँ ख़ूबसूरत हैं, सजधज कर रहतीं हैं। उन्हें कई पार्टियों में डांस और शराब परोसने के लिए हायर किया जाता था। यह भी कि वहाँ से देह व्यापार भी होता था। पर किसी के पास कोई प्रमाण नहीं था।

इस संबंध में मैंने अपने संपादक से चर्चा की और कहा कि बालिका गृह के बारे में जो भी कहा जाता है उसकी सच्चाई सामने आनी चाहिए। नहीं तो निराश्रित लड़कियों का एकमात्र आश्रय अफवाहों के बाजार में अछूत बन जाऐगा और वहाँ की लड़कियाँ समाज में कभी भी स्वीकार्य नहीं होगीं। लोग उन्हें डर्टी गर्ल्स हीं मानेगें।

ठीक है अपराजिता, आइडिया अच्छा है। पर कुछ नया होना चाहिए। समझ रही हो ना। यस सर, कुछ नया हीं होगा। हाँ अपराजिता जहाँ होगी, वहाँ कुछ अलग हीं होगा, आइ बिलीव ऑन यू। थैंक यू सर। मेरा जोश हाई था।

जब चार चौराहे के पास एक व्यस्ततम रोड को पारकर एक बड़े से लोहे की गेट के पास रूकी, तो मुझे जेल की सलाखें की याद आई, जिनमें कैदियों को कैद रखा जाता है। तो क्या कोई आश्रय गृह कैदखाना हीं होता है। जहाँ से कोई भाग ना सके या अपनी मर्जी से आ जा ना सके। आने से पहले फोन करके मैंने वहाँ की संचालिका से अनुमति ले ली थी। गेट के पास पहुँचकर मैंने कॉल किया। अच्छा आप रिर्पोटर मैडम बोल रही हैं, आ जाइए ना मैडम, ऐ दिनेस जाकर जल्दी से गेट खोल दो।

गेट खुला और जो शक्ल नज़र आया, वह बेहद हीं खतरनाक दिख रहा था। बिलकुल गुंडों जैसा। जिसको देखकर इंसान भीतर से थोड़ा घबरा जाऐ। उसने बिना आँखें मिलाए हुए कहा आ जाइऐ साहब। उसने मैडम नहीं साहब कहा मुझे। शायद सबको साहब कहते कहते आदत हो गई है। स्कूटी हिऐं छोड़ दीजिए, हम लगा देते है। मैं अंदर बढ़ने लगी।

आइए मैडम जी वेलकम है आपका। एक मझोले कद की गोरी सी औरत सिल्क की साड़ी पहने मेरी ओर आने लगी। साड़ी पहनने का जो तरीका था, वो निहायत हीं बुरा था। साड़ी पहनने का मकसद यही था कि माँसल बदन की हर रेखा नज़र आने लगे। उफ! उसके बदन और अदाओं को देखकर मुझे बोरियत होने लगी।

प्रणाम मैडम जी, उसके हाथ जोड़ने के ढंग ने मुझे चौंकाया। हाथ जोड़ने के और झुकने में उसके बड़े बड़े वक्षों की कामलीला आसानी से दिखाई पड़ रहे थे। इसका मतलब हर कोई यही देखता होगा और यही दिखाती होगी। संचालिका जो बिल्लौरी आँखों वाली, होंटों पर लाली और पान पराग की शौकिन, मुझे पहली नज़र में हीं एक चकलेवाली लगी थी। मुझे वो अपने ऑफ़िस में ले गई।

सागर मैडम के लिए ठंढा और काजू की बर्फी ले आओ। हमारी बेटियों

से मिलेगीं और कहानी छपेगी तो इस बार हम स्किल सेंटर खोल लेगें, ताकि बच्चियाँ यहाँ से जाऐ तो उनके हाथों में हुनर हो।

देखिए ना, मैडम ये सब हमारी बच्चियों ने बनाया है। सामने देखा कई ख़ूबसूरत पेंटिंग लगे हुए हैं। जिसमें सिर्फ़ लड़कियाँ या जानवर हैं। कोई दूसरा विषय क्यों नहीं। खुद से सवाल किया। लड़कियाँ कोई भी साड़ी या सलवार में नहीं, बल्कि जीन्स और पेंट में हैं। मुझे गौर से देखते देखकर संचालिका मुस्कुराई। आजकल की लड़कियाँ हैं, यही सब देखती और पहनती हैं। इसलिए पेंटिंग में भी वही दिखाया। पर मैं आश्वस्त नहीं हो सकी।

रामी बेटा इधर आना, उन्होंने किसी को पुकारा। जी आंटी, एक औरत सामने आई। देखो बच्चे मैडम अख़बार से आई हैं। सबसे बातें करेगीं। तुम सबसे मिलवा देना। जी ज़रूर। वो औरतनुमा लड़की जिसने अपने को एक रिसेप्शनिस्ट की तरह रंग पोतकर रखा था। एकदम से तीखे नक्श, गेहुँआ रंग और कसी हुई पैंट शर्ट, जिसमें उसके वक्ष बाहर आने को बेताब। क्या सारी लड़कियाँ ऐसे ही रहती हैं।

क्या बताऐं मैडम लड़कियाँ है, इतनी दुखी हैं अगर ड्रेस पहनना चाहती हैं तो हम छोड़ देते हैं कि कहीं बाहर तो जाना नहीं। यहीं खुश हो ले पहन ओढ़कर। ये औरत मन को और आँखों को पढ़ना जानती है तभी तो सौ लड़कियों को रखी हुई हैं। ख़ैर मुझे तो लड़कियों से बातें करनी थीं और उनकी समस्याओं को जानना था।

आइए ना मैडम। उस लड़की के उच्चारण में देहातीपना है, हालांकि कपड़े उसने माडर्न पहने हुए है। सामने बड़ा खुला सा मैदान, जहाँ चारों तरफ़ पेड़ हैं, फूल वाले पौधे और बोगनबेलिया की झाड़ियाँ इसकी ख़ूबसूरती को और बढ़ा रही हैं। उसके चारों ओर तीन मंजिला हॉस्टलनुमा बिल्डिंग बनी हुई है जिसपर गहरे भूरे रंग की पुताई की गई है।

सब कुछ व्यवस्थित। एक कागज का टुकड़ा भी कहीं नहीं। इधर से आइए। मैं अब सीढ़ियों के पास हूँ। शायद मुझे उपर ले जाएगी। सीढ़ी के पास एक डस्टबिन है, मुझे उसमे ढेर सारे सिगरेट के जले हुए टुकड़े दिखे। क्या यहाँ लड़कियाँ सिगरेट पीती हैं।

मुझे रूका हुआ देखा तो रामी दौड़कर आई। आइए ना इधर।

मुझे एक सजे और व्यवस्थित कमरे में बिठाकर वह चली गई। क्या कमरा है बिलकुल फाइवस्टार होटल के ऑफ़िस की तरह। सरकारी अनुदान से चलनेवाली इस संस्था की चमक दमक देखकर हैरान हूँ। आ जाओ इधर सब

लोग। एक साथ लड़कियों के झुंड मेरे चारों तरफ़ छितरा गए। नहीं इनके साथ यहाँ बात नहीं हो पाएगी।

रामी कोई हॉल है क्या। हाँ है तो। तो वहीं चलते हैं। क्या ये ठीक नहीं है। नहीं ठीक है। पर मुझे सबसे बात करनी है। उसके लिए कमरा छोटा है।

वो थोड़ा सा नर्वस हो गई, लगा कि उसे ये पसंद नहीं आया। चलिए मैडम। चलो तुमलोग भी। लड़कियों के झुंड को खदेड़ती हुई रामी उस छोटे हॉल या कमरे में ले आई। उस हॉल की हालत कबाड़खाने की तरह थी। ढेर सारे पुराने फटे हुए गददे, उसपर बिछी हुई गंदी चादर बयाँ कर रहे थे कि जो बाहर से दिखता है, वैसा नहीं है।

मैडम मैं आती हूँ, आपके लिए पानी लेकर। सुषमा तू मैडम के देख बहीं, जहाँ ज़रूरत पड़तो त हेल्प कर दीहं। ठीक छे दीदी।

सुषमा नाम की लड़की भी बनी ठनी उनकी सेकेंड लीडर या मुखबिर लग रही है। तभी अचानक से एक लड़कीनुमा, लड़का कमरे में आ गई। सुषमा उसको देखकर घबरा गई।

साली तुम हमको काहे नहीं बुलाई, सबको ख़बर और हमरे ख़बर नहीं। अरे तु सुतल रहली त कइसे बोलती तोरा। झूठ बोल बहीं तू। हम त तोर मलकिनी के यार के देखत रहनी। सभी लड़कियाँ चुप हैं पर उनके चेहरे पर आतंक का भाव है। ऐ नाज़िया चुप रहीं ना। मैडम अख़बार से अइले थिन।

नमस्ते मैडम, उसने बहुत अच्छे से हाथ जोड़कर कहा। मैं हैरान थी उसको देखकर। मेरा नाम नाज़िया है, मैं इंटर कर चुकी हूँ। पर एक बार पापा ने मुझे स्पोर्टस में भाग लेने के कारण बहूत मारा। बोले कि हमलोग मुस्लमान हैं हमारे यहाँ की लड़कियाँ सिर्फ़ निकाह कर के घर बसातीं है। बाहर किसी पराये मर्द के साथ नहीं जातीं। पुरे खानदान में इस बात की चर्चा है कि तुम एक हिंदू के साथ चार दिन रहकर आई हो। तुम घर से निकल जाओं नहीं तो आज हम तुमको काट देगें।

फिर कुछ दिनों के बाद अब्बू ने एक हाफिज जो बूढ़ा सा था उसके साथ मेरा निकाह पक्का कर दिया। अब्बू बोले कि अब तुम्हारा बाहर निकलना, पढ़ाई लिखाई सब बंद। निकाह के बाद अपने शौहर के साथ चले जाना फिर मत आना यहाँ।

मेरी अम्मी बोली कि उस बूढ़े के साथ निकाह मत पढ़ाइये। कोई दूसरा लड़का देखिये ना। पर अब्बू नहीं माने। जब हम बोले कि हम उस बूढ़े से शादी नहीं करेगें। तो फिर अब्बू ने मेरी बुरी तरह से पिटाई की और बोले कि तुमको

तो काट कर फेंक देगें। फिर उसी रात हम गुस्से में घर से भाग गये।

बस घर से भागे तो स्टेशन पहुँचकर एक ट्रेन में बैठ गये। ट्रेन में टिकटवाले ने हमको बिना टिकट पाया तो वो पूछताछ करने लगा। हम तो डर के मारे रोने तब उसने पुलिस को बुला लिया। स्टेशन पर वहाँ की पुलिस अपने साथ ले आई। इहाँ नरक में भेज दी। अब हम यहाँ से जाना चाहते हैं पर उ रंडिया हमको जाने न देती है। उसके चेहरे पर ढेर सारा गुस्सा और विद्रोह था। अल्लाह कसम हम इन सबको काट देगें बिना।

नहीं मैडम दीदी त सबको बहुते प्यार करती है। इसको कोई लेने आयेगा तबे ना जाने देगी। इसके घर पर त चिठठी भेजाया है पर कोई नइ आया। देखिए इ लोग के ईद में नया कपड़ा और सेवई सब बनवाये थे सर और दीदी। नइ रे सतवंती, तू लोग बोलो काहे नइ बोलती है। हाँ दीदी सही में इसके घर से कोई नहीं आया।

तभी रामी एक मुस्टंडे से दिखनेवाले आदमी के साथ आई। उसके हाथ में ट्रे था पानी, चाय और मिठाइयों से भरा हुआ। उसने मुझे भी प्रणाम किया। उसको देखकर लड़कियाँ शरमाई और मुस्कुराई भी। पर नाज़िया ने उसको जिस नज़र से देखा, उससे वो सिटपिटा गया।

अब जा तू इहाँ से, मैडम बात करेगी। मेरा सिक्सथ सेंस कह रहा है कि यहाँ कुछ ना कुछ गड़बड़ है। बाहर फिजां में तैरती बाते कहीं ना कहीं सच हैं। इस बालिका सुरक्षा गृह के बारे में कहा जा रहा है कि यहाँ देह व्यापार होता है या कराया जाता है। लड़कियों को बड़े बड़े नेता, अधिकारी या पैसेवालों के पास भेजा जाता है। यहाँ का संचालक एक मर्द है पर उसको चलाती बाहर में बैठी मैडम है। जिसे मनोरमा मैडम कहकर बुलाते हैं।

एक शोधकर्ता ने भी यहाँ के कई बालिका सुरक्षा गृहों के बारे में लिखा है कि यहाँ की ज़िंदगी नरक है यहाँ रहनेवाले के लिए। सरकार को देखना चाहिए कि उनका पैसा कहाँ जा रहा है। लड़कियाँ कहाँ ले जाई जा रहीं हैं। लड़कियाँ यहाँ सुरक्षित हैं या नहीं। पर उस शोधकर्ता की रिर्पोट को सरकारी महकमे में कहीं ठिकाने लगा दिया गया यानी किसी ने उसको गंभीरता से लिया ही नहीं।

सरकार के नुमांइदों ने इस रिपोर्ट को देखा और कहीं फेंक दिया। पर मुझे लगा कि इस शोध रिपोर्ट की सच्चाई जाना बेहद ज़रूरी है। इसलिए अपने संपादक से बात की कि सर मैं इस स्टोरी को करना चाहती हूँ, ताकि जाना जा सके कि हकीकत क्या है। अगर इस शोध रिपोर्ट में सच्चाई है तो ऐसे

आश्रय गृहों में रहनेवाली लड़कियों के लिए तो यह जीवित नरक है।

रामी आप बैठ जाएं, मैं इनसे बात करूँगी, जहाँ ज़रूरत होगी। आपसे मदद ले लूँगी। रामी और सुषमा वहाँ पहरेदार की तरह बैठ गई। लड़कियाँ हाँ ना में जवाब देतीं रहीं। यानी मेरा पूरा एक्सरसाइज़ बर्बाद होने वाला है। कोई कुछ बता ही नहीं रहा।

जानते हैं दीदी एगो लड़का आया और झुठो का, का ना का लिख दिया और बदनाम कर दिया। बताइए लड़की लोग इहाँ रहती है का असर पड़ेगा। वो बोल रही थी तभी उसके मोबाइल पर एक कॉल आया, उसके चेहरे पर ढेर सारी लाली उतर आई। हाँ सर, जी सर, मैडमे के साथ बइठे हैं। लीजिए ना बात कीजिए। उसने फोन बढ़ा दिया। कौन है मैंने पूछा तो उसने कहा कि साहब हैं।

जी परनाम मैडम। आप कौन। हम सदानंद सिंह बोल रहे हैं। इ एन.जी.ओ के सचिब। जी बोलिए।बेटी लोग से बात हो रही है ना। बतिया लीजिए। आप लेडिज हैं तो सब खुल के बतियाएगी। लड़कियन के बहुते प्रोबलम होता है। कोई दिक्कत हो तो बताइयेगा। मैंने कहा ठीक है ज़रूर बताऐगें, धन्यवाद। कहकर फोन दे दिया। वो सुषमा लड़कियों की तरफ़ मुड़ी और बोली देखो सब सर का भी फोन आ गया, उ केतना ध्यान देते हैं। लड़कियाँ उसका चेहरा देख रही हैं। क्या है उनके चेहरों पर।

उस कथित सर के परनाम कहने के अंदाज़ से मुझे किसी फिल्म में एक भ्रष्ट नेता का परनाम करना याद आ गया। इ हैं सर। बहुते ध्यान रखते हैं। कय गो लड़कियन का बियाह करवाए हैं। सुषमा जैसे अपने भगवान की तारीफ कर रही हो। ऐसे तो कुछ नहीं मिलेगा।

(सुनो तुम्हारा नाम क्या है मालिनी। कहाँ से हो, जी बंगाल से। बंगाली हो। यहाँ कैसे आई। उसके कहने से पहले रामी बोलने लगी, इ अपने भाई, भाभी के अत्याचार से तंग होके घर से भाग गई थी तब औरंगाबाद में स्टेशन पर पकड़ा गई और पुलिसवाला इहाँ पहुँचा दिया। बहुते अत्याचार किया है मैडम। अरे इसको भी बोलने दो। हाँ हाँ अरे मालिनी बताओ ना कि कैसे तुम्हारे माँ, पप्पा मर गए तो भाभी क्या क्या की।)

मालिनी सांवले रंग की तीस के करीब होगी। चेहरे पर एक अजीब सी शांति, मानो किसी को कुछ नहीं कहना है। रामी दीदी आप तो बता दी, अब हम का बताएँ। वो गददे का रूई हाथ में लेकर मसल रही है। अच्छा यहाँ कोई दिक्कत तो नहीं है। उसने नज़र उठाया, एक क्षण के लिए उसकी नज़रें रामी से मिली। फिर शांत भाव से बोली नहीं सब ठीक है।

इस परिसर के अंदर लड़कियों के साथ कुछ गड़बड़ हो रहा है। इसकी सूचना मेरे पास है पर प्रमाण नहीं है। क्या करूँ! लड़कियाँ तो कुछ बताएगीं नहीं।

नाज़िया इधर आओ। क्या पूछना है मैडम। मेरा मन नहीं है कुछ बोलने का। अरे आओ तो हम घुमते हुए बातें करेगें। सुषमा और रामी के चेहरे का रंग उड़ गया। मैडम उ बोलबे न करेगी। अइसहीं पगली है।

का बोली रे, हम पगली है, हरामजादी तू, त रंडी है। अभी बताएें का। अरे तुमको थोड़ा ना बोलें। रामी घबरा गई। मैडम मालिनी के साथ घुमिए ना। मतलब उनका पूरा प्रयास है कि नाज़िया से मेरी बात ना हो।

देखो मैं भी एथलीट रह चुकी हूँ। लंबी रेस में चैम्पियन हूँ। इसलिए नाजिया से बात करना चाहती हूँ। अगर अभी ये इंटरेस्ट लेगी तो हम कुछ करेंगें। नाज़िया ने थोड़े अविश्वास वाले अंदाज़ में मुझे घुरा। सच में! हाँ तो क्या झुठ में। मैं हँसी तो उसके दिल में एक तमन्ना ने जन्म लिया।

चलें, हाँ चलिए। वो लंगड़ाकर चल रही है। हाथ पर कई काले निशान भी हैं। किस चीज़ के हैं निशान।

साथ चलते चलते मैं अचानक से दौड़ी, मुझे दौड़ते देख उसने भी खुशी से दौड़ लगाई पर गिर गई और रोने लगी। रामी दौड़कर आई। का हुआ रे। उठो उठो। उसने रामी को जोर का धक्का दिया। भाग इहाँ से कुती कहीं की। नाजिया धड़ल्ले से गाली देती है। मेरे ख़्याल से वहाँ सारी लड़कियाँ गाली गलौज करती हैं।

समाज से कट जाने का, अत्याचार सहने का या अपनी ज़िंदगी में कुछ नया नहीं होने का दुख इन लड़कियों को ऐसा बना रहा है। मैंने बात करने के दौरान उनसे पूछा था कि क्या यहाँ तुमलोग पढ़ाई लिखाई करती हो। हाँ पढ़ती है सब, सिलाई कढ़ाई सब सिखाया जाता है। दीदी लोग आती है। सॉफट टवायज बनाना, कागज का फूल बनाना सब सिखाती है। ऑफ़िस में ना देखे हैं आप, जिसके बारे में मनोरमा दीदी बता रही थी। अच्छा तो उसका नाम मनोरमा है।

नाज़िया सुनो उठकर मेरे पास आओ। मैं समझ रही हूँ कि मेरे पास समय कम है, ज़्यादा देर तक ठहरी तो उस मनोरमा को शक हो जाऐगा। मेरे कहने पर नाज़िया उठी और धीरे धीरे चलती हुई मेरे पास आई, रामी को उसके पास आने की हिम्मत नहीं हुई। पर वह वहीं खड़ी रही।

नाज़िया सुनो मुझे तुम बताओ कि यहाँ पर सब ठीक है ना। क्या मैडम।

कुछ गड़बड़ तो नहीं है यहाँ। नाज़िया ने मेरे चेहरे को ध्यान से देखा। मैडम रामी कुतिया देख रही है फिर मेरी पिटाई कराएगी, और भुतहा रूम में बंद कर देगी। वहाँ बहुत डर लगता है मैडम। वहीं पर सबका इज्जत लुटाता है मैडम। जो नहीं मानती बात उसका मर्डरों कर देता है इ सब। इसका मतलब बालिका आश्रम-गृह से जुड़ी अफवाहों में है।

हम अल्लाह मियाँ से राज दुआ करते हैं कि हमको इ दोज़ख़ से निकाल दीजिए पर उ सुनबे नइ करते है। हम बोले कि इ शैतानी ताकत से निजात दिला दीजिए, फिर हम फातिहा पढ़वायेगें उसी बुढ़वा मौलवी से।पर हम तो गुनाह कर रहे हैं तो अल्लाह मियाँ थेाड. ना सुनेगें। नाज़िया का चेहरा अपने साथ हुए हादसों को लेकर गुम हो गया।

नाज़िया तुम जाओ और देखो तुम निश्चित रहना। सबकुछ ठीक हो जाऐगा। मैंने झूठ ही उसके पांव को सहलाया। एक दिन तुम दौड़ोगी। है ना रामी! हाँ सर नाज़िया खेलेगी और उसके घर से लोग लेने भी आऐगा। नाज़िया ने उसकी बातों को अनसुना किया और चलती बनी।

अभी ये लड़कियाँ क्या करेगीं। का करेगी आज तो आप बातचीत करने के लिए आ गई त इनका पढ़ाई तो नहिए हुआ। अब खाना खाएगी और लड़ेगी तब सोएगी। .मैं रामी के साथ चलती हुई ऑफ़िस पहुँची तो कई लोग वहाँ बैठे हुए थे। कौन हैं ये लोग और बालिका गृह में क्यों आए हैं।

अरे आइए ना मैडम। इ मैडम जी हैं अख़बार से आई हैं, लड़कियन से बात करने। कुछ लिखेगी तबे ना अनुदान मिलेगा तब हमलोग और बेटियों का कल्याण करेंगें। उसकी इस बात पर वहाँ बैठे लोगों के चेहरे पर व्यंग्य वाली मुस्कुराहट दौड़ी। जिसे तुरंत ही छिपा लिया गया।

इ सब दान देने आए हैं मैडम। सरकार का पईसा से ऐतना ना न हो सकता है। अइसहीं दानदाता लोग देता है तो लड़कियन के जान बचता है। मैं अंदर से चिड़चिड़ा रही हूँ। इस आदमी की चालाकी देखकर। हम ऐहाँ के अकांउंट देखते हैं, मनमोहन साव नाम है मेरा।

ठीक है मनमोहन जी, धन्यवाद। फिर मुलाकात होगी। जी सर बहुत अच्छा फिर आइऐगा। मैं जल्दी से बाहर आ गई। ये मनोरमा कहाँ चली गई। इधर उधर देखा, गहरा सन्नाटा पसर गया है। सिर्फ़ ऑफ़िस से ठहाके की आवाज़ें आ रहीं हैं। बाहर निकली तो रास्ते पर भीड़ अपना रास्ता तलाशती नज़र आई। किसको क्या ख़बर कि कहाँ और किस पर क्या बीत रही है। दिन और रात का आलम किसी पर जुल्मों सितम का मंजर बन गया।

मैं वहाँ से आकर थोड़ी डिस्टर्ब थी। ऑफ़िस में रिपोर्ट किया और अपने कमरे में लौट आई। नाज़िया की बातें दिमाग़ में हलचल मचा रही हैं। जो बात नहीं मानती उसको भुतहा कमरे में बंद कर दिया जाता है बहुत डर लगता है। नाज़िया जिसकी उम्र मुश्किल से बीस साल होगी। वह एक एथलीट थी और आज सब उसे पगली बोलते हैं। नहीं, मुझे बालिका गृह की तह में जाना होगा, नहीं तो बिना आसरे की इन लड़कियों के साथ बुरा हो जाएगा।

इस बालिका गृह में हर धर्म और वर्ग की लड़कियाँ है। पर सब की पृष्ठभुमि गरीबी और अभाव की है। यहाँ पर इसी वर्ग की एक मुस्लिम लड़की नाज़िया है जो मुझे पहली नज़र में हीं बहुत साहसी लगी। मुझे हैरत भी हुई और खुशी भी।

एक तो इतने गरीब घर की उसपर मुस्लमान। फिर पढ़ाई लिखाई और खेलों में भाग लेना। कैसे उसके अब्बू ने इतना साहस किया होगा। जहाँ गरीब मुसलमान लड़कियाँ मौलवी से कुरान पढ़ना सीख लेतीं हैं। वहीं से उनकी ज़िंदगी की रफ्तार थम जाती है। उनका निकाह हो जाता है और कम उम्र में ही बच्चों की माँ बन जातीं है।

ऐसे में नाज़िया के पिता ने अपनी बेटी को पढ़ाया आर खेलने की भी इज़ाजत दी, सच में बड़ी बात है। अब यही लड़की मुझे बालिका गृह के सच तक ले जायेगी।

दरअसल बालिका गृह के संबंध में मुझे एक अपुष्ट जानकारी वहाँ काम करनेवाली एक दाई से मिली थी, जो मेरे यहाँ काम करनेवाली की रिश्तेदार है। पर उस दिन वह हड़बड़ी में यही बता पाई कि वहाँ लड़कियों से देह व्यापार करवाया जाता है, बाकायदा सौदागर आते हैं, उनकी परेड होती है कम कपड़ों में। जो पसंद आ गई उसकी बोली लग जाती है और उसे ग्रांहकों के पास भेज दिया जाता है।

वैसे तो पब्लिक लाइफ में कई किस्से प्रचलित हैं नेताओं, अधिकारियों के बारे में। कैसे ठीकेदार, सप्लायर सुरा और सुंदरी से अधिकारियों को उपकृत करते हैं। बड़े बड़े महानगरों में उनके लिए बाकायदा अरेंजमेंट किए जाते हैं। एक बड़े अधिकारी के बारे में कहा जाता है कि उन्हें लड़कियाँ भेज दो और अपना काम करवा लो। ये सच प्रशासनिक महकमे में हर कोई जानता है। पर इस तरह के कार्य में जो नेटवर्क है उनका आतंक इतना अधिक है कि कोई कुछ नहीं कर पाता।

स्त्री देह का आर्कषण सृष्टि के आरंभ से हीं लुभाता रहा है। इतिहास

गवाह है कि स्त्री देह का आर्कषण, उत्थान और पतन का कारण बना है। हर जगह उनका इस्तेमाल बदनीयती के साथ किया गया, और दोषी भी उन्हें हीं माना गया। उनकी देह को ही पाप का प्रतीक बना दिया गया। जबकि जिन्होंने स्त्री को ये संज्ञा दी, खुद वही लोग स्त्री का इस्तेमाल अपने स्वार्थ के लिए करते रहे।

खैर मुझे इस बार आम्रपाली के इस नगर में कई आम्रपालियों को बचाना था जो अपनी मर्जी के वगैर डर के कारण, उन देह लोलुपों की लिप्सा मिटाने के लिए अपनी ज़िंदगी का हवन कर रहीं हैं। पर कौन करेगा मदद। ऐसे लोग खतरनाक भी होते हैं यहाँ भी अपराधियों के साथ गठजोड़ होता है। जो किसी को भी ठिकाने लगा सकते हैं।

मैने अपने संपर्क की एक कल्याण अधिकारी से बात की कि क्या वो नाज़िया को अपने यहाँ बुला सकती हैं। ये कहकर कि वो एक एथलीट है और उसको बढ़ावा देने के लिए विभाग बात करना चाहता है। चूंकि वो एक महिला अधिकारी हैं तो पहले बोली कि ये कैसे होगा। बड़ी रिस्क है, कहीं भाग गई तो हमारी नौकरी चली जाएगी। लड़की मुस्लमान है तो रिस्क और बढ़ जाता है।

देखिए ऐसा कुछ नहीं होगा। बात करके हम वापस भेज देंगें। अच्छा देखते हैं। मैंने उन्हें किसी से भी ये बात कहने से मना किया तो वो थोड़ा घबरा गई।

मैने उन्हें कंविन्स कर लिया था कि वो लड़की अच्छी एथलीट है अगर हम उसे आगे ले गए तो कितनी अच्छी बात होगी। इसपर वो सहमत हो गई। मैं इंतजार कर रही हूँ कि वो महिला अधिकारी किरण वर्मा मुझे फोन करे। दो दिन बीत गए, फोन नहीं आया। मेरा मूड ऑफ हो गया। ऐसे ही अधिकारी दोषी होते हैं जो समय रहते कोई कदम नहीं उठाते।

अगले दिन सवेरे के अख़बार में एक ख़बर देखी कि एक युवा लड़की का शव नदी किनारे मिला। लड़की ने जो कपड़े पहन रखे थे, वो बार बालाएँ पहनती हैं। अनुमान लगाया गया कि किसी पार्टी में शामिल हुई, ये लड़की किसी के बुलावे पर नदी किनारे गई होगी और ज़्यादती करने में असफल रहने पर उसकी हत्या कर दी गई।

हे भगवान! ये नदी तो उस बालिका गृह के नज़दीक है। क्या वहीं आस पास पार्टी हो रही थी। क्या वो लड़की वहीं की होगी। क्या करूँ। फोन करूँ उस महिला अधिकारी को। मैंने फोन लगाया, उन्होंने फोन उठा लिया।

मैडम नमस्कार, और उस काम का क्या हुआ। अरे मैं तो बताना भुल गई।

मैंने मनोरमा से बात की तो वो मान गई और नाज़िया को ले जाने बोली है। अच्छा मैं एकदम से खुश हो गई। आप उसको कब बुला रही हैं। आप बताइए। आज हीं बुला लीजिए। यही करीब बारह बजे के आसपास, मैं भी आ जाऊँगी।

नाज़िया से मिलने को लेकर मैं उत्साहित थी। आज बहुत कुछ सामने आनेवाला है। टुकड़े टुकड़े में की जानेवाली बातों की सच्चाई भी आएगी। मैं सिर्फ़ इसलिए ये सब नहीं कर रही कि मेरा नाम होगा। बल्कि इसलिए कि लड़कियों की ज़िंदगी को जो लोग और समाज बदतर बना देते हैं, उनकी इमेज भी बर्बाद होनी चाहिए।

करीब ग्यारह बजे मैं किरण वर्मा के ऑफ़िस पहुँची। एक चपरासी था जिसने मुझे बगल के एक कमरे में बिठा दियाँ। वह जानता है मुझे कि मैं पत्रकार हूँ और मैडम से मिलने आती हूँ। मेरा दिल धड़ धड़ कर रहा है, किसी रहस्य को जानने के लिए।

थोड़ी देर में किरण वर्मा पहुँच गई। मैडम आप तो लगता है बहुत पहले से आयी हैं। काहे इतना परेशान हैं इ सब लड़कियन तो क्या करके आती है, आप भी जानती हैं। हाँ, पर सब ऐसी नहीं होती। अभी जो आएगी उसको देखिऐगा। चलिए आप बोल रही हैं तो मान लेते हैं।

बारह बज गए अभी तक नाज़िया नहीं आई है। क्या हुआ किसी ने रोक दिया। मैडम अपने काम में बिजी हैं। क्या करूँ। इतने में एक गाड़ी के रूकने की आवाज़ आई। लीजिए मैडम केतना मुश्किल से लाए हैं। आ हीं नहीं रही थी। नाजिया के साथ आई अधेड़ महिला हांफती हुई बोल रही है।

कुछ मिनट के अंदर नाज़िया मेरे पास थी। लीजिए मैडम बात कर लीजिए। ए पानी भिजवा दो। मैडम को नाज़िया से कोई लेना देना नहीं है, ना ही उसके बारे में जानने की उत्सुकता।

उन्होंने एक पत्रकार का काम करवा दिया बस। नाज़िया को जीन्स और कुर्ते में भेजा गया था। बाल भी करीने से झाड़े गए थे। इधर आओ नाज़िया। आपने बुलाया मुझे। हाँ क्यों अच्छा नहीं लगा। वह कुछ नहीं बोली। उसकी आँखें नींद से भरी लग रही हैं। क्यों कल रात सोई नहीं।

उसने नहीं में सर हिलाया। क्यों! उसने सर झुका लिया। नाज़िया तुम मुझे बताओ कि वहाँ क्या हो रहा है मैं तुम सबकी मदद करना चाहती हूँ। उसने सर उठाया उसकी आँखें मुझे देख रहीं हैं। आप झूठ बोल रही हैं। आप मुझे कहीं बेच देगीं या कहीं भेज देंगी।

नाज़िया मैं ऐसा क्यूँ करूँगी। देखो मैं तुम्हारी माँ जैसी हूँ। देखो अगर सच

पता चलेगा तो एक नरक जो तुमलोग झेल रही हो, उससे मुक्त हो जाओगी। अम्मी-अब्बू लोग फिर बुला लेगें क्या! नाज़िया ने एक उम्मीद से देखा। हाँ क्यों नहीं। मैं ले जाऊँगी उनके पास। उसकी आँखें आँसुओं से भर गई। भेज दीजिए ना हमको घर।

उसकी आँखों से बह रहे आँसू किसी धर्म से संबंधित नहीं हैं। वहाँ तो एक मायूस लड़की है जो अपनी ज़िंदगी में आये तूफानों से बचकर अपने को सुरक्षित करना चाहती है।

उसके ये बोल मुझे भीतर तक हिला गए। कैसे हैं उसके माँ-बाप जिन्होंने अपनी बच्ची की ख़बर तक नहीं र्ली। नाज़िया बोलो वहाँ क्या होता है। सामने रखे गये पानी की गिलास मैंने उसकी तरफ़ बढ़ाया। उसने जल्दी से गिलास लेकर पानी पी लिया।

मैडम जी अल्लाह हमको माफ करे। हम सिर्फ़ सच बोलना चाहते हैं। वहाँ पर ना अल्लाह और ना भगवान कोई नहीं है। सिर्फ़ नापाक ज़िंदगी है। सभी शैतान हैं। हमलोग भी ना किसी को याद नहीं करते। जब यही सब गलीज काम करना है तो खुदा को क्यों याद करें। यहाँ पर चौदह ठो मुस्लमान लड़की है। पर किसी को कुछ दीन धर्म याद नहीं। यहाँ पर बहुत लड़कियों को तो पता ही नहीं है कि उ लोग का माँ बाप कौन है।

अब नाज़िया बोलने को तैयार है। मैडम जी सुनिए, कहानी। वहाँ पर लड़कियों से देह व्यापार करवाया जाता है। जितनी लड़की लोग को देखे हैं ना। सबको हर दिन कहीं ना कहीं भेजा जाता है। वहाँ जो सर हैं ना पहले वही सबका स्वाद चखते हैं तब कहीं भेजते हैं।

स्वाद चखते हैं मतलब! मैं चौंकी। नाज़िया थोड़ा हिचकिचाई, मतलब उनके सामने सभी लड़कियों को लाया जाता है ओर वो कुतिया मनोरमा, रामी और सुषमा सबको खड़ा करती है और वो सर सबको छू छू कर, दबाकर स्वाद चखते हैं। हे भगवान! लड़की क्या बोल रही है।

फिर सर बोलते है कि ये हिट है, इ बेकार है। नहीं चलेगी। फिर वो मनोरमा सबको इकठठा कर के पारी पारी से बाहर भेजती है। बहुत बार त यहीं पर लोग आता है और यहीं पर सबकुछ करता है। मैं सन्न रह गई हूँ ये सब सुनकर। मैंने नाज़िया की आँखों में देखा, वहाँ कुछ नहीं था। ना गुस्सा, ना शिकायत।

मैडम आप जानना चाहती हैं ना क्या हुआ। मुझे उनकी बात नहीं मानने पर मारा गया, जलाया गया, ये देखिए। उफ!उसके अंदरूनी अंग पर भी जले

के निशान हैं।

जब हम नहीं माने तो एक दिन हमको उ रामनिवास और बैजु मिलकर भुतहा घर में बंद कर दिया। ये घर कहाँ है। आप जो मेरे साथ घुम रही थीं, दालान में उसके बगल से एगो रास्ता है जो जंगल में जाता है। वहीं पर उ रूम है और दो -तीन ठो और रूम है।

फिर क्या हुआ, मैं एक गहन पीड़ा से गुज़र रही हूँ ऐसा भी होता है क्या। उस रात को उ कमरा में लगा कि हम मर जायेंगें, अब नहीं बचेंगें। खाली भूत और डाइन चिल्ला रही थी और हम बेहोश जैसा हो रहे थे। तभी कुछ लोग आया, मोबाइल का रोशनी में हमको देखा और फिर अंधेरा हो गया। हम अम्मी अब्बू को कितना आवाज़ लगाये। हम अल्लाह को भी बोले कि हमको उठा ले, यहाँ से छुटकारा दिला दे, पर कोई नहीं आया मैडम जी।

वही अंधेरा में दो तीन लोग मेरा कपड़ा उतारा। हम चिल्लाने लगे पर कुछ नहीं हुआ। हम बेहोश हो गए ऐतना दर्द हो रहा था। का का हुआ याद नहीं। पर सुबह में हमको एही रामी उठाने आई। ताकत नहीं था उठने का। समझ नहीं आ रहा था कि मेरे साथ क्या हुआ।

दोज़ख़ जानती हैं मैडम। हाँ जानती हूँ। लेकिन क्या हुआ नाज़िया। अचानक से दोज़ख़ के बारे में पूछ रही हो। मदरसा में मौलवी साहब तालीम दिया करते थे कि मरने के बाद अच्छा आदमी को जन्नत और पापियों को दोज़ख़ नसीब होगा। जन्नत जहाँ शराब की नदियाँ बहेंगी वहाँ बहतर हूरें मिलेगीं। पर दोज़ख़ में आग का दरिया होगा। अंधेरा कुआं होगा। पर हमलोग को तो मरने से पहले हीं दोज़ख़ नसीब हो गया मैडम जी। नाज़िया फूट फूटकर रोने लगी।

इ बालिका गृह तो दोज़ख़ है मैडम। हमलोग इसी दोज़ख़ की हूरें है। पर तू तो हूर लगती है। अरे मैडम हूर तो जन्नत में होती है। दोज़ख़ में नहीं।

सर भी हमेशा यही कहते हैं मेरी दोज़ख़ की हूरों का क्या हाल है। कहकर हँसते हैं मैडम जी। हमलोग तो गुनाह किये हैं ना, मैडम जी।

नहीं नाज़िया तुमलोग गुनाहगार नहीं हो। तुमलोगों ने कोई गलत काम नहीं किया है। अरे! तुम तो हूर हो यानी सुंदर सी परी।

वह चौंकी। उ सर एकबार मेहरून्निसा को यही कह रहे थे कि तू लोग दोज़ख़ की हूरें हों। मैं चौंक गई। किसने कहा था ये बात। वही जो राक्षस सर हैं। उ मनोरमवा तो ऐतना ठठाकर हँसी थी कि का बतायें। उ मनोरमवा भी तो मुस्लमान है पर उसको कोई गुनाहगार नहीं बोलता है। क्यों मैडम जी बताइये

ना।

दोज़ख़ की हूरें हैं यहाँ की असहाय लड़कियाँ पहली बार ये सुना मैंने।

नाज़िया के मुंह से बालिका गृह की सच्चाई जानकर मेरा सर अचानक से भारी हो गया। इतना घिनौना काम, वो भी असहाय लड़कियों के साथ। लड़की होने की सजा मिल रही है। नहीं आजकल तो असहाय, अनाथ बच्चे भी ऐसे राक्षसों के शिकार बन रहे हैं। यानी जो भी असहाय और निराश्रित होगा वो इन आदम राक्षसों का शिकार बनेगा। उन राक्षसों को सजा दिलवानी पड़ेगी, चाहे कुछ भी हो।

मैं एक असहनीय पीड़ा से गुज़र रही हूँ बिना दर्द के अहसास के स्तर पर। कोंशिश कर रही हूँ कि उससे बाहर निकलूँ। मैं हारी हुई नज़र आई तो इनको कैसे न्याय दिला पाऊँगी। मैंने खुद को संभाला और नाज़िया को बोली।

तुम्हें हिम्मत करनी पड़ेगी। मैडम क्या हिम्मत करें। हम सोचते थे कि लीडर हैं इनकी बात नहीं मानेगें। अल्लाह भी मेरा साथ देगें। पर देखिए क्या हुआ। लड़कियाँ कहाँ जाऐंगीं। अगर वो बात नहीं मानेंगीं तो कौन उनको रखेगा। कोई गरीब है, कोई अनाथ है। कुछ मेरी जइसी है, घर से भागकर आई हुई। ना उनको पढ़ाया जाता है ना कुछ सिखाया जाता है। तो बाहर जाकर भी तो धंधा हीं करना पड़ेगा। कम से कम यहाँ छत है, खाना पीना मिल जाता है। भले शरीर का गंजन हो जाता है।

मेरी पत्रकारिता और लेखन यहाँ मरने लगे, इस असहाय और अनाथ पीड़ा का प्रतिकार कोई शब्द या कोई रिर्पोट हो सकती है क्या। आप हमको ही ना देखीं हैं जरा मालिनी दीदी से पूछिए, कि उनको क्या क्या हुआ। जब वो यहाँ आई तो अपने प्रेमी के साथ थी। पुलिस उन दोनों को पकड़कर ले आई थी। उसका प्रेमी को पुलिस कहाँ ले गई, नहीं पता। पर मालिनी दीदी यहाँ आ गई।

सर बोले कि आजतक बंगाली का टेस्ट नहीं किए हैं, आज इसको लेकर आओ। तो उनको सर के पास ले गए। वो बोली कि ऐसा गंदा कपड़ा नहीं पहनेगें। ना किसी के पास जाऐगें। तो इसपर उनका खाना पीना बंद कर दिया गया। फिर एक दिन उनको भी भुतहा रूम में बंद किया गया। उसके बाद मालिनी दीदी बदल गई। अब वो एकदम नहीं बोलती है जहाँ उनको भेजा जाता है, मुड़ी गाड़कर वहीं चली जाती है। एक बार घर से कोई लेने आया तो उन्होंने जाने से मना कर दिया।

मैडम वहाँ छोटी छोटी लड़कियाँ भी हैं, जिन्हें किसी के सामने नहीं लाया जाता। क्यों! इसलिए कि वो सब बात बता देगी। अगर कोई उनसे कड़ाई से

पूछेगा तो। मनोरमा गुंडी बोलती है कि इ सब स्पेशल है डिमांड पर जाएगी। इनको बाहर नहीं भेजा जाता। कई को जान से मार दिया गया है उनका भूत सबको डराता है। रामी और सुषमा तो रात में उधर जाती भी नहीं। बोलती है कि हमको बहुत पाप लगेगा, सबको मरवा दिए।

ऐसा बोलती हैं, हाँ मैडम जी। और सर लड़कियों से तेल भी लगवाते हैं। कभी कभी तो दूसरे लोग को भी ले आते हैं। नाज़िया तुम बहुत बहादुर हो, ऐसा बोलते हुए मेरी आँखों में आँसू आ गए। कैसी राक्षसी प्रवृति के लोग होते हैं दुनिया में। जो असहाय लड़कियों का शोषण करते हैं। इन सबको इस दोज़ख़ से बाहर निकालना अब ये मेरा संकल्प भी है और मिशन भी।

सुनो नाज़िया अब तुम जाओ और देखो किसी से कुछ मत कहना। हम तुम्हारे लिए एक स्पोर्टस सेंटर में बात करते हैं। तुम वहाँ से निकलो और सबका उद्धार करो। एक लीडर हो और अब लीडर बनना है। तुम अपने घर भी जाओगी, ये वादा है मेरा। ठीक है मैडम उसने कहा तो मुझे लगा कि उसकी आँखों में कोई उम्मीद, उत्साह कुछ दिखेगा। पर कुछ नहीं है, ना तो उसकी आँखों में, ना उसके चेहरे पर।

पर अम्मी-अब्बू तब भी नहीं बुलाये तो हम क्या करेगें। हम तो कभी नमाज भी नहीं पढ़ते हैं मैडम जी। तो अल्लाह हमको माफ नहीं करेगें। इतना कहकर उसकी सांसें किसी आशंका में डूब गई।

पर आप जब बुलाएँगी हम आ जाऐंगें। बालिका गृह की गाड़ी आई और नाज़िया चली गई। मैं वहाँ से लौटी तो एक उदासीनता मुझपर छा गई। क्या है ये दुनिया। इसी गंदी दुनिया में जीने के लिए इतनी जददोजहद। जहाँ माँ बाप सरीखे इंसान लड़कियों पर अत्याचार कर रहे हैं, उनका सौदा कर रहे हैं। उनके शरीर के साथ भददा और खतरनाक व्यवहार कर रहे हैं।

कमरे पर आकर अपने सर पर ठंढा पानी डाला, गुस्से और तनाव से घिरा शरीर शांत नहीं हुआ। मैंने अपनी डायरी निकाली, महत्वपुर्ण बातों को लिखा और नाज़िया के साथ हुई बातचीत के वीडियो को सेव किया। अब मुझे इस बालिका गृह का इतिहास खंगालना है।

इस बारे में किरण मैडम हीं हेल्प कर सकती हैं। उन्हीं के विभाग का है। मैंने उनको रिंग किया। पर कोई जवाब नहीं। मैंने सोचा कि कुछ एन.जी.ओ से बातें करके पता करती हूँ।

हल्लो रीना, जी दीदी। कैसी हो। अच्छी हूँ! कैसे फोन किया। बस तुम्हारी याद आई फोन कर लिया, मैंने हँसते हुए कहा। रीना एक बात पूछना है। क्या

दीदी बताइए ना। देखो तुम लोग तो महिला, बच्चों के लिए काम करती हो। तो इस फील्ड में काम करनेवालों को तो जानती होगी।

हाँ, लगभग सभी को जानते हैं। क्या हुआ दी किसी ने गड़बड़ी की है। तुम मुझे सहारा संस्था के बारे में कुछ बता सकती हो। अरे! वही मनोरमा वाला ना। हाँ हाँ क्या जानती हो रीना। दी मनोरमा बहुत पहुँची हुई है। दरअसल वो मुस्लिम है पर सदानंद से उसका चक्कर है। ये जानते हुए भी कि सदानंद की शादी हो चुकी है और बड़े बड़े बच्चे हैं।

अच्छा! एक नयी जानकारी हाथ लगी। सदानंद भूमिहार है और उंची राजनीतिक पहुँच भी रखता है। कितना सारा धंधा किया उसने। तब किसी नेता ने बताया कि अपनी सरकार है एन.जी.ओ. बना लो। आराम से फंड लेकर काम करो। करीब सात आठ साल पहले अपनी संस्था का रजिस्ट्रेशन करवाया और कुछ ही दिन के बाद उसको कई विभागों से फंड मिल गया। जबकि हमलोग इतने वर्षों से काम कर रहे हैं, फंड के लिए दौड़ते रहते हैं। तब जाकर कुछ मिल पाता है।

सदानंद तो जैसे नेताओं का दुलारा है। अपने संगठन में बड़े बड़े कार्यक्रम करवाता है। मंत्रियों को बुलाता है। पर एक बात है दी। उसके सभी काम में मनोरमा उर्फ़ कुलसूम हमेशा साथ रहती है। सदानंद के घरवालों ने लगता है इस बात पर कंप्रोमाइज़ कर लिया है कि उन्हें सदानंद ज़िंदगी की हर सुख सुविधा देगा, पर बाहर की ज़िंदगी में मनोरमा उनके साथ रहेगी। कई कार्यक्रम में उसके बच्चे भी आते हैं।

उसको ये बालिका गृह संचालन का काम कैसे मिला। दी कैसे मिला, मंत्री की सिफारिश से मिल गया। दिया होगा पैसा, लड़की सब। इ सब चलता है दी। सदानंद तो पुराना पापी है। उसपर बलात्कार का भी आरोप है। तबे ना सब नेता लोग मेहरबान रहता है।

इ जो बालिका गृह है ना दी, वहाँ से लड़कियन को मैनेज करती है इ मनोरमा। उन को बाहर भेजने का इंतजाम ऐ ही सदानंद करता है। तुम को इतना मालुम है तो कोई आवाज़ नहीं उठाई। क्या बोल रही हैं दी। आवाज़ कौन उठाऐगा। सबको फंड से हाथ धोना है क्या। सदानंद बहुत संस्थाओं को फंड दिलवाता है और कमीशन लेता है। अफसरों और मंत्रियों को पहुँचाता है। पर कुछ लोग इसके पीछे तो पड़ा हुआ है और कुछ ना कुछ तो होगा ही।

दी आप इतना पूछ रही हैं, कोई रिपोर्ट लिख रही हैं क्या। हाँ सोच रही हूँ कि कुछ लिखूं। लिखिए ना त बहुते लोग साथ आ जाऐगा।

अब मैं समझ पा रही हूँ, इस बालिका गृह का सच। पैसा, नेता और लड़की का नेक्सस। इस में वहाँ आई लड़कियों का जीवन तबाह हो रहा है या हो चुका है। इसी नेक्सस का पर्दाफास करना होगा। ताकि लोककल्याण के नाम पर चल रही संस्थाओं और समाज के कथित सम्मानित लोगों का असली चेहरा सामने लाया जा सके।

रीना तुम एक काम करोगी। क्या दी! देखो कुछ वैसे लोगों से मिलवा सकती हो, जो सदानंद के बारे में कुछ और बता सकें। उं उं वो कुछ सोचने लगी। उसके खिलाफ़ कोई डायरेक्ट तो नहीं आएगा पर एक आदमी है जो एकदम निडर है और सदानंद से उसकी लड़ाई भी हुई है। उसने सरकारी अधिकारियों को भी ख़ूब सुनाया है। डरते हैं सब उससे।

क्या वो ठीक आदमी है। अरे! दी उससे ठीक आदमी तो कोई है हीं नहीं। भरोसेमंद है ना। हाँ हाँ मेरी उससे अच्छी दोस्ती है। तो ऐसा करो उससे मेरी बात करा दो। ठीक है दी। आप मुझे एक घंटे का समय दें। मैं आपको उससे मिलाती हूँ।

चलो, कई सिरे इस नरक की कहानी के जुड़ रहे हैं। अब मेरी सोच यही थी कि बालिका गृह की कुछ डार्क स्टोरी निकाली जाऐ। ताकि पुलिस प्रशासन को कार्रवाई करने में दिक्कत ना हो। नाज़िया का बयान अपने आप में बड़ी स्टोरी है। पर सदानंद जैसा व्यक्ति उसको झूठा ठहरा सकता है। अगर वहाँ पर कुछ गलत होते हुए कोई देखे तो बात बन सकती है।

अचानक मुझे याद आया कि नाज़िया ने कहा है कि सदानंद हर शनिवार की रात को वहाँ रंगरेली मनाने आता है, समय आधी रात का होता है। कई लड़कियों को तो सोते से जगाकर उसके पास पेश किया जाता है। हद दर्जे का अयाश है ये। कई बार उसके साथ बाहर के लोग भी होते हैं। पर सदानंद उन्हें अपने साथ नहीं रखता। लड़कियों के साथ स्टाफ क्वार्टर में भेज देता है। यही एक उपाय है वहाँ के ज़िंदा नरक को सामने लाने का।

मेरे सामने अक्सर हीं नाज़िया, मालिनी, उपमा, दारा, जन्नत, मेहरूनिसां और भी कई चेहरे सामने आकर डराते हैं। उनका वजुद सिर्फ़ देह के कुत्सित और अमानवीय प्रयोग में समा गया है। इससे बाहर कोई ज़िंदगी नहीं। कोई सपने, इच्छा कुछ भी नहीं। हर लड़की वहाँ किसी के सामने नंगी होने को तैयार बैठी है। कोई झिझक नहीं, संकोच नहीं। उन्हें सजना है, संवरना है अपने ग्रांहकों के लिए। अक्सर दिन में भी माँसभक्षी अपनी गंदी हरकतों से बालिका गृह को गुलजार किए रहते हैं।

मोबाइल की रिंगटोन ने मुझे सचेत किया। हो सकता है रीना का फोन होगा। हाँ उसी का है। रीना क्या तुम्हारे दोस्त तैयार हुए। दी उन्होंने कुछ बताया है, जो आपके काम का हो सकता है। पर वो खुद नहीं मिलेगें। अभी बाहर गए हुए हैं।

क्या बताया। उन्होंने कहा कि सदानंद हर दिन रात के नौ बजे से वहीं रहता है। उसके घर के लोग भी जानते हैं। चुंकि घर के लोग भी इसमें शामिल हैं तो लोगों के लिए शक करना मुश्किल हो जाता है। उसके परिवार और रिश्तेदार सभी को उसने पैसे, पहुँच से उपकृत किया है तो सभी उसके पक्ष में उठ खड़े होते हें।

पर उसका एक दूर का रिश्तेदार सदानंद से चिढ़ा रहता है। मतलब उसको सदानंद का व्याभिचार पसंद नहीं है। उसको पकड़ना पड़ेगा। दी उसका एड्रेस है मेरे पास। सचिवालय में रहता है चलिए हम वहीं मिलते हैं। अभी मिल जाऐगा। हाँ क्यों नहीं! अभी तो ढाई बजा है। उसको फोन कर दिया गया है। मैंने अपनी स्कूटी स्टार्ट की। डाकबंगला चौराहे पर रीना को लिया। हम दोनों एक ढाबा वाले होटल में पहुँचे। रीना ने होटलवाले से पूछा।

शिवानंद जी हैं! अरे वही तो बैठे हैं सामने। मुड़कर देखा तो पायजामा कुर्ता पहने एक व्यक्ति अख़बार पढता दिखाई दिया। सर नमस्कार। मुझे बिंदु जी ने भेजा है। अच्छा अच्छा आइए। वो हमें किनारे के एक टेबल के पास ले गए। हम कुर्सियों पर बैट गए।

आप पत्रकार हैं ना। हाँ मेरा नाम अपराजिता है। बहुत बढ़िया नाम है। सर हम बालिका गृह पर एक स्टोरी कर रहे हैं आपकी हेल्प चाहिए। क्या बालिका गृह, आक थू, उसने जोर से थूक फेंका। अरे मैडम कुछ कल्याण वाला रिपोर्ट छापिए। कहाँ उ सब फालतू में पड़ी हुई हैं।

मुझे शक हुआ कि ये आदमी कुछ बताऐगा नहीं। मुझे सावधान रहना पड़ेगा। वहाँ लड़कियेंन रहती हैं कुछ अइसा वइसा छप गया तो उनका का होगा बताइए। अरे नहीं सर! अइसा का छपेगा। जो सच होगा वो ही छपेगा। आप क्या सच जानना चाहती हैं। सर वहाँ पर लड़कियों को बड़ी तकलीफ है। त का कर लीजिएगा आप। हम तो विभाग को लिख लिख के थक गएं। पर उ सब केकरो सुनता है।

सदानंद का सिक्का चल रहा है दू, चार गो मंत्रियन को साथे रखा है कुछ नइ होता है। क्या लिखा है आपने। लीजिए आप भी मन का साध मिटा लीजिए। उसने ढेर सारी चिठिठयाँ सामने रख दीं। उसमें बाल और महिला कल्याण

विभाग को बालिका गृह में लड़कियों को हो रही समस्याओं के बारे में लिखा थां। पर उसमें देह व्यापार जैसी बात का जिक्र नहीं था। खैर मैंने उन चिठियों को संभाल लिया। सर क्या कुछ और भी पता है। मतलब लड़कियों से कुछ गलत तो नहीं करवाया जाता है।

उसने गहरी नज़र से रीना को देखा और कहा कि क्या गलत हो रहा है। रीना सकपका गई। नहीं सर मतलब कुछ कुछ लोग उड़ाता है कि अइसे होता है वइसे होता है तो हम सोचे कि आपको तो कुछ मालुम होगा हीं। उसने नज़रें झुकाए हुए कहा कि जाइए ना भाई, वहीं सब पता चलेगा। यानी अब ये कुछ नहीं बोलेगा।

धत तेरी की! साला कमीना कहीं का। इहो साला रंडीगिरि करता है तो कइसे बताऐगा। रीना खीझकर बोली।

सुनो रीना, उसके कंधों को पकड़कर मैंने कहा तुमने बहुत अच्छा काम किया। एक बात बताओ अगर ऐसी लावारिस, बिन घरबार वाली लड़कियाँ तुम्हे संभालनी पड़े तो तुम कैसे करोगी। दी मैं तो उन्हें काम में लगा दूँगी। मुझे लड़कियों की ज़रूरत है, जो चटाई बुने, डिजायनर ड्रेस बनाए, खिलौने बनाए, गहने बनाए। लड़कियाँ मिलती हीं नहीं हैं।

रीना सच बोल रही है उसकी संस्था में बहुत तरह के प्रशिक्षण दिए जाते हैं। जो लड़कियों के लिए काफ़ी उपयोगी हैं। मैंने सोचा कि अगर सदानंद वाली संस्था का काम बंद हो जाए। तो किरण जी से कहकर मैं रीना को ये काम दिला सकती हूँ। रीना बहुत मेहनती है, संवेदनशील है। देखें क्या होता है। पहले इस नरक गृह से लड़कियों को छुटकारा तो मिले।

ऑफ़िस पहुँची तो सभी अपने काम में लगे हुए थे। मैंने भी अपना कंप्युटर खोला और बालिका गृह की कहानी पर रिर्पोट बनाया। दरअसल मैं नहीं चाहती थी कि कहीं से भी कोई जानकारी सदानंद को मिले कि बालिका गृह पर नज़र रखी जा रही है, नहीं तो वो लोग अलर्ट हो जाते और सच्चाई कभी सामने नहीं आती।

इसी बीच मैंने गुप्तचर शाखा में कार्यरत अपने एक परिचित से बात की। उन्होंने कहा कि मैडम सदानंद आज की तारीख़ में बहुत पहुँच बना लिया है। देखते नइ हैं कि सब मंत्रियन, संतरीयन को बोलाता है। हालांकि उसका एन. जी.ओ में बड़ा गड़बड़ी है। ऑडिट में पकडाया है पर सब लिपापोती करवा देगा। पर आप बोल रही हैं, त का करना है हमको इ बताइए। जोन पॉसिबल होगा, उ हम करवा देंगें। पर एगो बात बता देते हैं किसी को अगर पता चल

गया, त सदानंदवा ऐतना पहुँचल खेलाड़ी है कि कुछो करवा देगा। मर्डरो तक करवा देगा। उसपर मर्डरो का केस है महाराज।

देखिए शिवचरण जी मैं आपसे सिर्फ़ यही चाहती हूँ, कि जब मैं इशारा करूँ, तो आप वहाँ रेड करें। प्रमाण मिल जाऐगा। तब तो हो पाऐगा ना। हाँ एकदम हो जाऐगा। मैं इस व्यक्ति को बालिका गृह की असलियत बता चुकी हूँ। हर दिन मेरी आत्मा धकियाती है मुझे कि अपराजिता कुछ तो करो इन की मुक्ति के लिए। इसलिए तो तुमने इस पेशे को चुना है।

मैंने अपने संपादक से बात की इस बारे में। उन्होंने कहा कि हमारी तरफ़ से पूरी छूट है, पर मेरा सजेशन है कि अपने साथ एक जूनियर को ले लो। अच्छा रहेगा। थैंक यू सर। जब ऐसा लगेगा तो मैं आपको बोल दूँगी। अब मैं कुछ दिनों के बाद हीं मिलती हूँ आपसे। ऑल दी बेस्ट।

इस मिशन का पहला स्टेप है नाज़िया को फिर से बुलवाना। ये काम कैसे होगा। मैं सोच हीं रही थी कि मेरे मोबाइल पर एक कॉल आया। हैल्लो! आप अपराजिता मैडम बोल रही हैं एक खनकती, नखरीली आवाज़ आई। हाँ पर आप कौन बोल रही हैं। अरे मैडम पहचाने नइ। हम मनोरमा बोल रहे हैं। अच्छा कैसी हैं आप। जी ठीके हैं। आप हमारी संस्था के बारे में केतना बढ़िया लिखी हैं उसके लिए धन्यवाद। ओह! तो स्टोरी छप गई।

तनी लीजिए ना, सर आपसे बात करेंगें। गुड मार्निंग मैडम। ऐतना बढ़िया लिखी हैं आप कि का बताऐ। उ नाज़िया के बारे में लिखी हैं ना, बहुते अच्छा की हैं। हम तो इसको लेकर जा रहे हैं मंत्री जी के पास कि भाई देखिए एगो इतनी अच्छी खेलाड़ी है। उसको कौनो खेल का प्रशिक्षण दिवाइए। है कि नहीं। वइसे आप भी करवा सकतीं हैं।

आपलोग तो अंर्तयामी हैं सब कोनो से मिलती हैं त नाज़िया को प्रशिक्षण दिवा दीजिए ना। मुसलमान लड़की है तो उनलोग का भी नाम होगा। अ देखियेगा मंत्री जी भी खुश हो जायेगीं। कभी आइए ना मैडम, तालाब वाला ताज़ा रोहू मछली ओर भात का पार्टी रहेगा। हमरी लड़कियन सब बनाएगी।

वाह बेटा अभी भी अपना स्वार्थ देख रहा है। फिर भी मैंने कहा कि ठीक है सदानंद जी। नाज़िया के लिए कुछ सोचते हैं। हाँ हाँ मैडम कीजिए ना। बेचारी बच्ची का कुछ हो जाऐगा। साला! नाली का कीड़ा! मेरे मुंह से निकला ये शब्द मुझे ही हैरत में डाल गया।

# 2. सच या गुनाह

नाज़िया एक कड़ी है, जो मुझे नरक गृह की सच्चाई बताऐगी। एक बार तो बता चुकी है। अब पुख्ता तौर पर इसके बयान को रिकार्ड किया जाऐगा। सदानंद को पता भी नहीं चलेगा कि उसका रैन बसेरा जेल के लाल घर में कैसे बदल गया। आज मुझे शिवचरण से फिर मिलना है और कानूनी बारीकियों के लिए कामिनी से मिलना है, वो कोर्ट में क्रिमिनल लॉयर है।

दीदी, देखिए ना कौन आया है, मेरी कामवाली सेंवंती ने कहा। कौन आया है रे! दीदी मेरी मौसी आई है। वही जो बालिका घर में काम कर चुकी है। उसने ही सबसे पहले मुझे बालिका गृह के बारे में बताया था। क्या बात है भगवान जी तो आज खुश हैं। जिससे मैं मिलना चाहती थी, वो खुद आ गई।

प्रणाम सर। प्रणाम आइए। सेवंती अपनी मौसी को चाय पिलाओ। मैडम आप बालिका घर के बारे में जो छापे हैं ना उ सब सच नहीं है, उ लोग झुठे मुठे सब बताई है। अच्छा तुमको कइसे पता। उ सदानंद के यहाँ हम छव साल ना काम किए हैं। उ मनोरमवा हरामजादी, रामीया के साथ मिलकर रंडीखाना बना दीहिस है। हम जब बोले कि अरे रंडी तोरो तो बहिन है, माय है तू काहे ला इ सब कर रही है। त हमरा झोंटा पकड़ क बाहरे कर दी। मेरा दस हजार रूपइया निकल रहा है आजतक नहीं दी।

ओकर त जे हाल होतो कि दुनिया तमाशे देखेगा। सदानंद पापीष्ठ कहीं का। हमरा बोला कि मीरिया के माँ तोरा बेटा के नौकरी लगा देगें। पर उसका कहानी जब जान गए। तो हरामी हमको निकलवा दिया। अरे अरे ठहरो। धीरे जरा ठहरकर बताओ कि क्या होता है वहाँ।

का बताऐं मैडम, चाय का एक घूंट अंदर गया और उसकी गर्मी ने मौसी को तसल्ली दी। उहाँ खाली लड़कियन को जो ना सो किया जाता है। कभी चड़्डीए पहन कर रहती है त कभी खाली छोटका छोटका पैंट और गंजी

पहनती है। उ रमिया और मनोरमा भी पहन लेती है और अपना बड़ा बड़ा छाती लेकर सबको दिखाती है कि अइसहीं साइज़ बनाओ तू लोग। का कहें सब लाज शरम धो दी है उ दुनों। उनका देखा देखी सब लड़कियन भी वइसने बेसरम हो गई है।

अच्छा ये बताओ वहाँ कौन कौन आता है। कौन नहीं आता है। मंत्री, गार्ड, नेतवन उ सेवंती तू त जानते हइं ना छप्पनवा के। छेदी राम के बेटवा गे। नेता हो गइल हय। उ हो कमीनवा आव हई। कदी कदी पुलिसवन भी आता है। रोज राते के उ सब के बइठकी होता है। लड़कियन का बाहरे सब ले जाता है। कएगो लड़कियन को तो मारिए दिया सब।

आप ऐसा कैसे कह सकती है। अरे उ महेंद्र हमको बताया था। महेंद्र कौन। वहाँ अंदर का मालिक वो ही है। लड़कियन बहुत डरती है। का त रात में उ कौनो कौनो को भुतही डेरा में बंद कर देता है। वही लड़कियन का लाश को पिछवाड़े में गाड़ दिया है।

मेरा पूरा शरीर अंदर से कांपने लगा। मैडम आप वहाँ जाती हैं तो मेरा पइसा देने के बारे में बोलिएगा। हाँ हाँ ज़रूर। वो मौसी तो चली गई। पर जो बोलकर गई उसमें कितना सच है। देखना पड़ेगा।

मैंने उसी दिन शिवचरण से मुलाकात की, कहा कि प्रमाण मिल जाएगा और कुछ इनफोर्मेशन भी, तो रेड हो जाएगा क्या। उसने कहा हाँ तब कोई दिक्कत नहीं होगी। अब मुझे नाज़िया को बुलाना था।

मैंने बालिका गृह फोन किया, हल्लो मेरी बात सदानंद जी से करवाइए। मेरी आवाज़ के रोब में आकर उस व्यक्ति ने सदानंद से बात करवाया। हाँ मैडम जी, कहिए क्या सेवा करें। उसकी आवाज़ में अयाशीपन था, लगता है शराब के नशे में है। मन किया कि फोन काट दूँ। सदानंद जी, नाज़िया को स्पोर्ट्स कांप्लेंक्स में भेज सकते हैं, जरा टेस्ट कर लेंगें लोग कि वो कौन सा खेल में प्रशिक्षण ले सकती है।

हाँ हाँ काहे नइ मैडम, उसका जिनगी बन जाएगा। ए! तनी जाके बोल नाज़िया को तैयार होने के लिए। कहाँ भेज देगें। आप किरण मैडम के ऑफ़िस में भेज दीजिए। एक घंटे में वापस आ जाएगी। ठीक है भेज देते हैं। जी धन्यवाद कहकर फोन रख दिया।

रीना तुम आ सकती हो किरण मैडम के ऑफ़िस में। कितने बजे!यही बारह साढ़े बारह के लगभग। देखिए दी हमको एक कार्यक्रम में जाना है, वहाँ से फ्री होकर आते हैं। चल बेटा सदानंद तेरा अब बाजा बजेगा, मैंने मन में

सोचा।

मैंने शिवचरण को फोन किया और साथ में स्पोंटस से जुड़े किसी कोच को लाने को कह दिया। अब मुझे कामिनी को लेना है। अभी वह कोर्ट में होगी। वह महिलाओं से संबंधित केसों पर काम करती है और मानव तस्करी पर काम करनेवाली, कई संस्थाओं से भी जुड़ी हुई है।

कामिनी मैं आ जाउं तुम्हें लेने। स्कूटी से ही चलेगें। उसी बालिका गृह वाले मामले में। ठीक है कोर्ट के रूम नंबर सिक्स में आ जाओ।

मोबाइल में समय देखा, ग्यारह बजकर बीस मिनट हो रहे हैं। रास्ते में जाम और भीड से निबटती मैं कोर्ट पहुँची। वहाँ रिंग किया तो कामिनी बोली तुम गेट पर रूको मैं आ रही हूँ। हाइकोर्ट या दूसरे कोर्ट को देखकर कुछ बुरा सा महसुस होता है जहाँ लोगों को न्याय कम, परेशानियाँ ज़्यादा मिलती हैं।

अपराजिता क्या देख रही हो। अरे ये कोर्ट है, जहाँ न्याय की देवी विराजती हैं उन्हें परेशान मत करो यूँ गौर से देखकर। उसने हँसते हुए कहा। अच्छा तुझे मिल गया क्या अपने केस में। उसका अपने पति से, भाइयों से विवाद चल रहा है। मामला कोर्ट में लटक गया है। कभी कामिनी भारी पड़ रही है तो कभी उसके पति और भाई। हद तो ये है कि भाई भी उसके पति का साथ दे रहे हैं।

कामिनी थोड़ी चुप हो गई, पर फिर शुरू हो गई। उस साले को तो मैं छोडूंगी नहीं। उसने कहा था कि तुम तो मेरे लिए डेड एसेटस हो, जिसको ढोना पड़ेगा। वह कहीं से मेरे लायक नहीं। उसके घरवाले भी कामिनी के विरूद्ध हो गए थे।

चल यार मेरा तो जो होगा मैं देख लूँगी। इन लड़कियों की ज़िंदगी की तो परवाह कर लूँ। मेरा मन द्रवित हो गया। कामिनी देख, मैंने जीत का संकेत बनाया। वो खुश हो गई। डन!येस मैम।

हम समाज कल्याण ऑफ़िस पहुँचे तो किरण वर्मा नहीं थी।चपरासी को बोलकर बगल के कमरे में बैठ गए। पानी मिलेगा क्या, प्यास लगी है। ले मेरे बैग में बोतल है। मैंने बोतल दिया तो कामिनी उसको मुंह से लगाकर गटागट पीने लगी। ऐसे क्या देख रही है पानी ही तो पी रही हूँ। हाँ तो मैंने थोड़ी कहा कि ठर्रा पी रही है। वैसे बीयर पीने में हर्ज नहीं है। अच्छा बीयर तो मैं पिलाऊँगी पर शाम को। प्रवाल के अडडे पर। हँसते हुए कहा तो कामिनी भी हँस पड़ी।

हम बातें कर रहे थे तभी मनोरमा का फोन आया कि नाज़िया ऑफ़िस

पहुँच गई है। आप बाहर आ जाइए। मैं बाहर निकली तो सफ़ेद रंग की जीप खड़ी थी। मनोरमा जी सफ़ेद रंग की जीप है क्या। हाँ मैडम जी। ठीक है मैं देख लेती हूँ।

जीप के पास पहुँची तो एक भयानक शक्लवाले इंसान ने मुझे घुर कर देखा। नाज़िया को लेकर आए हैं। अच्छा मैडम जी प्रणाम। नाज़िया बाहर आव ना रे। नाज़िया के साथ आई औरत ने जोर से कहा। ये नाज़िया के साथ रहेगी। क्यों, जासूसी करवाना है क्या। गुस्से में मैंने कहा। मेरा रूख देखकर वो ड्राईवर चौंका। पर हमको तो यही आर्डर हुआ है। आप फोन पर बात कर लीजिए।

ठीक है पर ये अच्छी बात नहीं है। अपने सर से बोल देना। नाज़िया इन सब से बेपरवाह अपने में गुम है। कैसी हो। ठीक हैं मैडम जी। आज उसने लंबा कुर्ता और चुड़ीदार पहन रखा है। बाल बिखरे बिखरे से।

आओ मेरे साथ। नाज़िया की चाल घिसटने जैसी है। क्या हुआ होगा इस लड़की के साथ। नाज़िया ठीक से चल। उस औरत ने झिड़का। आओ बैठो इस कुर्सी पर। फिर उस औरत को कहा कि तुम भी बैठ जाओ। इ लड़कियन कहियो आपन खुदा के नामो ना लेती है। अरे मुस्लमान है तो आपन पूजा करना चाहिए ना। बिनती माय यही नाम है साथ आई औरत का कुछ अंड बंड बके जा रही है।

नाज़िया इधर आओ। कामिनी ने उसे अपने पास बुलाया। वो औरत बोली जा ना मैडम के पास। नाज़िया एक नशे में उठी और पास जाकर बोली बोलिए मैडम जी। इ कौन है, कामिनी ने, औरत की ओर इशारा कर पूछा।

इ बिनती माय है। हमलोग का गिनती करती है। पर इ बुढ़िया से पूछिए तो अपने केतना पूजा करती है। उसकी इस बात पर बिनती माय चिढ़ गई। अरे हम रोज तुलसी मा को जल नहीं ढारते है। तु नइ देखी है का, बताइये तो कतना झूठ बोलती है। बात को बतंगड़ होते देख जल्दी से पूछा कि

गिनती करती है मतलब। मैडम रोज दिन लड़कियन का गिनती करने का जिम्मा हमरे है। कि कोई छौंड़ी भाग तो नहीं गई। क्या लड़कियाँ भागती भी हैं। हाँ त, बिनती माय बोली। हम मनोरमा दीदी के गांव के है। ओकरे चलते हम हियाँ आए हैं। हमरो बेटवो के नौकरी लगा देल खय।

कएगो छौंड़ियन भागी है बिनती माय। उ तो यादे नइ है हमको बिनती माय जानती है कि कहाँ झूठ बोलना है। आव हियाँ बैठू ना। कामिनी ने उसको बुलाया। ना हम हियें ठीक है सर जी।

मैडम एतना अंधार काहे रखी हैं। अजीबे लगता है। नाज़िया अचानक से

बोली। उसकी आँखें अभी भी भावविहीन हैं। ठीक है चलो खिड़की के पर्दे हटा देते हैं। पर्दा हटाया तो सूरज की रोशनी की चमक ने नाज़िया की आँखों को भी रोशन कर दिया। उन आँखों में ज़िंदगी दिखी मुझे।

कामिनी मैं एक फोन करके आती हूँ। कहकर मैं बाहर चली गई। शिवचरण अबतक नहीं आया है। कॉल किया तो उसने उठाया और कहा जाम में हूँ, पहुंच रहा हूँ। चलो सब आनेवाले हैं। पर इस बिनती माय को कैसे हटाया जाए। अंदर गई तो नाज़िया कमरे में लगी, तस्वीरों को देख रही है।

पहचानती हो इन सबको। हाँ एगो तो गांधी जी हैं। इस्कुल में हमलोग गांधी जयंती मनाते थे ना। अरे वाह! स्कूल में कौन सी टीचर सबसे अच्छी थी। वह इसपर खामोश हो गई। मैं डर गई। अब स्कूल के साथ भी कुछ बुरी यादें हैं क्या।

उ सर थे जो सबसे अच्छे थे। मोहन सर उनका नाम है। हम को खेलना वही सिखाए। नाज़िया के चेहरे पर अपने अतीत की खुशनुमा परछाइयाँ उभर रही है। मैं महसूस कर रही हूँ उसकी पीड़ा और खुशी को।

बिनती माय से बातें करना छोड़ कामिनी भी सुनने लगी। पर फिर नाज़िया चुप हो गई।

अपराजिता ये बिनती माय तो बता रही है कि मनोरमा मुस्लमान है। पर हिंदूओं जैसा हीं रहती है और सदानंद बाबू उनको बहुत इज्जत देते है। वही उसको पढ़ाई लिखाई करवाए हैं। सब वही संभालती है। सदानंद बाबू का बचवन और मलकिनी भी बहुते मानते हैं। गांव में वो अपना बड़का घर बनवाई है। अपना परिवार में भाई, मामा सबको काम पर लगवा दी है।

हाँ मैडम जी उ बहुते बड़का आदमीन बन गई है। इ नाज़िया से पुछिए ना। उ सब बताएगी। नाज़िया तुं हो बताव। पर नाज़िया नहीं बोलेगी। इ छौंड़ी के एही आदत बहुत खराब हइ, बोलबे ना कर हइ। पहिले बहुते बोलती थी। पर जब से एकर माय, बाउजी नहीं ले गए। तब से कम बोलती है।

नाज़िया कौनो भूत उत तो ना देख ली है। न न भूत उत कुछो ना हय, बिनती माय घबरा गई। नाज़िया की आँखों में फिर से एक वीरानापन छा गया।

तभी शिवचरण अंदर आया। नाज़िया सहम गई। फिर उसकी आँखों से वो भाव गायब हो गए। अब वह ढीठ सी हो गई। शिवचरण को गौर से देखने लगी। बिनती माय ने नाज़िया की बदलती भंगिमा देखी।

अरे इ सब तोरा खेल सिखाऐगें। तू चुप कर बिनती माय। हम इनलोग के साथे नहीं जाऐंगें। बिनती माय डर गइ कि कुछ पोल ना खोल दे। नजिया सर

बोले हैं कि तुम इनके साथ बात करोगी। कोई तू को थोड़ी ना ले जाएगा।

जो करना है एहीं करें, हम बाहर ना जाएंगं, वो क्या करने की बात बोल रही है। नाज़िया के इस बोल में ना तो विरोध है और न हीं समर्थन। आत्मसमर्पण करने वाली मुद्रा कि हम अब नहीं लड़ सकते, जो करना है करो। पर मेरा अस्तित्व कांप गया।

अरे! बेटा सुनो हम लोग यहीं रहेगें। कहाँ जाऐगें बताओ। तुम्हारे खेल की बात करेंगें। तुम तो एथलीट रही हो, लंबी दौड़ में भाग ली हो। है ना। नाज़िया कुछ नहीं बोल रही थी।

अपराजिता हम बिनती माय को चाय पिलाकर लाते हैं। बेचारी कब से बैठी है। न न मैडम जी हम इहें रहेंगें। काहे तुमको डर लग रहा है। अरे हमलोग सरकार के आदमी हैं, समझी ना। चलो। कामिनी उसको जबरन बाहर ले गई।

नाज़िया सुनो तुमको खेलने का मन करता है ना। वो बिलकुल चुप है। तुमको भागना है ना। मैदान में दौड़ना है ना। देखो इंसान की ज़िंदगी में बहुत बार बुरा होता है पर हमेशा बुरा ही हो, ऐसा भी नहीं होता है। मैं नाज़िया को पीस मोड में लाने का प्रयास कर रही हूँ, ताकि वो बालिका गृह के राज खोल सके, शिवचरण रिर्कोडिंग करने की तैयारी कर चुका है।

तुम जहाँ रहती हो वह दोज़ख़ है यही बताया था ना तुमने। तो क्या तुम नहीं चाहती कि एक नयी ज़िंदगी शुरू करो तुम सब लड़कियाँ। सदानंद और मनोरमा जो बुरा कर रहे हैं उसको भी सामने आना चाहिए। नाज़िया टेबल के उस पार सर झुकाए बैठी है। मानो उसको किसी बात से कोई मतलब नहीं।

नाज़िया ऐसे सर झुकाने से कुछ नहीं होगा। अभी जो दीदी बाहर गई हैं। पता है उनके पति ने उनको जलाने की कोशिश की थी, पर अपनी हिम्मत की वजह से वो बच गईं। आज वो एक सफल वकील है, जो तुम्हारी जैसी लड़कियों की हेल्प करती है। हम सभी यहाँ इसलिए आए हैं ताकि तुम सबको उस नरक से छुटकारा दिला सकें।

पुछिए ना मैडम! क्या पूछना है। एकदम से उखड़कर नाज़िया बोली। नइ तो बिनती माय आएगी और कुछ बोलने नहीं देगी। पर उससे हम डरते थोड़े ना हैं। उसको तो पटक के मार देते हैं जादा तंग करती है तो। आप मेरी दोस्त मेहरू को काहे ना बोलाए। उ त कितना कुछ जानती है। इ रामी हरामी तो उसको हमेशा खाने नइ देती है। काहे कि उ रामी का बात नहीं मानती है। उसको एगो नेताजी के साथ भेज रही थी, उ बुढवा एकदमे पगलाइल था। मेहरू बोल दी एकर साथ हम नहीं जायेगें। तब रामी ने उसको बेल्ट से

पिटवाया। कौन पीटा! वही रामनरेसवा और इमरानवा मनोरमा का पालतू कुक्कुर लोग।

आझे तो उहाँ पार्टी है उसमें समीरा, मोती, सोनी, कानती, नसीबन और गुड़िया सबको नया पैंट और गंजी दिया गया है उ सब नाचेगी, शराब पियेगी और सबको देगी भी। फिर सब लोग गेस्ट हाउस में जाऐगा और वो ही गंदा काम करेगा। पैंट खोलेगा, गंजी खोलेगा। मन करेगा त जलाइयो देगा। न तो एगो हरामी चार गो के साथ सुतेगा।

क्या! लड़कियाँ शराब पीती हैं। नहीं मैडम जी जब कोई अइसन लोग आता है तो जर्बदस्ती पिला देता है। पर कुछ लोग तो पियक्कड़ बन गई है। वहाँ सब लोग शराब पीता है।

मैं हैरान हूँ, अगर इन सबका खुलासा हो जाये तो जो मुसलमान हैं किसी संस्था या पार्टी में हैं। भयानक हंगामा कर देगें। पर यहाँ तो कोई धर्म नहीं है, जाति भी नहीं है। सिर्फ़ शैतानियत का बोलबाला है। जिसमें हर कोई शरीक है।

शिवचरण हतप्रभ था। आज ही होगा पार्टी उसने पूछा। उहाँ त रोजे पार्टी होता है पर आज वाला खास है। काहे कि सहारनपुर से कौनो पार्टी आ रहा है। देखिए मैडम जी आप क्या करेंगीं नहीं पता। हम क्या खेलेंगें इहो नइ पता। पर मेरा जान छोड़ दीजिए। हम मर गए हैं। जीकर का करेगें। मेरा उम्र सिर्फ़ बीस साल है और हम सब गंदा काम कर चुके हैं। अब्बू अम्मी भी नहिए रखेगें। उसके चेहरे पर एक बड़ी सी लकीर चिंता की खींच गई।

सुनो नाज़िया सब ठीक हो जाऐगा। तुम फिर से खेल के मैदान में दौड़ लगाओगी। बाकी लड़कियाँ भी चैन से रहेंगीं। उसने मुझे जिस नज़र से देखा उसमें सिर्फ़ अविश्वास था। मेरी रूह कांप गई। उसके भीतर का सब ख़त्म हो गया है। जिसका नाम ज़िंदगी है उसकी ख़ूबसूरती, प्यार, भावनाऐं सब बुरी तरह से रौंदे जा चुके हैं। क्या बालिका गृह की सारी लड़कियाँ ऐसी हो चुकी हैं। मन सदमे से भर उठा, लगा कि एक बंदूक उठाउं और सदानंद, मनोरमा और रामी को उड़ा दूँ। जिन्होंने हैवान बनकर लड़कियों को रौंद दिया है। उन्हें ज़िंदा लाश बना दिया है।

वह अभी ऊँगली से टेबल को खुरच रही है, शिवचरण इस चक्कर में है कि वो कुछ ऐसा बोले कि सदानंद और मनोरमा के खिलाफ़ कुछ सबूत मिल जाए। मैं नाज़िया को कुरेदना नहीं चाहती। वर्ना वह चुप्पी ओढ़ सकती है। नाज़िया तुम्हें भूख लगी है ना चलो कुछ खाते हैं। उसने सर उपर किया मैडम जी आप एहीं मंगाइये ना। क्यों होटल में चलकर खाना अच्छा नहीं लगता।

नइ एक बार वहाँ से भागे थे उ हरामी इमरान के कहे पर। उ हमलोग को बोला कि तुम दोनों को गाड़ी पर बइठा देगें। बाकी हम देख लेगें। उ हमको और मेहरू को होटल में बइठा दिया और अपने कहाँ चला गया। तबे एगो मनोरमा रंडिया का यार फुरकनवा देख लिया और उ ख़बर कर दिया। तुरंते मनोरमवा गाड़ी ले के आई और ले गई। उस रोज एतना मारी हरामजादी कि का बताएँ। मेहरू त बेहोसे हो गई।

अच्छा उस इमरान का क्या हुआ। उ ऐतना हरामी है कि दू दिन बाद आ गया और बोला कि हम का जाने कि इ लोग को कौन ले गया था। हम उस दिन बोले कि इमरान तुमको ना अल्लाह मियाँ दोज़ख़ नसीब करेगें। पिल्लु पड़ेगा। पर उसको कुछ नहीं हुआ। उ सब मनोरमवा का रिश्तेदार है ना।

वो ही दिन मेहरू को सदानंद ले गया, कहाँ तो। सबेरे जब आई ना उसका पुरा होंठ, गाल फुलल था। उ दर्द से रो रही थी। हम सब पूछे कि का हुआ। त खाली रोते रही। रामी आई और उसको ले गई। पर केतना दिन तक उ सुती नहीं। उसका छाती भी सुज गया था। पेशाब का रस्ता में भी घाव हो गया था।

बाद में बताइ कि चार पांच गो मरद लोग सुता था ओकर साथ। सदानंद ही सबको लाया था। फिर बाद में मेहरू को बीमारी हो गया और एक दिन सब उसको डॉक्टर के पास ले गया। पर उसके बाद उ इहाँ नइ आइ। नाज़िया सिसकने लगी। मैं भी रोने लगी। आज भी हर रात को ना मैडम जी उ रोती है हम उसका रोअल सुनते हैं। तब से कोई वहाँ से भागने के बारे में नहीं सोचती।

उहाँ लड़कियन से रेप करता है रोजे दिन। नाज़िया अब रोना बंद कर के सजगता से बताने को तैयार हो रही थी। उसके लिए मैंने समोसा, पकौड़े और चाय मंगवा दिया। उसने पानी पीया और पकौड़े खाने लगी।

नाज़िया ये बताओ तो सदानंद और मनोरमा लड़कियों को कहाँ कहाँ ले जाते हैं। लड़कियन को तो रामिया ले जाती है, मनोरमा फोन पर बतियाती है और गाड़ी से सबको पहुँचाने का काम रामिया करती है। कहियो तो बुर्का ओढा केले जाती है। एक बार त कोई बड़ा ऑफ़िसर आया था उहाँ। उ सर और मनोरमा उसका बहुते खतिरदारी कर रहे थे। फिर उसी के गाड़ी में मेहरू और बेला दुनो गई। दुनो बड़ी सुंदर थी। सदानंद भी मेहरू को हमेशा बुलाते थे। पर उ त मर गई। अब बेलवा पर पड़ल है। उसको भी मरवा देगा।

खाते खाते नाज़िया बोल रही है, वहाँ ना कएगो लड़कियन पलान बनाती है भागने का। पर मेहरू का हाल देखकर डर जाती है। अच्छा एक बात बताओ,

वहाँ कौन कौन है जो लड़कियों को तंग करता है। सभे वोइसने है। इ बिनती माय है, से कम हरामजादी है। खाली देखते रहती है कि कौन किससे जादा बतिया रही है बस उसको दुसर रूम में भेज देती है।

कितना रूम है वहाँ। तीन चार गो हइए है। उसमें चालीस लड़की लोग को ठुंस दिया है। गर्मी में त ऐतना दिक्कत होता है कि का बताऐं। रामी, सुषमा लोग भी गंदा काम करती है वहाँ की लड़कियन के साथ। क्या! हाँ मैडम जी। बाप रे! दुनिया का तमाम कचड़ा और प्रदुषण इस बालिका गृह में इकठठा हो गया है। हर तरह के अपराध का जखीरा है यहाँ, और किसी को ख़बर हीं नहीं।

नाज़िया कुछ और खाओगी। हूँ..... कहकर उसने अपने प्लेट को देखा और बोली मैडम जी इ सिंघाडा और पकौड़ी त हम कितने दिन के बाद खाए हैं। हम अपने घर में रोजा के दिन में ना इ सब खाते थे। अम्म्मी इफतारी बनाती थी उसमें पकौड़ी, चना, पुलाव सब रहता था। नाज़िया की यादें अब अपने घर में सैर कर रही हैं। हम भी रोजा रखते थे पर जब खेलने लगे तो ताकत नहीं रहता था कि रोजा रखें, त बहुते बार छुट जाता था। उसी का सजा तो हमको मिल रहा है। नाज़िया की यादें घायल होकर गिर पड़ी।

उहाँ हमलोग के खाना में सिर्फ़ दाल भात, चोखा नहीं त खिचड़ी दिया जाता है और कभी कभी तो उपासे रह जाते हैं हमलोग। क्यों! काहे कि कीड़ा वाला चावल बना देती है उ सब। घिन लगता है।

अच्छा ये बताओ कि वहाँ कभी कोई सरकारी आदमी इंसपेक्शन के लिए आता है कि नहीं। हाँ एगो मैडम जी आती हैं। उनके साथ दो गो सर भी आते हैं। उनको तो मनोरमा और रामी ऑफ़िस में बैठाती है और मिठाई नाश्ता खिलाकर विदा कर देती है। एक बार पूरे आवास का इंस्पेक्शन हुआ था तो साहब लोग हमलोग से मिले थे। उस दिन बहुत बढ़िया खाना बना था। अरवा चावल का पुलाव, मुर्गा और मिठाई मिला था। उ मनोरमवा बोली कि तू लोग कुछ उल्टा पुल्टा नइ बोलेगी। कोई बोला त सोच लेना। डर के मारे कोई कुछ नहीं बोला।

शिवचरण ने पूछा बेटा तुम एक बात बताओ। वहाँ पर लड़कियाँ इन सब बातों से खुश हैं या दुखी है। अंकल जी आप के साथ अइसा होगा तो आप खुश रहिएगा। नहीं ना। हमलोग का ज़िंदगी कैसा हो गया है कुता जइसा। मार खाते हैं शरीर का दुर्गति झेलते हैं। कोई माँ बाप ले भी नहीं जाता है। ना घुमना ना मन का कुछ करना। बीमार हो जाएँ तो अच्छा दवा भी नहीं देता कोई। किसी को कोई बात बता नहीं सकते। हमलोग जेले में ना हैं अंकल जी। वह

र्निविकार भाव से बोल रही है। कोई फिल्म चल रही है उसके दिमाग़ मे।

नाज़िया अचानक चिंहुक गई और एक कंपकंपी की लहर उसके शरीर में उठी और सेकेंड भर में शांत हो गई।

क्या हुआ नाज़िया!मैडम जी उ मनोरमवा हमको बहुते पिटवायेगी। अगर हम जल्दी नहीं गए तो। उसका चेहरा एकदम काला पड़ गया। वह उठने लगी। नाज़िया हम हैं ना। तुमको तो परमिशन लेकर आए हैं। कोई कुछ नहीं बोलेगा बेटा। शिवचरण ने कहा। वैसे भी बिनती माय आएगी, तब ना तुम जाओगी।

तब वह कुर्सी पर चुप होकर बैठ गई। तुम्हारे घर पर कौन कौन हैं। उसकी नज़रें उठीं और झुक गई। अच्छा नहीं बताना, कोई बात नहीं। बाद में बताना। देखो बस तुम डरना नहीं, हम सब तुम्हारे साथ हैं। मेरे बोलों ने उसको सहलाया। एक बार उसने मुझे देखा और बताने लगी,

मेरे अम्मी-अब्बू, दो सिस्टर और एक छोटा भाई है। हम मुंगेर के रहनेवाले हैं। अब्बू चपरासी हैं और अम्मी घर पर हीं रहती है। पर अम्मी का मन थो कि उनके बच्चे कुछ पढ़ लें तो कहीं नौकरी मिल जायेगी। कम से कम किसी स्कूल में मिल ही जायेगा। पर हम तो खेलने भी लगे ना मैडम। जो अब्बू को और खानदान में किसी को मंजूर नहीं था। बस अम्मी हैं जो मेरा हौसला बढ़ातीं थी और अब्बू से भी लड़ती थी।

अच्छा क्या नाम है, तुम्हारे भाई बहिन का। रोशनी, बेबी और बंटी नाम है। रोशनी दीदी का मैरेज हो गया है। उ भी मैट्रिक पास है और बंटी सातवां में पढ़ रहा है। नाज़िया के चेहरे पर एक चमक थी। हम भी मैट्रिक कर कॉलेज में एडमिशन लिए पर अब्बू हमको एतना मारे कि हम घर से भाग गए।

क्यों मारे! हम खेलने जाते थे मोहन सर के साथ मैदान में। जिला में खेलने के लिए इधर उधर जाते थे। हमलोग के यहाँ लड़कियन खेलती नहीं है, सबकी शादी हो जाती है। हमलोग अंसारी मुसलमान हैं ना मैडम। तो हमलोग के यहाँ लड़कियन का निकाह जल्दीये हो जाता है। त अब्बू हमको मना करते थे सब दयाद लोग उनको उल्टा सुल्टा बोलता था।

एक दिन हम भागलपुर खेलने चले गए, मोहन सर के साथ। अम्मी को को बोल दिए थे। तीन दिन के बाद जब हम लौटे तो पापाजी हमको इतना मारे कि हम बेहोश हो गए। होश आया तो अब्बू बोले कि अब इ घर में तू नहीं रहेगी। मोहन सर के साथ रहो। पूरा समाज हम पर थू थू आ रहा है कि तीन दिन तक लड़की, एक मर्द के साथ रही। हमको समाज में नहीं रहने देगा।

अम्मी इतना रोते रही कि अइसा मत कीजिए। पर अब्बू तो एक बूढ़े के

साथ मेरा निकाह करवाना चाहते थे। पर हम मना कर दिये। ओतना रात को हम कहाँ जाते। हम स्टेशन पहुँच गए, गुस्सा हमको भी था। एक त हम कुछ गलती भी नहीं किए, और हमको इतना मार भी पड़ा। अब हम घर नहीं जाऐगें ना तबे अब्बू को पता चलेगा।

वहाँ एक ट्रेन खड़ी थी, हम उसी में बइठे और कहाँ पहुँचे, पता भी नहीं चला। एक टी.टी आया और टिकट माँगा तो हम रोने लगे। तब उ वहाँ पर पुलिस बुला लिया। मेरा घर का पता ठिकाना पूछा और हमको एही नरक में पहुंचा गया। बाद में पता चला कि इ जगह पटना में है।

तब से ना मैडम हम कैद हो गए हैं। बहुत बार अपने अब्बू के पास, मामू के पास चिठठी लिखे पर किसी का जवाब नहीं आया। कोई हमको खोजने भी नहीं आया। हमको घर जाना है मैडम जी। पहुँचा दीजिए ना। अब नाज़िया सिसकने लगी।

नाज़िया देखो हम पूरी कोशिश करेगें। पर पहले तुम मजबूत तो बन जाओ। तभी तुम बाहर आकर सबका अच्छा कर सकती हो ना।

मैडम जी उ जो सदानंद है ना, उसको एतना लोग का सराप पड़ा है ना कि उ गल गल के मरेगा और वही हरामी मनोरमवा और रमिया दुनों को अल्लाह ऐसा करेंगें ना कि याद करेगी कि कइसे सबको बर्बाद की है। हम तो मनोरमा और रामी को पीटे भी हैं। इसके कारण उ लोग हमको चंदुआ दलाल को बोलकर मरवाई और खाना भी नहीं दी। जब हम बोले कि अबसे हम नहीं करेंगें। तब हमको खाना दी। उनलोग का सबसे कम वश हमरे पर चलता है। बाकी तो वहाँ ज़िंदा लाश है, न त रंडीगिरि कर रही है। कएगो तो बच्चा गिरवा चुकी है।

हम टकटकी लगाकर नाज़िया को देख रहे हैं। एक घृणित व्यापार का धंधा जो असहाय लड़कियों को सरेआम मौत की तरफ़ ढकेल रहा है और सब लोग जानते हुए भी इसको जारी रखे हुए हैं। इतना तो साबित हो गया है कि सदानंद के इस घिनौने खेल में काफ़ी लोग शामिल हैं। वो कौन लोग हो सकते हैं। उनके बारे में शिवचरण का यही अनुमान है कि इसमें नेता, अधिकारी और ठीकेदार सरीखे लोग हो सकते हैं।

हम पता कर लेंगें, पर सबसे पहले नाज़िया को लड़ने के लिए तैयार करना पड़ेगा। शिवचरण वो स्पोंटस वाले कब आ रहे हैं। आ रहे हैं अपराजिता जी। मैं एकदम डिस्टर्ब हो गया हूँ। ऐसा घृणित काम करते हैं ये सब समाज सेवा के नाम पर। देखिए शिवचरण जी भावुकता से काम नहीं चलेगा। हमें इन

सबको न्याय दिलवाना है। इनकी ज़िंदगी संवारनी है तभी हमारी संवेदनशीलता के मायने हैं। अन्यथा सहानुभूति दिखाने वाले लोग आते हैं और चले जाते हैं।

शिवचरण अभी भी सर पकड़ कर बैठा हुआ है जबकि गुप्तचर शाखा में होने के कारण वह कितने हीं दिल दहलाने वाले केसों पर काम करता है। इस बालिका गृह में दर्दनाक हादसे हो रहे थे, जिसका शब्दों में बयान करना मुश्किल है।

पर ये कामिनी कहाँ गई! मैंने फोन लगाया। कहाँ हो तुम! बस आ रही हूँ। बिनती माय खाना खा चुकी है उसको मनोरमा बार बार फोन कर रही है। अच्छा जल्दी से आओ।

नाज़िया तुम पढ़ी लिखी हो, इस बात पर उसके चेहरे पर चमक आई। जो हम बातें कर रहे हैं उसकी जानकारी वहाँ किसी को नहीं होनी चाहिए, नहीं तो कोई भी बच नहीं पाएगी। मैडम जी ऐसा नहीं होगा। हमसे उ लोग बाते नहीं करती हैं।

बाकी लोग तो दिनभर एही बात करती है कि सर हमको ऐसे बोले, ऐसे किए। वहाँ गए तो उ आदमी ऐसे छेड़ा और वैसे किया। फिर रामी और मनोरमा की चुगली। हम तो कभी कभी अल्लाह को याद कर लेते हैं अपने गुनाह के लिए माफी भी माँगते हैं। पर बाकी का दिमाग़ अइसन फिर गया है कि कोई कुछ नहीं करता।

वहाँ मैडम जी खाली शैतान लोग रहता है। वहाँ पर कोई भगवान, कोई अल्लाह नहीं रहता। मालिनी बोलती है कि हमलोग का भगवान तो कहीं चला गया है। काहे कि ऐतना हमलोग रोते हैं बिलखते हैं पर कोई सुनवाई नहीं होता हैं इसलिए ऐसा बोलती है मालिनी दीदी। उसने अपने दुपटे को जोर से मोड़ दिया और बोली कि मैडम जी जो अल्लाह है ना बहुते खफा है। पर हमको भरोसा है कि उ मान जायेगें। मालिनी दीदी के भी भगवान वापस आ जायेगें।

मैंने उसके कंधे को पकड़कर हिलाया और कहा खुदा तुम्हारी नेक-नीयत पर खुश हो जायेगं नाज़िया। बस तुम हिम्मत मत हारना।

नाज़िया के दिमाग़ में कोई सोच नहीं है कि आगे उसकी ज़िंदगी कैसी होगी। अभी वो बालिका गृह में ही जी रही है। शायद एक सीमा के बाद इंसान अपने को लम्हों के हवाले कर देता है घंटे या मिनट का कोई आर्कषण नहीं रह जाता।

शिवचरण अंदर एक व्यक्ति को लेकर आया, इनसे मिलिए आप चंदन कुमार हैं, और लड़कियों को अलग अलग खेल की ट्रेनिंग देते हैं। सरकारी

संस्था है। अच्छा आइए नमस्ते। देखिए ये नाज़िया है। पहले ये वॉलीबॉल खेलती थीं, बाद में लंबी दौड़ में भाग लेने लगी। जिला स्तर पर खेल चुकी है।

नाज़िया अब सजग होकर सुन रही है। पर हम कैसे खेलेंगें मैडम, मनोरमा वहाँ से आने देगी तब ना। यानी नाज़िया में थोड़ी सी इच्छा बची हुई है। देखो वो सब हम कर लेंगें। पर तुम बताओ खेलना है कि नहीं। अपनी ऊँगलियों से आड़ी तिरछी लकीरें खींचते हुए वह चुप है। बोलो नाज़िया। तुमको खेलना है ना। वहाँ से बाहर निकलना है ना। फिर हम रहेगें कहाँ। उसकी असुरक्षा ने उसे फिर से अंधेरे में ढकेल दिया।

वो सब हम व्यवस्था कर लेंगें। आपलोग हमको अम्मी से मिलवा दीजिएगा ना। एक मासूम सा सवाल उछला और जवाब की आशा में ठहरा रहा। ये सब हो जाऐगा। पर तुमको आगे बढ़ना होगा, मजबूत होना होगा।

चंदन बोला कि अच्छा ये बताओ तुम कहाँ से खेलती थी। मुंगेर से। अच्छा। कितने मीटर में। हम 100 मी.वाले में भाग लेते थे। जीते भी थे। वहाँ के इंटर कालेज में मेरा नाम लिखाया था। मोहन सर हमलोग को प्रैक्टिस करवाते थे। शाबाश! अब नाज़िया बालिका गृह की दहलीज लांघ चुकी है। जल्द हीं वो खुली हवा में सांस ले रही होगी।

सर आप हमको प्रैक्टिस करवाइऐगा। नाज़िया ने कहा तो मैं खुशी से चिल्ला उठी। ये खेलेगी! चंदन जी और वो सबका मुकाबला भी करेगी। मैडम जी हम ना वहाँ से और लड़की लोग को ले आऐगें। हाँ हाँ क्यों नहीं। नाज़िया ने आँखें उठाकर आसमान को देखा। अपने अल्लाह को शुक्रिया कहा है शायद।

चंदन बोला कि एक दिन इसका टेस्ट लेना पड़ेगा। कि कहाँ से स्टॉट करें। देखो चंदन हमारी नाज़िया खेलेगी और इसको बड़ा खिलाडी बनना है ताकि इसके अम्मी -अब्बू बोल सकें कि उनकी बेटी ने नाम कर दिया है। है ना नाज़िया। उसने सर झुका लिया। उसका विश्वास कहीं इंसानों से उठ चुका है। कभी लगता है कि सब ठीक हो जाऐगा। कभी बालिका गृह की काली भुतिया परछाईयाँ उसका विश्वास छीनकर वहीं ले जाती हैं, जहाँ से रिहाई मुमकिन नहीं दिखती।

अपराजिता देखो मनोरमा का बार बार फोन आ रहा है, बिनती माय जाना चाहती है। नाज़िया के चेहरे पर गुस्सा काबिज हो गया। बिनती माय, मनोरमा को बोल दो अभी हमारे खेल के सर आए है उनसे बात करना है, लेट होगा।

अरे ना गे! उ मनोरमवा दीदी हमरा कह रही है कि जल्दी से आ जाओ। सबका गिनती का टाइम हो रहा है।

ठीक है बिनती माय आप नाज़िया को ले जाइए। जब इसकी ज़रूरत होगी तो हम बुला लेगें। वह फिर से गुमसुम हो गई। मुझे इसका मनोबल उंचा बनाए रखना होगा। जल्द ही वहाँ से हटाना भी पड़ेगा। नहीं तो हो सकता है कि ये गुस्से में या उतेजना में हमारी बातें किसी को बोल दे।

नाज़िया हम जल्द हीं मिलेगें, वो भी खेल के मैदान में, है ना चंदन। हाँ मैडम इस लड़की में टैलेंट है और वो अच्छा खेलेगी। नाज़िया के चेहरे पर हल्की सी हँसी आई और लुप्त हो गई। मैंने उसको देखा और खुश हो गई।

उनके जाने के बाद ऑफ़िस से बाहर निकले। तो हममें से हर किसी के पास बालिका गृह को लेकर अलग अलग अनुभव थे। जिसको शेयर करना ज़रूरी लग रहा था।

हम आगे बढ़कर एक रेस्टरां में आ गए खाना खाने के लिए। कामिनी इस बिनती माँ ने कुछ बताया। नहीं कुछ खास नहीं। पूरे टाइम वो सदानंद और मनोरमा के गुण गाती रही। लगता है उसको यही सीखाकर भेजा गया है। उसने बताया कि मनोरमा और सदानंद दोनों एक साथ मिलजुल कर काम करते हैं।

सदानंद बिना मनोरमा से पूछे कोई काम नहीं करता। दोनो अगल बगल गांव के हैं। मनोरमा जिसका असली नाम कुलसुम है। गांव में किसी संस्था में एक साधारण कार्यकर्ता के रूप में काम करती थी। किसी कार्यक्रम में सदानंद की मुलाकात उससे हुई। इसके बाद कुलसुम सदानंद की सहचरी बन गई। उसके हर काले उजले धंधे में शामिल हो गई।

सदानंद के परिवार को कोई आपति नहीं हुई। बिनती माय से यही सवाल पूछा तो उसने कहा कि सर यानी सदानंद के परिवार ने भी कुलसुम उर्फ़ मनोरमा को स्वीकार कर लिया। क्योंकि सदानंद ने स्पष्ट कह दिया कि मनोरमा उनके साथ हीं रहेगी। समाज ने सदानंद को थू थू किया। पर बाद में उनके सारे रिश्तेदार सदानंद की शरण में पहुँच गए। कारण था सदानंद की राजनीतिक पहुँच। जिसकी ज़रूरत सबको थी। पर अपने समाज में उसे आज भी सम्मान नहीं दिया जाता है। सब बोलते हैं कि उसका दिमाग़ किसी मौलवी ने बदल दिया है। मनोरमा उर्फ़ कुलसूम ने कोई जादु टोना करवा दिया है।

मनोरमा के घर की हालत भी सुधर गई। कच्चे मकान की जगह पक्का मकान, गाड़ी, नौकर, चाकर सब आ गए। उसके प्रभाव को देखकर गांव गिराम के लोग उसकी इज्जत करने लगे। बहुतों को उसने काम दिलाया। पर उसका

असली काम क्या है, किसी को नहीं पता। मुस्लिम समाज भी चुप्पी लगाकर बैठा है। क्योंकि अपने कई रिश्तेदारों को उसने काम पर लगा दिया है।

बड़ी इज्जत हई दुनो के। मंत्रीयन के तो लाइन लगल रहेला हो। कएगो त धंधा है उनका। कौनो एगो हई। कामिनी बिनती माय की नकल कर बताने लगी। इधर शिवचरण स्टार्टर खाने में बिजी था। तुम क्या सोच रहे हो शिवचरण। जल्दी से जल्दी रेड करना है नहीं तो चिडिया फुर्र हो जाएगी। मैं एक सप्ताह तक उनकी एक्टिविटी पर नज़र रखूंगा। उसके बाद उन्हें रंगे हाथों पकडूंगा।

शिवचरण तुम ठीक कह रहे हों। पर क्या इसके लिए परमिशन लेनी पड़ेगी। नहीं ये एरिया मेरे अधिकार क्षेत्र में आता है। मैं कार्रवाई करके बॉस लोग को फोन करूँगा।

अपराजिता हमें नाज़िया को पहले बाहर लाना पड़ेगा। साथ में एकाध लड़की और होती तो और अच्छा होता। हाँ पर नाज़िया को खेल में भी नाम लिखवाना पड़ेगा। मुझे उसकी बड़ी चिंता है। एक संभावनाशील खिलाड़ी को और सबको बर्बाद कर दिया इन कमीनों की जोड़ी ने।.

बताओ अपराजिता ऐसा पाप कहाँ रखेगा इ लोग। बेचारी लड़कियों को सेक्स गर्ल से भी बदतर बना दिया। कितना दुख है उनकी किस्मत में। इसके बाद ये हरामजादे लोग उनकी ज़िंदगी को नर्क में बदल दिए। कैसे इन राक्षसों से छुटकारा मिलेगा। कामिनी अवसादग्रस्त होने लगी।

कामिनी अब हमलोग मिलकर इस नरक से छुटकारा दिलाऐगें सभी बच्चियों को। मैंने उसके हाथ को अपने हाथ में लेकर तसल्ली दी। शिवचरण ने कहा मैडम हम निकल रहे हैं। कल से काम शुरू हो जाऐगा। हाँ नाज़िया को एकाध दिन में ही स्पोर्टस सेंटर में दाखिल करवा देगें। ताकि हमारा काम सफल हो जाए। हाँ शिवचरण भाई। जीवन में हमसे एक पुण्य का काम होना लिखा है, इसके होने से हमारा जीवन सार्थक हो जाऐगा।

मैं बेचैन हो रही हूँ कि कब उस नरक से लड़कियों को छुटकारा मिले। उसी मूड में मैंने सामने रखे अख़बार को पलटा। सामने सदानंद की तस्वीर नज़र आई। साथ में मंत्री जी को बुके देती मनोरमा भी दिखी। सदानंद ने छोटे बच्चों का पालनागृह का उदघाटन मंत्री से करवाया था। हे भगवान!अब इन बच्चों का भगवान ही मालिक है। किस राक्षस को सरकार ने ये प्रोजेक्ट दे दिया। जल्दी से मैंने कामिनी को फोन किया। फिर रीना को भी अपने घर बुलाया।

थोड़ी देर में वो दोनों मेरे घर पहुँची। उन्हें भी इस ख़बर को पढ़कर बेचैनी हो रही है। दी मैंने कहा था ना कि सदानंद की राजनीतिक हैसियत बहुत उंची है। देखिए उसको फिर से एक प्रोजेक्ट मिल गया। उन बच्चों का क्या होगा, जरा सोचिए।

रीना क्या इस सबंध में कुछ हो सकता है। दी सिर्फ़ एक ही बात हो सकती है कि उसको ये काम कैसे मिला। इसकी सूचना आर0टी.आई से माँगी जा सकती है। आप जान लीजिए कि कोई एन.जी.ओ. सदानंद के खिलाफ़ कुछ नहीं करेगा। क्योंकि उसने अपने साथ कुछ और संस्थाओं को भी काम दिलाया होगा, ताकि उसके खिलाफ़ कोई ना बोले। बहुत पहुँचा हुआ खिलाड़ी है।

ये समाज कल्याण मंत्री हैं ना। हाँ चंद्रकला कुमारी। इससे बहुत पटरी खाता है मनोरमा और सदानंद का। जिले के डी.एम भी मेहरबाने हैं इनपर। पता नहीं क्या देता है ये आदमी। कमीशन तो हम सब भी देते हैं। पर हमलोग को कुछ बचता नहीं हैं। पर ये लोग तो फर्जीवाड़ा करने में माहिर है। सारा पैसा हड़प लेगा इ लोग। कागज पर दिखा देगा और बचवन सब का खाना खुराकी खा लेगा। तब भी कुछ नहीं होगा। काहे कि समरथ को दोष नहीं गुसाई।

कामिनी तुम और रीना एक सूचनाधिकार की अर्जी डाल दो। ताकि कुछ तो हाथ आऐ। और वो जो होता है ना कि 48 घंटे के अंदर ही जवाब देने की बाध्यता होती है। उसके अंर्तगत अप्लाई करो। ठीक है दी आज हीं कर देंगें।

कुछ सुलझ नहीं रहा। मैंने शिवचरण को फोन लगाया, शिवचरण चंदन से पूछो कि नाज़िया को कबतक एडमिशन दिला सकते हैं। देखो खेल कोटे से हो जाए तो बेहतर है, नहीं तो जो खर्च होगा हम देगें। अरे नहीं मैडम जी हो जाऐगा। देखो जल्दी करवाना है तुम समझ रहे हो ना। काम तो शुरू हो गया है ना। हाँ बहुत कुछ सामने आऐगा। हाँ मैडम जी। बस मिलते हैं तो बताते हैं।

क्या मिला है शिवचरण को। जो भी है अच्छा ही होगा। हमें शिवचरण के साथ खड़ा होना होगा। इस नरक कथा के सामने आने पर सरकारी महकमा उसपर बहुत दबाव डालेगा। वैसे में अख़बार को उसके पक्ष में रहना पड़ेगां। मेरा संपादक मजबूत है, इतनी जल्दी दबाव से नहीं घबराऐगा। मैं इस संदर्भ में किए गए तमाम प्रयासों की कड़ियाँ समेट रही हूँ। ताकि कहाँ कहाँ पर और प्रयास की ज़रूरत है और किन लोगों को साथ लेना है। इसपर काम कर सकूँ।

अब ये साफ हो गया है कि सदानंद और मनोरमा मिलकर सेक्स रैकेट चला रहे हैं और इसमें नेता, मंत्री और अधिकारी भी शामिल हैं। नाज़िया ने बताया है कि कुछ ऑफ़िसर के यहाँ भी पार्टी में नाच गाने के लिए भेजा जाता

है। उससे पहले रामी और सुषमा उन्हें डांस का प्रैक्टिस करवाती हैं।

खासकर मालिनी को हर ऐसी जगह भेजा जाता है जहाँ अफसरों की पार्टिज होती है। कारण ये है कि मालिनी पढ़ी लिखी और बेहद सलीके से रहने और बोलनेवाली है।

वैसे मैंने भी देखा है कि मालिनी बेहद शांत और गंभीर रहती है। नपा तुला बोलती है। नाज़िया ने बताया था कि मालिनी से पूछिए ना, वो बहुत कुछ बताएगी। मुझे मालिनी को एकबार लाना पड़ेगा। पर कैसे! उसको मनोरमा आने नहीं देगी। नहीं एक उपाय है, जिससे उसको बुलाया जा सकता है।

रीना की मदद लेनी पड़ेगी। उसकी संस्था में बहुत सारी महिलाएँ और लड़कियाँ जुड़ी हैं। वहाँ उनको बहुत तरह के स्किल सिखलाए जाते हैं। जिसमें आत्म सुरक्षा के लिए जूडो से लेकर मिस्त्रीगिरी तक शामिल है। फिर उन्हें सरकारी कार्यक्रम से जोड़ा जाता है। मुझे रीना का यह काम बेहद अच्छा लगा था और मैंने उसकी रिर्पोटिंग में उस मॉडल को बेस्ट मॉडल बताया था। जिसकी वजह से उसको और भी प्रोजेक्ट मिला था।

मैंने रीना को जल्दी से फोन लगाया। फोन इंगेज था। मैंने फिर मनोरमा का फोन लगाया। हैल्लो, मनोरमा जी बोल रहीं हैं। हाँ आप कौन! एक मदमाती और इठलाती आवाज़ ने मेरा स्वागत किया। मैं अपराजिता। ओह! मैडम बताइए नाज़िया के लिए कुछ हो गया क्या।

मनोरमा जी सबसे पहले तो आपको धन्यवाद कि आपने नाज़िया के कैरियर के बारे में सोचा और उसको भेज दिया। अरे नहीं! मैडम जी हमलोग तो इसलिए ही आए हैं दुनिया में कि किसी का कुछ भला कर सकें। अभी उसकी आवाज़ ओरिजनल है।

देखिए नाज़िया का टेस्ट हो गया है उसको किसी सरकारी स्पोर्टस सेंटर में ट्रेनिंग के लिए भेजा जाएगा। अगर वो अच्छा करेगी तो आपकी संस्था का नाम भी रोशन होगा। जी बिलकुल मैडम जी। कुछ और भी लड़कियाँ हैं जो नाच गाना जानती हैं अगर उनको भी कुछ मिल जाऐ तो अच्छा रहेगा।

ठीक है कभी हम उनका हुनर देखेंगें। फिर तय करेंगें कि किसको आगे बढ़ाना है। पर अभी नाज़िया को बताइऐगा नहीं। नहीं नहीं, अरे जब होगा तब बताऐंगें। ये नाज़िया को वहाँ से भगाना चाहती है पर क्यों। शायद इसलिए कि वह इन सबका राज किसी के सामने खोल सकती है। उसको अपने पाले में लाना भी मुश्किल है। इसलिए मनोरमा चाहती है कि नाज़िया यहाँ से चली जाये।

# 3. गुमशुदा है ज़िंदगी

क्या कुछ लड़कियाँ ऐसी हैं जो इसके काम की नहीं या इनका राज खोल सकती हैं। पर जो राज खोल सकती हैं उन्हें ये बाहर क्यों भेजेगी। कुछ और कारण होगा। मेरे मोबाइल की घंटी बजी। रीना का कॉल है।

हैल्लो रीना देखो तुमको एक काम करना है। बताइए ना दी। देखो बालिका गृह से एक लड़की मालिनी को बाहर लाना है। वह अच्छा नाच गाना जानती है। तुम कैसे करोगी मैंने तुम पर छोड़ दिया। ठीक है दी, हम उसको बुला लेंगें। रीना के संबंध महिला आधिकारियों के साथ अच्छे हैं।

चुंकि उसकी संस्था महिलाओं, बच्चों के लिए बहुत बढ़िया काम करती है। तो जब भी विभाग को अपनी उपलब्धि दिखानी होती है तो उसकी संस्था का काम दिखाया जाता है। इस वजह से अधिकारी ऑब्लाइज़ रहते हैं। रीना कैसे भी कर के मालिनी को बुलवा हीं लेगी।

आज मैंने अपने अख़बार में एक स्टोरी फाईल की। जिसमें बच्चों के लिए बनाऐ जा रहे पालना घर के बारे में सवाल उठाए गए थे। उसमें मैंने पूर्व के कई पालना घरों में बरती गई अनियमितताओं की चर्चा की थी। वहाँ पर बच्चों के साथ जो ज़्यादतियाँ हुई, उसकी भी चर्चा की। मेरा मकसद यही था कि सरकार और अधिकारी सजग हो जाएँ और अभी जिन संस्थाओं को पालना घर संचालन का जिम्मा मिला है उसकी प्रामाणिकता को जांचें परखें।

आज मेरे बॉस ने बुलाया और पूछा अपराजिता उस बालिका गृह वाली स्टोरी का क्या हुआ। सर थोड़ा सा और टाइम चाहिए। फिर जो आनेवाला है, उसकी किसी ने कल्पना नहीं की होगी। फिर मैंने संक्षेप में उनको बता दिया।

ग्रेट! चिंता नहीं करो मैं सब संभाल लूँगा। सर से एक भार उतर गया, अपने संपादक की ओर से आश्वासन पाकर। दुगुना उत्साह भर गया मन में। सर मैं निकलती हूँ। ठीक है टेक केयर। मैं हमेशा संपर्क में रहूँगा। जी सर

धन्यवाद कहकर केबिन से निकल गई।

ज़िंदगी यूँ हीं सुकून से नहीं गुज़रती। हर मुकाम पर कोई न कोई आपको परेशानी देनेवाला खड़ा रहता है। परेशानियाँ तो हर पल आपका पीछा करतीं हैं, आपको नीचा दिखाने और आपकी ताकत को मिटाने के लिए। बहुत बार लोग धराशायी भी हो जाते हैं। पर जो धूल झाड़कर फिर से खड़े हो जाते हैं, तो उनके साथ कारवां भी हो लेता है।

बालिका गृह में भी लड़कियाँ हैं, जो उस कैद से निकलने के लिए अपनी ओर से कोशिश कर रही हैं। हो सकता है कइयों के साथ बहुत बुरा हुआ होगा। पर इससे किसी का हौसला कम नहीं हुआ। आज हम सब खड़े हैं उन्हें वहाँ से बाहर निकालने के लिए।

आज दूसरा दिन है और कहीं से कोई ख़बर नहीं। शिवचरण ने भी कॉल नहीं किया। दोपहर जब मैं एक उदघाटन कार्यक्रम को कवर कर लौट रही थी, उसी समय रीना ने फोन किया। हाँ बताओ रीना क्या हुआ। दी मालिनी को कल हम अपनी संस्था में ला रहे हैं। साथ में उसके रामी नाम की महिला भी रहेगी। मुलाकात किरण मैडम के ऑफ़िस में होगी।

गुड रामी को तो हमलोग समझ लेगें। कम से कम मालिनी बाहर तो मिलेगी ना दी, कल ना एक टीचर को बुला लेगें। ताकि रामी को शक ना हो। मुझे शुरू से ही मालिनी थोंड़ी रहस्यमय लगी थी। नाज़िया ने बताया कि वह बहुत कुछ जानती है, तो मेरे लिए वो बेहद अहम सूत्र हो गई।

रीना क्या मनोरमा जानती है कि मैं भी इस मीटिंग में रहूँगी। हाँ मैंने बताया कि मैडम के रहने से आसानी हो जाएगी, क्योंकि वो एक पत्रकार है। तो इसका फायदा भी मिलेगा। वाह! बहुत बढ़िया रीना मैंने उसकी पीठ ठोंकी। सब आपका आर्शावाद है दी। उसने सकुचाते हुए कहा।

कल पूरी रात नहीं सोई मैं। एक बेचैनी है इन सब बातों को लेकर। बचपन से जो पढ़ा, सीखा, समझा और जिस परिवेश में रही। वहाँ दुनिया की एक ख़ूबसूरत तस्वीर थी। पर बड़े होने पर लगा कि सब झूठ था, ये सब परियों की दुनिया में होता है। तब अपने बड़े और वयस्क होने का दुख हुआ मुझे।

अपने इस चकाचौंध वाले जर्नलिज्म के पेशे ने तो मुझे स्पष्ट तौर पर बता दिया कि रहना नहीं ये देस विराना है। सब झूठ, सिर्फ़ एक सच कि कैसे अपने लिए ज़्यादा से ज़्यादा जुगाड़ करें ताकि पीढ़ी दर पीढ़ी आराम से ज़िंदगी गुज़रे। सौ में निन्यानबे की यही सोच तो समाज में तो कुछ अच्छा हो सके इसकी गुंजायश कहाँ बचती है।

और आज तो मुझे घृणा हो रही है कि कैसे संसार में रहना हो रहा है। जहाँ बाप और माँ सरीखे लोग अपनी ही बेटियों का बलात्कार कर रहे हैं, करवा रहे हैं। सदानंद और मनोरमा सरीखे लोगों को तो सरेआम गोली मार देनी चाहिए। पर हमारा कानून और संविधान इसकी इज़ाजत नहीं देते। वो सिर्फ़ किसी मुजरिम को बचाव का मौका पर मौका देने में लगे रहते हैं, ताकि उनकी न्यायप्रियता पर कोई आंच ना आए।

सुबह मैं जल्दी ही उठ गई। कुछ उदासी जैसा महसूस हो रहा है कि पता नहीं आज और कितने पापकर्म की कहानी सामने आनेवाली है। ठीक साढ़े दस बजे मैंने स्कूटी निकाली और समाज कल्याण के ऑफ़िस में पहुँच गई। चपरासी के अलावा कोई नहीं था। उसने मुझे प्रणाम बोला और कमरे में ले गया।

यह कमरा वहाँ दूरदराज इलाकों से आनेवाली महिलाओं, बच्चों के लिए एक ठहराव स्थल था। हम अक्सर ही वहाँ बैठकी करते थे। हमेशा कुछ ना कुछ न्यूज मिल ही जाती है। क्योंकि गांव मे, शहर में महिलाऐं बहुत तकलीफ झेलती हैं और उसकी जीवंत कथा हमारे जैसे पत्रकार के लिए एक बढ़िया न्यूज स्टोरी बन जाती है।

करीब ग्यारह बज चुके हैं, अब सबको आना चाहिए। कुछ महिलाऐं वहाँ पर आ चुकी हैं उन्हें किरण वर्मा से मिलना है। चूँकि बड़ा हॉलनुमा कमरा है तो पांच सात ग्रुप बैठे भी तो कोई दिक्कत नहीं होती। इसी हॉलनुमा कमरे में बैठकर कितनी हीं संस्थाओं के स्याह सफ़ेद कारनामे होते हैं।

खैर बारह बजे के लगभग मालिनी को लेकर रीना पहुँची, पर रामी की जगह फिर से बिनती माय आई थी। लगता है ये बिनती माय मनोरमा की खास है। मैडम परनाम हम फिर से आगे लियो। परनाम, परनाम कैसी हो बिनती माय। अच्छे हैं मैडम। अबकी मालिनी को लेकर आए हैं।

अच्छा, हाँ मैडम जी एतना सुंदर गाती है ना कि सब कोई एकरे बोलाता है। कहाँ बोलाता है बिनती माय। अरे बड़े बड़े पार्टी में जाती है, गाती है गीत सब। सर बहुते खुस रहते हैं। एतना कम बोलती है और सबका बात मानती है।

ए मालिनी इधर आओ ना बिनती माय ने बड़े प्यार से बुलाया। एही है मैडम जी। इभी बहुते अच्छी हैं। तुम्हारे लिए कुछ अच्छा सोची है। मैंने नज़र उठाया। सलवार कमीज पहनी लंबी चोटी की हुई बंगाली सौंदर्य का नमूना मेरे सामने है। गेहुँआ रंग, बड़ी बड़ी आँखें खिचीं हुई। पहली नज़र में हीं मुझे भा गई। पर उसकी चुप्पी और उदासी कोई और कहानी बयाँ कर रही है।

मैंने उसका हाथ पकड़ा और पूछा कैसी हो मालिनी। मालिनी चौंक गई। कोई इस तरीके से भी बोल सकता है क्या। बहुत मुश्किल से बोली मैं ठीक हूँ दीदी। रीना बोली, जानती हैं दी, इसका बोली सुनकर हीं लगा कि ये अच्छा गाती होगी। हाँ मालिनी देखो सब बोल रहे हैं कि तुम अच्छा गाती हो। मालिनी कुछ नहीं बोली।

अरे इ लोग तुमरा तारीफ कर रहे हैं, कुछ बोलेगी नहीं। उसकी आँखें बोलने लगी। मैं उसकी भाषा पढ़ने की कोशिश कर रही हूँ। तभी कामिनी भी आ पहुँची।

आइए वकील साहब। देखिए हम फिर आ गए। बिनती माय खुश होकर बोली। अरे तुम तो मेरी दोस्त हो। नहीं आप सब तो बड़े लोग हैं। हम कहाँ गिनती करनेवाली। तुमको सर और मनोरमा बहुत मानते हैं ना। हाँ मैडम जी इ बात तो है। बड़ा भरोसा है हमपर। देखिए नजिया इहाँ से गई तो केतना सांत रहती है। न त एतना लड़ाई करती थी कि का बताएँ। अब इ मालिनी को लाए हैं।

कहीं अच्छा से गाना उना गाएगी तो चार पइसा मिलेगा तो अपने घरवा त भेजेगी ना। बड़ा तकलीफ में है इसके घर के बाकी लोग। मालिनी ने अपनी नज़र बिनती माय पर गड़ा रखी है। ऐसा लग रहा है कि मालिनी बिनती माय के सामने कभी कुछ नहीं बोलेगी।

दी मालिनी को लेकर संस्था में चलें क्या। नहीं रीना वहाँ तो जाना ही है। बस थोड़ी बातें कर लें। ठीक है दी। हमलोग चाय पीकर आए क्या। फिर बातें करते हैं। चाय वहीं आ गई। मैंने महसूस किया कि मालिनी के होंठ अचानक कुछ बड़बड़ाने लगते हैं। बिलकुल हल्के अंदाज़ में अगर ध्यान नहीं दिया जाऐ तो पता नहीं चलेगा। चाय पीते उसके होंठ थरथरा रहे हैं। हाथों में भी एक कंपन है। अचानक उसकी नज़रें मुझसे मिलीं और वह चौंक गई। चाय कप से छलक गया, जिसको उसने दुपटे से पोंछ लिया।

रीना बोली कि मुझे किरण मैडम से मिलना है, तबतक आप बातें कर लीजिए, फिर मुझे बताइए, तो हम सुशांत सर को बुला लेंगें। अरे ठहरो ना हम भी चलते हैं, इस बिनती माय को भी थोड़ा घुमा दें। अरे नइ दीदी आझ हमको एहीं रहने दीजिए। अरे तुम मेरी दोस्त हो। चलना पड़ेगा। बिनती माय का चेहरा हँसी से भर उठा। लीजिए कोई सोच सकता है कि वकील दीदी मेरी सहेली है।

हाँ इसलिए तो जाना पड़ेगा। कामिनी का उसका बाहर ले जाना ज़रूरी था।

अच्छा चलिए एतना बोल रहीं हैं त। मलिनी मैडम जी से बतिया लो।

अब मैं और मालिनी आमने सामने हैं। मालिनी तुम कब आई यहाँ। तीन साल हो गया। कहाँ की हो। पश्चिम बंगाल, बांकुड़ा जिला। तुम मुझपर विश्वास कर सकती हो।

उसके हाथो की सभी ऊँगलियों में काले निशान थे। तुम्हारी ऊँगलियों में ये निशान कैसे हैं। उसने भी गौर से देखा और चुप हो गई। लाओ तुम्हारा हाथ देखूं। उसकी आँखों में पानी भर आया। मालिनी एक बात बताओ सच सच। तुम यहाँ खुश हो। उसकी हथेलियों को अपने हाथ में ले लिया मैंने।

नहीं दीदी, उसकी आँखें बरस रही थीं। देखो मैं एक पत्रकार हूँ और मेरी खुशी इसमें है कि जो भी दुखी और लाचार हैं उनके लिए कुछ अच्छा करना। मैं चाहती हूँ कि तुम्हारे अंदर जो टैलेंट है, उसको एक मुकाम मिल जाए।

देखो, मालिनी कुछ बोलो नहीं तो सबके साथ अनर्थ हो जाऐगा। तुम्हें कुछ नहीं होगा। बस तुम सबकी ज़िंदगी संवार लो। मेरा यही इंटरेस्ट है। उसके होँठ अभी भी कुछ बड़बड़ा रहे हैं। वो लोग मुझे भी मार देंगें। कौन लोग मालिनी बोलो। वह रोने लगी। मैंने उसको गले से लगाया। चुप हो जाओ बस तुम बताओ कि कौन लोग मारेंगें।

सर के आदमी और मनोरमा मैडम। क्यों उन्होंने तुम्हें भेजा है यहाँ। हाँ पर वो कह रहे थे कि मालिनी को नहीं जाने देंगें। नाज़िया बहुत बहादुर है, उसको सब लोग भेजना चाहता है पर मुझे नहीं। मैडम मुझे बचा लीजिए। नहीं तो जैसे उन्होंने मेरे मिथुन को मार दिया, वैसे ही मार देंगें। देखिए मेरी अंगुली को तोड़ दिया। इससे मैं ना कपड़े धो पाती हूँ ना कोई भारी काम।

क्या! हाँ दीदी मैं मिथुन के साथ यहाँ आई थी काम की तलाश में। हम दोंनों हीं इंटर पास हैं। सोचा था कि यहाँ काम मिल जाऐगा तो हम शादी कर लेंगें। पर जब हम एक होटल में ठहरे, तो वहाँ के मालिक ने पुलिस को ख़बर कर दिया कि लड़का और लड़की एक साथ रह रहे हैं। बस पुलिस का छापा पड़ा। वहाँ से मिथुन को जेल और मुझे इस बालिका गृह में भेज दिया गया।

मिथुन जेल से छूटा तो सीधे आश्रम गृह आया। पर यहाँ बोला गया कि मैं यहाँ नहीं हूँ। वह फिर रोने लगी। उसके रोने में किसी सन्नाटे में गूँजती चीखें हैं, जिसमें सिर्फ़ पीड़ा है। किसी तरह संभालकर उसने बताया कि एक दिन मिथुन फिर आया कि वो यहीं है उससे मिलना है, नहीं तो हम डी.एम. को शिकायत करेंगें।

यहाँ के लोगों ने उसकी बहुत पिटाई की। फिर मुझे बताया गया कि वो

मर गया। अब उसका रोना ठहर गया था, बस एक चित्कार गले से निकल रही थी। मालिनी चुप हो जाओ बच्चे। मत रोवो। बस तुम बोलो ताकि वहाँ जो कुछ हो रहा है, उसको ख़त्म किया जा सके।

मेरा मिथुन मर गया दीदी। अब मेरे लिए कुछ नहीं बचा है। हम भी मरने का कोशिश किए पर बच गए। अब मुझे नहीं जीना। घर पर भाई, बहन भी हैं। उनके पास नहीं जाना। बस मुझे मरना है। सुनो मालिनी मैं तुम्हें यहाँ जीवन देने के लिए लाई हूँ, मरने के लिए नहीं। बस ये बताओ कि तुम्हारी ऊँगली में चोट कैसे आई।

मेरी ऊँगली के उपर एक पतली सी लोहे की छड़ रखकर उसको दबाया जाता था, ताकि मैं उनकी बात मान लूँ। कौन सी बात। मालिनी की नज़रें झुक गई। बोलो मालिनी। वो मुझे सेक्स वर्कर बनाना चाहते थे। एक बड़ा आदमी आया था जिसने मुझे पसंद किया और बोला कि इसको भेज दो। उससे पहले सर ने मीटिंग में मुझे बुलाया और मुझे पास बुलाकर कपड़े उठाने लगे। मैं चीखने लगी। पर कोई फायदा नहीं हुआ। बोले कि मनोरमा इसको किसी चीज़ की कमी नहीं होने देना। ये मेरी है।

जब सर मुझको हाथ लगा रहे थे तो मैंने बहुत विरोध किया पर सबने मुझे पकड़ लिया। फिर मैं बेहोश हो गई। आज भी सर जब बुलाते हैं, मुझे जाना पड़ता है। क्योंकि उन्होंने कहा कि जैसे मिथुन को मार दिया, वैसे ही तेरे घर के लोगों को मार देगें। अगर हमारी बात नहीं मानी तो। दीदी मैं लड़ नहीं पाती। मेरी ताकत ख़त्म हो गई है। अब वो लोग जैसे बोलते हैं वैसा ही करना पड़ता है। मैं देह व्यापार करने वाली डांसर हो गई हूँ। कहकर मालिनी फिर रोने लगी।

स्त्री देह का अनादर करने वाले लोग अपने कर्मों की सजा तो भुगतेगें हीं। पर अभी कैसे इन राक्षसों का संहार हो। इसको सोचना है। मालिनी रो रोकर थक चुकी है। तुम एक बात बता सकती हो कि वहाँ कौन कौन लोग आते है और सदानंद किसके पास भेजता है लड़कियों को।

उसने एक गहरी सांस ली, दीदी मैं ये सब बता रही हूँ आपको। क्योंकि मुझे आप पर विश्वास करने को मन करता है। पहली बार कोई हमलोग को बाहर लाया है और हमारे बारे में पूछताछ कर रहा है। नहीं तो वहाँ बहुत सारे लोग आते हैं, हमलोग अच्छे कपड़े पहन लेते हैं। वो लोग के सामने सब अच्छा अच्छा बोल देते हैं।

मनोरमा मैडम साथ में रहती है फिर कुछ नहीं होता। एक बार बंबई से सलमान सर आए थे और अंदर तक चले गए थे। तो नाज़िया, मेहरूनिस्सा को

बहुत मार पड़ी थी कि उनको अंदर क्यों ले गए। उनकी रिर्पोट भी न्यूजपेपर में छपी थी तो सर ने कहा कि इस को देखना पड़ेगा, बहुत लिख दिया है। इसके बाद मंत्री मैडम के हसबैंड आए और उन्होंने सब मामला संभाल दिया था।

अच्छा मंत्री मैडम के हसबैंड भी आते हैं। हाँ वहाँ आते हैं, लड़कियों से डांस करवाते हैं। जो लड़की को ले जाना होता है उसको ले जाते हैं। उनके गार्ड भी लड़कियों को ले जाते हैं। मंत्री के यहाँ एक शादी थी तो हम सबको वहाँ डांस करने के लिए बुलाया गया था। वहीं से एक नमिता नाम की लड़की गायब हो गई। फिर बहुत दिन के बाद उसकी लाश मिली, शिवहर के पास। सब कोई बोला कि भागने का यही फल होता है। पर वो लड़की भागी नहीं थी दीदी। उसको मंत्री का गार्ड सब उठाकर ले गया था।

कितनी लड़की मर खप गई है कोई हिसाब नहीं है। मालिनी अब थकने लगी है। मालिनी तुम डांस जानती हो ना। हाँ उसने थके स्वर में जवाब दिया। बच्चों को सीखा सकती हो। हाँ, गाना भी जानते हैं। देखो हमारे बीच जो बात हुआ है, उसकी जानकारी किसी को नहीं देना। इसमें सबकी भलाई है।

वहाँ एक डी.एम सर भी आते हैं और हमसे ही डांस करवाते हैं। उनको मेरा डांस बहुत पसंद है। वहाँ की लड़कियाँ वेश्या बन गई हैं मैडम जी। जो आता है सब उनका छाती, और शरीर मापता है। हाथ से नाप लेता है और तब आर्डर करता है। सबको छोटा छोटा कपड़ा पहनाकर रखा जाता है। जिससे ग्राहक को पसंद करने में दिक्कत नहीं हो।

जो पैसा मिलता है या नहीं मिलता है। उसके बारे में हमलोग नहीं जानते। खाना भी बढ़िया नहीं मिलता। हाँ जिस दिन सर का मूड होता है उस दिन चिकन बनता है। बाथरूम भी बाहर जाना पड़ता है। घरवालों से तो मिलने की अनुमति नहीं है। घरवाले किसी के आते भी नहीं हैं। सब तो भागकर हीं आतीं हैं ना।

मालिनी ने एक अहम जानकारी दी थी कि मंत्री के पति भी वहाँ आते हैं। डी.एम स्तर के अधिकारी भी वहाँ आते हैं। पुलिसवाले भी आते होगें, सादी वर्दी में जिन्हें लड़कियाँ पहचान नहीं पातीं। मालिनी को देर तक रोका नहीं जा सकता नहीं तो मनोरमा को शक हो जायेगा।

मैंने मालिनी को कहा चलो अब बाहर चलते हैं।

सुनो, एक बार फिर तुमको आना पड़ेगा। तुम्हारे लिए एक नयी ज़िंदगी की तलाश हम कर रहे हैं। अब रोना नहीं। तुम समझदार हो और आगे तुमको आना

हीं पड़ेगा। अभी भी बहुत सारी जानकारी नहीं मिली है। तुम्हें कुछ याद आए तो बाद में बता देना। मालिनी के होंठों पर चुप्पी का ताला लग चुका था।

बाहर आए तो बिजु के होटल में कामिनी और बिनती माय बैठे हुए थे। कामिनी ने वहाँ किसी को बुला रखा है, जिससे बातें कर रही है। अरे मलिनी आ गई। बिनती माय जोर से बोली। अबले गड़ियो नहीं आया। मैडम जी जरा फोन कीजिए ना। ठीक है कर देते हैं। कामिनी मैं तुमसे बाते करती हूँ। इन्हें पहले भिजवा दूँ।

रीना को फोन लगाया। कहाँ हो तुम। आ रहे हैं दी। हो गया बात। हाँ, हो गया। फोन करके गाड़ी मंगवा लों, फिर मुझसे मिलों। मालिनी को भिजवा दो। जी अच्छा। बस हम आ रहे हैं। मुझे पता है कि रीना और कामिनी का मेरे साथ होना बड़ी बात है। दोनों ही समाज में रसूख रखती हैं। अपने अपने क्षेत्र में झंडा गाड़ रखा है उन्होंने। उनसे उलझने की कोई भी कोशिश नहीं करता।

इस काम में उनके अलावा और कोई नहीं हो सकता था। मेरी केमिस्ट्री उन दोनों के साथ मैच करती है और इसलिए हम दोस्त भी हैं। इससे पहले भी महिला बच्चों के उत्पीड़न, पलायन और शोषण पर हमने एक साथ काम किया और मेरी रिपोर्ट के आधार पर सरकार ने कई महिलाओं बच्चों की ज़िंदगी नर्क होने से बचाया। रीना की संस्था की सराहना हुई, वहीं कामिनी ने कई केस किए, जीती और सम्मानित हुई। ये गिव एंड टेक वाला मामला नहीं है। बल्कि दिल के रिश्ते जुड़े हैं हम सबके।

बालिका गृह की गाड़ी आई और मालिनी बिना कुछ बोले चली गई। हमने हाथ हिलाया पर उसने अपना सर झुका लिया। ये कुछ बता तो नहीं देगी। देखा जाऐगा।

रीना मालिनी को बालिका गृह में छोड़कर आ गई हैं। कुछ खास पता चला। मैंने कामिनी से पूछा। वैसा तो नहीं पर बिनती माय बता रही थी कि अब उनको छोटे बच्चों को भी संभालना पड़ेगा। यहीं से कुछ लड़कियों को इस काम में लगाया जाऐगा। वाह! क्या दिमाग़ है कि बालिका गृह की लड़कियों का पुर्नवास बताकर उनसे मुफत ही काम करवाया जाऐगा और वाह वाही भी लुटेंगें। यहाँ से बच्चों की खरीद बिक्री का अवैध धंधा भी करेगें ये लोग।

हाँ मुझे भी लगता है कि ऐसा ही प्लान है। साले, गांडू कहीं के। एक तरफ़ देह बेचेंगें तो दुसरी तरफ़ बच्चा। यार जल्दी से कुछ करवाओ। अब मुझसे बर्दाश्त नहीं हो रहा है। लग रहा है कि मेरी ही बेइज्जती हो रही है। मुझे ही नोचा खसोटा जा रहा है।

थोडा ठहरो कामिनी। आज शिवचरण फाइनल रिर्पोट लेकर आऐगा। मालिनी और नाज़िया से काफ़ी कुछ इनफोर्मेशन मिल चुका है। जो कार्रवाई के लिए काफ़ी है। इनको वहाँ से निकाल लेना है नहीं तो सदानंद एंड ग्रुप इनको मरवा सकता है। थोडी सावधानी बरतनी होगी। ऐसा नहीं है कि मनोरमा इनको ऐसे ही भेज देती है। बिनती माय तो जासूस है मनोरमा की। पर कामिनी ने उसके साथ जो संबंध जोड़ा है उससे उसको शक नहीं होता। देखती नहीं हो कि कैसे आर्डर करती है और सब मानते भी हैं।

दी बालिका गृह तो रावण का लाक्षागृह बन गया है। उसमें आग लगाकर इस युग के रावण का विनाश होना चाहिए। हाँ! यार अपराजिता। मैं तो ये सब सुनकर डिप्रेशन में चली जाती हूँ। अरे ऐसा नहीं करना चाहिए। समाज है तो कई समस्याएँ भी हैं, तो क्या उनको छोड़ कर भाग जाएं। तो कैसे ठीक होगा ये सब।

ज़िंदगी जैसी बेरहम चीज़ कुछ भी नहीं है।' हमेशा वो अपनी ऊँगलियों पर नचाती है, रूलाती है। कभी कभी तो ऐसा लगता है कि इसी पल अपनी ज़िंदगी ख़त्म कर लें। पर ऐसा नहीं होता। हमें जूझना होता है, लड़ना होता है। उसकी गिरफत से बाहर आने के लिए। उसको हराना पड़ता है अपने हौसलों से, ज़िद से। कहाँ भाग पाते हैं हम। हमें लड़ना तो पड़ेगा ना कामिनी।

कामिनी उदास हो गई है। लगा कहीं उसको अपनी ज़िंदगी हीं आइना दिखा रही है। क्यों इतना दुख देती है ज़िंदगी। उसको क्या हक होता है किसी की खुशी छिनने का। अपराजिता जो करना है जल्दी करो। वर्ना देर से चीज़ों का होना भी उसका मकसद ख़त्म कर देता है।

ज़रूर कामिनी तुम जो बोल रही हो उसका मतलब मुझे समझ आ रहा है। अब हमारा ऐक्शन प्लान शुरू हो जाऐगा। बिलीव मी।

अब मुझे शिवचरण का इंतजार है जो करीब तीन बजे आऐगा। क्या तबतक मैं आराम कर लूँ। घर आकर पानी पीकर मैं बिस्तर पर लेट गई। कितनी मुश्किल होती है औरतों की ज़िंदगी। जन्म से लेकर मौत आने तक उसको परीक्षा देनी होती है। कभी परिवार तो कभी समाज और अपनी प्रोफेशनल ज़िंदगी में भी।

इसलिए मुझे औरतों, लड़कियों की समस्या और उनका शोषण समझ में आता हैं और मैं तिलमिला जाती हूँ जब उनपर कोई तोहमत लगाता है या अत्याचार करता है।

हे भगवान मुझे शक्ति देना। कॉलबेल की घंटी बज रही है। शिवचरण

आया होगा। माँ को कहा कि जरा देख लेना कौन है। माँ थोड़ी देर में आई और बोली कि शिवचरण आया है उसको बैठा दिया है बैठकखाने में। अरे वाह!क्या ख़बर लाया होगा।

मैडम इतनी दोपहर में आया हूँ, माफ कीजिए। ऐसा क्यों बोल रहे हैं शिवचरण जी। वह मेरे छोटे भाई का दोस्त भी है। इसलिए काफ़ी खुला हुआ है हम सबसे। उसने कहा कि मैडम बालिका गृह एक ज़िंदा नरक है और सदानंद यमराज है, जो मासूम लड़कियों का खून पी रहा है और उन्हें मरने के लिए छोड़ रहा है।

क्या! हाँ मैडम।उसका यही काम है कि लड़कियों से अप्राकृतिक सेक्स करना और जो लोग भी ऐसी आदतों के शिकार हैं, उनके पास भेजना और मोटी रकम ऐंठना। मुझे बोलना तो नहीं चाहिए पर उसकी वजह से लड़कियाँ एडस का भी शिकार हो कर मर गई हैं या कइयों को मरवा दिया गया है।उन्हें पीछे के जंगल में दफना दिया गया है।

क्या! हाँ मैडम!मुझे पता चला है कि जिसको भुतहा घर कहते हैं वहीं आसपास लड़कियों को दफन किया गया है। सदानंद राक्षस है और मनोरमा चुड़ैल, ऐसा वहाँ की लड़कियाँ कहती हैं। सदानंद और उसके गुर्गे उन्हें वेश्या कहकर बुलाते हैं। सबका नंबर डाल रखा है उन्होंने। फलां नंबर की रंडी को यहाँ भेजो। उन्हें गंदी से गंदी गालियाँ देता है वो राक्षस। मुझे लगता है कि वो मनोविकारों से ग्रसित एक बीमार इंसान है। जो अपने भीतर की किसी कमी को गंदी हरकतों और गालियों से ढंकना चाहता है।

मेरे आदमियों ने एक सप्ताह तक बालिका गृह पर नज़र रखा और कब किस समय क्या होता है, उसका पूरा लेखा जोखा है मेरे पास। मैडम जी देर ना करें वर्ना वो राक्षस कई लड़कियों को बेच देगा या मरवा देगा। शिवचरण बेहद उतेजित और गुस्से से भरा हुआ है।

ठीक है ऐसा हीं होगा, पर मैं एक बार और नाज़िया और मालिनी को बुलाना चाहती हूँ, ताकि वो सारे तथ्यों की तस्दीक कर सके। ठीक है शिवचरण तुमने जितने भी प्रमाण जुटाए हैं उन लड़कियों को दिखाया जाए। इससे वो कुछ और ऐसी जानकारी दे सकती है जो इस मामले में विस्फोट हीं कर दे। समझ रहे हो ना।

जी बिलकुल, पर इसके बाद हम रेड करेगें हीं। क्योंकि हमारा तरीका यही है कि सबूत मिलने के बाद कोई इंतजार नहीं। क्योंकि अपराधी भाग सकता है तथ्य ख़त्म कर सकता है। हाँ ये बात तो सही है। पर देखो ज़्यादा समय नहीं

लूँगी।

रीना ने और मैंने अलग अलग नाज़िया और मालिनी को बुलाया है। आज ही उन्हें वहाँ से बाहर कर देंगें यानि मालिनी जाएगी रीना की संस्था में और नाज़िया मेरी निगरानी में स्पोंटस सेंटर में। इसके बाद हीं विस्फोट होगा और शासन, प्रशासन की धज्जियाँ उड़ जाऐगीं।

दरअसल मेरे एक सूत्र ने प्रमाण सहित जो जानकारी उपलब्ध कराया था, उसमे सदानंद, मनोरमा, एक दो अधिकारी और कुछ सफ़ेदपोश नेताओं का फंसना तय था।

मैंने शिवचरण को बोला कि वो सारे प्रमाण ऑडियों, विजुअल्स जो भी है, मुझे दिखाये। शिवचरण ने अपना पेन ड्राईव निकाला और लैपटॉप में लगा दिया। उसमें कई तस्वीरें हैं जो बता रही हैं कि सदानंद राज्य की राजनीति में अपनी मजबूत पकड़ बना चुका है।

कई मंत्री और विधायक उसके कार्यक्रम में शामिल होते रहे हैं। खासकर महिला और बाल कल्याण मंत्री तो एक डिनर पार्टी में दिखाई दे रही हैं। साथ में उनके पति सदानंद को हाथों से पकड़े दोस्ताना अंदाज़ में हँस रहे हैं। मंत्री जी बालिका गृह में लड़कियों के साथ फोटो खिंचवा रही हैं। कई लड़कियाँ उनको मिठाई खिला रही हैं। मतलब सबकुछ बढ़िया बढ़िया दिख रहा है।

मैडम जी इसके बाद वाली तस्वीरें मैं आपके साथ नहीं देख पाऊँगा। वह बाहर चला गया। क्या है इन तस्वीरों में। हे भगवान ये तस्वीर है या कामसुत्र की विधियाँ। इतनी गंदी तस्वीरें हैं छि-छि। इसमें लड़कियों के साथ अप्राकृतिक तरीके से सेक्स किया जा रहा है। कौन है ये लड़कियाँ। मैंने तो इन्हें बालिका गृह में नहीं देखा। और साथ में ये लोग कौन हैं।किसी को नहीं पहचानती। क्या ये पोर्न वीडियोज भी बनाता है और उनको बेचता है। अरे!ये तो किसी पोर्न स्टुडियो की तस्वीर है।

इसके बाद मैंने विजुअल्स देखना शुरू किया। उसमें भी सदानंद और मनोरमा कार्यक्रमों में मंत्री, विधायको के साथ दिखाई पड़े। एक जगह वह पैसे गिनते दिखाई पड़ा। तो दूसरी जगह बालिका गृह में लोगों के साथ बैठक करता दिखाई दिया। तभी एक वीडियो में सदानंद एक लड़की को पकड़ते हुए दिखाई दिया। लड़की चिल्ला रही है। फिर वीडियो ख़त्म।

दूसरे वीडियो में महिला मंत्री के पति, लड़कियों के साथ बेहद उत्साहित नज़र आए। दूसरे वीडियों में भी मंत्री पति एक टेबल पर पैर पसारे बैठे हैं और एक लड़की उनके पांव दबा रही है। मंत्री पति के सारे कार्य बालिका गृह में

हीं हो रहे हैं। संभवत सदानंद ने उनको ब्लैकमेल करने के लिए ये सारी वीडियोग्राफी करवाई होगी।

कुछ ऐसे भी वीडियो थे, जिसमें छोटी छोटी लड़कियाँ कम कपड़ों में हैं, जिसमें उनके सारे आंतरिक अंग दिख रहे हैं। क्या ये आदमी पोर्नोग्राफी का बिजनेस करता है। शिवचरण ये सारे प्रमाण ये साबित कर रहे हैं कि वहाँ गड़बड़ है और जो गड़बड़ी है। उसको नाज़िया और मालिनी के बयान कन्फर्म कर देगें।

हमारे लोगों ने ये भी पता किया है कि वहाँ नियमित तौर पर कौन कौन आता है। उसकी वीडियोग्राफी भी की है। ये तो बहुत बढ़िया काम किया तुमने। उसने दूसरा फाइल खोला। एक बोलरो गाड़ी बालिका गृह के अंदर जाती दिखाई पड़ी। उसमे से एक सूटधारी व्यक्ति उतरा। लगता है जैसे किसी पार्टी में जाने के लिए आया हो।

इसको थोड़ा जूम कीजिए। जूम करने पर दिखाई पड़ा कि वो व्यक्ति मंत्री पति था और साथ में सदानंद भी था। थोड़ी देर के बाद वे गाडी से निकले और इस बार गाड़ी में दो लड़कियाँ थीं, जिनके चेहरे ढंके हुए थें। बाद के वीडियो में दो तीन विधायक, मंत्री जी कुछ नेता और ठीकेदार या दूसरे लोग लगातार आते जाते दिखाई पड़े। ये सारे लोग रात में, दिन में, कभी भी आते जाते रहते हैं। जबकि किसी बालिका गृह में पुरूषों का प्रवेश निषेध होता है। फिर इतनी तादाद में पुरूषों का मूवमेंट बता रहा है कि यह अयाशी का अडडा बन चुका है।

शाबाश! शिवचरण तुमने बहुत ही जिम्मेदारी वाला काम किया। पर कैसे किया बताओ ना। इतना आसान नहीं था ये काम। अपराजिता मैडम जी मेरे लोगों ने एक मिशन भावना के तहत ये काम किया। अपनी नौकरी और जान को जोखिम में डालकर। चार दिन और रात लगकर वहाँ के एक बंदे को फंसा लिया और उनसे ये करवाया गया। जबकि वो बंदा सदानंद का खास आदमी है। पैसे वैसे देने पड़े। नहीं, उसके भाई को हमने एक प्राइवेट कंपनी में चपरासी की नौकरी दिलवा दी।

क्या बोल रहे हो। हाँ! तब जाकर उसने ये करने हामी भरी। दरअसल उस बंदे को हमारा एक आदमी जानता था। उसी ने उसको विश्वास में लिया। मुझे समझ नहीं आ रहा कि मैं इस बंदे की कैसे तारीफ करूँ। उसने जो किया उसकी कीमत कोई नहीं अदा कर सकता। ये सब हमारे समाज के छुपे हुए नायक हैं। अगर मुझे मौका मिला तो मैं उनको सामने ज़रूर लाऊँगी। उनको

मन हीं मन धन्यवाद दिया।

मैडम जी अब क्या करना है बताइए। शिवचरण आपने जो किया है, उसके लिए दिल से धन्यवाद। पर थोड़ा ठहरना पड़ेगा। हो सकता है आज हीं राधिका और नाज़िया से मुलाकात हो जाए। फिर फाइनल अटैक होगा। पर मैडम जरा जल्दी करना होगा। क्योंकि जो लोग इस काम में लगे हैं उनके मुंह से ये बात कहीं न कहीं निकल हीं जाएगी। तब मुझे विभागीय तौर पर भी मुसीबत झेलना पड़ेगा।

शिवचरण उसकी चिंता नहीं करो। वहाँ से कुछ नहीं होने देगें। हाँ तुम्हारे स्टाफ मुंह खोल सकते हैं। इसकी चिंता मुझे भी है।

ठीक है मैडम, बस थोड़ा जल्दी कीजिए। इतना बोलते हुए शिवचरण बाहर निकल गया। मुझे किसको फोन करना है अभी। रीना हलो! हाँ दी। काम हुआ! दी हम सदानंद से बात कर रहे हैं। पर यहाँ कुछ और हो रहा है। क्या! हम थोड़ी देर में कॉल करते हैं कोई आ रहा है।

क्या हुआ होगा बालिका गृह में। मैं सोच में पड़ गई। कामिनी तुम कहाँ हो। कोर्ट में हूँ, और अभी बात नहीं कर सकती। माफ करना। मैसेज कर दो कोई अजेंन्सी हो तो।

मैंने अपने संपादक को फोन लगाया, सर एक दो दिन में पूरा मामला सामने आ सकता है।

मैंने संक्षेप में उन्हें बताया तो वो खुश होकर बोले। ग्रेट!अपराजिता मैं इसका इंतजार कर रहा हूँ। कोई हेल्प चाहिए तो बोलो। नहीं सर कुछ लोग हैं जो इस प्रोजेक्ट में हैं और हेल्प कर रहे हैं। तो उनको प्रोटेक्शन देना होगा। ठीक है गुड लक। थैंक्यू सर!

थोड़ी देर में रीना का फोन आया, दी मैं आ रही हूँ। उन दोनों को लेकर। उन दोनों को मेरे भरोसे ही सदानंद ने छोड़ दिया है। गुड मेरे घर पर हीं आ जाओ। ऐसा कैसे हो सकता है, कि सदानंद ने रीना पर भरोसा कर अपने किसी आदमी को नहीं भेजा। कुछ तो हुआ है।

मेरे मोबाइल की घंटी बजी। हलो हलो, दी मैं रीना। हाँ बोलो। मेरी गाड़ी के पीछे ही बालिका गृह की सफ़ेद वाली गाड़ी आ रही है। वो लोग मेरा पीछा कर रहे हैं। क्या! हाँ दी। वहाँ कल रात एक घटना हुई है। तो वहाँ सभी लोग अलर्ट हो गए हैं। खासकर लड़कियों के प्रति। किसी नयी लड़की को बाहर ले जाया जा रहा था तो उसने बहुत विरोध किया। रोई चिल्लाई। सबको नोचा खसोटा। फिर सारी लड़कियाँ बाहर आ गई और नाज़िया ने तो बवाल कर

दिया।

उसने कहा कि अगर उस लड़की को जबरन बाहर ले जाया गया तो बहुत बुरा होगा। तब वहाँ के गार्ड ने नाज़िया और नयी लड़की को पकड़ा और उनकी बुरी तरह से पिटाई की। उनके समर्थन में मालिनी सामने आई और उन सबने रामी और सुषमा को बहुत मारा। इतना मारा कि वो अब चल भी नहीं पा रही है।

मालिनी ने कहा कि सर को बुलाया जाए, नहीं तो हमलोग बाहर जाकर सबको बता देगें। क्या बात है। हाँ दी, फिर सदानंद रात में ही बालिका गृह आया, उसने चालाकी से काम लेते हुए लड़कियों के विद्रोह को हैंडल किया। नाज़िया और नयी लड़की को दवा दारू करवाया। रामी और सुषमा को जोरदार डांट पड़ी।

उसने कहा कि यहाँ कोई जोर जर्बदस्ती नहीं होगा। अगर ये नहीं जाना चाहती तो छोड़ दो। बाद में तैयार होगी तो जाऐगी। रात में हीं उसने गार्ड को बुलाया और उनको मारा। ये बोलते हुए कि तुम लोग की हिम्मत कैसे हुई, इनको मारने की। जबकि यही गार्ड उसके बाउंसर के रूप में काम करते हैं।

अब ऐसी हालत में सदानंद ये शो करना चाहता है कि वो इनका बहुत ख़्याल रखता है। या वो कोई बैठक करना चाहता है जिसमें नाज़िया और मालिनी नहीं रहें।

हो सकता है, तुमने उनको क्या कहा कि कहाँ ले जा रही हो। हम बोले कि भैया इनका फाइनल करना है कि कौन क्या करेगी और कैसे रहेगी। इसके लिए आपसे और विभाग से परमिशन लेना पड़ेगा तो हम इनको संस्था में ले जा रहे हैं। हम पूछे भी कि भैया किसी को साथे भेजिएगा, तो भेजिए। अरे नहीं, तुम ले जा रही हो तो एक लिखित में दे दो। ओतने में हो जाऐगा। वह इन दोनों को पुचकार भी रहा था।

अरे इ लोग बड़ी टैलेंटेड है। संस्था का नाम रोशन करेगी। हम त सोचिए रहे थे कि इनलोग को आगे बढ़ाएँ तब तक उ पत्रकार मैडम और अब तू आ गई त ठीके है इनका ज़िंदगी संवर जाऐगा। तब इनका माँ बाप को बुझाऐगा कि उ लोग अपना बेटियन को छोड़ के केतना बड़ा गलती कीहिस है।

ठीक है तुम संस्था में पहुँचो। दी आप जल्दी से आइएगा न तो इ लोग को संभालना मुश्किीले हो जाऐगा। इ लोग आपको ही पूछ रही है। हम आ रहे हैं रीना।

मेरे दिमाग़ में एक आइडिया आया कि आज ही बालिका गृह के नरक का

खुलासा कर दिया जाए। पर उससे पहले इन लड़कियों से बात कर ली जाऐ।

मैं रीना की संस्था स्त्री चेतना में पहुँची। ये संस्था महिला, बच्चों के लिए काम करती है। बहुत सी उपलब्धियाँ संस्था के हिस्से में हैं।

दरअसल रीना अकेली है और उसका जीवन यही संस्था है। बेहद साधारण जीवन शैली पर असाधारण साहस। उसके साहस ने उसपर कई हमले करवाए। जिसमें उसकी एक टांग टूटी। पर उसकी हिम्मत कम नहीं हुई। एक मानव तस्करी के सिलसिले में जब वह रेस्क्यु टीम के साथ जा रही थी, तब उसकी टीम पर अपराधियों ने हमले किए थे। उसी दौरान रीना का पैर टूट गया था।

संस्था के मीटिंग हॉल में पहुँची तो रीना बैठी थी, मालिनी और नाज़िया के साथ। मुझे देखकर वो दोनों खड़ी हो गई और प्रणाम करने लगी किसी आज्ञाकारी बच्चे की तरह। उनको देखकर मैं भी खुश हो गई और दोनों को गले से लगा लिया। मालिनी फिर रोने लगी। अरे क्यों रो रही हो।

अब सर और उसके आदमी हमलोग को मार देगे। हम वहाँ वापस नहीं जाए आप कुछ कीजिए। जबकि नाज़िया चुपचाप सबको देख रही थी। देखिए तो इसको कल रात कितना मारा है हरामजादा धनेसर और फुरकान ने। वो उसके कपड़े उठाकर दिखाने लगी। उसकी जांघ और हाथों पर नीले निशान थे। सर पर भी धब्बे नज़र आ रहे हैं। मैं अचानक से खामोश हो गई।

इतना अत्याचार कैसे सह रही होंगीं लड़कियाँ। मैंने नाज़िया के जखमों को छुआ तो उसकी कराह निकल गई। दी मैं ना हल्दी चूना गर्म करके लगवाती हूँ, कुछ आराम मिलेगा।

मालिनी क्या हुआ बता सकती हो। मालिनी का बंगाली सौन्दर्य आज मुरझाया हुआ है। उसकी आँखों में लगे काजल आँसूओं से बह निकले थे। फिर भी उसका उदास सौन्दर्य आर्कषित कर ही ले रहा था। मैडम कल रात में एक नयी लड़की पूनम को किसी के साथ बाहर भेजा जा रहा था। उसको रामी बोली कि तैयार हो जाओ। साहब आनेवाले हैं, उनके साथ जाना है। तो उसने पूछा कि कहाँ जाना है। यहाँ कोई सवाल नहीं करता। सिर्फ़ आर्डर होता है उसका पालन किया जाता है।

पर जब तक हमको बताओगी, नहीं तबतक हम कहीं नहीं जाएँगें। अरे वाह! बड़ी लाटसाहब हो। जरा बताओं तो इसको। रामी के इतना कहते ही सुषमा उसको पकड़कर खींचने लगी। पूनम चिल्लाने लगी। उसने सुषमा पर झपटा मारा। सुषमा नीचे गिर गई। उसको नोंच खसोटकर उसका चेहरा बिगाड़ दी। इतने में रामी आई तो वह उसको मारने लगी। लड़कियाँ इकठी हो गई थीं।

नाज़िया बोली कि ख़बरदार अगर किसी ने उसको जबरन बाहर भेजा तो। तो तू क्या कर लेगी कुतिया, हरामी रामी चीखने लगी। फिर सभी ने मिलकर उन दोनों की जर्बदस्त पिटाई की। इसी बीच बिनती माय ने गार्ड को बुला लिया। गार्ड ने नाज़िया और पूनम की डंडे से पिटाई की। बाकी लड़कियाँ वहाँ से भाग गईं पर मालिनी उन गार्डो को रोकती रही।

अचानक से किसी गाड़ी के आने की आवाज़ सुनाई पड़ी तो गार्ड भाग गए। वो सदानंद था जिसको इस हंगामे की ख़बर मिल चुकी थी और वह भागा भागा आया। उसने अपने अंदाज़ में सबको समझाया। या सिचुऐशन को मैनेज करने की कोंशिश की। दी आप कल्पना भी नहीं कर सकती हैं कि वो कितना शातिर है। संजोग देखिए कि मनोरमा वहाँ नहीं है। कहीं बाहर गई है। नहीं तो वो इतनी माहिर खिलाड़ी है कुछ का कुछ करवा देती। किसी को लदवा भी देती।

मालिनी, सुनो तुम क्या वहाँ किसी को अच्छा समझती हो, जो तुमलोग के फेवर में खड़ा हो सके। नहीं मैडम जी वहाँ पर कोई ऐसा नहीं है। सब लोग सर या मनोरमा के गुलाम हैं।

मैडम जी उहाँ सब सुअर और कुता है, हमलोग को रंडी बोलता है अपने सब क्या है। भडुआ है सब। नाज़िया ने बिना रूके गालियाँ देनी शुरू कर दीं। कल तो उ कुतिया लोग को दिए हमं। बाद में धनेसरा और फुरकान हमको पकड़ लिया, नहीं त मडरे कर देते।

नाज़िया एक बात बताओ, क्या! इतनी सारी गालियाँ कहाँ से सीखी। वो थोड़ा अचकचा गई। मैडम जी वहाँ सिर्फ़ गालिए से बात होता है। पूछिए इ मालिनी दीदी से। इ एको गाली जानती थी, पर आज गाली की मास्टर बन गई है।

हम अब उहाँ नहीं जाऐंगें। आप हमको खेलवाला में नाम लिखाइए। नहीं तो हम फांसी लगा लेगें। अब नहीं सहा जाता है, कहते कहते नाज़िया की आँखों से बेहिसाब आँसू बह निकले। उसके साथ मालिनी भी रोने लगी।

हमलोग तो अपने अम्मी-अब्बू के लिए मर गए हैं, कोई लेने नहीं आता। तो ज़िंदा काहे के लिए रहें। अल्लाह मियाँ भी नहीं हैं हमरे लिए। हमरा सेंटर में भेज दीजिए, हम वहीं रहेगें और हम बस खेलेंगें।

मालिनी ने उसका हाथ पकड़ कर कहा कल बहुत मार पड़ी है ना बाबू। नाज़िया ने आँसूओं के साथ कहा हाँ दीदी। देखिए ना इहाँ बड़ा दर्द हो रहा है। उसने अपनी पीठ दिखाई। काले काले निशान पीठ पर पड़े हुए थे। दर्द इतना

अधिक कि कराह भी नहीं पा रही थी।

मैं उसकी पीड़ा से सहम गई। पहली बार देखा कि किसी लड़की को ऐसी बुरी तरह से पिटा गया है। रीना की एक स्टाफ गर्म दूध और हल्दी चूना लेकर आई। चलो ये दूध पी लो। नाज़िया ने ग्लास उठाया और फूंक फूंक कर दूध पीने लगी।

अब इसकी पीठ में ये लेप लगा दो। उसकी पीठ पर जब लेप लगाया जा रहा था, तो उसकी चीखें निकलने लगीं। मर्मातंक चीख। जिसमें एकसाथ पूरी ज़िंदगी का दर्द उभर आया है। बस बस हो गया अब आराम हो जाऐगा। मालिनी उसका सर सहला रही है। दीदी बड़ी दर्द कर रहा है।

यहाँ धर्म कहीं नहीं है, बस एक साझा दर्द है जिसको लेकर सारी सामाजिक बंदिशें ख़त्म हो गई हैं। ना हिंदू, ना मुसलमान। दर्द की दुनिया में सब साझेदार होते हैं। मालिनी और नाज़िया जैसी हजारों लड़कियों के दर्द साझा होने लगे तो स्त्रियों की दुनिया कितनी साहसी बन जायेगी।

कितनी अजीब बात है कि अख़बार में बलात्कार की ख़बरें छपते हीं हंगामा बरपा हो जाता है और इस बालिका गृह में लड़कियाँ हर रोज बलात्कार की शिकार बन रही हैं, उसकी ख़बर किसी को नहीं। सामूहिक बलात्कार भी होते हैं, उन लड़कियों के साथ। इसमें कई की जानें भी चली गई। उन्हें कहीं दफना दिया गया है। हैवान है सदानंद और उसके गुंडे साथी। गुस्से से मेरा बुरा हाल है। मेरी नसें फूल रहीं हैं। उन्हें गोली मार दूँ क्या।

कहाँ चला गया इन सबका भगवान। क्या भगवान या खुदा सिर्फ़ समर्थ लोगों के पास हीं रहते है। क्यों नहीं आकर इस जीवित नरक में रहते और अपने बंदों की करतूतें देखते।

अपराजिता पागल मत बन। किसी धर्मांध ने तेरी बातें सुन ली ना तो पता है दंगा हो जायेगा।

दी, क्या हुआ रीना ने अंदर आकर पूछा। आप ठीक तो हैं ना। आपका फेस एकदम से काला हो गया है। कुछ नहीं रीना इन सबको फांसी पर लटका देना चाहिए।

दी ये भी हो जाएगा। अभी तो इनको सुरक्षित रखना है। देखो नाज़िया की हालत अच्छी नहीं है। उसको जो मार पड़ी है, उससे पूरा शरीर हिल गया है। वो तो यहाँ आना था, इसलिए आ गई। देखना अभी चल भी नहीं पाऐगी। एक डॉक्टर को मैंने फोन कर दिया है वो आता ही होगा। तबतक तुम मालिनी और नाज़िया के वहाँ से बाहर लाने के कागजात तैयार करवाओ। उसका स्पोंटस

सेंटर में एडमिशन हो जाऐगा।

मालिनी तुम्हारे यहाँ सब बच्चों को संगीत सिखलाएगी। उसको और भी कुछ काम दो। तम्हारी अच्छी सहायक बनेगी। हाँ ये बात तो है! पर बालिका गृह से आने देगें लोग इन्हें, रीना ने सवाल किया। उन्हें परमिशन देना ही पड़ेगा रीना। मैं अब निश्चित हूँ और तय भी कर लिया है कि करना क्या है।

रीना, कामिनी को फोन करो कि अगर फ्री हो तो यहाँ पहुँचे। जी दी। अंदर कमरे में जाकर देखा तो नाज़िया दर्द से कराह रही है। मालिनी वहीं गुमसुम बैठी सोच रही है। मालिनी इधर आना। जी मैडम। मैं उसको रीना के ऑफ़िस में ले आई। तुम यहाँ बैठो और कम्पयूटर में जो दिखेगा। उसके बारे में बताना।

जी मैडम। मैंने अपने लैपटॉप में पेनड्राइव डाला। पहले फोटोग्राफस आने लगे। वह उनमें से पहचानकर बताने लगी। एक कार्यक्रम में सदानंद के साथ सूट पैंट वाला साहब दिखाई दिया। मैडम ये डी.एम सर हैं। इनके साथ मैं कई बार गई हूँ। वह सकुचाते हुए बोल रही है।

मालिनी ये तुम्हें कहाँ लेकर जाते थे। सर हमको और सबीना को लेकर किसी रेस्ट हाउस या अपने किसी दोस्त के यहाँ ले जाते थे। पर सबीना अचानक गायब हो गई। कैसे नहीं पता! उस दिन सवेरे उठी तो उसको उल्टी होने लगा। मनोरमा मैडम ने एक डॉक्टर को बुलाया था। वो उस डॉक्टर के साथ ही चली गई, फिर वह नहीं लौटी।

मनोरमा ने कुछ बताया नहीं। वो बोली कि उसके घरवाले ले गए। पर वह दो साल से यहाँ थी। उसके घरवाले कभी नहीं आए। क्योंकि उसके चचेरे भाई ने ही उसके साथ बलात्कार किया था, फिर उसको अपने दोस्त को बेच दिया। कितने हाथों में बिकती हुई सबीना मुंबई से भाग आई और फिर पुलिस ने पकड़ कर बालिका गृह में भेज दिया। तो उसके घरवाले कैसे उसको ले जा सकते हैं।

मैडम वो इतनी सुंदर थी ना क्या बताएँ। पर दूसरी बात ये पता चली कि वह प्रेगनेंट हो गई थी। डी.एम साहब को जैसे हीं ये पता चला। उन्होंने ही कुछ करवा दिया होगा।

तो ये डी.एम अभी तक आता है। हाँ सर आते हैं। पर अब सावधानी बरतते हैं। आजकल मेरे अलावा उनके साथ काकोली भी जाती है जो उड़िया है। पढ़ी लिखी है। अच्छा तुमलोग को जाने बोला जाता है तो आसानी से चली जाती हो। मालिनी थोड़ी देर की चुप्पी के बाद बोली, नहीं मैडम शुरू में तो बहुत विरोध किए। पर जब मेरी ऊँगलियाँ तोड़ी गई तो मैंने समझ लिया कि मुझे मार

दिया जा सकता है। तब मिथुन से मैं कैसे मिल पाऊँगी। इसलिए मैं तैयार हो गई, किसी के साथ जाने के लिए।

अब तो जैसे लगता है कि हमलोग सेक्सवर्कर हैं जिसका काम है अपना शरीर को नुचवाना या जो भी चाहे करना वो करे। उसका फेस निर्लिप्त हो गया है। वो डी.एम हर शनिवार को आता है। उसके साथ कोई ना नुकुर नहीं। क्योंकि उसने सदानंद को बहुत फायदा दिलाया है। उसके हेल्प से सदानंद ने दिल्ली में बहुत बड़ा बिजनेस खड़ा किया है।

आजकल मनोरमा वहीं रहती है। साथ में सदानंद का गुंडा भगिना भी रहता है। ये डी.एम उसका पार्टनर है। उसके भांजे ने तो कितनी लड़कियों को बेच दिया है। मनोरमा उर्फ़ कुलसूम का रिश्ते का भाई भी गरीब मुसलमान लड़कियों को लाता है और सब मिलकर बेच देते हैं।

हाँ मैडम। सबसे पहले नाज़िया को इमरान ने हाथ लगाया था, अपने साथ दो तीन दोस्त लोग को ले गया था। नाज़िया ने उनसे बहुत लड़ाई की पर उनके आगे वो हार गई। बेहोश हो गई। तब से उसका गुस्सा इतना भयानक हो गया है कि सब उससे डरते हैं। वह किसी को भी पीट देती है। पर वह बहुत बहादुर है, किसी से नहीं डरती। उसके सामने कोई भी बात नहीं होती। कौन लड़की क्या करती है। उसको बाद में पता हो जाता है। पर ऐसे उससे सब कुछ छुपाया जाता है। उसको बहुत बार मारा भी गया है।

अच्छा नाज़िया इतनी विद्रोही है, किसी को कुछ भी कह देती है बात नहीं मानती है। फिर भी उसको मारा नहीं गया, ना ही कोई और सजा दी गई। ऐसा कैसे हुआ मालिनी। मैडम नहीं जानते, पर सब उसको पागल हीं मानते हैं। ना वो किसी बात में इंटरेस्ट लेती है ना उसे कोई कुछ बताता है। पर उसके सामने कोई बात हो तब किसी को छोड़ती भी नहीं।

इन फोटो में और किसको जानती हो। उसने मंत्री, उसके पति, एक स्थानीय विधायक रामबाबू, विभाग के बड़ा बाबू सबको पहचाना। उसमें जो लोग रेगुलर आते थे, उनका नाम भी बताया। जिसमें मंत्री पति, डी.एम, बन्ने खान ठीकेदार, शामिल हैं। उसने कुछ और नाम बताए, जो फोटो में नहीं थे।

मैडम जी अब मरने का मन करता है, लगता है कि सेक्सवर्कर बनकर ही मरना पड़ेगा। मेरा मिथुन को तो मार दिया इ लोग। घर पर भी कोई अच्छा अवस्था नहीं है। वहाँ भी इसका गुंडा लोग पहुँच जाऐगा। घर गृहस्थी तो अब नहीं हो पाऐगा। उसका मन रीता रीता था। चेहरा भी सूना सुना। हाथों में पड़ी मेटल की चूड़ियाँ भी सहमी सहमी सी हैं।

मालिनी जीवन में हमेशा सबकुछ ख़त्म नहीं होता। कुछ ना कुछ रह जाता है जो इंसान की उम्मीदें बचाकर रखता है। इसलिए हो सकता है कि तुम फिर से एक नयी ज़िंदगी की शुरूवात करो। वह कुछ नहीं बोली।

मुझे उस नयी लड़की की चिंता हो रही है मैडम जी। पता नहीं आज रात वो लोग क्या करेंगें। तुम क्या चाहती हो मालिनी, इन सब के खिलाफ़ कार्रवाई हो। जी मैडम वो बालिका गृह जलकर खाक हो जाऐ। सब पापी लोग जल जाऐं। इतना कहकर वह रोने लगी।

वीडियो में जो उसने देखा, उसने हिला दिया था मालिनी को। वहाँ बहुत छोटी छोटी बच्ची लोग भी आती हैं, पर हमको नइ पता कि उनके साथ क्या हुआ। मनोरमा बोलती थी कि इनके लिए अलग से होस्टल हैं। पर इतना गंदा काम करवाते हैं, हमको नहीं पता है दीदी।

उसने वीडियो में सबको पहचाना। बताया कि सदानंद ऐसे गंदे गंदे वीडियो सब लड़कियों को दिखाता है और उनसे वैसा ही करने को बोलता है। खुद मनोरमा को भी ऐसे वीडियों बहुत पसंद हैं। पर सदानंद को ऐसे पैसे गिनते कभी नहीं देखा।

हाँ मंत्री पति को उसने छुट दे रखी है कि जब उसका मन करे आ सकता है। लड़कियों को उसकी सेवा में हाजिर रहना है। यहाँ तक कि उसके गार्ड भी वहाँ की लड़कियों के साथ मनमानी करते हैं। कई बार तो गार्ड लोग आए और लड़कियों को उठाकर ले गए। नहीं मानने पर लड़कियों की पिटाई भी कर देते हैं। मनोरमा तो उनका खाना ही बंद कर देती है।

वहाँ कोई भी इंसपेक्शन के लिए आता है, तो नाज़िया से नहीं मिलवाया जाता है। हमको सामने कर देती है। राते में बता देगी कि कोई आनेवाला है। सबको संभाल कर रखना। उस दिन सबके लिए अच्छा खाना बनता है। सभी अच्छे और साफ कपड़ों में रहती हैं। किसी को कुछ पता हीं नहीं चलता। नाज़िया जैसी बोलक्कड़ लड़कियों को पीछे के कमरे में बंद कर दिया जाता है।

हालांकि तब भी एक रिर्पोटर जो बंबई से आए थे। सब कुछ पता लगा लिए थे।जिसके लिए नाज़िया को पीटा गया था। वो रिर्पोट न्यूजपेपर में भी आया। तो मनोरमा परेशान हो गई। सबको बोली कि कुछ हुआ तो तुम लोग का क्या होगा सोच लेना।

पर उस मामले में कुछ नहीं हुआ। मंत्री ने सब संभाल लिया। इसके बाद मनोरमा ने बालिका गृह में मुख्यमंत्री का कार्यक्रम करवाया। जिसमें सभी

लड़कियों को कोई काम सिखाने के लिए कहा गया। उनको सिलाई और कढ़ाई का मशीन दिया गया।

यह भी आदेश दिया गया कि लड़कियाँ जो सामान बनायेगीं, उसको विभाग हीं खरीद लेगा। जो आमदनी होगी उसको लड़कियों में बांट दिया जाऐगा। पर मनोरमा इतनी हरामी है कि सब मशीन को ले गई और बोली कि इसमें कुछ गड़बड़ी है ठीक करवाकर लाऐगे। पर आजतक नहीं आया। वही पुराना मशीन सब है उसी में सब काम करती हैं।

अच्छा लड़की लोग बीमार पड़ती है तों कहाँ ले जाती है। किसी को सर्दी खांसी है तो ध्याने नइ देती है। पर वहाँ अधिकतर को औरत वाला बीमारी है। बहुते बीमार रहती है। उनको कोई सावधानी करना चाहिए, इ भी नइ बताती है। हमलोग के साथ जानवर जैसा बिहेव करता है। लड़की लोग बीमारी से सड़ गई है मैडम जी। पर हमारा भगवान भी नहीं सुनता तो और किसको बतायें।

मैं मूक बनी एक जीवित दोज़ख़ की व्यथा कथा सुन रही हूँ। मेरे वश में कुछ नहीं सिवाय इसके कि उन सबको बेनकाब करवा दूँ। मुझे इतनी शक्ति देना दाता कि मैं इन सबकी तकलीफों का इंसाफ कर सकूँ। मेरा भी मन कर रहा है कि चीख चीखकर उन्हें गालियाँ दूँ और कहूँ कि तुम्हारी माँ बहन बेटियों के साथ भी ऐसा हो तो तुमको मजा आऐगा।

सदानंद ने अपने दोज़ख़ में जिन हूरों को रखा है उनके लिए इससे छुटकारा पाने का एक ही उपाय है कि उनकी मृत्यु हो जाये। अरे ऐसा क्यों सोच रही है अपराजिता। उनको इस दोज़ख़ से छुटकारा दिलाने का प्रयास तो तू कर ही रही है। मेरा दिमाग़ मुझे हौसला दे रहा है। ना अपराजिता निराश नहीं हो सकती। मैंने अपने ही सोच को परे किया और जुट गई अपने प्रयास को परिणाम में बदलने के लिए।

आज वहाँ बैठक करनेवाला है सदानंद। आज हीं मौका है। पहले नाज़िया को एक अच्छे डॉक्टर से दिखलाना है। मालिनी को भी संस्था से जोड़ने के लिए प्रक्रिया करनी पड़ेगी।

शिवचरण को फोन करती हूँ, वो तैयार रहे। तभी रीना दौड़कर आई, दी नाज़िया को बहुत दर्द हो रहा है। अरे!क्या हुआ। रीना डॉक्टर आया कि नहीं। अपने पेशेंट को निपटाकर आ रहे हैं। अरे! यार बोलो जल्दी से आ जाऐगें।

मैं नाज़िया के पास पहुँची तो वो कराह रही थी। उसकी आँखों से आँसू भी बह रहे थे बेआवाज़, खामोश। मैंने उसके सर पर हाथ फेरा। मेरे स्पर्श ने उसकी बांधें तोड़ दी। आँसूओं ने भी उसका साथ दिया।

मैडम मुझे अम्मी के पास जाना है। अब्बू को बता दीजिए कि हम उनका बात मानेगें। पर हम वहाँ नहीं जाऐगें। प्लीज हमको घर भेजवा दीजिए।

मेरे भीतर भी बहुत कुछ टूट रहा है। मेरे मुल्य, विश्वास और सभ्य होने का नकली पैमाना। जो समाज अपने लोगों को खासकर लड़कियों, औरतों को एक सुरक्षित जीवन नहीं दे सकता, उस समाज को बने रहने का क्या हक है। क्यों ऐसे समाज को सम्मान दिया जाऐ।

इन लड़कियों का कुसूर क्या है, जो इन्हें एक जीवित नर्क में ढकेल दिया गया है जहाँ सिर्फ़ देहपिपासु राक्षसों का वास है। कैसी है ये राजनीतिक सता जो औरतों को अपनी अयाशी का सामान मानते हैं। उनकी दहशत भरी चीखें दीवारों में क्यों चुनवा दीं जातीं हैं।

# 4. ज़िंदा दोज़ख़ का खात्मा

नहीं, अपराजिता अब नहीं। इसका रिजल्ट जो हो, पर इस जीवित नर्क का खात्मा करना होगा। रीना तुम नाज़िया को डॉक्टर से दिखाओ। हम एक फोन करके आते हैं। मैंने शिवचरण को फिर फोन लगाया। हैलो अपराजिता मैडम, आदेश कीजिए। शिवचरण आप चिडियाघर के सामने एक एन.जी.ओ का ऑफ़िस है वहाँ पर आ जायें।

कौन संस्था मैडम जी शिवचरण ने पूछा। अरे वही संस्था जिसने यूपी से लड़कियों को छुड़ाया था, जिसमें रीना जी सचिव है संस्था की। उसपर हमला हुआ था।

अरे हाँ याद आया। जो चिड़ियाघर के सामने संस्थवा है का तो नाम है उसका। स्त्री चेतना, हाँ वही वाला। आप जल्दी से आ जाइए। अब काउंटडाउन शुरू हो चुका है।

सुनिए ना मैडम एस.पी के यहाँ एगो फालतू सा बैठक है, उसको अटेंड करके आ रहे है। देखिए शिवचरण हमारे पास टाइम कम है, बहुत सारी तैयारी करनी है। आप निश्चिंत रहिए। हम आ रहे हैं। मैं फिर नाज़िया के पास गई। डॉक्टर आ चुके हैं।

देखिए इनको बहुत बुरी तरह से मारा गया है। हर जगह खून जम गया है। ये पुलिस केस भी है। देखिए डॉक्टर साहब पुलिस केस हम करेंगें। फिलहाल इसको कोई ऐसी दवा दीजिए, जिससे इसका दर्द कम हो जाऐ और ये सो सके। मैंने डॉक्टर से विनती की।

मेडिसिन तो हम दे देंगें। पर जिसने भी मारा है उसको सजा मिलनी चाहिए। अगर ये मार थोड़े अधिक उम्र वाले को पड़ी होती, ना तो ये समझिए कि जान भी जा सकती थी। हार्ट अटैक हो सकता था। पर किसने मारा इसको। सर हम बतायेंगें पर अभी तो लड़की को बचाना है। ठीक है पर अभी इनको

आराम की सख्त ज़रूरत है। इसका ध्यान रखें।

मालिनी वहीं खड़ी है। उसका चेहरा कई रंगों में रंग गया है, पर कोई भी रंग ऐसा नहीं जो खुशी दें। कौन सा रंग है जो उसके चेहरे पर है, जब वो नाज़िया को निहार रही है। आँसुओं ने उसके चेहरे के रंगों को बदरंग बना दिया है शायद।

दीदी नाज़िया को मत भेजिए वहाँ। ये मर जाएगी। मत भेजिए। आगे के सारे शब्द हिचकियों में खो गए। बहुत पाप किए हैं हमलोग। ईश्वर माफ नहीं करेगा। पर इसने कुछ नहीं किया है। उसको क्यों ऐसा कर रहे हैं भगवान।

मालिनी किसी को कुछ नहीं होगा। बस तुम तैयार रहो। गलत को गलत बताने के लिए। तो आप हमको वहाँ नहीं भेजिएगा ना। नहीं अब तुमको यहीं रहना है। नाज़िया ठीक हो जाएगी, तो वो भी अपना खेल शुरू करेगी। मालिनी बस घबराना नहीं। साथ देना। समझ़ी। हमको क्या करना है बताइए। अभी तुम नाज़िया को देखो। जब उठेगी तो खाना पीना खिलाना होगा। मोबाइल की घंटी बजी। शिवचरण लाइन पर है। आ गए आप। हाँ बाहर गेट के पास खड़े है। ठीक है वहीं रहिए। गेट खुलवाते हैं।

मेरे अंदर गहरी बेचैनी है। कैसे और कब होगा। शिवचरण थोड़ी देर में रीना के ऑफ़िस में आ गया। मैडम जी अचानक क्या हुआ। बैठिए बताते हैं। फिर मैंने बालिका गृह में कल रात जो हुआ, उसकी जानकारी दी। शिवचरण हैरान रह गया। उ लड़कियन यहीं है। हाँ एक का इलाज चल रहा है। देखिए एक केस तो बन गया। अटैम्ट टु मर्डर ओर दूसरा दुराचार का। फंसेगा तो ऐसे हीं।

ठीक है हम केस करवा देते हैं। पर आज रात वहाँ कोई मीटिंग होनेवाली है। मुझे लगता है इसी घटना को लेकर। क्योंकि ये पहली बार हुआ है कि किसी ने सदानंद की हुक्म उदुली करते हुए उसके खास लोगों की पिटाई कर दी है। उसके लिए खतरा बढ़ गया है।

हाँ तो आज रात को ही कार्रवाई कर दी जाऐ। पर मैडम आप संभालिऐगा, उपर से दबाव पड़ेगा। आप निश्िंचत रहें। देखिए सबसे पहले तो इनलोग से केस करवाइए। हम कह देते हैं कि इसको अभी दबाकर रखे। जब वहाँ हमला हो जाऐगा। तब इसको भी सामने ला देगें। इसमें एक मेडिकल भी करवाना पड़ेगा। ये ज़रूरी है।

ठीक है करवा लेगें। पर रात का जो कार्यक्रम होगा। उसकी प्लानिंग बताइये। अभी मुझे एक घंटे का टाइम दीजिए। फिर मैं बताता हूँ। ठीक है मैं

इंतजार कर रही हूँ।

मैं दौड़कर हॉल में गई जहाँ नाज़िया सो रही थी। रीना बालिका गृह से कोई फोन तो नहीं आया। नहीं, अभी तक तो नहीं आया। मालिनी कहाँ है। मैंने उसको बच्चों की नर्सरी में भेज दिया है। ताकि इस माहौल से निकले। नहीं तो उसके दिमाग़ में बहुत कुछ उल्टा पुल्टा चल रहा है। क्या वो कुछ बोल रही थी।

हाँ दी। उसने कहा कि अगर हम वहाँ से नहीं निकले तो सुसाइड कर लेगें। क्योंकि अब मनोरमा और उसका गैंग हमलोग को जहर का सुई देकर मार देगा। किसी को पता हीं नहीं चलेगा। तो ऐसे भी मरना है तो खुद को हीं मार लेंगें।

दी हमको लगता है कि वहाँ रहते रहते उनके दिमाग़ में सिर्फ़ मरने, मर्डर करने और गाली देने की बात होती है। बड़ी अफसोस लग रहा है कि संस्था ओर जनकल्याण के नाम पर सेक्स रैकेट चला रहा है उ हरामी सदानंद।

दी आपको नहीं पता कि उ मनोरमा कितनी बड़ी खेलाड़ी है। वही सब नेता लोग को फांसती है, फंसवाती है। यही सब लड़की को सप्लाई करके। इसलिए सदानंद उसको मानता है अभी तो उ है भी नहीं। अब किसको फंसाएगी पता नहीं।

देखो रीना बुरे काम का अच्छा नतीजा कभी नहीं होता। इसलिए ज़्यादा मत सोचो। उपरवाले से मनाओ कि इस बुराई का अंत हो जाऐ। अभी मैंने कामिनी को बुलाया है। उसके साथ इन लड़कियों को लेकर जाओ। केस दर्ज करवाओ। मेडिकल कराओ। फिर लेकर आओ। किसी से कोई बात नहीं करनी।

केस इनकी तरफ़ से होगा ना दी। हाँ! रीना। कामिनी करवा लेगी। तुम अपनी गाड़ी से लेकर जाओ। सदर थाना में कामिनी इंतजार कर रही है।

नाज़िया को मैं समझा देती हूँ, कि वो क्या क्या बोलेगी। हॉल में गई तो नाज़िया की आँखें खुली थीं और वो छत को देख रही थी।

दर्द कुछ कम हुआ। उसने सर हिलाया। बाकी सब भी ठीक हो जाऐगा। देखो तुम चाहती हो ना कि सबको सजा मिले तो पुलिस में तुमलोग को एक केस करना पड़ेगा। वहाँ तुमलोग सब बात बता देना।

मतलब क्यों पिटाई हुई। किसने पिटा, तभी सबलोग कुछ कर पाऐगें। डरने की ज़रूरत नहीं है। वहाँ रीना और कामिनी भी रहेंगी। कर पाओगी। उसने हाँ में सर हिलाया। नाज़िया इतनी आसानी से तैयार हो गई। या हार गई है परिस्थितियों से। आत्मसमर्पण की मुद्रा में। नहीं नाज़िया के अंदर के साहस को बचाना होगा। तभी वह लड़ पाऐगी सब से।

मैडम जी इस बार हमलोग के साथ अल्लाह भी रहेंगें ना। हाँ इस बार ही नहीं हमेशा साथ रहेगें।मैंने उसको तसल्ली दी।

तुम हाथ मिलाओ हमसे। उसने हाथ बढ़ाया, चेहरे पर कोई अजनबी सा भाव उभरा। मालिनी तुम चलो रीना के साथ। वहाँ थाना में केस करना है। कल रात जो हुआ, उसको सही सही बता देना। मैडम पुलिसवाला फिर हमलोग को पकड़ तो नहीं लेगा।

नहीं सिर्फ़ अपना बयान देना है, और कामिनी मैडम जो वकील हैं वहीं रहेगी। उसके बाद यहीं लौट आना। फिर मैडम! उसके अस्तित्व में चारों तरफ़ सवाल के कांटे घिर आए हैं।

मालिनी देखो सब ठीक होगा पर हिम्मत बनाए रखना। जी मैडम। वह नाज़िया के पास चली गई। मैं बाहर निकल आई। मुझे अपने बॉस को फोन कर सारी बातें बतानी थीं, ताकि आज पेपर में स्पेस रहे, इस स्टोरी के लिए। अभी दोपहर के एक बज रहे हैं। शिवचरण ने भी थोड़ी देर में कॉल करना है।

संपादक को फोन लगाया तो इंगेज टोन ने स्वागत किया। उफ! कभी कभी ये सब कितना चिढ़ा देता है। मुझे आज अपने को शांत रखना है और मैं बस चिड़चिड़ी हो रही हूँ। मेरे मन को पर लग जाते तो मैं अभी बालिका गृह पहुँचकर सबको पकड़वा देती। उनकी ख़ूब पिटाई करवाती। हे भगवान संभालना मुझे।

मोबाइल में रिंगिग टोन सुनाई पड़ी, झट से उठाया। नंदन सर यानी संपादक जी का नंबर था। गुड मार्निंग सर। हाँ अपराजिता बोलो क्या डेवलपमेंट है। मैंने उन्हें कल रात की घटना की जानकारी दी। क्या एक्शन लिया जा रहा, वो बताया। फिर कहा कि फ्रंट पेज में, फर्स्ट लीड के लिए स्पेस रखें। मैं अपडे़ट करती रहूँगी।

अपराजिता डू यू नीड एनी सर्पोट। नो सर, इटस ओके। अपना ध्यान रखना। कोई ऑपरेशान शुरू होते ही कॉल कर देना, वैसे मैं संपर्क में रहूँगा। थैंक्यू सर।

ये बड़ी बात है कि आपके अख़बार के संपादक आपके किसी अभियान में इतना समर्थन करें। हालांकि हर किसी का अपना अपना एजेंडा है। संपादक के लिए किसी खोजी रिर्पोटिंग का महत्व इतना है कि उसको क्रेडिट मिलता है, और उनकी कुर्सी सुरक्षित हो जाती है। इसके अलावा उसमें किसी किस्म की संवेदनशीलता नहीं होती। अगर इस सच को स्वीकार कर लें तो अच्छा है वर्ना कुढ़ते रहिए, चिल्लाते रहिए। कहीं कुछ नहीं होगा।

पर मेरे लिए ये औरतों के अस्तित्व से जुड़ा मामला है, महज एक्सक्लुसिव स्टोरी नहीं। इस बालिकागृह की यातना कथा ने मेरी नींदें छीन ली हैं। हर रात वहाँ कैदी बनी लड़कियों की चीखें मेरे चारों ओर शोर मचाती हैं। मैं रात में कई बार उठ जाती हूँ। जबतक वहाँ का ये जीवित नर्क ख़त्म नहीं होता, तब तक मेरे भीतर का इंसान और पत्रकार चैन से सो नहीं पाऐगा।

मैं कचहरी के पास एक रेस्तरां में बैठकर कॉफी पीती हुई शिवचरण के फोन का इंतजार कर रही हूँ। तभी रीना ने फोन किया। दी! हाँ बोलो रीना। बालिका गृह से फोन कर रहे हैं कि उन्हें अब ले आइए। क्या करें। हूँ ऐसा करो कि उन्हें बोल दो कि आज उनका फाइनल होना है तो थोड़ा टाइम लगेगा। कैसे भी उन्हें मना करो। ठीक है दी। वैसे केस कर दिया गया है।

नाज़िया तो बिलकुल नहीं डरी। दर्द के बीच भी उसने सारा कुछ बोल दिया। जबकि मालिनी बहुत डरी हुई है। उसने उतना नहीं बोला जितना कि नाज़िया बोली। उनका मेडिकल भी हो गया। कामिनी मैडम सब करवा रही हैं। उन्होंने ने ही सब केस लिखवाया। शिवचरण भैया के चलते सब जल्दी से हो गया। उनको इस मामले को दो चार घंटे दबाकर रखने को कहा गया है।

वो इंसपेक्टर बोल रहा था कि जानते तो हम भी सब हैं, पर मिनिस्टर, विधायक ही शामिल हों, तो हम क्या करेगें। कोई लड़की भी आती तो कुछ होता, जैसा कि आज इ सब आई है। कामिनी जी ने कहा कि अगर आपको अपने क्षेत्र में किसी गड़बड़ी की सूचना मिलती है तो आपको कार्रवाई करने का अधिकार है।

का बताएँ मैडम, हमलोग का हालत तो सांप छुछुंदर वाला है।काम करो तो नेता लोग कहाँ फेंकवा देगा, पता नहीं। नहीं करो तो पब्लिक का गाली सुनो। हम बाल बच्चेवाले हैं। कहीं ऐने ओने फेंक दिया तो परिवार कइसे संभलेगा।

क्या बात है। यही पूरे सिस्टम की कहानी है। अपने निजी हित के लिए किसी की भी बलि चढ़ा दो। पिरामिड के क्रम में जो सबसे बड़ा है, वो अपने नीचे के अधिकारियों और कर्मचारियों को फंसाता है। नीचे के लोग आम आदमी को फंसाते है। सरकारी सिस्टम में तो फंसने फंसाने की लंबी फेहरिश्त है। करिश्मा ये है कि एक घोटाले या गलत काम में मंत्री से लेकर क्लर्क भी शामिल होते हैं।

पर ऐसा कभी नहीं हुआ कि किसी जन कल्याण का उदेश्य नीचे से उपर या उपर से नीचे आया हो। अच्छे अच्छे काबिल अधिकारियों, कर्मियों को भ्रष्ट

बनते देखा है, मैंने अपने बीस साल के पत्रकारीय जीवन में।

रीना तुम आ जाओ। यहाँ से कहीं चलना है। मैनें रीना को फोन कर के कहा। ठीक है दी हम आ रहे हैं। अबतक शिवचरण का फोन नहीं आया है। क्या हो रहा है। शिवचरण पर हीं टिकी हुई हैं सारी प्लानिंग। मैं अब रीना की संस्था के पास आ गई हूँ। बेचैनी में लग रहा है कि कहीं दूर चली जाउं। या तो सबकुछ जल्दी से हो जाए या फिर ख़त्म हो जाए।

यार! अपराजिता थोड़ा ठहर। इंतजार कर। तेरी यही बुरी आदत है कि चीज़ों और स्थितियों से जल्द उब जाती है। फिर मेरे भीतर से किसी ने झिड़का मुझे।

शिवचरण फोन करो। शाम के साढ़े छह बज चुके हैं। बरसात का मौसम है। अगर मौसम ने करवट ली तो मुश्किल हो सकती है। तभी रीना सब के साथ गाड़ी से उतरी। कामिनी भी साथ है। नाज़िया को मालिनी सहारा देकर अंदर ले जा रही है।

रीना तुम कामिनी के साथ बाहर फुटपाथ पर आ जाओ, ज़रूरी काम है। मैंने सोचा कि अगर शिवचरण फोन नहीं कर रहा तो मैं हीं कर लूँ। क्या दिक्कत है। तभी मेरे दूसरे मोबाइल पर एक अनजान सा नंबर दिखने लगा। हो न हो ये शिवचरण का हीं कॉल है। हल्लो हल्लो। लगता है नेटवर्क प्रोब्लम है। फिर से रिंग हुआ।

हैल्लो मैडम जी आप सब साढ़े आठ से नौ के बीच बालिका गृह के बायीं ओर एक स्कूली बच्चों के लिए ठहराव स्थल बना हुआ है। वहाँ आ जाऐं और चेहरा दिखना नहीं चाहिए। वहीं इंतजार कीजिएगा। फिर वहीं पर निर्देश मिलेगा कि क्या करना है। हैल्लो आप शिवचरण बोल रहे हैं ना। पर फोन कट गया।

मैंने पलटकर शिवचरण को फोन किया। कोई आवाज़ नहीं। मुझे लगा कि ये अभियान ऐसा है कि शिवचरण ज़्यादा रिस्क नहीं लेना चाहता होगा। इसलिए अनजान नंबर से कॉल किया।

फिर मोबाइल की घंटी बजी रीना का कॉल है। दी फिर से बालिका गृह से फोन आ रहा है। अबकी धमकी वाले अंदाज़ में। जल्दी से भेज दीजिए नहीं तो केस हो जाऐगा। हम बोले कि सदानंद से बात हो गई है। उनलोगों का टेस्ट करवाकर भेज रहे हैं। तो बोल रही है कि आठ घंटा से टेस्टे चल रहा है कि उ लोग कुछ और कर रही है। कुछ करेगी त बड़ी पछताएगी।

रीना तुम अब परेशान नहीं हो। आज बालिका गृह की कहानी ख़त्म हो जाएगी। क्या! हाँ मैं बताऊँगी थोड़ी देर में। कामिनी घर में फोन कर दो। आज

तुम मेरे साथ रहोगी। ठीक है। रीना तुम जाकर नाज़िया और मालिनी को बोल दो कि थोड़ी देर में यानि नौ बजे तक उन्हें बालिका गृह में पहुँचाया जाएगा।

पर वो तो तैयार नहीं हैं वहाँ जाने को। कामिनी अगर वो नहीं जाती हैं तो क्या हो सकता है।

कुछ नहीं अधिक से अधिक एक केस करेंगें कि जबरन लड़कियों को रोक कर रखा गया है। पर इन्होंने जो केस किया है, उसमें ये सारे लोग अंदर जानेवाले हैं इसलिए अलग से कुछ करने की ज़रूरत नहीं है। फिर ठीक हैं। रीना अगर कोई फोन आए तो बोल देना कि एडवोकेट कामिनी मैडम से बात कर लें।

साढ़े सात बज चुके हैं। कामिनी के पास चार पहिया वाहन है। मैं उसमें हीं जाऊँगी। रीना दूसरी गाड़ी में नाज़िया और मालिनी के साथ आएगी। हम पहले जायेंगें, रीना बाद में आएगी। आसमान भी साफ है, हमारे अभियान का साथ देने के लिए। अब आज कोई बाधा नहीं। उपरवाला भी इन लड़कियों के साथ इंसाफ करना चाहता है।

आज मैंने कुछ खाया भी नहीं। सवेरे से बालिका गृह मामले में लगी हुई हूँ। रीना के यहाँ एक कप चाय पिया था बस। कोई बात नहीं। आज की नयी सुबह के साथ भूख की ताब भी चली जाएगी। सावन की अंधेरी रात एक अजब सा ख़्याल लेकर आती है।

मतलब कुछ सुकून से जुड़ा, कुछ यादों से जुड़ा और कुछ प्यार से जुड़ा। किसका ख़्याल आ रहा है अपराजिता। अभिजित का। जो अपनी लाइफ में इतना व्यस्त होगा कि उसको याद हीं नहीं होगा कि दस सालों का एक संबंध बिना कुछ बोले दम तोड़ गया।

आज मैं भी अपनी भागती दौड़ती ज़िंदगी में खो चुकी हूँ। अपने को एक पल नहीं देती कि मुझे कुछ याद आए। पर कभी कभी उलझन और परेशानी के पलों में उस इंसान की याद तो आ ही जाती है, जिसके साथ सालों का लंबा सफर कटा हो।

अपराजिता साढ़े आठ बज गए हैं। क्या हमें चलना चाहिए। हाँ हाँ अचानक झटका लगा। रीना को बोलो लड़कियों को साथ लेकर बालिका गृह के आसपास ऐसी जगह रहे। जहाँ उसको बोला जाए तो तुरंत वहाँ पहुँच जाए।

कामिनी ने अपनी गाड़ी स्टॉट की और हम चल पड़े। रास्ते में ही शिवचरण का फोन आया। मैडम आप निकल चुकी हैं ना। हाँ, मैं और कामिनी एक गाड़ी में हैं और रीना मालिनी, नाज़िया दूसरी गाड़ी में है। ठीक है जहाँ

बोला गया है वहीं रहिएगा। वो लोग जो केस की है उसी के आधार पर कार्रवाई होगी।

मैडम! आप अपने फोटोग्राफर और वीडियोग्राफर को बुला लीजिए। ठीक है ना। चलिए मैडम मिलते हैं। मैंने नौ बजे के करीब अपने अख़बार के फोटोग्राफर अमन को बुला लिया था और वो भी आगे चौराहे पर खड़ा था। रास्ते में अमन को लिया और उसको ब्रीफ किया।

अपराजिता क्या हम किसी जासूसी उपन्यास पर काम कर रहे हैं। मतलब मुझे वैसा ही रोमांच महसूस हो रहा है।

दूसरा वक्त होता तो मुझे इस पर हँसी आ जाती। पर इस वक़्त मेरी सांसें अटकी पड़ी हैं इस अभियान की सफलता पर। हम पहुँच गए उस ठहराव स्थल, पर जहाँ शिवचरण ने आने को कहा था। नौ बजने में दस मिनट बाकी हैं। कामिनी नर्वस हो रही है। क्या सब कुछ वैसा हीं होगा जिसमें लड़कियाँ सुरक्षित रहेंगी। कहीं सदानंद कुछ ऐसा ना कर दे कि लड़कियाँ ऐसिड अटैक की शिकार बन जाऐं।

अरे! तुम ऐसा क्यों सोच रही हो। हमारे पास पर्याप्त सबूत है। सदानंद और मनोरमा के पाप को सामने लाने के लिए। ये तो लगता है बड़ा सीरियस मैटर है। अमन बोल पड़ा। अपराजिता लगता है काफ़ी दिनों से इसपर काम कर रही हो। हाँ, दरअसल ये मामला दिल से जुड़ चुका है। इसको प्रोफेशनली तो देख ही रही हूँ पर उससे अधिक ये लग रहा है कि इन लड़कियों को इस ज़िंदा दोज़ख़ से बाहर निकाल दूँ।

मुझे याद आ रहा है कि मैं ना इस संस्था के एक कार्यक्रम में था, जिसमें मुख्यमंत्री भी आए थे। इतना बढ़िया माहौल लग रहा था कि क्या बताएँ। कुछ पता हीं नहीं चला कि यहाँ पर इतना अंधेरगर्दी है। यार मुझे तो बहुत दया आ रही है इन बच्चियों पर। अमन अब इमोशनल मोड में है।

देख बाबू अभी कोई इमोशन नहीं। एक बड़ा मुहिम है इसको सफल करना है समझे ना। मैंने अमन को कहा तो वो चुप हो गया।

रीना की कार भी आ गई। रीना तुम ऐसी जगह गाड़ी खड़ी करो, जहाँ से किसी को कोई शक ना हो। मैंने उसको फोन पर कहा। दी ठीक है। ये लोग पूछ रही हैं कि हमलोग कहाँ जा रहे हैं। मैंने बोल दिया कि अपराजिता दीदी बताऐंगीं, उन्हीं के पास जा रहे हैं। नाज़िया अभी भी दर्द से बेहाल है। उसको दवा दे दिया है ना। हाँ दी! पर दर्द तो रहेगा ना कुछ समय तक।

इतने में मोबाइल पर एक नंबर आने लगा। मैडम आपलोग आ जाइए, गेट

पर। हम अंदर जा रहे हैं। शिवचरण ने कहा। तभी देखा कि तीन गाड़ियाँ गेट के पास आ गई। गाड़ी गेट के अंदर ले चलो। तीनों गाड़ियों से पुलिसवाले कूदने लगे। हमारी गाड़ी भी वहाँ पहुँची। गार्ड ने गाड़ी रोकने की कोशिश की। पर उसको कब्जे में लेते हुए सभी अंदर चले गए। पुलिसवाले चारों तरफ़ फैल गए। शिवचरण और दो लोग अंदर की तरफ़ चलते हुए कहीं एक कमरे में पहुँचे। हम भी पीछे पीछे थे।

वहाँ सदानंद, के साथ कुछ लोग बैठे हुए थे। सामने शराब की बोतल और ग्लास रखे हुए हैं अधभरे। वहाँ रामी और सुषमा साकी बनकर उन्हें शराब सर्व कर रही हैं। पुलिस के वहाँ पहुँचते ही वे घबरा गए। आपलोग कैसे आ गए। उनमें से कुछ भागने की कोशिश करने लगे।

मेरे गार्ड कहाँ हैं। अरे वो कुते भी कहीं दारू पी रहे हैं और अयाशी कर रहे हैं। साले तूने तो पूरा रंडीखाना खोल दिया, हमारी नाक के नीचे। ऐ देखो मुझसे ऐसे बात मत करो। किस अधिकार से घुसे हो यहाँ। क्यों तेरे बाप की जमींदारी है क्या। साला तुम लड़कियों की भलाई के नाम पर सरकार से फंड लेकर सेक्स रैकेट चला रहे हो।

सदानंद का चेहरा धुआं धुंआ हो उठा। वहाँ जो लोग थे उनका चेहरा काला पड़ा हुआ था। सुन बे पापी तेरे यहाँ की लड़कियों ने थाने में शिकायत की है नाम तो नहीं पता। इसलिए हम यहाँ आए हैं, जांच करने। अब तू हमें काम करने देगा कि लगाएँ झटका। इन सब को गिरफ्तार कर लो। हम यहाँ की तलाशी लेंगें। वहाँ खड़ी रामी और सुषमा रोने लगी। उनका रोना किसी नौटंकी से कम नहीं था।

हम कुछ नइ किए हैं सर। हमको सर लोग बोले त हम इनको शराब दे रहे थे। अंधेरी रात में उस परिसर में पुलिस खोजबीन कर रही थी। तू लोग का भी हिसाब होगा इस पापी के साथ। रंगरेली का अडडा बना लिया था। तभी सदानंद ने मोबाइल से किसी को फोन करने की कोशिश कीं। शिवचरण ने तुरंत उसके हाथ से फोन छीन लिया। सबके मोबाइल जब्त कर लो। अपना बाप लोग को फोन करेगा। बाद में कर लेना।

बेटा तू अपने ही पाप से ऐसे फंसा है ना कि तेरा बाप लोग भी जाऐगा साथे। तभी एक जवान आया सर पीछे में एगो कमरा में बहुते लड़कियन को बंद करके रखा है। दस को तो हॉल में आए हैं, दस पंद्रह को कमरे में रख दिए हैं। यहाँ पर एक भुतहा कमरा है जहाँ लड़कियों को कैद करके रखा गया है।

चल बे दिखा कि कहाँ है तेरा गुप्त कमरा। जहाँ तुम अपना धंधा करते हो। ये झूठ बोल रहा है। चल साला! एक जोरदार थप्पड़ सदानंद की गालों पर पड़ा। वह दर्द से तिलमिला गया। इसकी साकी सब को भी ले चलो। हम वहाँ के कमरों से गुज़रते हुए पीछे गए। घुप्प अंधेरां। पेड़ों और झाड़ियों के बीच मटमैले ऐसबेस्टस के तीन चार कमरे।

यहाँ कौन रहता है रे। सदानंद की घिग्घी बंधी हुई है। रामी और सुषमा गंदी गंदी गालियाँ मनोरमा, नाज़िया और मालिनी को दे रही है। कुतिया, हरामजादी अपने लोग तो सब काम की और हमको फंसा दी। अरे उ मालिनी बड़ी खेलाड़िन है। पहले तो अपने यार को मरवा दी। फिर सर को फंसाई। तब डी.एम साहब को भी फंसाई और अब हम सबको फंसा दी।

सर मलिनी त सोनागाछी की वेश्वा है। उसपर भरोसा किए हैं ना त देखिएगा। सब झूठ साबित होगा। अरे सुषमा मैडम के फोन लगाव ना रे। उसकी गालियाँ सुनकर हम सभी दंग हैं। चुप रहेगी कि नइ तू लोग। दुध के धोअल है का रे। ऐतना तू लोग सब को परेशान की है ना। कि अब लाल घर में जवाब देना पड़ेगा।

नहीं सर हमलोग कुछो नइ किए है। हमको तो फंसा दी है ऐही मनोरमवा। वही लाई की नौकरी दिलवा देंगें। एही नौकरी दिलवाई कमीनी। अंदर लड़कियों के बीच रोना धोना मचा है। उन्हें समझ नहीं आ रहा कि वहाँ हुआ क्या है।

हम उस भुतहा कमरे में पहुँचे तो एक डर हमारा पीछा करने लगा। कामिनी यहाँ नहीं आई। उसने ऑफ़िस में रहने का निर्णय लिया। सदानंद की नज़रें अबतक मेरे उपर नहीं पड़ी हैं। शिवचरण के साथ आए एक पुलिस अफसर ने दरवाजे पर धक्का मारा। अंदर किसी के दौड़ने की आवाज़ आई।

दरवाजा खोलो। सदानंद से कहवाया गया। दरवाजा खुला। पुलिसवाले झट से दरवाजे को रोककर खड़े हो गए। टॉर्च की रोशनी मारी तो जो दिखा, वो एक वहशीपन थां। दो मोटे से लोग अंडरवियर में थें। वहाँ लड़कियाँ बेहोश थीं और उनको नंगा कर दिया गया था। वो लोग ऐसी हालत में उनके साथ सेक्स कर रहे थे।

पुलिस को देखते ही एक उल्टी दिशा में दौड़ने लगा। ए रूक! नहीं तो गोली मार देंगें। उसके चेहरे से ऐसे लग रहा था कि अभी उसकी जान चली जाएगी। सदानंद को पकड़े पुलिसकर्मी ने उसको मारना शुरू किया, साला हरामी का पिल्ला। पापी कहीं का। कहाँ रखेगा बे अपना पाप। इसको ऐही निपटा दें का सर। अरे उ लड़कियन को कपड़ा पेन्हाओ।

मैं कांपने लगी। हैवानियत के इस खेल पर। भगवान कैसे राक्षसों को दुनिया में भेज दिया। रामी और सुषमा की हालत खराब थी। उन लड़कियों के लिए कपड़े लाने भेजा गया तो विनती माय साथ में आ गई। ऐ बुढ़िया तोरो भेजइबो जेल। तू हों एकनी के साथ रह हो ना। विनती माय तो थरथराने लगी। ना साहब हम त कुछो ना जानेली। हमरा त पते ना रहे कि इहाँ इ सब होला।

कपड़ा लाइ हो। हाँ साहब लनली हय। कपड़े का बक्सा जो खुला, तो वो भी हैरान कर देनेवाला था। उसमें सिर्फ़ झिल्लीदार कपड़े थे नाइट सुट के रूप में। अरे बूढ़ी ऐ ही सब पहनाएगी। सब को एही पहनाती है का। ना साहब गलती हो गेलई। इ त बचवन के कपड़ा हय। बचवन एहाँ बच्चा लोग भी है। कहाँ है। ना साहेब उ लोग दूसरे जगह पर है। बाप रे! कतना झोल है इहाँ। इ सब कपड़ा जब्त कर लो।

सर टॉर्च की बैटरी कम हो रही है। देखो यहाँ की तलाशी लो। इन लड़कियों के लिए डॉक्टर बुलाओ। जो इन सबको अस्पताल ले जाएेगा। जी सर। सभी लड़कियों को हॉल में इकठठा करो और नाम, पता उनका बयान लो। इ सब को ले जाकर लॉकअप में बंद कर दों, किसी का फोन आऐगा तो बोल देना। वहाँ रेड चल रहा है।

साहब आएगें तो वही बताएंगें। ठीक है सर। जय हिंद सर। कहकर पुलिसवाले आदेश पालन में जुट गए। शिवचरण ने दो पुलिस वालों को वहाँ तैनात कर दिया। तुमलोग सुनो जो जो चीज़ मिला है उसका जब्ती सूची बनाओ। उसपर यहाँ के किसी जिम्मेदार व्यक्ति का सिगनेचर ले लो।

मैडम चलिए। यहाँ की लड़कियों का क्या होगा। अभी इन्हें पुलिस संरक्षण में रखा जाऐगा। मैं अपने साहब और विभाग को फोन कर देता हूँ। अभी मुझे थाना जाना पड़ेगा। आप यहीं रहिए। रिर्पोट बनाइए। कोई पैरवी आता है, तो हम आपको सूचित करेंगें।

मेरी मानसिक हालत ऐसी हो गयी है कि रिर्पोट लिखने को मन नहीं कर रहा। अमन भी डिस्टर्ब हो गया है। अपराजिता आइ कांट बिलीव। ऐसा भी हुआ। हमारी आँखों के सामने। हाँ अमन, देख लो कैसे लोग होते हैं। पर सबसे पहले एक रिर्पोट भेजनी है। बॉस इंतजार कर रहे हैं।

बालिका गृह के ऑफ़िस में बैठकर मैंने रिपोर्ट बनाई ओर भेज दिया। संपादक ने मुझे कॉल किया। वेल डन अपराजिता। कहाँ हो तुम। सर मैं बालिका गृह में हूँ। अमन ने फोटो भी भेज दिया है। अभी हम यहीं रहेगें फॉर फॉलो अप। काफ़ी कुछ होनेवाला है। वो लोग कहाँ हैं। उन्हें अभी थाने ले

जाया गया है। ठीक है मैं वहाँ किसी कों भेजता हूँ। अपना ध्यान रखो, ज़रूर सर।

सुबह से कुछ खाया भी नहीं। कामिनी भी थाने चली गई है। कुछ कानून से जुड़ा मामला होगा। पर रीना कहाँ है। उसकी गाड़ी भी तो अंदर आई थी। मैं फोन करती हूँ। रीना कहाँ हो तुम। दी, मैं तो अंदर ही थी। ये लोग एकदम से परेशान करने लगी कि यहाँ से चलिए। नहीं तो सदानंद और उसके गार्ड पकड़ लेंगें। तो हम बाहर आ गए। अच्छा, सुनो तुम ना लड़कियों को लेकर चली जाओं। कल सुबह क्या करना है, ये हम बता देगे।

फिर कोई कॉल आ रहा है। मैडम आप वहीं हैं ना। हाँ शिवचरण जी। उ सामान जो मिला है उसका जब्ती सूची में आपको साइन करना पड़ेगा। वहाँ फोर्स है वो आपसे करवा लेगा। ठीक है। मेरे अख़बार का कोई रिर्पोटर पहुँचा की नहीं शिवचरण जी!

मैडम अभी यहाँ भारी भीड़ है, सबको ख़बर हो गया है। डी.आई.जी साहब शाबासी दे रहे हैं। पर देखिएगा ना जब कौनो मिनिस्टर एम.एल.ए. का नाम आऐगा। तब हमको क्या करेगें नहीं पता। शिवचरण कुछ नहीं होगा। हम इसकी तैयारी किए बैठे हैं।

मैं बालिका गृह में यूँ ही बैठी हुई हूँ। शांत, क्लांत। क्या करूँ क्या ना करूँ, ऐसी वाली अवस्था। अंदर की बेचैनी कहीं दूर जाकर बैठ गई है। पुलिसवाले पूरे बालिका गृह की तलाशी ले रहे है। लड़कियों को हॉल में बैठा दिया गया है। जो लड़कियाँ बेहोश हालत में थी, उन्हें पुलिस अस्पताल ले गई है। ऐसी रात में भी राजनीतिक और सामाजिक हलके में शोरगुल मचा हुआ है। कौन फंसने वाला है। पुलिस सदानंद को पूछताछ के लिए कहीं और ले गई है, कहीं छापामारी भी चल रही है।

शिवचरण ने कुछ और जानकारी भी हासिल की है, जिसे उसने मुझे नहीं बताया। मेरा मोबाइल पल भर भी चैन नहीं पा रहा। अख़बार के दफतर, पुलिस, घर और रीना के अलावा कई सरकारी और नेताओं के फोन कॉल्स आ रहे हैं।

क्या हुआ मैडम! आप ही तो इसकी हकदार हैं। इतना पापी लोग था तो ऐसा होना ही था। मतलब सबको ख़बर हो गई है कि इस पूरे मामले में मैं लीड ले रही हूँ। नहीं ऐसी बात नहीं है। मैडम डरिए नहीं आपने अच्छा काम किया है। हमलोग ऐसी पत्रकारिता का तहेदिल से शुक्रिया करते हैं जिससे मासूम बच्चियों की जान बच गई। ये साहब एक नेताजी हैं, विपक्ष की राजनीति करते हैं।

अब मेरा शरीर जवाब देने वाला है। मुझे यहाँ से निकलना होगा। पर अब इन लड़कियों का क्या होगा। मुझे किरण मैडम से बात करनी होगी। अभी कुछ देर पहले उनसे बात हुई है। वो तो घबराई हुई हैं कि उनपर कोई एक्शन ना हो जाए। मुझपर थोड़ी नाराज लग रही हैं। कि उन्होने बहुत बार मदद की है पर ऐसी बात थी तो उन्हें बताना चाहिए था। मैंने उन्हें ये कहकर कविन्स कर लिया कि इसमें पुलिसवाले और बालिका गृह की लड़कियों ने मिलजुल कर काम किया है। आपको कुछ नहीं होगा।

मैडम क्या यहाँ की लड़कियों को यहीं रखा जाऐगा या कहीं और शिफट किया जाऐगा। देखिए अभी तो हम क्या बताएँ। पुरा सिचुएशन बदल गया है। मैडम मैं एक सुझाव दे रही हूँ। क्या!इन लड़कियों को रीना की संस्था में रखा जा सकता है। उसके यहाँ रिहैबिलिटेशन सेंटर तो है हीं लड़कियों का।

हाँ अभी तो ठीके रहेगा। पुलिस केस बन गया है। मंत्री जी क्या बोलेंगीं। आप बात कीजिए ना। मंत्री जी से। जो बोलेगीं वही होगा। सुबह के चार बज गए हैं। अमन का फोन आया, अपराजिता इस मामले में और छापेमारी हुई है। मंत्री के आवास पर, सदानंद के घर पर और मनोरमा के घर पर भी। हो सकता है कि कुछ और बड़ी कार्रवाई हो। अच्छा! सुबह दस बजे आई.जी ने एक प्रेस कांफरेंस रखा है पुलिस मुख्यालय में, शायद विषय यही होगा।

खैर आज देखती हूँ। क्या हो सकता है। पुलिसवाले क्या कर रहे है। मुझे घर पहुँचकर सोना है वर्ना बीमार पड़ जाऊँगी। तभी एक पुलिसवाला आया। मैडम चलिए जरा देख लीजिए। उसके पीछे मैं चल दी। सामान का ढेर लगा है। कपड़े, कागजात, कंम्पयुटर, लैपटॉप, पेन ड्राइव, कंडोम के पैकेट, सी.डी, किताबें और ढेर सारे फोटोग्रफस। पुलिसवालों ने जब्त सामान की वीडियों भी बना ली थी। जब्ती लिस्ट बनी और उसे मेरे सामने ही सील किया गया। महिला पुलिस का दस्ता यहाँ पर रख दिया गया। जबतक कोई दूसरी व्यवस्था नहीं हो जाती।

मैडम जी यहाँ तो कुछ नहीं है। चावल और आटा छोड़कर क्या खाएगीं लड़की लोग। एक महिला पुलिसकर्मी पूछ रही थी। पूछते हैं मैडम फिर बताते हैं। मेरी आँखें नींद से बोझिल हैं अब ठहरना मुश्किल है। मैं वहाँ से ऑटो कर के घर आ गई। घर पर भाई भी नहीं है। अपने इंस्टीटयुट चला गया है। चाय पीने का भी मन कर रहा है।

पर छोड़ो यार। नींद को पहले संभालते हैं। मोबाइल को साइलेंट मोड में करके बिस्तर पर गिर पड़ी। उफ! कितना मिस किया मैंने नींद को। ऐसी

रिर्पोटिंग पहली बार की है। कई रातों से सो नहीं पाई। ठीक है अपराजिता पहले सो जा। फिर सोचेगें।

दीदी उठो, अप्पू, दी उठो ना। मैं कहीं आवाज़ें सुन रही थी पर आँखें खोल नहीं पा रही। दी शिवचरण आया है। कब से बैठा है। ज़रूरी काम है। क्या शिवचरण का नाम सुनते ही मेरी आँखों ने फट से पलकें झपकाई। कितना टाइम हो गया बाप रे। अभी दोपहर के एक बजने वाले हैं।

आपके कितने सारे कॉल्स हैं। देखिए। आज का पेपर भी आपके नाम है और शिवचरण को भी हीरो बना दिया है भाई बहुत उत्साहित है। बहुत सारे लोगों के यहाँ छापेमारी हुई है। चल शिवचरण के पास चलते हैं। बधाई हो मैडम जी। आपके साहस के चलते एक बहुत बड़े सैक्स रैकेट का पर्दाफास हुआ।।

नहीं, शिवचरण जी आपके दुसाहस ने इस घृणित कारनामे को सामने लाया। सामने हर अख़बार के पन्ने पर इस कांड से जुड़ी ख़बरें थीं। पर एक्सक्लुसिव रिर्पोट मेरी ही थी। सदानंद की तस्वीरें हर जगह थीं। साथ में बरामद सामग्री भी थी। जहाँ दूसरे अख़बारों ने पुलिस से मिली रिर्पोट को छापा था। वहीं मेरे अख़बार में इस नरक गृह की अंदरूनी कहानी थी। पूरे राजनीतिक हल्के में तूफान आया है। कौन कौन फंसेगा इसपर चर्चा का बाजार गर्म है।।

आपने बिना किसी परमिशन के इतना बड़ा काम कर दिया। किसी अफसर ने आपको कुछ कहा तो नहीं। नहीं अभी तक नहीं। मुझसे आइ0जी.साहब ने कहा कि कम से कम एकबार बता देते। मैंने कहा सर इसमें पत्रकार और संस्था के लोग पड़े हुए थे। उ लड़की लोग को मारा पीटा जा रहा था, गलत काम के लिए दबाव बनाया जा रहा था। उ लोग थाने में रिर्पोट लिखा दी थी। साथ में हाईकोर्ट की वकील भी थी। तो हम को जल्दी से करना पड़ा।

और सर हम सोचे हीं नहीं थे कि इतना बड़ा हाई प्रोफाइल मामला निकलेगा। आई.जी.साहब कुछ नहीं बोले। ठीक है तफतीश जारी रखो। ध्यान रखना कि मीडिया वाले बात का बतंगड़ बना देते हैं। जी सर! जैसा होगा मैं रिर्पोट कर दूँगा।

पर मुझे लगता है कि आज कुछ गिरफ्तारी होगी, जो सनसनी फैला देगी। शिवचरण मुझे बताऐगें आप। मैडम बताने में कुछ नहीं है, पर जब हो जाऐगा तो आपके इस काम को समर्थन हीं मिलेगा। साला जो होगा देखा जाऐगा। प्रेशर तो बहुत रहेगा मैडम, पर इस नेक काम से हमारे परिवार के लोगों को पुण्य मिलेगा। कितनी लड़की लोग उस नरक से मुक्त हो जाएगी और सरकार को

भी सोचना पड़ेगा कि आगे से सही लोग को काम दे।

क्या क्या बताया उनलोगों ने। देखिए सदानंद तो अभी तक कुछ खास नहीं बताया है। पर उसके साथ जो लोग पकड़े गए हैं उन्होंने स्वीकार कर लिया है कि पैसे के बदले में उन्हें वहाँ लड़कियाँ मिल जातीं थीं। कोई रिस्क भी नहीं था। वो अक्सर ही आया करते हैं। हाँ उसके गार्ड ने एक खुलासा किया है कि कई लड़कियाँ मरी या मार दी गई। उनका मृत शरीर भुतहा घर के पीछे घनी झाड़ियों में गाड़ा गया है। वो लोग भूत बन गई हैं। ऐसा उन्होंने बताया। अब वहाँ पर गार्ड को लेकर गया है सब। देखिए क्या होता है।

फिर तो मुझे जाना होगा। जाइए आज कुछ और बड़ा होनेवाला है। मेरे मोबाइल पर बहुत सारे कॉल्स आ रहे थे। पर अभी मुझे बालिका गृह जाना होगा। वहाँ इस नरक का भयावह रूप देखने को मिलेगा। स्कूटी की रफ्तार तेज थी। उससे तेज मेरे दिमाग़ की रफ्तार थी। जिसमें एक साथ लड़कियों का भविष्य, उन्हें किसी अच्छी संस्था में रखे जाने और जो सच सामने आनेवाला है उसका सामना कैसे करना है जैसे ख़्याल आ रहे हैं।

कई नेताओं के कॉल्स में इस बात का जिक्र दबे छुपे तौर पर आ रहा था कि मामला ख़त्म हो जाएगा। क्योंकि सता में उस दल की भागीदारी है जिसके नेताओं का नाम आ रहा है। वहीं कुछ विपक्षी दल के नेता मामले को भुनाने के लिए जीभ लपलपाए बैठे हैं कि मुख्यमंत्री का नाम इस प्रकरण से जुड़े तो मजा आ जाए।

मैं जब बालिका गृह पहुँची तो वहाँ काफ़ी हलचल थी। पुलिस, मीडियाकर्मी और संस्था के लोगों की भीड़ है। मेरे पहुँचते ही वहाँ सब ने घेर लिया। मैडम बधाई हो।ग़ज़ब किया आपने। हम तो यहाँ रोज आते थे, पर कुछो पते नहीं चला। आपका न्यूज सूँघने वाला नाक है। अरे ऐसा नहीं है।

ऐ सर हमलोग लड़कियों से मिल सकते हैं कुछ बात करना है। नहीं नहीं उनसे नहीं मिल सकते। जबतक कि विभाग परमिशन नहीं देता। जो बयान होगा उनका। आप को ब्रीफ कर दिया जाऐगा। नहीं तो बड़े साहब लोग से बात कीजिए। परमिशन देगें, तो मिल लीजिएगा। पत्रकार परेशान हैं कि कुछ खास अपने अख़बार के लिए मसाला निकाला जाए।

शुभम दौड़कर मेरे पास आया ऐ अपरा! यार कुछ बता ना। वो देवनंदन तो मेरी ले लेगा यार। ये क्या लाए हो। बकवास। उस छोटे लड़के को देखो, उसने तो क्या स्टोरी लिखा है। अगर ऐसे हीं चलता रहा तो अख़बार के साथ हम भी बंद हो जाऐगे। मेरी रक्षा करो देवी। देवनंदन अख़बार का संपादक है जिसमें

शुभम काम करता है।

शुभम मेरा दोस्त है। दिल और दिमाग़ से सही सोच रखनेवाला। उससे मेरी बनती है। शुभम सुनो इतना मस्खा मत लगाओ। बाकियों की तरह इस मामले को मत देखो। आओ मेरे साथ। मैं उसे अंदर ले गई। एक पुलिसवाले से पूछा आज जो खुदाई होनेवाली है। वहाँ सब पहुँच गए हैं क्या। हाँ मैडम। चलो शुभम। बात क्या हैं अपराजिता। बताती हूँ। हम चलते हुए भुतहा घर के पास पहुँचे।

वहाँ पुलिस और फोरेंसिक टीम भी थीं। मजदूर खुदाई कर रहे थे। देखिए सर उहाँ से कंकाल मिला है। सच में नरकंकाल और हडिडयाँ दिखाई पड़ीं। फोरेसिक टीम के लोगों ने उन सबको उठाकर रख लिया। हे भगवान किसको मारा होगा इनलोगों नें। खुदाई में कई नरकंकाल और हडिडयों के ढेर मिले। लगता है छोटे बच्चों का है। फोरेंसिक टीम के सदस्य ने कहा। पर यहाँ तो बड़ी लड़कियाँ हीं रखी जातीं हैं। मैडम 12 साल की बच्चियाँ भी लाई जाती है। हम खुद कई बार लेकर आए हैं उन्हें यहाँ रखने के लिए। एक पुलिसवाला बोला।

शुभम बोला, अरे यहाँ किसको गाड़ा गया है। देखो तो अपराजिता ये लोग बेहद खतरनाक है। यहाँ क्या क्या चल रहा है। शुभम इसमें सदानंद, मनोरमा और विभागीय मंत्री और उसका पति मुख्य किरदार है। जिन्होंने इन असहाय लड़कियों को देह व्यापार करने के लिए मजबूर किया और कईयों पर इतनी ज़्यादती हुई कि वो मर गई या मार दी गई।

जाओ तुम इनसे बात करो और स्टोरी बनाओ पर सोच लेना कि ये एक रिर्पोट नहीं है, बल्कि एक नरक गृह से लड़कियों को छुड़ाने की बात है। उसी एंगल से लिखना। ठीक है पर जो प्राथमिकी दर्ज है वो लड़कियाँ कहाँ है। वो भी हैं। पर यहाँ जो लोग हैं उनसे बात करो जल्दी से। वर्ना कोई और आ जाऐगा। लड़कियाँ अभी भी हॉल में हैं, उनकी आँखों में डर है अपने भविष्य की असुरक्षा को लेकर। हमें देखते हीं लड़कियाँ इधर उधर नज़रें चुराने लगी।

उसमें से कुछ से मैं मिल चुकी हूँ, जब पहली बार यहाँ आई थीं। खुशबू इधर आओ। एक बीमार सी लड़की आगे आई। वो सच में सुंदर है। बीमार होने की वजह से उसका पूरा शरीर मुरझा गया है। चेहरा पीला पड़ गया है। पर आँखें बड़ी बड़ी बोलती सी। जिसकी ख़ूबसुरती अभी भी कायम है। जी मैम। इसके बारे में ही नाज़िया ने बताया था कि उसकी सुंदरता की वजह से सर इसको खास जगहों पर भेजते हैं।

क्या हुआ तुमको। बीमार लग रही हो। उसकी नज़रें झुकी रहीं। कहाँ की

रहनेवाली हो। जी मुजफरपुर। पढ़ी लिखी हो। जी सातवीं तक पढ़े हैं। यहाँ कैसे आ गई। वो कुछ नहीं बोली। बताओ खुशबू। यहाँ कोई नहीं है जिससे तुम डरो।

हम एक लड़के से प्यार करते थे। हसन नाम है उसका। मेरी माँ मेरा ममेरे भाई के साथ निकाह करवाना चाहती थी। उसकी पहली बीवी भी थी। इसलिए हम हसन के साथ भाग गए। कुछ दिन कलकता रहे। वहाँ हसन हमको कुछ दिन अच्छा से रखा, हम उसको निकाह करने के लिए बोलने लगे, तो वो मना करने लगा। तब हम बोले कि हमको घर पहुँचा दो। पर वो घर नहीं पहुँचाया। हर दिन लड़ाई झगड़ा करने लगा।

एक दिन सबेरे जब हम उठे तो अपने को दूसरे घर में पाए। हम रोने लगे तो एक आदमी आया और बोला कि तुमको हसन पांच हजार में बेच दिया है। अब तुमको जो बोला जाऐगा वही करना होगा। वहाँ हर दिन शाम को चार पांच लोग आते और मेरे साथ गलत काम करते। मैं बीमार हो गई थी। पर वो लोग मुझे रोज बंद करके जाते थे। इसलिए भाग भी नहीं सकती थी।

फिर उन्होंने मुझे एक दिन एक औरत के यहाँ पहुँचा दिया। वो औरत भी धंधेवाली थी। बोली तू तो हुश्न की मल्लिका है। तुझे पहले ठीक करूँगी। तब तेरे जलवे दिखाऊँगी। उसने मुझे बढ़िया खाना पीना खिलाना शुरू किया। कुछ दिनों में मेरी सेहत अच्छी हो गइ।

एक दिन मेरी बलैंया लेते हुए बोली कि माशा अल्लाह अब तो तुम सुरजमुखी का फूल बन गई हो। चलो मेरी मेहनत रंग लाई। अब तुम जहाँ जाओगी, वहाँ पर ठीक से रहना। आप मुझे कहाँ भेज रही हैं। अरे मेरी जान तुमपर इतना खर्च किया है तो उसको वसूलना होगा ना। आप मुझे मेरे घर भिजवा दीजिए ना।

न ना अरे तुम कैसी बातें कर रही हो। उस हसन के साथ भागी थी, ना तो उसने तुमको घर पहुँचाया। नहीं लाड़ो हम पैसे खर्च किए हैं और घर पहुँचा दें। मुझे समझ आ गया कि मैं फिर से कैद में हूँ। सुन लड़की एक मेरी बहन आ रही है तुझे लेने। नखरे मत दिखइयों। वो तो बहुत खतरनाक है। बड़े बड़े आदमी उसके आगे पानी भरते हैं। उसको खुश रखेगी तो आप भी खुश रहेगी।

एक दिन उस झोपड़पटटी में एक बड़ी सी गाड़ी आई। उसमें से एक औरत उतरी। आँखों में चष्मे चढाए, भारी गहने लादे। मेकअप से लदी। नगमा बानो इतराती हुई उसको अपने घर ले आई। देखो बन्नो यही है चांद का टुकड़ा। उसने मुझे देखा और नगमा को चुम लिया। बला की है ये तो। हाँ हम बोले थे ना कि बढ़िया माल देगे। वो कुलसूम उर्फ़ मनोरमा थी। मुझे उसके साथ भेज

दिया गया। मैं बालिका गृह आ गई।

मनोरमा ने क्या कहा था तुमसे। खुशबू ने बताया कि उसने कहा था कि एक साहब हैं उसको खुश करना है और कभी कभी किसी और को भी खुश कर देना। तुमने मना नहीं किया। उसने कुछ नहीं कहा। ये सब तुमको अच्छा लगता है। किसको अच्छा लगेगा मैम। बताइए। वह रोने लगी। यहाँ क्या क्या होता है क्या बताएँ। नहीं बताओ तभी इंसाफ मिल सकेगा।

देखिए इसको ये सिर्फ़ तेरह साल की है। मुन्नी, जिसको कुछ भी पता नहीं। उसके साथ साहब के गार्ड लोगों ने इतना जुल्म किया कि वो ठीक से चल नहीं पाती। खुशबू ने बहुत लड़कियों से मिलवाया। सबकी दर्द भरी दास्तान और बालिका गृह में हुए जुल्म उनकी पहचान थी।

मैं शब्द ढूंढ रही हूँ कि कुछ बोल सकूँ, उन्हें तसल्ली दे सकूँ। पर कुछ बोल नहीं पा रही। शुभम अवाक है। बालिका गृह की हकीकत जानकर। मैम अब हमलोग का क्या होगा। शुभम बोला कि सब अच्छा होगा। ये दीदी और हमलोग मिलकर ठीक करेंगें।

मैडम परनाम। देखा बिनती माय लंगड़ाती हुई आ रही है। देखिए ना मैडम जी इ सब का हो गया। सब ऐतना बढ़िया चल रहा था, उ मलिनिया सब गड़बड़ा दी। क्या अच्छा चल रहा था। यहाँ लड़कियों से देह व्यापार करवाया जा रहा था और आप सबको डराकर रखती थी। आप को भी जाना होगा। अरे ना ना मैडम जी। इ लड़कियन से पुछिए हम कुछ किए है। सब वो ही मनोरमे की है। पर आप तो उसका बड़ाई कर रही थी। अभिए ना पता चला कि इ सब होता था। वहाँ लड़कियाँ चुप थी।

देखो बिनती माय सब सच बता देना नहीं तो पुलिस तुमको पकड़ेगी। तुम ही ना सबका गिनती करती थी। सब गिनती गड़बड़ा दी। उस औरत का चेहरा थरथराने लगा। वो मनोरमा को गंदी गंदी गालियाँ देने लगी। ऐ चुप रह। खुशबू ने जोर से कहा। सब जानती है इ बुढ़िया। एकबार हम बोले कि घर पर चिठठी भेजना है तो इ हरामजादी मेरा लेटर मनोरमा को जाकर दे दी। फिर उ लोग इतना मारे ना हमको कि क्या बताएँ।

देखो अभी तुमलोग यहीं रहो। पुलिस जो पूछती है, उसका सही जवाब देना। झूठ बोलोगी तो तुमलोग का कुछ अच्छा नहीं हो पाऐगा। खुशबू तुम सबका ध्यान रखना। यहाँ हम डॉक्टर को बुला देते हैं, अपना बीमारी दिखला लेना।

मैं शुभम के साथ बाहर आ गई। बहुत से रिपोटर अभी भी वहीं जमे हुए

थे। उन्हें भी खुदाई से जो मिला उसकी जानकारी पुलिस के लोग दे रहे थे।

शुभम तुम समझे कि क्या है मामला। मैंने बोला तो उसका जवाब था ये मामला नहीं है अपराजिता। ये अपराध है जिसको इस सभ्य समाज ने अंजाम दिया है, जानबूझकर। अपनी कुंठित यौन भावना की पुर्ति के लिए। इन लड़कियों को सेक्स के भूखे भेड़ियों के सामने फेंक दिया गया कि जाओ नोचो, खसोटो, मार दो। इन्हें तो फांसी की सजा होनी चाहिए।

शुभम जब तुम लिखोगे तो इसके इसी पहलू को ध्यान में रखना। ठीक है, शुभम ने सहमति दी। मोबाइल की घंटी बज रही है। शिवचरण का कॉल है। मैडम मंत्री पति, दो अधिकारी और मंत्री जी को गिरफ्तार कर लिया गया है। देखिए अब क्या होता है। अच्छा कब! आपसे बात करने के एक घंटे बाद। मंत्री के आवास से हथियार भी मिला है। तो उसका पुलिंदा बंधना तय है।

पर अब मुझे भी झेलने के लिए तैयार होना है। मेरे एक सीनियर ने अनआफिशियल तौर पर कहा कि आइ.जी.साहब नाराज हैं। क्यों उनको बिना बताए इतना बड़ा मामला ह्मथ में ले लिया। मंत्री की गिरफ्तारी से भी वो नाराज हैं कि मुख्यमंत्री पूछेंगें तो उनको क्या जवाब देंगें। साला ऐही सब चक्कर से बचने के लिए हम जल्दी से सब करवा दिए। ना त इ लोग कभी होने देता। एक तो इ लोग सूचना हीं लीक करवा देता, न त मुख्यमंत्री हीं इंकार कर देते।

देखिए शिवचरण जी आप के लिए हम सर्पोट करने को तैयार खड़े हैं। कोई दंडात्मक कार्रवाई तो नहीं होने देंगें इतना तय समझिए। हाँ आपके ही भरोसे ऐतना आगे बढ़े हैं हमलोग। अब पूरा मामला रेडी है, माँग कीजिए की सी.बी.आई.. को सौंपा जाए। नहीं त ऐहीं से सब ख़त्म कर देगा सब, शिवचरण ने जब ये कहा तो मुझे भी चिंता होने लगी।

ठीक है देखते हैं। अब हमको विभागीय सचिव से मिलकर बालिका गृह का संचालन किसी दूसरे एन.जी.ओ को देने के बारे में बात करना है। शुभम तुम चलोगे क्या। शिशिर जी को भी ले लेते हैं। उनका सचिव से अच्छा पटता है। पटने को तो हमसे भी पटता है। पर शिशिर को ले लेंगें तो अच्छा रहेगा। मुझे स्टोरी भी फाइल करनी है।

अमन तुम कहाँ हो। हाँ अपराजिता मैं तुमको हीं फोन करनेवाला था। सर ने फोन किया था कि अपराजिता से पूछकर और कहाँ कहाँ का फोटो लेना है, ले लेना। तुमने गिरफ्तारी का ले लिया ना। देखो नंदन ने खुदाई की फोटो ली है। वो भेज रहा है। साथ में विनती माय और वहाँ के स्टाफ का भी फोटो ले लेना। हम थोड़ी देर में ऑफ़िस में हीं आते हैं।

हम दोनों सचिव के केबिन में पहुँचे तो वहाँ पर भी पत्रकारों की भीड़ थी। शिशिर भी वहीं है। लीजिए इस मामले की हीरोइन आ गई। सभी पत्रकार मुझे बधाई देने लगे।यार क्या बात है। बहुत दिनों के बाद सनसनाता हुआ कुछ आया है। वहाँ की लड़कियों से मिलवा सकती हो अपराजिता। अरे तुमको पता नहीं है कि उनका फोटो छापना कानून के खिलाफ़ है। अरे हम फोटो थोड़ी ना छापेंगें। बस मिलना है, जानना है कि उनके साथ क्या क्या हुआ।

मैं जानती हूँ कि किसी पुरूष की मंशा क्या होगी। ऐसी लड़कियों से मिलकर उनके मन में दबी कुछ यौन जुगुप्साएँ हैं उसकी पूर्ति होगी।

एक सदियों से पलती फैंटसी है कि ऐसी लड़कियाँ मतलब सेक्स वर्कर या वेश्या कैसी होती हैं। उनकी मादक अदाओं को देखना, उनके साथ मानसिक यौन सुख लेना। इसी कारण बहुत से पुरूष लोग उनसे मिलना चाहते है।

साला ये सेक्स भी क्या चीज़ है जो प्रेम में भी रहता है, अप्रेम में भी रहता है, और विकृत मानस के लोगों में तो होता ही है। अगर ऐसा नहीं होता तो शादीशुदा लोग भी इसके पीछे क्यों भागते हैं। जबकि उनकी यौन इच्छा पूरी होती है।

खैर फिजियोलॉजी तो एक बात है पर दिमाग़ की गंदगी का तो कोई इलाज नहीं। देह की भूख ने ही बनारस की दाल मंडी, मुंबई का कमाठीपुरा और बंगाल की सोनागाछी को आबाद रखा है। वर्ना हर गली में ऐसे लोग कुतों की तरह मारे फिरते।

मुझे डॉक्टर को फोन करना है, तभी तो लड़कियों का इलाज हो सकेगा। कहीं उनमें से किसी को एडस तो नहीं होगा। मल्टीपल पार्टनर रहे हैं उन सबके। हे भगवान अब तक ये मेरे दिमाग़ में क्यों नहीं आया था। रीना तुम जल्दी से बालिका गृह में एक डॉक्टर को भेजो। किरण मैडम को बता देना। नहीं तो पुलिस इंसपेक्टर से बोलकर सभी का सदर अस्पताल में एडस का टेस्ट करवा लों। क्या बोल रही हैं दी। हाँ ये ज़रूरी हैं। प्लीज जल्दी से करवा लेना। मैं बात करती हूँ। कहकर मैंने फोन रख दिया।

शुभम, शिशिर जी को बोलो ना। सचिव से बात करनी है। हाँ वो भी साथ में रहेंगें। ठीक है। इसी बीच मैंने गिरफतारियों की जानकारी ली तो पता चला कि मंत्री पति को लेकर पुलिस कहीं और गई है। एक और टीम सदानंद के सभी ठिकानों पर छापामारी कर रही है। शहर में इस मामले को लेकर धरना, प्रदर्शन, मार्च का दौर चल रहा है। महिला संगठन, राजनीतिक दल एकजुट

होकर मुख्यमंत्री से इस्तीफे की माँग कर रहे हैं। सभी आरोपियों को फांसी देने की माँग की जा रही है।

मेरे पास इस मामले की अपडे़टस के लिए मीडिया और नेताओं के फोन आ रहे है। मैडम बताइए ना क्या क्या हुआ। आप तो शुरू से वहीं थी। आपने ही इस मामले की पड़ताल की। बताइए क्या सर्पोट करें। अभी अभी पता चला कि पुलिस ने मनोरमा उर्फ़ कुलसूम के गांव वाले घर और शहर में जहाँ रहती थी, उस फ्लैट की भी तलाशी ली जा रही है। काफ़ी सारे इंवेस्टमेंट के पेपर और जमीन के कागजात मिले हैं।

उसके शहर वाले घर से लड़कों के कपड़े भी मिले हैं जबकि वो अकेली हीं रहती थी। बड़ी बात ये है कि सदानंद को ही अपनी प्रेमिका का राज बताना पड़ा। मनोरमा तो फरार है। यहाँ इतना कुछ हो रहा था, पर उसने किसी को फोन तक नहीं किया। यहाँ तक कि अपनी खास रामी को भी नहीं।

मंत्री पति को लेकर जो टीम छापेमारी को निकली, उसको भी जमीन और बैंकों में निवेश के पेपर और गहने मिले। उसके गुंडे गार्ड भी कहीं जमींदोज हो गए। एक टीम को दिल्ली भेजा गया मनोरमा की गिरफ्तारी के लिए। यानी बालिका गृह के रायते ने सबको अपनी चपेट में ले लिया।

अपराजिता, राज्य के गृह सचिव ने अभी प्रेस वार्ता रखी है। अमन को भेज रहा हूँ। बाकी अपडे़टस के लिए पुरन को लगा दिया है। आज मामले की शुरूआत कैसे हुई, इसपर स्टोरी होगी। क्योंकि लीड हमारे अख़बार ने ली है, मालिकों को पता लगना चाहिए। मैंने उन्हें पहले बताया भी है। वैसे गुड जॉब हमलोग अच्छे जा रहे हैं।

सर मैं वेलफेयर सेक्रेटरी के पास आई हूँ। यहाँ के बाद मैं स्टोरी फाइल कर दूँगी। ओके, टेक केयर। ये अख़बार के संपादक हैं जिनके पास अपना एजेंडा है समाचारों का।

क्या लोग हैं भगवान, सबको अपनी अपनी पड़ी है। ये मेरा संपादक सोच में है कि अख़बार कहीं पिछड़ ना जाएं, ताकि मैनेजमेंट इनकी ले ना सकें। जैसे ये सबकी लेते हैं। यार!इस दुनिया में कैसे रहेगी अपराजिता। कमीने हैं सारे के सारे।

कितनी रातों से मैं इसलिए नहीं सोई कि इन लड़कियों का क्या होगा। कैसे उनकी ज़िंदगी में खुशियाँ वापस आऐगी। पर बाकी के लोग इस मामले में भी लीड लेने की कोशिश में हैं। किसी को ये नहीं लग रहा कि इनपर कितना अत्याचार किया गया है। कहाँ जा रही है दुनिया। धत!मेरा मूड ऑफ

हो गया।

अपराजिता आओ सचिव के कमरे में। मैं दौड़कर गई। सचिव ने मुझे बधाई दी। मैडम आपने बहुत बड़े मामले का खुलासा किया है। लगातार मॉनिटरिंग के बाद भी ये सब हो रहा था, किसी को अनुमान नहीं लग पाया।

सर क्या कीजिएगा, जब इतना बड़ा रैकेट काम कर रहा था तब मुश्किल तो था ही। पर विभागीय मंत्री का पति इसमें शामिल है, ये सच में बेहद आपतिजनक है। बताइए हम क्या कर सकते हैं। उसने और भी गड़बड़ी की होगी। संस्था की ऑडिट में पता चलेगा।

सर अब तो लड़कियों के रिहैबिलीटेशन का भी सवाल है। उन्हें किस संस्था को दिया जाऐगा। ताकि दुबारा से ऐसी वारदात ना हो। हाँ ये बात तो है। फिलहाल तो इस संस्था का एग्रीमेंट कैंसिल कर दिया गया है। आप लोग बताइए कि अभी किस संस्था को दिया जाऐ, ताकि जांच प्रक्रिया में बाधा ना आए और लड़कियाँ भी सुरक्षित रहे।

सर एक सुझाव है रीना दास को तो जानते हैं ना आप। हाँ हाँ उन्हें तो हर कोई जानता है। देखिए सर वो महिलाओं के लिए ही काम करती हैं उनके यहाँ ऐसी महिलाओं के पुर्नवास की भी व्यवस्था है। संस्था का रिर्काड भी अच्छा है। वहाँ बालिका गृह की दो लड़कियाँ जिन्होंने बालिका गृह के अंदर चल रही गड़बड़ियों को लेकर थाने में केस दर्ज कराया, उनके लिए पुर्नवास की व्यवस्था की जा रही है, विभाग के अधिकारियों और बालिका गृह के सहमति से।

अच्छा ये तो बहुत बढ़िया है। अरे सर उसकी संस्था को सौंप दीजिए। आपलोग तो एक मर्द को कैसे दे दिए। उ लोग तो एही सब ना करेगा। टीक है आपलोग बोल रहे हैं, तो जबतक दूसरा अरेंजमेंट नहीं होता बालिका गृह को चलाने की जिम्मेवारी रीना जी की संस्था को देने का आदेश करवा देता हूँ। पर अपराजिता मैडम को इसको मॉनिटर करना पड़ेगा। उसकी गवर्निंग बॉडी में आप का नाम भी शाामिल करवा देता हूँ।

सर मेरी जगह हाइकोर्ट की एक लॉयर हैं जो ट्रैफिकिंग से जुंड़े मामलों को देखती हैं, उनका ही नाम डाल दीजिए मैंने बीच में टोका। अरे! क्या कामिनी लाल की बात कर रही हैं। जी सर। ये तो और भी अच्छा है।

इस मामले में भी वो जुड़ी हुई हैं। वाह! महिला शक्ति ने तो कमाल कर दिया। वैसे एक बात बताइए। इसकी शुरूआत कैसे हुई। आपलोगों ने तो एकबार भी हिंट नहीं दिया, नहीं तो इतना कुछ नहीं होता। सर, बहुते कुछ

मिला है जैसे फोटो और वीडियो। शुभम ने बात को आगे बढाया।

अच्छा सी.डी और फोटोग्राफस भी मिले हैं, सचिव ने थोड़ी उत्सुकता दिखाई।

सर अगर सही से जांच हो जाए तो आपके प्रशासनिक कैडर से भी एक दो लोग हो सकते हैं। बताइए इ सदानंदवा सबको लपेटे हुए था। सब ढीला लंगोट का तो होता ही है, मौका मिला तो काम बन गया। शुभम ने बहुत ही बेलाग भाव से कहा। इसके बाद सचिव चुप लगा बैठे।

मैडम अपराजिता, को किरण वर्मा के पास भेज दीजिए। मैं फोन कर देता हूँ। ठीक है सर। कोई ज़रूरत हो तो ज़रूर बताऐं। विभाग पूरी मदद करेगा। सचिव ने कहा। हमलोग उन्हें धन्यवाद बोलकर निकल गए।

गुरू एकरो हिस्सा होगा का शुभम ने पूछा। ना मने पूछ रहे हैं। ना हो सकेला। इसका कारण है। आइ0ए.एस लोग खाता है पर इ सब में कमे हाथ डालता है। इ अलग बात है कि छोटकन लोग पहुँचा देता है। न त ओकनी के खाय देतव। पान चबाते हुए शिशिर जी गुरू ज्ञान दे रहे हैं। पर गुरू इस मामले कों ज़िंदा रखना होगा। बहुत गलत काम किए हैं इ लोग। हाँ हाँ हमलोग नहीं दबने देगें इ मामला को। शिशिर जी ने आश्वासन दिया।

देख रही हो ना अपराजिता पुरा टाउने आंदोलित है। पर एकों से पूछो कि इ लड़कियन को अपने घर में दाई के काम में रखोगे। त एको तइयार ना होगा। अरे दूसरका का छोड़। इ नेतवन लोग तो हाथ मल रहा होगा कि ऐतना सहज था तो हमलोग भी फायदा उठा लेते। सब रंगल सियार है। कएगो फोन आ रहा है। वरिष्ट पत्रकार शिशिर जी अपने अनुभव बता रहे है। गुरूजी हमलोग बालिका गृह को संभाल लेगें। बस आप साथे रहिए।

क्या करोगी अपराजिता। तुमलोग जितना मेहनत करके इस मामला को सामने लाई हो। उतना सीरियस तो ना सरकार है ना प्रशासन। इ चल रहा था तो वो निश्चित थे। अब बाहर आ गया तो पचास तरह का सवाल, उनका जवाब। किसको बचाना है, किसको फेंकवाना है। धर्मसंकट है भाई। सरकार के सामने। चलेगा कुछ दिन तक। फिर कौन याद रखेगा।

न भइया हम तो याद करवाऐगें। जो देखे हैं और सुने हैं ना। उसको भुल जाऐगें तो हमारी आत्मा हमीं को सरापेगी। चलो तुमलोग लगे रहो। अच्छा काम है, अपराजिता फिर से बधाई। धन्यवाद भइया।

अब एक बड़ी समस्या का हल हो गया। मैंने रीना को फोन लगाया, रीना तुम ऐसा करो, किरण मैडम से जाकर मिल लो।बालिका गृह के संचालन का

जिम्मा फिलहाल तुम्हारी संस्था को दिए जाने पर सचिव की सहमति मिल गई है। उन्हाँने सहायक निदेशक को फोन करके ऐसा निर्देश दे दिया है। बस तुम जाकर वहाँ फॉलो अप कर लो।

जी दी। हाँ नाज़िया और मालिनी का क्या हाल है। वो लोग परेशान है परसों से सोई नहीं है। नाज़िया का दर्द काफ़ी कम है। बार बार वो लोग यही पूछ रही है कि उनको कहाँ भेजा जाऐगा। बाकी लड़कियों का क्या होगा। खैर ये तो स्वाभाविक है। उन्हें कहना कि अपराजिता दीदी ने बोला है कि ज़्यादा परेशान ना हो। सब ठीक होनेवाला है। पर तुम अभी किरण से मिल लेना। ठीक है दी। जैसा होगा हम बताऐगें। रीना से बात करके मुझे तसल्ली हो गई कि सबकुछ ठीक होगा।

बालिका गृह में एक महिला पुलिसकर्मी मंजुला राम को फोन लगाया। मंजुला ने फोन उठाया। जी मैडम, बताइऐ। अच्छा मंजुला वहाँ डॉक्टर आई हैं क्या। हाँ सबका चेकअप हो रहा है। कुछ लोग बहुते सीरियस हैं। उनको तुरंत अस्पताल भेजने के लिए बोली है। कुछ बताई है। ना दीदी। आप आइए ना। पता चलेगा।

मैंने डॉक्टर को फोन लगाया। डॉ. रूपा क्या रिर्पोट है। अपराजिता ग़ज़ब है सभी लड़कियाँ हैबेचुएटेड सेक्स वर्कर हैं। सबको यौन रोग हैं। किसी किसी को संक्रमण इतना अधिक है कि बदबू आ रही है। कहीं ऐसा ना हो कि किसी को एडस हो। इसके लिए पुलिस की अनुमति से मेडिकल अस्पताल में ले जाना पड़ेगा। टेस्ट करवाना पड़ेगा। उनके अंदरूनी अंग चोटिल भी हैं।

डॉ. रूपा इन सबको ठीक होने में कितना टाइम लगेगा। क्या दवाओं से इनकी बीमारी ठीक हो जाएगी। पचास प्रतिशत तो ठीक हो जाएँगी। पर बाकी की हालत गंभीर है। मतलब ये समझिए कि रोग के अंतिम चरण में उन्हें लाया गया है। अब क्या होगा। मैं परमिशन ले रही हूँ। परमिशन मिल जाने पर इन्हें तत्काल इलाज के लिए अस्पताल ले जाया जाऐगा।

मैंने किरण वर्मा को फोन किया। उनको मैंने सारी बातें बताई। उन्होंने कहा कि मैं इसका आदेश करवाती हूँ। रीना जी भी यहीं बैठी हुई हैं। सचिव सर कर का फोन आया था कि वैकल्पिक व्यवस्था के तहत रीना जी की संस्था को हीं संचालन का जिम्मा दिया जाऐ। तो वही प्रक्रिया किया जा रहा है। वैसे मैडम आप तो एकदम विस्फोट करवा दीं। इ सदानंद हमको ठीक आदमी नहीं लगता था। पर क्या करें जो नियम कहता है वैसा ही चलना पड़ता है।

पर आपलोग को मॉनिटरिंग तो करना चाहिए था ना। अब जहाँ मिनिस्टर

हीं जा रही हो, वहाँ कौन देखता। सिस्टम की सबसे बड़ी खामी। जहाँ खुद मंत्री ही इनवोल्व हो, वहाँ किसी की क्या बिसात। ठीक है किरण जी। थोड़ा जल्दी सब प्रोसेस किया जाए। कहकर मैंने फोन रख दिया। मैंने फिर से फोन लगाया और बता दिया कि डॉ. रूपा आपको जल्दी ही परमिशन मिल जाऐगा।

## 5. दोज़ख़ के परिंदे

मैं आज भी बुरी तरह थक चुकी हूँ। लग रहा है कि बिस्तर पर पड़ जाउं। सर में तरह तरह की बातें चक्करी की तरह घुम रही है। अब मुझे जो लोग गिरफ्तार हुए हैं, उनका फॉलोअप करना है। शिवचरण को फोन लगाया। उसने फोन नहीं उठाया। मुझे थाना ही जाना चाहिए। हो सकता है वो व्यस्त हो। ऑफ़िस से भी फोन आ रहा है, स्टोरी फाईल करने के लिए। मैं थोड़ी देर में सदर थाना में पहुँच गई। भारी भीड़ है। मीडियाकर्मी, पुलिस और तमाशबीनों की। लगता है सबको थाने में हीं रखा गया है।

आइए मैडम। एक पुलिसवाले ने मुझको कहा। अंदर शिवचरण और कई बड़े अधिकारी बैठे थे। लगता है उपर से इस मामले को देखने का कोई आदेश होगा।

शिवचरण ने मुझे देखा और बैठने का इशारा किया। यही मैडम हैं सर अपराजिता नाम है इनका। इन्होंने ने हीं इस मामले का पर्दाफास किया है। अच्छा बहुत बढ़िया काम है मैडम। आपने जो किया उससे इ पाजी, शैतान लोग का असलियत आ गया। हमलोग कहाँ कहाँ देखें। पब्लिक जागरूक रहेगी। तो सब का हिम्मत नहीं पड़ेगा गलत काम करने का। वो एक काईयाँ टाइप का डी.एस.पी है।

मुझे उस अधिकारी के कमीनेपन से नफरत हो रही है। यही लोग हैं जो कमाई के चक्कर में सभी अनैतिक काम को बढ़ावा देते है। अगर ये सोच लें कि अपने एरिया में कुछ गलत नहीं होने देगें, मजाल है कुछ हो जाए। इसी मामले में कितने सारे पुलिस और गार्ड शामिल हैं। मंत्री पति को सरकारी गार्ड मिला हुआ है। मालिक के साथ ये हरामी भी अयाशी करते हैं।

मैंने गंभीर होकर कहा जी आप सही कह रहे हैं। पर आपके लोग ही गार्ड हैं, जो अपने मालिकों के साथ मिलकर गलत काम करते हैं। जरा उन्हें भी

सीखाइए कि वो लोकसेवक हैं ना कि मालिक। उनमें से कितनों ने वहाँ की लड़कियों के साथ बलात्कार किया है, उन्हें टार्चर किया है। उनको गायब किया है। पता लगाइए सर। फिर लोगों के जागरूक करने की प्लानिंग कर लेंगें। मेरी आवाज़ में एक तल्खी है, कठोरता है। जो वहाँ पर मौजूद हर किसी ने महसूस किया।

अभी थोड़ी देर में प्रेस कांफ्रेंस करेंगें। उसमें जिला एस.पी.आप लोगों को ब्रीफ करेगें उस डी.एस.पी ने बताया। यहाँ थाने में गिरफ्तार लोगों की फोटो ली जा रही हैं। कुछ बेशर्म की तरह सामान्य दिख रहे थे। जिन्हें मैं पहचानती नहीं हूँ। सदानंद, मंत्री पति, कुछ गार्ड, संस्था के एकांउटेंट, क्लर्क, रामी और सुषमा उन्हें आज रिमांड पर लिया गया था। मंत्री की गिरफ्तारी के लिए छापामारी चल रही है। दिल्ली गई पुलिस को मनोरमा हाथ नहीं लगी। उस वारंट के आधार पर शायद मनोरमा के घर की कुर्की जब्ती हो।

कई नेताजी थाने के सामने डेरा लगाकर बैठे हुए हैं। पता नहीं किसकी पैरवी कर रहे हैं या सबपर नज़र रखे हैं। मैं बाहर निकली तो एक नेताजी ने कहा मैडम कुछ बताइए ना कि हमलोग चढ़ाई करें। किसकी पैरवी करने आए है राकेश जी।

किसी की नहीं मैडम जी। हम तो मुख्यमंत्री के खिलाफ़ आंदोलन के लिए तैयार बैठे हैं। तो किसका इंतजार कर रहे हैं। कुछ मर मसाला मिलेगा तब ना मैडम। अब क्या चाहिए, इतना कुछ तो छप गया है। आपलोग आगे बढ़िए और दोषियों को सजा दिलवाइए। उसने हाथ जोड़कर कहा कि ठीक है मैडम जी जैसा आपका आदेश।

इन नेताओं को मैं अच्छे से जानती हूँ। इनके दांत दिखाने के कुछ और खाने के कुछ और। ये सब जानते हैं और दल की सीमा को तोड़ते हुए गलत कामों में एक हो जाते है। ये रामचरण साहू को देखिए। खानदानी कांग्रेसी है। शराब के धंधे में इतनी कमाई की है कि इसकी कई पीढ़ियाँ अयाशी में ज़िंदगी बिता सकती है। कांग्रेस शासन ने इनको बना दिया।

बाद में राष्ट्रीय जन दल में भी इनको नुकसान नहीं हुआ। वहाँ भी मिलजुलकर काम होता रहा। बल्कि उस दौरान इसने एक मंत्री के रिश्तेदारों के सहयोग से ट्रांसपोर्ट का बड़ा बिजनेस खड़ा कर लिया। पर टिकट इन्हें आजतक नहीं मिला। दल के लोग बताते हैं कि इ साला थाली के बैंगन जैसा है। आजतक पलटा नहीं है पर पलटने वाला नेचर है उसका। सबके साथ उठता बैठता है। पार्टी फंड में बड़ा हिस्सा देता है। बमबम रहता है।

बालिका गृह सेक्स कांड पर सतारूढ़ दल छटपटा गया है। शराबबंदी को लेकर ऐसे भी कई नाराज हैं, दल के अंदर भी। सब माफिया लोग की बाट लग गई है। उन्हें तो मौका चाहिए घेराबंदी का। तो अभी सबको ये मामला हाथ लग गया है। देखिए, क्या तमाशा होता है। अभी तक कोई बयान सता पक्ष की तरफ़ से नहीं आया है। मंत्री पति तो गिरफ्तार हो चुके हैं और मंत्री गायब हो गई हैं।

लीजिए हलचल बढ़ गई है, कोई बड़ा अधिकारी आ रहा है। अरे! जिला एस. पी.राजमोहन आ चुके हैं। सब ख़बरची और कैमरामैन तैयार हो गए। आइए मैडम जी इधर। एस.पी ने मुझे देखकर कहा आइए इधर बैठिए। देखिए मैं बालिका गृह कांड के उदभेदन और अबतक की प्रगति के बारे में जानकारी देना चाहता हूँ।

अबतक इस मामले में बीस लोग गिरफ्तार हो चुके हैं। कुछ और गिरफतारियाँ हो सकती हैं। कई फरार हैं। इस कांड में पुलिस ने चार प्राथमिकी दर्ज की है! मुख्य अभियुक्त सदानंद और मनोरमा उर्फ़ कुलसूम हैं। इसके अलावा भी लोग हैं जिनके नाम मैं पढ़ देता हूँ। इन सबके यहाँ रेड किया गया। जिसमें मंत्री जी के यहाँ से हथियार, शराब और संपति के कागजात बरामद हुए हैं। बालिका गृह में छापेमारी में कई आपतिजनक सामान सी.डी, फोटोग्राफस, वीडियो और पेन ड्राइव मिले हैं।

वहाँ की लड़कियों ने अपने बयान में बताया है कि किस तरह से उनके साथ अत्याचार किया जाता था, कैसे उन्हें सेक्स वर्कर के रूप में ग्राहकों के साथ रात में बाहर भेजा जाता था। घर के लोगों से मिलने और बात करने नहीं दिया जाता था। सदानंद हर दिन जब वह यहाँ शहर में होता था, तो महफिल लगाता था जिसमें लड़कियों को मेहमानों का मनोरंजन करना पड़ता था। इसमें कई सफ़ेदपोश भी शामिल होते थे।

वहाँ के पिछवाड़े में कई नरकंकाल और हडिडयाँ खुदाई में मिली है, जो फोरेंसिक जांच के लिए भेजी गई है। वैसे एक सरकारी सुरक्षा गार्ड ने कहा है कि ये वहाँ की छोटी बच्चियों की की हैं, जो शारीरिक अत्याचार की वजह से मर गई। ये बच्चियाँ कैसे आई। इसपर जांच चल रही है।

संस्था के कागजातों की जांच की जा रही है कि सरकार से मिले पैसों का दुरूप्योग किस तरीके से किया गया। इस संस्था को जितने प्रोजेक्ट मिले हैं, सबको रदद कर दिया गया है। फिलहाल बालिका गृह को चलाने की जिम्मेदारी रीना जी की संस्था को दिया गया है। सभी लड़कियाँ सुरक्षित हैं। जिनके अभिभावक बच्चियों को ले जाना चाहते हैं या मिलना चाहते हैं। वो बालिका

गृह के नये ठिकाने पर जाकर मिल सकते हैं।

एस.पी.राजमोहन ने सांस लिया और पूछा कि कोई सवाल हो तो पूछिए। सर ये बताइए मंत्री की गिरफ्तारी कब होगी। जो सफ़ेदपोश के नाम आ रहे हैं उनके नाम बताएँ। देखिए पुलिस अपना काम कर रही है। बहुत सारी बातें सामने आएँगी। हमें थोड़ा इंतजार करना होगा।

वैसे मैं अपराजिता जी ओर उनकी टीम को धन्यवाद देना चाहता हूँ, जिनकी वजह से ये मामला सामने आ सका। मामले में, कोई भी हो, उसको छोड़ा नहीं जाऐगा। सबको धन्यवाद बोलकर एस.पी चले गए। सबने मुझे फिर से बधाई दिया।

उज्जवला जो एक वरिष्ठ पत्रकार हैं, उन्होंने कहा कि बहुत बड़ा काम तुमने किया, अपने स्त्री समाज के प्रति अपना कर्ज चुका दिया।

अपराजिता अब तुम बताओ कि कैसे ये सब हुआ उज्जवला ने सवाल किया। मुझे ये बताना हीं था, क्योंकि इससे इस मामले की प्रमाणिकता साबित होती और किसी प्रकार की राजनीति क्षुद्रता का शिकार होने से बच जाती। अन्यथा हवाओं में कई अफवाहें पंख लगाकर घुम रहीं थीं। जिसमें सच्चाई के खो जाने का खतरा था। मैंने इसकी पुरी कहानी बताई। मेरे पत्रकार मित्र हतप्रभ थे और हैरान थे कि उन्हें इसकी भनक तक नहीं मिली। जबकि बालिका गृह छुपा हुआ नहीं था। हर दिन वो सभी वहीं से गुज़रते थे। उसके कार्यक्रमों में शामिल होते थे।

साला हरामी कहीं का। अपना बेटी और बहन को भी ले आता यहीं पर। एक ठेठ बिहारी पत्रकार ने कमेंट किया। इनलोग को ऐही पीटरसन चौक में फांसी दे देना चाहिए। उ दुनो लड़किया कहाँ है। मिलवाइए ना। देखिए अब उनलोग को कोई भी बयान पुलिस और वकील की अनुमति से देना है। अरे ए अमन तुम तो फोटुआ लिए हो ना, जरा वहाटस अप पर भेज दो। इ लोग का जीन में चंगेज खान का खून है। साला एकदम से राक्षस है। इ सदानंदवा का जनम कइसे हुआ था जी। जरा पता लगाइए ना।

मतलब वहाँ जो बोला जा रहा था उसके शब्द के मायने बालिका गृह में सरेआम बोले जानेवाले शब्दों से मेल खाते थे। क्या हर पुरूष के अंर्तमन में कहीं न कहीं एक सदानंद छिपा होता है। मेरे मन में ख़्याल आया।

अब ऑफ़िस में जाना हीं होगा। आज इस स्टोरी में वो सब होगा, जो कहीं भी नहीं आया है। कई छुपे चेहरे और अनकही बातें भी सामने आएगी। मुझे उम्मीद है कि मेरी स्टोरी में कोई काट छांट नहीं होगी। ऑफ़िस पहुँचकर मैं

संपादक से मिली। उन्हें आज के डेवलपमेंट की जानकारी दी। ऑफ़िस में सारे लोग मुझे बधाई देने के लिए मेरी सीट पर आए।

मैं अपने लैपटॉप पर काफ़ी कुछ लिख चुकी थी, पेन ड्राइव में रख लिया था। आज की इस स्टोरी की हीरोइन नाज़िया होनेवाली है। पता नहीं क्यों उसके बारे में लिखते हुए मैं रोंमांचित हूँ। इतनी विपरीत परिस्थिति में अपना संतुलन बनाकर आसपास एक विद्रोह और विरोध का वातावरण बनाकर रखना, किसी वीरता के कार्य से कम नहीं था वो भी एक मुस्लिम परिवार के परिवेश में रहते हुए। उसने बालिका गृह में अपने साथ दूसरों को भी विरोध करने का जज्बा पैदा किया। इसके लिए मार खाया, सामूहिक बलात्कार की शिकार बनी। पर उसने हिम्मत नहीं हारा।

ये नाज़िया हीं थी जिसने सच बोलने का साहस किया, भले परिणाम कुछ भी हो। एक लीडर की तरह उसने वहाँ की बाकी लड़कियों में भी सच बोलने का साहस पैदा किया। मालिनी का बाहर आना, नाज़िया की कोशिशों का ही नतीजा था। मैं इस लड़की को आगे ले जाऊँगीं। उसकी हिम्मत को एक मुकाम तक पहुँचाऊँगी, मैंने संकल्प किया। नाज़िया एक ऐसी लड़की होगी जो दूसरी ऐसी लड़कियों के लिए एक मिसाल बनेगी। वह उन्हें भी उगते सूर्य के उजले प्रकाश से नहलाएगी।

जब मैंने स्टोरी फाइल की तो रात के पौने गयारह बज चुके थे। संपादक समेत सभी इस स्टोरी का इंतजार कर रहे थे।ये हमारे अख़बार के लिए ब्लॉक बस्टर स्टोरी साबित होनेवाली थी। मेरी नज़र में इस स्टोरी की अहमियत इसलिए थी, क्योंकि मेरी हमजादों को एक घिनौने नरक से मुक्ति मिली थी। इस युग के राक्षसों का चेहरा उजागर हुआ था। इसके आगे क्या होगा। किसी को नहीं पता। फिलहाल एक सुकून था।

घर पहुँचते पहुँचते रात के साढ़े ग्यारह बज गए। आँखों में नींद आज भी नहीं है। क्या सोच है मेरे दिमाग़ में। ये कि अब इन लड़कियों का आनेवाला दिन कैसा होगा। रीना की संस्था में है, तब तो ठीक है अगर दूसरे जगह इन्हें भेजा गया, जैसे कि प्रोबेशन होम टाइप का तो क्या होगा।

वहाँ की हालत ऐसी नहीं है पर ज़्यादतियाँ वहाँ भी होती है। क्या इनके घरवाले इन्हें वापस ले जाऐंगें। इनमें से अधिकतर गरीब घरों की है। तो क्या फिर से इन्हें देह व्यापार में उतरना होगा। हे! भगवान मैं क्या करूँ। कुछ तो करना पड़ेगा, ताकि इन सब के जीवन में चैन आए। कल इस पर रीना से बात करूँगी।

सुबह के आठ बजे नींद खुली तो भाई चाय बनाकर ले आया। दीदी देखो ना अख़बार में छाया हुआ है तुम्हारा रिर्पोट। अच्छा तुमने पढ़ लिया। हाँ और क्या। पर एक समाचार और भी है दूसरे अख़बारों में कि जिन पुलिस अधिकारियों ने इस मामले में काम किया, उन्हें कल रात पुलिस के बड़े अधिकारियों ने बुलाया और उन्हें डांटा फटकारा। उन्हें सिंघम बनने से मना किया गया कि ये फिल्म नहीं, असली दुनिया है।

कहाँ छपा है दिखाओ। उसने एक दैनिक अख़बार को सामने कर दिया। अच्छा तो इनका हरामीपन शुरू हो गया। फोन लिया तो देखा कि ढेरों मिस्ड कॉल थे। अरे यार! बाद में कर लेंगें।

पहले शिवचरण को फोन करना है। शिवचरण ने तुरंत जवाब लिया। मैडम देखीं ना मि. कलरफुल का रवैया। कल रात में बोलाकर ऐतना खराब खराब सुनाया कि लगा कि अभी वर्दी उतारकर फेंक दें। साला का ज़िंदगी है। गुलाम वाला। अपनी मर्जी से सांस नहीं ले सकते। कोई भलाई का काम नहीं कर सकते। खाक जनता का सेवा का व्रत लेते हैं इ बड़े अफसर लोग। सच बोले तो ए ही लोग सबको करप्ट बना देता है।

क्या हुआ! शिवचरण जी बताइए। उसने बताया कि कल करीब दस बजे आइ0जी.साहब ने इस कांड में लगे तीन इंसपेक्टर को बुलाया और कहा कि सिंघम ना बनो। ये सिनेमा नहीं है, सरकारी दुनिया है। बिना सूचना दिए सब कुछ कर दिया तुमलोगों ने। इसके लिए तुम सबको विभागीय कार्यवाही के तहत सस्पेंड भी किया जा सकता है। गंदी से गंदी गालियाँ सुनाई। खैर इस विभाग में गाली गलौज एक आम बात है। गालियों पर ही पुलिस विभाग चलता है। वहाँ सभ्य होने की कोई गुजाईश नहीं।

असली बात यही है कि साहब को भी उपर से पड़ा है, तो हमलोग को भी सुनाए। हो सकता है इस कांड से हमको अलग करके किसी ऐसे को भेजा जाए, जो इस मामले में गिरफ्तार लोगों का अपराध हल्का बना दे, ताकि उन्हें ज़मानत मिल जाए। हूँ .....तो ये बात है।

जरा ठहरिए तो। मैंने डी.जी.पी को फोन लगाया। उन्होंने फोन भी उठा लिया। सर गुडमार्निंग। अपराजिता बोल रही हूँ। कहिए मैडम आपने तो कमाल कर दिया। इतने समय से चल रहे, अपराध को सामने ला दिया। सर ये तो एक सामाजिक कर्तव्य है जो आप भी करते रहते हैं।

सर, आज के अख़बारों में छपा है कि केस को सामने लानेवाले पुलिसकर्मियों को हटाया जा सकता है। नहीं ऐसा किसने कहा। सर दूसरे

अख़बारों में छपा हैं। देखिए सर, ऐसा होने पर केस के तफतीश में बाधा हो सकती है और अपराधियों को बचने का मौका मिल सकता है।

नहीं नहीं ऐसा कैसे होगा। हम इस मामले में पता करते हैं मैडम। इतना कहकर उन्होंने फोन रख दिया।

इससे का होगा मैडम जी, शिवचरण ने पूछा। अभी आप देखिए चुपचाप। हाँ आगे क्या होगा। आज तो खुबे हंगामा होगा। सदन से लेकर सड़क तक। देख नहीं रही हैं कि सब बागड़बिल्ला लोग मैदान में आ गया है। पीटरसन चौक पर तो सब जमा होगा। उधर सदन में भी पानी पियाऐगा सरकार को।

ये सब जो होगा सो होगा। ये बताइए इनलोग के खिलाफ़ सबूत तगड़ा है ना। अरे इसमें पुछे का क्या है। सब त इनको फंसाइए रहा है। स्पॉट से लेकर कंपयूटर तक में इनके खिलाफ़े सब है। लड़कियन का बयान सबसे बड़ा सबूत है। चलिए अब देखिए कि उ मनोरमा और मंत्री कबतक बचती है। जबतक बचावेगा इ सब तबे तक। हमको दे देता तो अबतक हाथ में हथकड़ी डालकर ले आते। सो तो है शिवचरण जी। देखिए आप निश्ंचित रहिए। हमलोग के संज्ञान में है सबकुछ। ठीक है मैडम जी।

तभी एक छुटभैये नेता का फोन आया। मैडम नमस्कार। नमस्कार हीरालाल जी। बताइए कैसे याद किया। अरे मैडम जी आप तो इतना बढ़िया काम की हैं कि आपको हमलोग सम्मानित करने का सोच रहे हैं। अरे नहीं ये सब छोड़िए। आपलोग कम से कम जो पुलिसवाले इतना मेहनत किए हैं उनको शाबाशी दीजिए। उनके पक्ष में बयान दीजिए।

हाँ पुलिसवाले तो बढ़िया काम किए हैं। वैसे आज हमलोग मुख्यमंत्री का पुतला दहन करेंगें। थोड़ा मेरा नाम सहित निकलवा दीजिएगा। ठीक है हीरालाल जी। सबकी नेतागिरि और वसुलीगिरी अख़बार में नाम के बाद हीं चलती है। कितने कमीने किस्म के लोग इकठे होते हैं, तब जाकर एक दल या संगठन बनता है।

यार! क्या होगा इस देश का, जहाँ हर कोई ये सोच रहा है कि कहाँ लुटें कहाँ दबोचे। कैसे पैसे कमाएँ। पैसे अगर शराब बेचकर आए, लड़कियों का धंधा कर के आए, कोई हर्ज नहीं, परहेज नहीं। तो ऐसे लोग सदानंद का विरोध कैसे कर सकते है। मैंने अपने आप से कहा।

करीब बारह बज गए। इन्ही सब बातों में। दीदी आप नहाएँगी की नहीं। कितना देर हो गया। हाँ क्या करें। इतना फोन आ रहा है कि उठ हीं नहीं पाए। अरे रीना का तो फोन करना रह गया। नाज़िया ने पढ़ा या नहीं। क्या बोली वो।

बाकी लड़कियाँ किस मानसिक हालात में हैं ये जानने की उत्सुकता हो रही है।। रीना को फोन लगाया तो इंगेज बता रहा है। कोई बात नहीं। बाद में कर लेते हैं। मोबाइल की घंटी बजने लगी। रीना का कॉल है।

हाँ रीना तुमसे बात करने के लिए परेशान थी मैं। अच्छा बताओ। अख़बार पढ़ा तुमलोगों ने। हाँ दी। थैंक यू दी। आपने मेरे बारे में, कामिनी मैडम के बारे में इतना अच्छा लिखा, जबकि हमलोगों ने सिर्फ़ आपकी थोड़ी सी मदद की है। नहीं रीना तुम सभी ने इस मामले को सामने लाने में अपनी बेहतर भूमिका निभाई।

अच्छा ये बताओ, नाज़िया और मालिनी कैसी है। उन्होंने ये सब पढ़ा या नहीं। वही तो बता रहे हैं दी। नाज़िया की तबियत में काफ़ी सुधार है। मालिनी थोड़ी घबराई सी है। नाज़िया तो अपने बारे में पढ़कर इतना खुश हुई कि हम क्या बताएँ। बोली कि मैडम से मिलना है। अब ना हम अपने अम्मी से मिल सकेगें और खेलेगें भी। कोई और भी खेलना चाहेगी तो हम उसको भी सिखाएँगें। मतलब वो काफ़ी उत्साहित है।

बालिका गृह से आई दूसरी लड़कियाँ जिनमें कुछ बीमार है। वो सिर्फ़ खाने पर टूट पड़ी हैं। लगता है कि भरपेट खाना खाने का कभी मौका नहीं मिला है। बहुत बुरा लग रहा है उनको देखकर। इन्हें कोई फर्क नहीं पड़ रहा है कि उनके साथ क्या हुआ है। खाना मिल रहा है उसी में ये सब खुश हैं।

इ मनोरमा और सदानंद सब पइसवा हड़प गया है दी। अब पता चलेगा कि सरकार जेतना पैसा दी है उ सब क्या हुआ।

चिंता मत करो। सबका हिसाब किताब होगा। दी आप कब आ रही हैं यहाँ। सब आपसे मिलना चाहती है। जल्दी हीं आऐगें। पर तुम एक काम करो कि नाज़िया का स्पोंटस सेंटर में रजिस्ट्रेशन करवा दो। मालिनी सहित जितनी लड़कियाँ हैं। पता करो कि वो क्या सब काम कर सकती हैं। उसके बाद उनके लिए कुछ किया जाऐगा।

हाँ दी ये ज़रूरी भी है। हाँ पुलिस के लोग बार बार आ रहे हैं। कुछ पत्रकार भी मुझसे इनको मिलवाने को बोल रहे है। देखो अभी पुलिसवाले आ रहे हैं, तो उनको कुछ पूछताछ करना होगा, तो उनको आने दो। बस एक टाइम फिक्स कर दो। पत्रकारों को बोलो कि भईया अभी नहीं, पुलिस जांच हो जाए तब। उनकी अनुमति के बिना कुछ नहीं कर सकते। इनकी जान पर भी खतरा हो सकता है। हाँ ये सही रहेगा, रीना आश्वस्त होकर बोली।

रीना के लिए मेरे मन में एक गहरा सम्मान है। एक कमजोर तबके मुसहर

जाति से आनेवाली इस लड़की ने साबित कर दिया कि अपनी मजबूत इरादे से हर कठिनाई को हराया जा सकता है, आगे बढ़ा जा सकता है। बचपन में हीं उसे रिश्ते के चाचा के यहाँ बंधक रख दिया था, उसके माँ बाप ने। चाचा से लिए कर्ज के एवज में। मार पिटाई, चाची के जुल्म सितम सहती, रीना ने सातवीं तक की पढ़ाई कर ली।

तभी उसके चाचा ने एक अधेड़ के साथ उसका विवाह करने की ठान ली। उस अधेड़ ने पैसे दिए थे उसके चाचा को। रीना ने इसका विरोध किया और अपनी एक सहेली के माध्यम से पुलिस को ख़बर करवा दिया। पुलिस ने चाचा को थाने में बुलवाकर जब पूछताछ शुरू की तो चाचा को मजबूर होकर पैसे लौटाने पड़े। साथ ही पुलिसवालों को भी पैसे देने पड़े। चाचा तो पागल हो गया।

घर आकर उसने रीना की पिटाई की और बाल पकड़कर गांव के मुहाने तक छोड़ आया। गांव के किसी भी इंसान ने उसको ऐसा करने से नहीं रोका। यहाँ तक उसके माई बाबू भी कुछ नहीं बोले। रीना की चीखें दर्द से ज़्यादा चाचा की ज़्यादतियों के कारण विलाप में बदल गई थीं। अब वह कहाँ जाएगी। क्या खाएगी।

तभी उसे याद आया कि गांव में मीना दीदी आई थी। उन्होंने उसको अपनी संस्था में काम करने को कहा था। रीना अब जाएगी उनके पास। वह नहीं रहेगी। मर जाएँ माई बाबू। हम उनको नहीं देखेंगें। हम पढ़ेंगें और टीचर बनेगें। चाहे जो हो जाए।

संस्था से जुड़ने के बाद रीना रूकी नहीं। उसने काम करते हुए पढ़ाई की। बाद में मीना सिन्हा ने संस्था के संचालन का दायित्व रीना को दे दिया। लड़कियों और बच्चों की तस्करी में उसने बहुत बढ़िया काम किया। जान जोखिम में डालकर मानव तस्करों से लोहा लिया। इसी चक्कर में उसकी टांग तस्करों के हमले में टूट गई। पर इन सब से उपर रीना एक बेहतर इंसान है।

रीना से बात कर मैं निश्चिंत हो गई कि बालिका गृह की लड़कियाँ अब भटकेंगी नहीं। कुछ ना कुछ तो हो जाएगा। अब मुझे थोड़ा ठहरना पड़ेगा। बहुत तेज रफ्तार से दौड़ी हूँ मैं इन दिनों। अपने लिए भी मुझे आराम की ज़रूरत है। जबसे इस कांड की भयावह और डरावनी कहानियाँ सामने आई हैं। तब से मुझे ठहरने के लिए समय ही नहीं मिला।

राज्य में एक बवाल मचा हुआ है। राज्य के सतासीन लोग मुंह छुपाते नहीं, बल्कि बेशर्मीपन से अपने नेताओं के बचाव में लगे हुए हैं। सदानंद के साथ

जिन लोगों का नाम आया है वो भले हीं थोड़े दिनों के लिए अपने समाज में अलग थलग पड़ सकते हैं। इससे अधिक कुछ नहीं होगा। मुझे भरोसा है सिर्फ़ न्यायालय पर। जो सबूतों के आधार पर निर्णय करेगी।

मैं शाम को रीना की संस्था में जाऊँगी। नाज़िया और बाकी लोगों से मिलना ज़रूरी है। पर शिवचरण कहाँ है। दो दिनों से उससे ठीक से बात नहीं हुई। कहीं कोई दूसरी बात तो नहीं। ये मामला अब राजनीतिक रंग ले चुका है और इसकी भरपाई उनसे की जाएगी, जिसने इस कांड में सक्रिय भूमिका निभाई है। जाहिर तौर पर पुलिस कर्मियों पर ही गाज गिरेगी। पर मुझे इससे पहले कुछ करना पड़ेगा।

मैंने अपने संपादक नंदन को फोन लगाया।

हाँ बोलो अपराजिता। सर इस मामले में कुछ जूनियर पुलिस अधिकारियों ने बहुत सहयोग किया है, उन्हें परेशान किया जा सकता है। तो एक बार डी.जी.पी से बात कर लेते तो अच्छा रहता। अरे हाँ कहीं ये ख़बर छपी है। यस सर और एक ऑफ़िसर ने तो मुझे बताया भी। ठीक है मैं बात कर लेता हूँ। सुनो अपराजिता, हम इस मामले को किस्तवार छापेगें। उतना मैटर तो है ना। हाँ!सर। अभी कई किस्तें चल सकती हैं। ठीक है फॉलो अप लेते रहना।

मैं बात कर लेता हूँ। उन्हें बोलो कि ऐसा कुछ नहीं होगा। दरअसल मुझे पता था कि हमारे संपादक की बैठकी कभी कभी लगती है जिसमें ये डी.जी.पी भी होते हैं। जाहिर सी बात है कि इतना तो हो हीं सकता है। चलिए अब आगे बढ़ा जाऐ। अभी मुझे छुटकारा नहीं मिलने वाला। जबतक इस मामले में सब कुछ क्लीयर नहीं हो जाता।

मेरी स्कूटी का ब्रेक टूट गया है। उसको बनवाना है। भाई को बोल दिया कि एक मिस्त्री को बुलाकर इसको ठीक करवा दे। पर मुझे तो शाम को लड़कियों से मिलना है। अख़बार के लिए स्टोरी देनी है। हुँ.... उ ...उ ..कामिनी को कॉल करती हूँ। उससे भी बात करनी है। कामिनी ने फट से फोन उठाया, जो कि आमतौर होता नहीं है।

हैल्लो कामिनी फ्री हो। काम बताओ। दरअसल मैं सोच रही हूँ कि, आज शाम को पांच बजे घर पर आ जाती तो साथ ही रीना के पास चलते। वहाँ पर शिवचरण को भी बुला लेते। कुछ बात करनी है। देख मेरा एक केस लगा हुआ है। अगर ये देर तक चला तो मैं साढ़े पांच या छह बजे आ पाऊँगी। अगर नहीं हुआ तो पांच से पहले भी आ जाऊँगी। ठीक है तुम आ जाओ। साथ ही चलते हैं।

पहले स्टोरी तैयार कर लेती हूँ। फिर इत्मिनान से नहाना खाना होगा। आज मैंने बालिका गृह में जो आतंक और अत्याचार का माहौल था, उसपर लिखा। लिखते लिखते एक बड़ा सा दानव मेरे सामने आ गया। भयानक सा। अब कैसे बच पाऊँगी मैं। ओ हो!अपराजिता। क्या सोच रही हो। हाँ ऐसा ही तो डर लगता होगा उन लड़कियों को जब उन्हें किसी वहशी के आगे फेंका जाता होगा। उन मासूमों के टुकड़े टुकड़े कर देता होगा वो हैवान। उनकी दर्दीली चीखें मेरे कानों को बहरा बना रही हैं। ओह! मेरे अंदर दर्द का एक बड़ा झोंका आकर ठहर गया।

नहीं इन दरिंदों को ऐसी सजा मिले, कि दुबारा कोई ऐसा करने के बारे में ना सोचे। मैंने अमन को फोन लगाकर कहा कि आज इस स्टोरी के साथ बालिका गृह में हुई खुदाई और बरामद चीज़ों के फोटो के साथ लड़कियों के स्टेटमेंट भी जाना चाहिए। वो वीडियो की क्लिपिंग से भी कुछ डाल देना। ठीक है मैडम जी। कुछ और। नहीं बस इतना कर देना।

मेरे लिखने के दौरान ही फिर मिस्ड कॉल्स के ढेर लग गए। क्या यार! किस किसको कॉल करूँ। मिस्ड कॉल चेक किया। उसमें ज़रूरी जैसा कोई कॉल नहीं देखा तो राहत की सांस ली। इन सबको बाद में कॉल कर लेती हूँ।

आज कई दिनों के बाद तरोताजा होने का मौका मिला। आज मैं पार्लर भी गई। आई ब्रो ओर हेयर कट करवा लिया। मुझे हमेशा प्रजेंटेबल रहना पसंद है। ड्रेस में भी एक अलग अंदाज़ में नज़र आना अच्छा लगता है। वापस आई तो पता चला कि अभी तो मुझे अपना पसंदीदा खाना मिलने वाला है दाल, चावल और आलू का चोखा। चल अपराजिता लग जा। आज का खाना इतना टेस्टी लगा कि क्या बताउं। तभी झटके से एक ख़्याल आया कि बालिका गृह की लड़कियाँ भी भरपेट खाना खा रही हैं। इतना सुकून मिला इस ख़्याल से।

अब बारी है थोड़ी सी झपकी लेने का। मेरा बिस्तर मेरी हर सोच का, हर सांस का, हर बात का गवाह है। आज बिस्तर की सलवटें भी सुकून से दिखीं। मैं भी प्यार से बिस्तर पर लेटी और शुक्रिया किया कि मेरी बेचैनियों को उसने बेहद सलीके से संभाल कर रखा। दिन के तीन बज चुके हैं, एक घंटे का समय है मेरे पास। आँखें बंद कीं तो काला सा धब्बा आँखों के सामने आ गया। जो जल्द ही एक बड़े गहरे गडढे में बदल गया और उसमें सारी चीज़ें एक एक कर के उसमें धंसती गई। फिर मेरी आँखें भारी हो गई।

करीब पौने पांच बजे मेरी नींद खुली। ओ हो काफ़ी देर हो गई। क्या कोई सपना देखा था मैंनें। नहीं गहरी नींद में कोई सपना नहीं आता। आधी अधूरी

नींद हीं सपने लाती है। मोबाइल देखा उसमें कामिनी का कॉल था। एक मैसेज भी है। मैं आ रही हूँ साढे पांच बजे। ठीक है कामिनी मैं तैयार रहूँगी। मैसेज का जवाब दे दिया।

जल्दी से चाय बनाया। उसकी गर्म गर्म भाप ने एक ताजगी दी। चाय के पहले घूंट ने नींद के हैंगओवर को ख़त्म कर दिया।

अभी मेरा दिमाग़ बिलकुल खाली है। कोई उलझन, कोई विवाद नहीं है। पर पूरे शरीर में एक अजीब सा नशा है जो मेरे साथ हीं चल रहा है। लगता है बहुत दिनों तक नींद पुरी ना कर पाने का असर है। अच्छा अगर नाज़िया फिर से खेलने लगेगी, तो उसके घरवाले उसपर नाज करेंगें ना उसको घर पर ले जायेगें ना। हाँ वो खुश होगें पक्का।

वाह! कितना अच्छा लगेगा ना। मन में एक अव्यक्त खुशी वाले हारमोन ने अंगड़ाई ली और मैं हल्की हो गई। गेट पर किसी गाड़ी के रूकने की आवाज़ आई। कामिनी आ गई। भाभी को कहा कि मुझे आने में थोड़ी होगी। कामिनी हीं है।

हाय!कामिनी ने विश किया। हैल्लो लुकिंग वेरी स्मार्ट। तुम भी कुछ कम नहीं। हम दोनों हीं हँसने लगे। आज बढ़िया बढ़िया फील हो रहा है।

कामिनी ने पूछा कि अबतक क्या क्या हुआ। फिर मैंने उसको अबतक के डेवलपमेंट के बारे में बताया। देखो कामिनी आगे क्या होगा, उसको छोड़ देते हैं। अभी मुझे या हमलोगों को वहाँ से मुक्त लड़कियों के सेटलमेंट के बारे में सोचना है बहुत सारा काम करना है। हम्म! कामिनी ने सहमति दी।

ठीक है मैडम अपराजिता जी जहाँ चल रहे हैं वहाँ डिसाइड कर लेते हैं। अरे यार!ये मैडम वैडम तुम तो ना ही बोलो। अजीब लगता है। ठीक है, रहने देते हैं। अच्छा मिस नेटवर्क बोलूँ। आज ये मेरी लेने के मूड में है। ठीक है बोलो। पर नेटवर्क क्यों। इसलिए कि तेरा नेटवर्क हमेशा काम करता है कभी गड़बड़ नहीं करता। अच्छा मुझे हँसी आने लगी।

तू तो पुरा चलता फिरता संविधान है। हा हा हम दोनों हीं हँसने लगे। मन पर पिछले कई दिनों से पड़ा हुआ, अवसाद का पर्दा हट गया, अब सिर्फ़ उम्मीदों का उजास फैल गया चारों तरफ़। पीटरसन चौक पर हमेशा की तरह यातायात ठप्प है। हनुमान गली से नहीं जा सकते। क्योंकि आगे पीछे सरकने का कोई चांस नहीं है। करीब पंद्रह मिनट बाद ग्रीन सिगनल ने मानों ढेर सारी राहत दे दी।

रीना की संस्था के बाहर गेट पर ढेर सारी नीली रोशनी है, वहाँ खड़ा गार्ड

मुस्तैद है। बाहर पार्किंग में कुछ गाड़ियाँ लगी हुई है। संस्था कस्बाई इलाके में है। जिसको आजकल सर्बबन एरिया कहते है। इस इलाके की पहचान संस्था से है। आसपास के गांव के लोग अपनी समस्याओं के समाधान के लिए आते हैं। हमने गाड़ी पार्क कर दी। गार्ड ने गेट खोला। अंदर ऑफ़िस में हलचल है।

रीना को फोन किया तो उसकी असिस्टेंट ने उठाया। गुड इवनिंग मैडम आ जाइए, हॉल में वहीं पर रीना मैडम आ रही हैं।

हम अंदर बने एक हॉल में पहुँचे। देखा वहाँ बहुत सी लड़कियाँ बैठी हैं। अचानक नाज़िया उठी और मेरे गले लग गई। इतने में लड़कियाँ मेरे पास आई और खड़ी हो गई। मालिनी अपनी जगह से उठी और कामिनी के पास खड़ी हो गई। मैं बस उस पल को समेटने की कोशिश में अपनी आँखों से बहते आँसुओं को रोक ना पाई। नाज़िया रो रही थी निशब्द। बस हो गया ना बच्चा। मैंने उसके सर पर हाथ फेरा।

वहाँ खड़ी लड़कियाँ एक युद्ध से होकर आई हैं। एक ऐसा युद्ध जिसने उनकी आत्मा और शरीर दोनों को बंधक बना लिया था। पर उनके चेहरों पर विजयी होने का कोई भाव नहीं था। बल्कि युद्ध में सब कुछ खोने के बाद खाली हाथ घर वापसी के अफसोस का भाव था।

मैडम जी आप तो बस देवता बन कर आ गई हमलोग के लिए। नहीं त हम लोग का लासे लौटना था वहाँ से। एक दुबली पतली बीमार सी लड़की ठहर ठहर कर बोल रही है। मानो उसकी सांसें कहीं अटकी पड़ी हों। किसी की आँखों में आँसू नहीं है। खाली खाली आँखें, बिना किसी भाव के। ऐसी आँखें नहीं देखीं मैंने। नाज़िया को मैंने कुर्सी पर बिठाया। बाकी सब लड़कियाँ भी बैठ गईं।

सुनो तुमलोग को कैसा लग रहा है। बहुत अच्छा लग रहा है दीदी जी। इहाँ खाना अच्छा मिल रहा है। न त खाए बिना हमलोग के तरसा दी थी। ओ ही रामी और सुषमा। उनलोग को ना दीदी जी ऐतना पाप लगेगा ना। कि का बताएँ।

वहाँ सभी लड़कियाँ अपनी भूख प्यास मिटाने में व्यस्त हैं। उन्हें इसके अलावा कुछ दिखाई नहीं दे रहा। ना वर्तमान, ना भविष्य। क्या ज़िंदगी इतनी सी होती है, इन आँखों में कोई सपना नहीं, कोई उम्मीद नहीं। सिर्फ़ पेट भर खाना।

मैडम जी अब हम घर जाएंगें। नाज़िया ने कहा तो बाकी लड़कियों की आँखों में भी उनके घर की तस्वीर आई और एक हल्की चमक चेहरे पर आई। नहीं इनमें ज़िंदगी अभी बाकी है। नाज़िया इनकी आँखों में सपने भी भर देगी।

नाज़िया तुम पहले खेल में नाम करोगी, तब तुम्हारे अब्बू खुद लेने आऐंगें। क्या तुम नहीं चाहती कि जब तुम घर जाओ तो सबको नाज हो कि दुनिया में कितना नाम कमाकर आई है। हाँ मैडम जी, पक्का अइसा ही होगा। बस थोड़ा सा और ठीक हो जाऐं। उ साला गार्ड लोग हमको बजाड़ बजाड़ कर मारा था। इ सब देखी थी। पर ऐतना ना डरती है इ सब कि जहाँ बोला जाए वहीं चल देती है। इ सब गंदी लड़की लोग है। उसकी इस बात पर कई चेहरे झुक गए।

नाज़िया ऐसा नहीं बोलते। अरे नहीं आप नहीं जानती हैं। इ लोग को ऐतना बोले कि चलो रामी और सुषमा को पीटते हैं, पर कोई नहीं आई। सबका खाली खाना पर ध्यान रहा। कोई भी लौंडा आया, सब उसके साथ बतियाने लगी। जइसा भी कहा गया इ सब वइसहीं करती रही।

देखिए गंदा काम करके इनका चेहरा भी गंदा हो गया है। नाज़िया बेबाकी से बोल रही है सब लड़कियाँ सुन रही है। अ मालिनी दीदी को देखिए। उ सर ओर मैडम को बोल दी कि अगर हमको आलतू फालतू के साथ जाने बोलिएगा त हम सुसाइट कर लेंगें। इसलिए उनको सब संभाल के रखा पर इ लोग त एकदम गंदी बन गई। बिनती माय के साथ मिलकर खाली चुगली बतिया कर सोचती थी कि कुछो मिल जाऐगा। ठेंगा धरा दी।

उधर मालिनी चुप होकर सब सुन रही है। उसके दिमाग़ में क्या चल रहा है।

तभी रीना वहाँ आई। दी माफ कर दें। थोड़ी देर हो गई। सबसे मिल ली दी। हाँ सब लोग यहाँ कितने खुश हैं रीना। देखिए दी। हम तो कोशिश करेगें कि इनको कुछ सिखा दें, जिससे इनको रोजी रोटी कमाने दिक्कत ना हो। कुछ लोग बहुत बीमार हैं। इनका इलाज करवाया जा रहा है। सबसे बड़ा प्रोब्लेम ये है कि हर सप्ताह इनका रिर्पोट विभाग को देना पड़ेगा। जिसके लिए एक आदमी को रखना पड़ेगा।

हाँ ये तो करना पड़ेगा। अगर सुप्रीम या हाई कोर्ट ने इस मामले में संज्ञान ले लिया तो एक रिर्पोट वहाँ भी करना पड़ेगा। जांच प्रक्रिया लंबी चलेगी। उसको भी देखना पड़ेगा।

हाँ दीदी! रीना लगता है तुम काफ़ी व्यस्त हो। नहीं दी, बस एक बड़ी संस्था से लोग आए हैं तो कोई प्रोजैक्ट देंगें शायद। इसलिए उनसे बात कर रही थी। कभी कभी हमको लगता है कि संस्था के लिए फंड लाने में मेरी ताकत ना ख़त्म हो जाए। नहीं रीना ऐसा क्यों बोल रही हो। तुमको बहुत कुछ करना है। देखो ये सब तुमको देख रही हैं। अभी कामिनी ने तुम्हारी कहानी सुनाई।

सबको बहुत अच्छा लगा।

दी हम ना कल इनका एक एसेसमेंट करवा लेते हैं, जो जिस लायक होगी वइसा ही ट्रेनिंग दिलवा देंगें। विभाग में जाकर बात करेंगे कि सरकार के स्तर पर जो कौशल विकास का संस्था है, उसमें इन लोग का भी रजिस्ट्रेशन करवा दे। वैसे हमारी संस्था को भी कौशल विकास का कुछ ट्रेड में ट्रेनिंग दिलाने का काम मिला है।

अगर इसमें से कोई अपने घर जाना चाहेगी, तो सही पता ठिकाना लेकर उन्हें भेज दिया जाऐगा। काहे तुम लोग जाओगी ना, रीना ने पूछा तो कुछ ने अपना हाथ उठाया और कुछ चुप्पी लगा गई। ठीक है जो नहीं जाएगी उसको यहीं रखेंगे। ठीक है ना। सबने सर हिलाया।

नाज़िया अब खेल सेंटर में जाएगी और मालिनी बच्चों को पढ़ना और गाना सिखाएगी। जरा ताली बजाइए सब लोग। इ खुसी का बात है ना। रीना की इस बात पर सबने ताली बजाई।

पर उन तालियों की गूँज यहीं ठहरी हुई है। बीमार हाथों से बजती तालियों की आवाज़ कहाँ तक जा सकती है। उनके चेहरे पर अभी भी खुशियाँ तलाश रही हूँ मैं।

रात के आठ बज चुके हैं, अब चलना चाहिए। देखो गर्ल्स अब आप सभी यहाँ अच्छे से रहो। रीना दीदी को सहयोग करो और जो बोलती हैं सुनो। हाँ कोई भी बाहर ना जाए। वर्ना फिर से किसी चक्कर में पड़ जाओगे तुमलोग। नाज़िया देखना बाबू। हाँ मैडम हम सबको ठीक कर देंगें। उसके अंदाज़ ने हमें हँसने पर मजबूर कर दिया। फिर मिलते हैं तुम सबसे। मैंने हाथ हिलाया तो उधर से भी इसका जवाब मिला। क्या बात है। धीरे धीरे सब सही हो जाऐगा। मेरे दिल को एक तसल्ली मिली।

रीना अचानक से इन सबकी जिम्मेदारी तुम पर आ गई है थोड़ा मुश्किल हो रहा होगा ना। देखो फंड हमलोग रिलीज करवा देंगें। उसकी चिंता मत करो। इसके अलावा कोई दिक्कत हो तो ज़रूर बताना। पुलिस, कोर्ट से निबटने के लिए कामिनी है और बाकी मुझे तो इस मामले की प्रगति पर ध्यान रखना है कि कोई पूरे मामले को मैनेज करके ख़त्म ना कर दे।

दी आप एकदम इत्मीनान रखिए। आपने इतना कुछ किया है, तो हमलोग भी इसको निभा लेगें। जो होगा हम बताऐंगें। ठीक है, रीना अब चलें। कामिनी और मैं निकल गए।

अपराजिता एक बात बताउं। हाँ बताओ। देखो ये मालिनी यहाँ नहीं रहेगी

या सदानंद के फेवर में हो जाएगी। ऐसा क्यों लगा तुम्हें। देखो गौर किया होगा तुमने भी, कि वो इस पुरे प्रकरण से अलग है। ना कोई खुशी है ना उत्साह। उसको वहाँ कुछ प्रिविलेज मिलता होगा जो उसने अबतक बताया नहीं। कामिनी ने विस्तार से बताया।

मतलब! क्या कामिनी। मतलब ये कि सदानंद उसको एक अहमियत देता था, ये नाज़िया ने भी बताया था। उसके साथ स्पेशल ट्रीटमेंट होता था। वो जाती भी थी तो एक डी.एम. के पास। वो डी.एम कौन है उसने कभी बताया। नहीं बताया ना। तो कुछ तो है जो मालिनी के प्रति संदेह पैदा करता है। मालिनी के पास और भी जानकारी है जो वो शेयर नहीं करेगी। मुझे तो लगता है कि धीरे धीरे वो भी सदानंद के इस नेटवर्क का एक पार्ट बनती जा रही थी कि इसी वक़्त ये सब हो गया।

हम्म ........हो सकता है डियर। तुम्हारी ये थ्योरी जंच रही है। मैंने भी देखा है कि मालिनी इस मामले में कुछ कन्फ्यूज है यानि क्या करे, क्या ना करे वाली स्थिति। तो वो बालिका गृह में चल रहे नरक को छोड़ने पर पछता रही है। उसको सदानंद और मनोरमा के घृणित कारोबार में शामिल होना अच्छा लगता था। उसने उस डी.एम के बारे में भी कुछ नहीं बताया।

देखो कामिनी, मालिनी कुछ ऐसा छुपा रही है जिसके सामने आने से सदानंद की मुश्किलें और बढ़ने वाली हैं। हो सकता है वह यहाँ से चली जाए। फिर से कहीं पर एक बालिका गृह चलाने लगे, जिसमें सदानंद और मनोरमा शामिल हों।

बिलकुल ठीक जा रही है तू। मालिनी एक महत्वाकांक्षी औरत है, जिसको जीवन में बहुत कुछ चाहिए। शॉर्टकट पैसे कमाने का रास्ता तो उसको पता चल गया है। उसने जो भी कहा उसके पीछे कुछ गहरी सोच है। तुमने देखा नहीं कि वहाँ की लड़कियाँ उसको लीडर मानती है। जबकि नाज़िया से वो लोग डरती हैं। कामिनी ने मालिनी के व्यवहार को सुक्ष्मता से निरीक्षण किया है।

तो क्या करना है। कुछ नहीं। मालिनी जाना चाहती है तो जाए। पर उसका बयान मायने रखता है। पुलिस उसको कहाँ से ढूंढेगी। उसका रिकॉर्डेड बयान है ना। हाँ फिर भी। सशरीर उपस्थिति भी तो ज़रूरी है। कल मैं उससे अलग से मिलूँगी कामिनी ने कहा।

रात के साढ़े नौ बज चुके हैं। कामिनी ने मुझे घर पर छोड़ दिया। मेरा खाना रखा हुआ है। जल्दी से कमरे में आई, चेंज किया ओर टी.वी.के सामने बैठ गई। कितने दिनों के बाद अपने इस इडियट बॉक्स के सामने हूँ। न्यूज

चैनल पर सत्यकथा टाइप की ख़बरें आ रही है। तभी बालिका गृह बिहार की ख़बरों पर स्पेशल रिर्पोट का प्रसारण होने लगा। जिसमें सरकार की ओर से, इस मामले को लेकर क्या क्या कदम उठाए गए हैं उसकी बात होने लगी। मंत्री की गिरफ्तारी पर सवाल हुए, पुलिस पर उनको सरंक्षण देने के आरोप विपक्ष द्वारा लगाए गए।

अख़बारों में छपी ख़बरों को आधार बनाते हुए सरकारी निगरानी में सेक्स रैकैट चलाए जाने की बात भी आई। मनोरमा की गिरफ्तारी में देरी होने के पीछे राज्य के एक बड़े पुलिस अधिकारी की पहुँच पैरवी बताई गई। यह भी इस रिर्पोट में कहा गया कि मनोरमा और सदानंद दिल्ली में जिस होटल को खरीद चुके हैं या खरीदने वाले हैं। उसमें इन्ही अधिकारी का पैसा लगा है, जो मनोरमा उर्फ़ कुलसूम के स्वजातीय हैं।

विपक्षी नेता इस मामले को सरकरी संरक्षण प्राप्त भ्रष्टाचार और अनाचार की संज्ञा देते हुए सी.बी.आई. जांच की माँग कर रहे थे। मतलब मामला राजनीतिक रंगत ले चुका है और इसलिए संभावना बन रही है कि लांग टर्म में इस पर लीपापोती हो सकती है।

धुत यार! बर्बाद है ये पूरा देश। कुछ सही नहीं हो सकता। इतनी लड़कियों के साथ संगठित तरीके से हर रोज सामूहिक बलात्कार होता रहा, पर किसी ने कुछ नहीं पूछा। जबकि सता ओर शासन के लोग इससे वाकिफ थे। इन लड़कियों को कौन देगा न्याय।

ये सब डर्टी गर्ल्स हैं मैडम जी, यही कहा था एक अधिकारी ने। आप नहीं जानतीं हैं इनका असली चरित्र। आप यही देखी हैं ना कि बालिका गृह से इनको देह व्यापार के लिए भेजा जाता था, पर ये सब पहले से हीं इस धंधे में हैं। इनके माँ बाप का पता नहीं है। सब की सब डस्टबिन की उपज हैं। आप ये काम कर के अच्छा की हैं। पर देखियेगा फिर से ऐसा हीं करेगी।

ऐसा क्यों कह रहे हैं आप। हो सकता है कुछ लड़कियों के साथ ज़्यादती हुई है पर बाकी सब तो मैडम ख़ूबसूरत हूरें हैं जिन्हें सदानंद के दोज़ख़ में जगह मिली थी। आपको बाद में पता चलेगा। अगर आप कहें तो हिंदी में इनके लिए बहुत सारे शब्द हैं, पर मैं उसको नहीं बोलना चाहता। इनके लिए तो दोज़ख़ की हूरें ही कहना सही है। इसके अलावा दूसरा वर्ड सुट नहीं करता।

क्यों डर्टी मैन क्यों नहीं! कामिनी ने नाराज होकर कहा। क्योंकि मैन तो साला जनमे से डर्टी होता है, राक्षस होता है। पर लड़कियाँ तब डर्टी हो जाती हैं, जब वो डर्टी काम करती है। कहकर वह ढीठ अधिकारी अपनी बात पर

हँस पड़ा। आप इ मत समझिए कि हम औरत की इज्जत नहीं करते हैं। हमारी वाइफ, माँ बहन सभी महिलाएँ हैं। पढ़ी लिखी हैं। पर उनकी मर्जी के बगैर कोई काम नहीं करवा सकता है। तो अगर आप सही हों तो कोई भी आपसे जर्बदस्ती नहीं कर सकता।

इंसपेक्टर साहब ऐसा लगता है कि आपने इन दोज़ख़ की हूरों को काफ़ी करीब से देखा है।। नहीं मैडम उतने करीब तो नहीं गए पर इनकी करीबी को महसूस किए है। बस आप अपना पर्स खाली करवाने को तैयार रहिए। कुछ मिलेगा भी नहीं और पइसा भी चला गया। अब समझीं आप।

उस पुलिस अधिकारी की दोज़ख़ की हूरों वाली परिभाषा ने मुझे हिला दिया था। यही परिभाषा सरकार और शासन के लोग भी समझते हैं। कैसे करेगें फिर इन के साथ न्याय।

बालिका गृह की लड़कियाँ, जिसको डस्टबिन की पैदावार कहकर संबोधित कर रहे हैं लोग, ये वही लोग हैं जो अपने भीतर की हवश और जानवरों जैसी सोच को लाइव देखने के लिए इन डस्टबिन में हीं मुंह मारते हैं और बाद में कचड़े से लिपटे अपने नाम और काम को समाज के सामने धो पोंछकर साफ करते हैं।

हद है यार कमीनागिरी की। सब के सब एकदम से हरामी हैं। उन सालों की फैंटेसी ये है कि बालिका गृह में खड़े किये गये दोज़ख़ में असहाय हूरों के साथ रंगरेली मनाएँ। पर कोई जाने ना। उनके साथ जानवरों की तरह सेक्स करें, पर कोई जाने ना। वाह रे! सामाजिक लोग। ये सारे इंसान की शक्ल में कुत्ते के पिल्ले हैं बेसिकली।

जिनको डस्टबिन की उपज बता रहे हैं ये साले, खुद भी किसी वैसे डस्टबिन की पैदावार हैं जहाँ गंदगी से उपजे कीड़े बिलबिला रहे हैं। उस पल मेरे मुंह का स्वाद इतना कड़वा हो गया था कि मन कर रहा था, उस जूनियर पुलिस इंसपेक्टर के चेहरे पर थूक फैंक दूँ।

इनको समझ नहीं आ रहा कि जिस संस्था और उसके लोगों को बेसहारा, असहाय ओर घर से भागी लड़कियों को सहारा और आश्रय देने की जिम्मदारी दी गई थी, उन्ही लोगों ने ऐसी लड़कियों की असहायता का फायदा उठाकर उनके साथ रेप किया और सामूहिक तौर पर करवाया। उनकी ज़िंदगी को एक जीवित दोज़ख़ में बदल दिया।

तो डर्टी कौन है लड़कियाँ या वो लोग जो रात के अंधेरे में पैसो के बल पर अपनी दानवी इच्छाओं की पूर्ति के लिए कमसीन लड़कियाँ ढूंढते हैं ताकि

उनकी मर्दानगी बरकरार रहे।

बधिया किए हुए सांढ़ हैं।, ये सब आपको पता है दी। रीना ने कहा था। हाँ तभी तो अपने को टेस्ट करने के लिए कमसीन बच्चियों को पकड़ते हैं। इनके मुंह में आग डाल दिया जाए और ज़िंदा ही इनका श्राद्ध कर दिया जाए, इसी काबिल हैं ये।

आप याद कीजिए, उस बच्ची सलोनी को जो हकलाकर बोलती है। मुश्किल से बारह पंद्रह की होगी। उसको मंत्री का कोई आदमी सामने से लेकर गया। वो चिल्ला रही थी पर कोई कुछ नहीं बोला।उसको कितनी बार ले जाया गया। उसकी हालत ये है कि उसका दो बार अर्बाशन किया जा चूका है और अब उसके अंदर भयानक इंफेक्शन है। पता नहीं उसका क्या होगा। ऐसी कई लड़कियाँ हैं। भगवान ने इनको भी बेटियाँ दी हैं, देखिएगा उपरवाला इनका जब हिसाब करेगा ना। तब याद आऐगा कि हम का किए थे।

मेरा सर भारी हो रहा है। कोई बात नहीं देखते हैं, क्या होता है। फिलहाल तो लड़कियों को एक अच्छी जगह मिल गई है।

अगले कुछ दिनों तक अख़बारों में बालिका गृह की ख़बरें छपती रहीं। सड़क पर भी इसको लेकर खूब राजनीतिक ड्रामा हुआ। इसी बीच सुप्रीम कोर्ट ने एक जनहित याचिका को आधार बनाते हुए, इस पूरे मामले की सी.बी.आई. . जांच का आदेश दे दिया। हड़कंप मच गया।

कामिनी ने कहा कि अब देखते हैं कि आका लोग किस किस को बचा पाते हैं। उसने भी हाईकोर्ट में एक याचिका डाली थी, जिसमें स्थानीय प्रशासन और सता पक्ष दवारा इस मामले को दबाने का आरोप लगाते हुए माामले की जांच सी.बी.आई. से करवाने की माँग की थी। सुप्रीम कोर्ट ने राज्य सरकार को आदेश दिया कि उसकी निगरानी में सारा मामला रहेगा। लिहाजा इस मामले में क्या कार्रवाई हो रही है, उससे हर सप्ताह अवगत करवाया जाऐ।

इधर रीना ने लड़कियों के पुर्नवास के लिए काम शुरू कर दिया। मालिनी का रवैया बहुत हेल्पिंग नहीं था। वो अपने को एडजस्ट नहीं कर पा रही है। उसको संस्था से जुड़ी महिलाओं के बच्चों के लिए बने माँटेसरी स्कूल में गाना सिखाने के लिए कहा गया। वहाँ भी वह बेमन से काम कर रही थी।

रीना ने एक दिन उससे पूछा कि क्या तुम अपने घर जाना चाहती हो। तो एड्रेस बताओ। हमलोग संपर्क करके, तुम्हारे जो भी रिश्तेदार हैं। उनको बुला देते हैं। नहीं दीदी घर पर ऐसी स्थिति नहीं है कि हम जा सकें। तब यहीं अच्छा से काम करो। तुम्हारी आगे तरक्की भी हो सकती है।

नाज़िया ने लंबी कूद का प्रैक्टिस शुरू कर दिया। वो बेहद खुश है। रीना को कहा कि जब वो डिस्ट्रिक्ट या स्टेट खेलेगी, , तब उसके माँ बाप को यहाँ बुलाया जाए।

कुछ लड़कियों को उसके माँ बाप आकर ले गए। जो घर से गुस्साकर भागी थी। अधिकतर गरीब लोग थे। जिनके लिए बेटियाँ कमाई कर के दें, तो उन्हें किसी बात में कोई आपति नहीं है। सोनी के घर से भी उसके अम्मी-अब्बू आए, उनकी काउंसलिंग की गई। बताया गया कि लड़कियों की मर्जी के बगैर उनकी शादी ना करें, उन्हें कुछ हुनर सिखाएँ। जो उनके काम आए। उसके पेरेंटस ने इज़ाजत दे दी कि यहाँ रहकर वह कंम्पयूटर सीखे। काम करे। वो हमेशा आते रहेगें।

इस मामले को हुए तीन महीने हो गए। पर अभी तक मनोरमा की गिरफ्तारी नहीं हुई थी। हाँ मंत्री साहिबा ने सरेंडर कर दिया। अब वो अपने पति के साथ जेल में हैं। सुप्रीम कोर्ट लगातार इस केस की मॉनिटरिंग कर रहा है। जांच जारी है। हालांकि इन महीनों में इसपर चुप्पी की चादर पड़ चुकी है। इसके बावजूद कुछ अख़बारवाले इस पर नज़र रखे हुए हैं। गाहे बगाहे इस मामले का फॉलोअप किया जाता है। पर ये तो मेरे अस्तित्व की परीक्षा है। इस मामले में जो भी अपराधी हैं। अगर उन्हें बेदाग छोड़ दिया गया, तो कभी भी किसी को इंसाफ नहीं मिल पाऐगा।

मुझे ये कभी नहीं लगा कि सबकुछ इतना आसान होगा। पर इतने बड़े मामले को रफा दफा करने की तैयारी का खुलासा पुलिस के एक अधिकारी ने किया था मुझसे। सबसे पहले इस मामले से जुड़े पुलिसकर्मियों का तबादला इसका सबूत था। हालांकि पुलिस विभाग के हवाले से कहा गया कि ये रूटीन ट्रांसफर है जिसमें कोई कुछ नहीं बोल सकता। मामले से जुड़े कई सबूत भी ख़त्म कर दिए गए। क्योंकि जब सी.बी.आई.. वालों ने पुलिस से कुछ कागजातों की माँग की तो वो मिले हीं नहीं।

इस मामले को लेकर राजनीति और मीडिया में जो धक्कमपेल मची थी, अब उसका कोई निशान कहीं नहीं है। इस सन्नाटे को भंग करती है रीना की संस्था। जहाँ लड़कियों से गाहे बगाहे पुलिस पूछताछ के लिए आती है। उसके जवान इन लड़कियों को जिस अंदाज़ में घुरते हैं, उससे वो सहम जाती हैं पर कई तो उनसे नज़रें चार भी करती हैं, ऐसा रीना की स्टाफ ने उसको बताया।

कई खानाबदोश स्वभाव की लड़कियाँ अब यहाँ से निकलने का रास्ता ढूंढ रही हैं। उन्हें लत लगी हुई है बाजार की, और इस जगह में ना तो किसी

के आने की गुंजाइश है ना घुमने की। यहाँ रंगाई, बुनाई, कंप्युटर, सिलाई कढ़ाई सब सिखाया जाता है। उनके बनाए कपड़े व्यापारी ले भी जाते हैं। पर बालिका गृह की कुछ लोग को ये सब नहीं सीखना है। उन्हें तो अपने शरीर की नुमाईश करना, मेकअप करना हीं पसंद है।

रीना ने कहा कि दी इसमें से सात लड़कियाँ पक्का चली जाएेगी। क्यों ऐसा बोल रही हो। देखिए उनको ना दोज़ख़ टाइप का वातावरण हीं पसंद है। उन्हें हर रोज .......क्या बताएँ दी। खराब लगता है। वो लोग सामान्य लड़कियों की तरह नहीं रह सकतीं। मैंने उनसे बात की थी। ये लड़कियाँ लावारिस हैं। बचपन से ही उनके साथ बुरा हुआ है। वो यहाँ से वहाँ जाती रही हैं। इनके माँ बाप कौन हैं, किसी को नहीं पता। हर बार पकड़ी जातीं हैं अलग अलग शहरों में। उन्हें ऐसे ही बालिका गृह में रखा जाता है। वहाँ से ये भाग जातीं हैं या निकाल दी जाती हैं नहीं पता।

रीना की बातें अजीब लगीं पर उसकी बातों पर यकीन है मुझको। मालिनी का क्या चल रहा है, मैंने पूछा तो बोली कि वह अनमनेपन से हीं सही पर बच्चों को पढ़ा रही हौ गाना भी सीखा रही है। पर किसी से ज़्यादा बात नहीं करती। चार लड़कियों के माँ बाप आए थे। उन्होंने कहा कि लड़की कुछ सीख जाएगी तो अच्छा है। अगर इनकी शादी भी करवा दे तो अच्छा रहेगा।

एक बार मेरे दिमाग़ में लड़कियों की तस्वीरें उभर आई। कौन होती हैं वो लड़कियाँ जिनका जन्म किसी अत्याचार या देह व्यापार से होता है। जिन्हें कचरे में फेंक देते हैं उनके जनक। कचरे पर पलती बच्चियों को डर्टी गर्ल्स कौन बना देता है। जो लोग इन्हें दोज़ख़ की हूरें कहते हैं, क्या फरिश्ते होते है। समाज इन्हें इस संज्ञा से नवाजता है पर इन्हें जन्नत की हूर बनाने में क्यों नहीं आगे आते। कचरे पर लड़के भी पलते हैं, तो उन्हें शैतान की संज्ञा क्यों नहीं दी जाती।

यार! अपराजिता तू ना बहुत सोचती है। चल जिसको जो सोचना है सोचने दे। इन डर्टी गर्ल्स को यूँ ही रहने दे। अगर वो अपना आसमान खुद चुनना चाहती हैं तो जाने दे। हाँ जो रह जाती हैं उन्हें एक दिशा दे सकती हैं। कामिनी ने यही कहा। जब मैंने उसे बालिका गृह की लड़कियों के बारे में बताया।

देख लोड नहीं लेने का। नाज़िया ने स्पोर्ट्स सेंटर में कमाल कर दिया है। क्या! हाँ। उसके कोच ने कहा है कि अगले कुछ इंटरस्टेट कांपिटिशन हो रहा है, हैदराबाद में, वहाँ जाएगी वह। दूसरी बात रीना ने कहा है कि जो लड़कियाँ यहाँ कामकाज सीख जाएेगी। वो यहीं ट्रेनर बन जाएगी। संभव होगा तो उनकी शादी भी करवा देंगें।

वाह! मैं एकदम से खुश होकर कामिनी से लिपट गई। तू सबकुछ नहीं बदल सकती। पर जो कर सकती है, वो तूने कर दिया ना। बस अब थोड़ा शांत रह। हाँ ये बात तो सही है। कामिनी बहुत थक गई हूँ मैं।

हमलोग नाज़िया को छोड़ने स्टेशन जाएगें। उसके अम्मी और अब्बू भी आ रहे हैं। कामिनी तू हर बात को ठहर ठहर कर क्यों बता रही है। इतनी इंपोंटेंट ख़बर पहले क्यों नहीं बताई।

अच्छा बता देती तो इतना गुस्सा कौन होता। मैं हँस पड़ी। यार! तू समझती है ना कि मुझे कैसा लग रहा है। अगर नाज़िया नहीं होती ना तो ये पूरा मामला कभी सामने नहीं आता। ग़ज़ब की लड़की है ये।

मेरी आँखों के सामने नाज़िया का चेहरा आ गया। बेतरतीब ढंग से कटे हुए बाल, बड़ी बड़ी आँखें कुछ तिरछी सी। जब वो अपने घर में होगी और मैदान में दौड़ती होगी तो कितना उत्साह होगा, उसकी आँखों में। पर इस बालिका गृह में सदानंद के दोज़ख़ ने उसको सनकी लड़की में बदल दिया। मार, पिटाई और अत्याचार, बलात्कार सबकुछ उस लड़की ने झेला। पर उसके अंदर की बहादुर लड़की को ख़त्म नहीं कर सका।

पर अगर उसके अब्बू ने फिर से कह दिया कि उसको खेलना नहीं है तब क्या होगा।

मैंने अपनी हथेली से चेहरे को ढंक लिया। कोशिश कर रही हूँ कि रीना के पास आने के बाद उसका जो लुक आया है, जो बेहद ख़ूबसूरत है, वही सामने आए। पर ऐसा नहीं हो रहा है। धत! अब उसको जब स्टेशन छोड़ने जाऊँगी, तभी उसका अच्छा सा चेहरा सामने आऐगा।

सदानंद और मनोरमा उर्फ़ कुलसुम के इस नरक गृह का मामला सामने आते हीं, देश भर में ऐसे कई नरक गृहों का मामला सामने आया। कई बालिका संरक्षण गृह में ऐसा ही धंधा चल रहा था। वहाँ मजबूर लड़कियों की अस्मत का सौदा वहाँ के कर्ता धर्ता हीं कर रहे थे। इसमें महिलाएँ भी शामिल थीं।

मैं हैरान हूँ, इन नरक कुंडों की असलियत पर। लगता है कि इस युग के दानव यही लोग हैं और वो उनसे भी खतरनाक इसलिए हैं, क्योंकि मानव रूप में हमारे आसपास हीं मौजूद हैं। ऐसे लोगों ने लड़कियों के लिए इस दुनिया को के लिए दोज़ख़ की हूरें बना दिया है। जहाँ उनको ज़िंदा दफन होने के लिए बाध्य कर दिया जाता है। इनके लिए ना तो कोई कानून है ना नियम।

गुस्से में मैंने कामिनी को फोन लगाया। उसने उठाया तो मैंने कहा कि तुमको पता है कि भगवान की मौत हो गई है।

क्या बोल रही हो अपराजिता! हाँ चल हमलोग उनका अंतिम संस्कार कर देते हैं। पगला गई है! क्या हुआ बता। अरे! अगर भगवान रहते तो इन सब पापी लोग को मार नहीं देते क्या।

पहले थोड़ा शांत हो जा। फ्रिज से ठंढे पानी की बोतल निकाल। दो चार घूंट पिले, तब बता कि क्या हुआ। कमाल कर रही है कामिनी। अरे मैं कह रही हूँ कि भगवान की मौत हो गई। तू इसको ऐसे ही सरका रही है।

अपराजिता हो गया बस। ऐसी बातें नहीं बोल। जो बुरे लोग है वो बुरा हीं करते हैं। उनका हिसाब भी होगा। जैसे को तैसा मिलेगा।

अच्छा! कुछ नहीं होता। बल्कि ऐसे लोगों की रक्षा करते हैं यही भगवान। वो इन लड़कियों के भगवान नहीं है। अगर होते तो इन राक्षसों का खात्मा हो जाता। उन लड़कियों के साथ ऐसा अत्यावार नहीं होता।

अपराजिता देख। उनका खेल ख़त्म हुआ ना। असलियत सामने आ गई ना। अब उन लड़कियों के साथ ऐसा बुरा नहीं होगा। तो इसका मतलब है कि भगवान भी देखते हैं। समय आने पर उनको दंडित भी करते है। तू इस मामलें को लेकर पिछले कई महीनों से उलझी हुई है। उसमें से बाहर आ, देख कि दूसरी बातें भी तेरा इंतजार कर रहीं हैं।

हाँ ये बात तू सही बोल रही है। पर भगवान कहीं गायब हो गए हैं कामिनी। धत!यार हो गया। निकल अपने उस बेकार के माइंडसेट से। नहीं तो तू भी नाज़िया की तरह ......ये बोलकर कामिनी हँसने लगी। अच्छा मजाक उड़ा ले। एक दिन तुझे भी ऐसा ही लगनेवाला है।

अपराजिता आज हमलोग गंगाघाट चलें क्या। वहाँ पर रीना के ऑफ़िस में भी चलेंगें। ठीक है एकबार अपना शिडयुल चेक कर के बताती हूँ। जल्दी बतइयो। हम इंतजार करत बानी। इतना कहकर कामिनी ने फोन रख दिया।

# 6. रोशनी की हदें

गंगाघाट का आर्कषण हमेशा से रहा है। शाम के वक़्त जब घाट के किनारे सभी बल्ब जब जल जाते हैं, तो उसकी रोशनी में गंगा का पानी हथेलियों में आ जाता है। उस गंगाजली रोशनी की परछाई हथेली में लहरों की तरह किलोल करती है। मैं हमेशा रोशनी वाली उस गंगा को अपनी हथेलियों में लेकर आँखें बंदकर उसकी लहरों को महसूस करती हूँ और धन्यवाद देती हूँ, उन पुरखों को जिन्होंने भगवान शिव की जटा से उसको प्रवाहित किया था।

कामिनी के साथ गंगाघाट की उस शाम को मैंने अपने से थोड़ा दूर कर दिया था। आज जहाँ हम खड़े हैं, वह किनारा अकेला चुपचाप पड़ा रहता है। क्योंकि यहाँ रोशनी की हदें ख़त्म हो जाती हैं और अंधेरे में जुगनुओं की चमक उस अकेलेपन को भंग करने का प्रयास करते रहती है। हम अनायास हीं उधर चले गए। आज मेरी मुठठी में बालू के कण लिपटे हुए थे। बिलकुल ठंढे से। मानो दिनभर के जलते हुए गुस्से को पीकर शांत और क्लांत हो गए हों।

कामिनी देख सभी बोलते हैं ना कि रेत की तरह सब फिसल जाते हैं मुठिठयों से। पर मैंने इनको जकड़ लिया है इसको गिरने नहीं दूँगी। पर जैसे हीं मुठठी खुलेगी, फट से ना बालू झड़ जायेगें। बिलकुल समय की तरह। कोई भी समय को पकड़कर नहीं रख सकता है। इसलिए बहुत सारी बातें हमारे जीवन दर्शन से भी जुड़ी हुई हैं। कामिनी ने दाशर्निक भाव से कहा।

बच्चों वाली सोच अभी दिमाग़ में हावी हो गई है। अच्छे बच्चे ऐसा हीं करते हैं। पर इंसान को बच्चा होना चाहिए। नहीं तो दम घुटने लगता है। बाप रे! मैं तो सोच हीं नहीं सकी कि तू इतना बड़ा फिलॉसफी झाड़ देगी। एक मुठठी बालू की कीमत तुम क्या जानों वकील मैडम। जो हाथ में लेते हैं वही जानते हैं कि कैसे हाथ में खुजली होने लगती है।

मेरे कहने के अंदाज़ पर हम दोनों को हँसी आ गई। हम जोर जोर से हँसने

लगे। हमारी हँसी की गूँज उस सूनें किनारे को अकेले में जीने का सुकून दे गई।

चल अब रीना के यहाँ चलते हैं। रीना है या नहीं। कैसे पता चलेगा। बीच में मेरी कोई बात नहीं हुई है। अच्छा चलो तो सही मिल गई, तो ठीक नहीं तो अपनी डर्टी गर्ल्स ग्रुप से मिल लेगें। हाँ ये सही रहेगा। मैं खुश हो गई। कामिनी ने गाड़ी स्टॉर्ट की, और हम दस मिनट में रीना की संस्था स्त्री चेतना में पहुँच गए।

अंदर चहल पहल है। वहाँ बहुत सारी महिलाऐं अपने बच्चों के साथ रहती हैं। आश्रम के अंदर हॉस्टल बना हुआ है जहाँ तरह तरह के कार्यकंम चलते रहते हैं। तो उसकी भी भीड़ होती है। मुझे लगता है दस एकड़ में फैली हुई है संस्था की संरचना। हमेशा सौ पचास लोग अंदर मौजूद रहते हैं। पर रीना है या नहीं।

कामिनी पता तो करो कि रीना कहाँ है। गार्ड ने हमें देखते ही सैल्युट मारा। रमेश कैसे हो। कामिनी ने आत्मीयता से पूछा। बस ठीक हूँ मैडम। अच्छा रीना दीदी हैं क्या। जी आज ही तो वापस आयीं हैं। वाह! थैंक्यू रमेश।

चल रीना भी मिल गई। अंदर जाते ही दीदी प्रणाम, कैसी हैं। कई आवाज़ें अभिवादन करती नज़र आई। कामिनी उन सबको पहचानती है। क्योंकि इस कांड के बाद सबसे अधिक वही लड़कियों से मिली है।

रीना दीदी कहाँ हैं। दीदी वहीं हॉल में है। हम दोनों हॉल की ओर चल दिए। हॉल में पहुँच कर देखा कि रीना के साथ कुछ महिलाएँ भी थी। जो वहाँ पर आई लड़कियों को कुछ बता रही थी।

अरे! दी आइए, रीना हमें देखते ही चहक उठी। फिर उसने उन महिलाओं से परिचय करवाया। मिलिए हमारी शेरनी से। यही हैं जिन्होंने मुझको एक नया जीवन दिया। बालिका गृह की लड़कियों के जीवन में सवेरा लाया। दी एक बहादुर पत्रकार हैं। जिन्होंने सबके लिए लड़ाई लड़ी है। कामिनी का भी जोरदार ढंग से स्वागत हुआ।

मैं ऐसे परिचय को झेल नहीं पा रही हूँ। कुछ अजीब सा लगता है। शोहरत, ग्लैमर और नाम मुझे आर्कषित नहीं करते। मुझे अनाम रहना पसंद है। अपने दोस्तों और करीबियों के साथ रहना अच्छा लगता है। क्या मैं शोहरत से घबराती हूँ। नहीं, पर उसका अपनी ज़िंदगी में हमेशा बने रहना सहन नहीं होता।

दी देखिए! आज एक सरप्राइज़ है आपके लिए। क्या बात है! दिखाओ रीना। कौन सा सरप्राइज़ है। वह एक एक कर लड़कियों को बुलाती गई। उन

लड़कियों ने कंम्पयुटर, डिजायनिंग, फैशन डिजाययनिंग, कुकरी और पता नहीं कितने और कामों में डिप्लोमा ले लिया था। खुशी की बात ये थी कि बालिका गृह की बहुत सारी लड़कियाँ उनमें शामिल हैं। मालिनी सबका नाम पुकार रही है, मैं उसके चेहरे के भावों में आए बदलाव को महसूस कर रही हूँ। मालिनी यहाँ ठहरी है तो इसका मकसद अपने लिए एक सेफ प्लेस तलाशना है। तबतक जबतक सदानंद बाहर नहीं आ जाता या वो डी.एम उसको नहीं बुलाता।

ये सारी लड़कियाँ हुनरमंद हो चुकी हैं। सभी लड़कियों को संस्थाओं में हीं काम दे दिया गया है। आज जो विषेशज्ञ महिलाऐं यहाँ आई हैं, वो अलग अलग संस्थाओं से जुड़ी हैं। उन्होंने इनका टेस्ट लिया। इनको प्रमाणपत्र और नौकरी का ऑफर लेटर साथ में दिया जाऐगा। इसके लिए एक बड़ा कार्यक्रम किया जा रहा है, जिसमें मुख्यमंत्री आऐगें।

क्या यार! बिना मंत्री के काम नहीं चलेगा। मैंने कामिनी को कहा। छोड़ ना, जिसको भी बुला ले। हमें तो खुश होना चाहिए। इन लड़कियों के तन मन से पिछले दिनों की यादें मिट चुकी हैं। नहीं, मिटी नहीं हैं पर ये जहाँ पली बढ़ी हैं। वहाँ ज़िंदगी में सालों का नहीं पलों का हिसाब होता है। आज अच्छा है तो उत्सव मना लिया। कल बुरा होगा तो आँसू बहा लेंगे। बस ज़िंदगी इससे बढकर कुछ नहीं है। कल इन्हें शरीर भी बेचना पड़े तो अधिकतर दुखी नहीं होगीं। अगर उससे इन्हें पैसे हासिल हो गए तो। मतलब भविष्य इनके आज में हीं ख़त्म हो गया है।

इनके जीवन में नैतिक, अनैतिक कुछ नहीं है। बस एक भूख है चाहे पेट की हो या तन की हो। वो बस मिट जाऐ, किसी तरीके से। बात ख़त्म हो जाती है।

अपराजिता हमेश इतना कड़वा सच क्यों बोलती है। कभी तो कुछ सोचा कर। ये भी तो सोच सकती है कि इससे इनके जीवन में कितनी ख़ूबसूरती आएगी। अच्छे कपड़े पहनेंगी, अच्छा खाएँगी। तो इन्हें अपनी ज़िंदगी से सारी शिकायतें दूर हो जाएँगी।

मेरे कहने का मतलब ये नहीं है कि ये खराब है बस। पर कहीं कुछ तो बुरे भले की एक महीन रेखा होनी चाहिए। मुझे पता है कि अगर रीना के यहाँ नहीं रहीं, कहीं और चली गई तो इनमें से कुछ तो अपने पुराने धंधे में लौट जाएँगी। हो सकता है कि वहाँ सदानंद से भी बुरे लोग मिलें। पर इसकी इन्हें फिक्र नहीं। इन्हें आदत पड़ गई है अपने शरीर नुचवाने की। इनका शरीर एक डस्टबिन बन गया है। सारा कचड़ा इन्हीं में डाला जाता है। छि क्या बोल रही

हूँ।

तू इतनी कुंठित क्यों हो रही है। जाने दे ना जहाँ जाना है। तू इनकी किस्मत का फैसला करनेवाली कौन होती है। इन्हें वहाँ से निकालना था, निकाल दिया। अब इन्हें डिसाइड करने दे कि वो क्या करेगीं। कामिनी थोड़ी नाराजगी के साथ बोली।

ओ. के. तुमने कहा और हमने मान लिया। ठीक है। रीना सब ठीक चल रहा है ना। हाँ दी। मतलब तुम्हारा दोज़ख़ की हूरें वाला गैंग अच्छा कर रहा है। मैंने मजाक में कहा।

दी एक हूर तो आपके सामने खड़ी है। रीना ने कहा। तो मैं चौंक गई। क्या बात है रीना, मजा आ गया। हम सब डर्टी गर्ल्स हैं। अपनी जगहों पर खड़े होकर साफ सुथरी व्यवस्था, लोग और संस्थाओं के अंदर पलते विषाणु का पता लगाकर उन्हें सामने लाना, उनका सामना करना डर्टी गर्ल्स हीं करती हैं।

अरे! यार तुमलोग भी कहाँ पहुँच गए। अच्छा इन्हें कहीं जॉब मिल सकती है क्या। हाँ मैडम कुछ लोग को तो हमारी संस्था हीं रखेगी। कुछ अपने घर जाना चाहती हैं। ओ के। उनके पैरेंटस आए थे क्या। जी कुछ के एड्रेस थे। हमने संपर्क किया तो वो लोग आए थे। पहले क्यों नहीं आए। उनका कहना था कि लड़की हाथ से बाहर चली गई। बात ही नहीं मानती थी। घर से भाग गई। कोई ख़बर भी नहीं थी।

अब वो राजी हैं उन्हें ले जाने को। हाँ मैडम पर वो सभी बेहद गरीब हैं। बेटी जो कर रही है। उससे मतलब नहीं। जी खा रही है, यही बड़ी बात है। फिर क्या होगा इनका। कैसे बताएँ। पर ये लड़कियाँ भी रेडी है, जाने को तो हम कैसे रोकेगें। ठीक है जाने दो। अपने अपने हिस्से की डयुटी सभी ने कर दी। अब जिसको जो करना है करे। कामिनी ने बेलाग भाव से कहाँ। कामिनी और रीना की आपसी बातचीत से पता चला कि कुछ लड़कियाँ यहाँ से जाना चाहतीं है।

अपराजिता अब हमें चलना चाहिए। हूँ..... चलते हैं। रीना, नाज़िया कब जाएगी इंटर स्टेट खेलने। ओ दी, वो जल्दी हीं निकल रही है। हम्म! हम सब होंगे वहाँ। ज़रूर दीदी।

मैं और कामिनी वहाँ सेचल पड़े। रास्ते मे़ं कामिनी बोली, अपराजिता अभी भी बेचैनी है ना। हाँ मेरे भीतर कुछ दौड़ रहा है, जो मुझे चैन से नहीं रहने देता। खुशी को रोक लेता है, कुछ करो कुछ करो। आवाज़ें लगाता है। बस यही कुछ हो रहा है। सुन तू ना मेडिटेशन कर। बहुत फायदा होगा। कामिनी बोली।

धत! इससे कुछ नहीं होता। अच्छा तो फिर अपने भीतर ढेर सारे प्यारे सपने पाल ले। तू बिलकुल कोमल कोमल हो जाएगी। सच में अपराजिता।

अच्छा वो सपने क्या होगें। किसी को प्यार करने के सपने, किसी का केयर करना। किसी के प्यार को समेटना।

कहाँ यार! कामिनी तुम भी बस वहीं निशाना बना बैठी। तुमको पता है ना। इन सबसे गुज़र चुकी हूँ मैं। अब उन बातों की वास्तविकता जान चुकी हूँ। मेरे अंदर कुछ पिघलता तो है, पर मुझे अपना निशाना नहीं बनाता। मतलब मुझे निरपेक्ष ही रहने देता है। इसलिए कामिनी मैडम मुझे इन सब का सच पता है। ये सब बिना मतलब की बातें हैं।

तुम्हारा हो गया। झल्लाकर कामिनी बोली। हाँ! डियर हो गया। ठीक है तुम कर्कशा ही रहना। मुझे हँसी आ गई। ठीक है कामिनी।

मेरा घर आ चुका है। कामिनी एक बात तो है मेरी इन हूरों ने तो कमाल कर दिया। पहले सोचती थी कि ये कुछ नहीं सीख पाएँगी। पर सब की सब तो मास्टर बन गई हैं। देखा नहीं उस सोनी को कंप्यूटर पर फट फट टाईप कर रही थी। मैं इसी से खुश हो लूँगी, डोंट वरी। मुझे पता है कि कामिनी मुझको लेकर कंसर्न है। ठीक है अपराजिता जी। बाय, गुडनाइट।

घर आकर मुझे एक अच्छा वाला फील आया। मैं अपना खाना लेकर कमरे में आ गई। टी.वी.चालू किया तो एक चैनल सरकार के खिलाफ़ बातें कर रहा है, दूसरे चैनल सरकार की चरणवंदना कर रहे हैं।

झट से लिविंग फुडज लगाया। वाह! गंगा पर आधारित एक धारावाहिक आ रहा है। गंगा के उदगम से लेकर उसके विस्तार को किसी आधे घंटे की फिल्म में समेटना कितना मुश्किल काम है। जब भी इस तरह के धारावाहिक देखती हूँ जिसमें संस्कृति, समाज और प्रकृति को दिखलाया जाता है, उसके नेचुरल रूप में तो लगता है जैसे सारे तनाव ख़त्म हो गए। आज मैं सिर्फ़ गंगा को देखना चाहती हूँ, उसकी कहानी को सोचना चाहती हूँ। गंगा का उदगम जहाँ से है, वहाँ उसका पानी कितना चमकीला और साफ सुथरा है। पर आगे चलकर उसका पानी गंदला और प्रदुर्षित हो जाता है। गंगा भी हमारे जीवन जैसी है।

कोई भी जीवन चाहे इंसान का हो या नदी का, जीवन प्रवाह में प्रदुर्षित होना भी एक अटूट सत्य है। बिलकुल पारदर्शी नहीं रहा जा सकता। प्रदूषित होना या हो जाना जीवन और नदी की फितरत है। पर किसी चीज़ को इग्नोर नहीं किया जा सकता। अब फिर से बालिका गृह मेरे दिमाग़ पर हावी होने

लगा।

इस पूरे मामले में एक हीं बात अच्छी है, वो है सुप्रीम कोर्ट दवारा इस मामले की नियमित मॉनिटरिंग। वर्ना सार्वजनिक तौर पर इस मामले में सबकी दिलचस्पी ख़त्म हो गई है। अख़बार, राजनीतिक दल, सामाजिक संस्थाएँ। मानो कुछ लोगों का पकड़ा जाना और उनका जेल जाना हीं काफ़ी है। फिर कोई सनसनीखेज मामला आऐगा। कुछ दिनों तक वही चलेगा। फिर चुप्पी। ऐसा क्यों है! इतनी घटिया दर्जे की संवेदनषीलता क्यों है।

सोशल मीडिया में पूरे दिन स्यापा रहता है। हर कोई अच्छी अच्छी बातें करता है, मानो स्वर्ग ही बना देना है। पर उनमें से कितने लोग सदानंद जैसे हैं। जिसका किसी को पता नहीं। ऐसे लोग सिचुऐशन के कारण नहीं ̇, बल्कि अपनी गंदी प्रवृति के कारण ही संरक्षण गृह को ज़िंदा दोज़ख़ में बदल देते हैं।

उफ! गंगा और उसके प्रवाह को देखते देखते मैं फिर से बालिका गृह में पहुँच गई।

छोड़ो ना ये सब। देखो अब ना तुम कहीं बाहर चली जाओ कुछ दिनों के लिए। मूड फ्रेश होगा और मजा भी आऐगा। एक दिन छोटी बहन रूही ने कहा। देखते हैं। फिलहाल तो कोई चांस नज़र नहीं आता। तुम्हारा ना दी, लाइफ स्टाइल अजीब है। तुमको ना इसी फ्रेम में रहना अच्छा लगता है। कोई चेंज नहीं, सिर्फ़ काम और घर। अरे लाइफ में थोड़ा इंटरटेनमेंट भी तो होना चाहिए।

ठीक है ना, रूही। मैं अभी अपने लाइफ स्टाइल पर बात करने को तैयार नहीं थी। मुझे अपने जीवन से रती भर मोह नहीं रह गया है। बस सामने जो कुछ भी हो रहा है उसका सामना करती हूँ। आज में जीना इस को ही कहते हैं शायद।

मैं उस दिन दफतर में थी। रीना ने फोन किया। दी दो दिन पहले हॉस्टल से रूबीना और गोलू भाग गई। क्या! हाँ दी। उन्हें एक दुकान में लेकर रमेश गया था। कुछ आर्डर लेना था। रमेश उनको बोला कि कपड़ा और नाप लो। हम बगल की दुकान में हैं। दी वो लोग इतने अच्छे ढंग से रहने लगी थी कि उनपर विश्वास हो गया कि अब कुछ गड़बड़ नहीं होगा। पर वो कहाँ गयी होगी, कहीं कुछ बुरा ना हो जाए।

अपने एरिया के थाने को सूचित कर दिया। हाँ दी, वो लोग कितने खराब से बोले कि अरे उ लोग आपके हियाँ टिकने वाली है। जहाँ की आदत लगी है वहीं जाऐगी। मैंने उनको कहा कि आप उनको खोजिए इ सब बात मत बोलिए। अरे मैडम हमलोग तो इसलिए बैठे ही हैं कि दूढेंगें। पर उ लोग सब

कचरा है कतनो सुधारिऐगा ना, उ लोग वही करेगा।

रीना परेशान होने का नहीं है। भाग गई है तो जाने दो। तुमने अपना काम ईमानदारी से किया है। पुलिसवाले साले, कमीने होते हैं। कचरे में रहते रहते खुद उनका दिमाग़ भी कचरा पेटी बन गया है। हाँ तुमको कुछ पता चला। नहीं तो कुछ हुआ है क्या दीदी! सदानंद की सारी संपति जब्त कर ली गई है। कोर्ट ने ऐसा ही आदेश दिया था। पर उस मनोरमा का कुछ पता नहीं चला। मंत्री का भी बेल हो गया। पर उसका पति अभी जेल में है।

अपराजिता दी, ये सब लोग ना बहुत पावरफुल है, सब जल्दीए बाहर आ जाऐगा। ठीक है आ जाऐगा तो क्या हुआ। कोई सुधरकर नहीं ना आऐगा। आकर और कुछ बुरा हीं करेगा। मैंने निरपेक्ष तरीके से कहा।

सुनो रीना, नाज़िया को स्टेशन पर छोड़ने हमलोग भी आऐंगें। हाँ दी। कितनी खुशी की बात है। बाकी की सारी लड़कियाँ भी कमाल करेगीं दी। हाँ हमारी दोज़ख़ की हूरों का गैंग कमाल करेगा।

आज मेरा छोटा सा माइंड झल्ला गया, दुनिया की इन लफफाजियों से। कितना लफड़ा है यार! कभी कुछ सीधा साधा होता ही नहीं। जहाँ देखो वहीं पेंच। खैर अपराजिता तुम तो क्वीन हो शतरंज की दुनिया की। वो गेम वाला शतरंज नहीं। दुनिया का शतरंज जिसको किसी उपरवाले ने बनाया है। जिसका नाम भगवान, गॉड या बुद्व कहा जाता है। तो उस शतरंज की मैं क्वीन हूँ। पर गेम फेयर होना चाहिए। धुत तेरी की! कहाँ चली गई अपराजिता, वापस आ जा। मैंने अपने सर पर चपत लगाई।

आज मेरा ऑफ डे है। मतलब मैं आज़ाद हूँ, किसी भी आफिसियल बंदिश से। इस ख़्याल से ही सनसनी दौड़ गई कि मैं कुछ भी कर सकती हूँ। सनसनी यानि सेंन्सेशन सिर्फ़ किसी के छूने और चुमने से नहीं होता बल्कि किसी अछूते विचार, किसी नए एक्शन से भी होता है, तो सेंन्सेशन की परिभाषा बदल गई अभी से। उफ! अपराजिता ने परिभाषा हीं बदल दी।

कामिनी! कहाँ हो तुम दोज़ख़ की हूर। ओ वेरी नाइस कामिनी ने कहा। येस आई एम हूर। आइ कैन से प्राउडली। ओह! रियली, येस माई ऑल टाइम फेवरेट लेडी। कामिनी मेरा सैल्युट तुम्हारे लिए। सुनो आज एक सरप्राइज़ है। कौन सा!अरे यार थोड़ा पेशेंस रखो। हम 12 बजे मिल रहे है, कहाँ रिवर साइड रेस्टोरेंट में। ओके। पर अपराजिता इतनी कांफिडेंटली कैसे सोच लिया कि मेरी भी छुटटी होगी।

बताउं, हाँ बता। मुझे पता है कि तू ऐसी होलिड़ेज के बारे में प्लान करती

है, पर कोई साथ नहीं होता इसलिए पोस्टपॉन करती रहती है। कामिनी की दुखती रग है उसका अकेलापन। हमेशा काम में डुबोए रखती है। फोन पर चुप्पी है। कामिनी अरे यार चलो ना। इतना मत सोचों।

देख अपराजिता जैसा सोच रही है। वो बीते कल का सच था, पर आज मैं किसी भी कॉम्पलेक्स से मुक्त अपनी ज़िंदगी को इन्ज्वाय कर रही हूँ। ठीक है बाबा। तो आ रही है ना। हम्म! ओके जी बहन जी। चल मिलते हैं।

दरअसल मेरे मन में एक ख़्याल आया है कि इन लड़कियों के लिए एक संस्था खोली जाए, जिसको यही चलाऐं। ग़ज़ब होगा अगर ये संस्था ऐसी लड़कियों के लिए काम करें, तो कितना बढ़िया रहेगा। कामिनी और रीना संस्था की संरक्षक रहेगी। उनके कामों को मॉनिटर करेगी। पहले कामिनी से बात कर लेती हूँ, फिर रीना से।

सोनी ने नाश्ता लगा दिया। मैं आज देर से वापस आऊँगी। तो मेरे लिए खाना मत बनाना। हाँ माँ को खिला देना। ठीक है दीदी। मेरे घर से रिवर साइड पहुँचने में बीस पच्चीस मिनट लगते है।

स्कूटी से मैं दस मिनट पहले हीं पहुँच गई। ये रेस्तरां हमेशा ही गुलजार रहता है। इसके कस्टमर पढ़े लिखे वर्ग से है। रिजनेबल प्राइस पर चाय और स्नैक्स मिल जाते हैं। खाना भी पचास रू में खिला देता है। रेस्तरां का मालिक राजा घोष है। उसका बेटा भी साथ रहता है।

अंदर गई तो राजा घोष ने कहा कि बड़ी दिन के बाद आई हैं मैडम जी। हाँ थोड़ी व्यस्त हो गई थी। देखिए आपका टेबल खाली है। उसने इशारा किया। वो एक तीन कमरों वाला रेस्तरां है। वेल डेकोरेटेड। जो मालिक के कलाप्रेमी होने का अहसास कराता है। पहले वाले कमरे में घुसते ही, बायीं तरफ़ के अंतिम छोर पर टेबल है जिसमें एक साथ चार लोग बैठ सकते हैं।

मैं वहाँ लगी कुर्सी पर जब बैठी, तो एक सुकून का अहसास हुआ। लगा कुछ छूट गया था, जो मिल गया। फोन पर खटाखट मैसेज आ रहे हैं। चेक किया तो एडिटर का मैसेज था। अपराजिता शेल्टर होम की लड़की कब जा रही हैं दूसरे स्टेट में खेलनें। उनका एक बढ़िया स्टोरी करो। हम इसको फ्रंट पर लेगें।

क्या मजाक है मैंने पहले ही कह दिया है कि एकाध महीने में उनकी रवानगी है। तो आज ये रिमांइडर क्यों। अभी तो कोई स्टोरी कवर करने के मूड में नहीं हूँ मैं। कल दो इवेंट कवर कर लिया मैंने। रिर्पोट भी फाइल कर दी। कुछ और भी मैसेजेज थे। जिनमें एक मेर परिचिते प्रकाशक का था, जिसने

लिखा था कि आप इस स्टोरी पर कोई उपन्यास लिखने जा रही हैं। तो इसको हमारे प्रकाशन के लिए लिखें हमें खुशी होगी।

वाह! क्या बात हैं। दरअसल कहीं मैंने कहा था कि शेल्टर होम पर कुछ बड़ा लिखा जाना चाहिए, ताकि इससे सबक लिया जा सके। वहीं पर मैंने कहा था कि हाँ मैं इसपर उपन्यास भी लिख रही हू। जबकि ऐसा कुछ भी नहीं है। हाँ एकाध फिल्म बनानेवालों ने भी एप्रोच किया था कि मैडम आप स्क्रिप्ट लिखें, हम इसको बड़े पर्दे पर लाऐंगें।

हाय, मुझे देर हो गई क्या। नहीं, बहुत ज़्यादा नहीं। सिर्फ़ पच्चीस मिनट। अच्छा जी, तो ताना दिया जा रहा है। अरे! नहीं आ जाओ। चाय पीते हैं और डिस्कस कर लेते हैं। हूँ ...उं.... ठीक हैं। कामिनी एकदम से हड़बड़ी में आकर कुर्सी पर पसर गई।

अपराजिता एक बात बोलूँ। बोलो देखो आइडिया तो ग्रेट है। पर इसके लिए कोई ऐसा बंदा चाहिए, पूरा समय देनेवाला हो। साथ ही एक मिशन के तहत काम करे। नहीं तो मेरा अपना एक्सपीरियंस ये है कि अधिकतर बंदे संस्था को दुधारू गाय समझते हैं और दोहन करते हैं।

हम्म बात तो सही है, पर रीना के बारे में सोचा है मैंने। वो परफेक्ट है। चल एग्री हूँ पर क्या वो अपनी संस्था छोड़कर इसमें समय दे पाऐगी। अरे यार क्यों नहीं। रीना के पास इतनी कैपेबिलिटी है कि वो दो तीन संस्थाओं को संभाल सकती है।

देख इतना भी नहीं है। रीना भी एक इंसान है। उसके भी लिमिटेशन हो सकते हैं। हाँ यार ऐसा हो सकता है। पर रीना से इस बारे में एकबार जिक्र किया था, तो उसने हामी भरी थी। ओके फिर से एक बार डिस्कसन कर लेते हैं।

यस मैडम इसलिए मैंने उसको भी बुलाया है। देख अपराजिता मैसेज भी आ गया। अजिता मिसिंग यू यार। अब मुझे नहीं जीना तुम्हारे बगैर। आज़ाद होना है मुझे। ये वो मैसेज है जिसका कभी कभार ज़िंदगी में दस्तक दे जाना मुझे कमजोर बना देता है। एक आवेग ने मेरी आँखों में नमी ला दी। आहिस्ते से मैंने उसको छुपा लिया।

क्या हुआ अपराजिता। कुछ नहीं रीना आ रही है थोड़ी देर में। कामिनी ने मेरे चेहरे को पढ़ने की कोशिश की। पर वहाँ निपट सन्नाटा है। मैं मुस्कुराई। कामिनी पता है ना मैं थोड़ी सी पागल हूँ। अच्छा मुझे बहला रही हो ना। पर मैसेज किसका था। अरे, उसी रमेन का था, मैसेज में लिखा था कॉल क्यों नहीं

करती। मैंने झूठ बोला।

अरे तो तुमने क्या कहा। कुछ नहीं। ये साले पैंट के ढीले लोग भी क्या चीज़ होते हैं। पत्नी है, बच्चे हैं फिर भी कहीं ना कहीं जुगाड़ भिड़ाते हैं।

छोड़ ना यार इनकी क्या हैसियत है। मेरे अंदर रूदन का एक समंदर दहाड़ें मार रहा है। लग रहा है कि अकेले रहूँ और इस खारे समंदर के पानी को अपने उपर ढाल दूँ, जिससे दर्द को आराम आ जाए।

अरे रीना आ गई। चलो अब चाय का आर्डर दे देते हैं। कैसी हो रीना। ठीक हैं दीदी। उसकी मुस्कुराहट ने दिल को तसल्ली दी। वर्ना वो भी परेशान रहती है।

रीना तुमसे मैंने एन.जी.ओ. रजिस्टर्ड कराने के संबंध में जिक्र किया था ना। हाँ दीदी। तो आज उसपर फाइनल बात कर लेते हैं। उसको तुम और कामिनी संभालोगी। अगर तुम दोनों तैयार हो तभी आगे बढ़ेगें। इसका एकमात्र मकसद यही है कि शेल्टर होम में जिस तरह की लड़कियाँ आती हैं, वैसी लड़कियों को आश्रय देना और उन्हें हुनरमंद बनाना। जिससे उनको काम मिल सकें, उनका शेषण कोई नहीं कर सके। उसमें कुछ लड़कियों को भी शामिल कर सकती हो, जो समझदार हो।

दी, समझ लीजिए की रजिस्ट्रेशन हो गया तो तत्काल फंड तो मिलेगा नहीं। फिर कैसे होगा, मतलब कामकाज कैसे शुरू होगा। रीना मुझपर भरोसा रखो। फंड का जुगाड इनीशियली हम करवा देंगें। बस ईमानदारी से इस मकसद के लिए काम होना चाहिए। इसको स्किल सेंटर और शेल्टर होम दोनों तरह से डेवलप कर सकतें है क्या। हाँ ज़रूर। तब मैं यहाँ तैयार प्रोडक्ट का मार्केटिंग और सेल विदेशों में भी करवा सकती हूँ।

ये तो बहुत बढ़िया है। रीना तुम क्या सोचती हो। दी सुझाव अच्छा है। पर हमें इसके लिए बहुत सारा काम करना होगा। रीना देखो तुम और कामिनी मिलकर इसका बाइलॉज तैयार कर लो। बस इसका मकसद हमेशा केंद्र में होना चाहिए। अच्छा ये बताओ कि शेल्टर होम से जो लड़कियाँ तुम्हारे यहाँ हैं, उनमें से किसको शामिल किया जा सकता है। आई मीन, एक अच्छा मैसेज जाऐगा सोसाइटी में। ये मैंने तुम दोनों पर छोड़ दिया।

ओ 0के. मैडम। अब ये तकनीकी प्रक्रिया आपलोग पूरी कर लें, आपस में डिस्कसन करके। कोई डेट फिक्स कर लो। संस्था की शुरूआत करने की। किसी से उदघाटन करवा लो। हूँ... अ.....। कितना टाइम लगेगा। कम से कम एक महीना। जब सारे संपर्क को इस काम पर लगाा दिया जाऐगा। वाह रीना

ये बात अच्छी लगी। अपने लक्ष्य की प्राप्ति के लिए लोगों से हेल्प लेना ज़रूरी है।

कामिनी के चेहरे पर कुछ असमंजस के भाव हैं। ऐ, क्या हुआ। कुछ नहीं। अपराजिता संस्था का उद्घाटन करने से अच्छा है कि रीना की संस्था में जो लड़कियाँ स्किल्ड हो चुकीं हैं, उन्ही के बनाए सामान की प्रदर्शनी ग्रैंड मैदान में करते हैं वहीं पर सबको बुला लेगें। संस्था के बारे में पता भी चल जाऐगा।

रीना तुम बताओ कि ये आइडिया कैसा है। हूँ.......। क्या हुआ। दी मैं सोच रही हूँ कि कामिनी मैडम के इस आइडिया को हाँ बोल दूँ। उसके बोलने का अंदाज़ ऐसा था कि मैं डर गई थी कि कहीं ये ना बोल दे कि मुझसे नहीं हो पाऐगा। बाप रे, तुमने तो डरा दिया था। क्यों दी। वो थोड़ी शरारत से मुस्कुरायी। फिर हम तीनों हीं ठहाका लगाकर हँसने लगे। एक पुरजोर हँसी जिसमें खिले हुए फूलों की ताजगी थी, तो सुबह सुबह चिड़ियों की खुशनुमा सी चहचहाट भी थी। धुले हुए आसमान में खुशियों की ताबिर चस्पां सी हो गई।

अब आप बहनें सुनिए। इसके बाद जो मुलाकात होगी इसी रेस्तरां में, तो संस्था के तैयार कागजात के साथ। ठीक है ना। इधर आप दोनों अपनी ज़रूरत के हिसाब से बातचीत करते रहना। अगर मेरी ज़रूरत महसूस हो तो कॉल कर लेना। ठीक है ना।

हाँ पंडिताइन ऐसा हीं होगा। कामिनी जब भी अच्छे मूड में होती तो ऐसे ही बुलाती है। उन दोनों के चेहरे पर खुशी है। मेरे मन में भी एक उत्साह है। संस्था ऐसी लड़कियों और महिलाओं के लिए काम करे, तो उनका शोषण कोई नहीं कर पाऐगा। दिल से एक प्रार्थना ने जन्म लिया और वो उनके चेहरे की चमक बनकर छा गया। आमीन! सबकुछ अच्छा होगा।

हम तीनों ही वहाँ से निकलकर अलग अलग रास्तों की तरफ़ बढ़ गऐ। बहुत कम ऐसा होता है कि आपके साथ चलने वाले इंसान उन्ही रास्तों से गुज़रे, जिस रास्ते से आप जा रहे हों। रास्ते की भी अलग कहानी है। वैसे हीं जैसे इंसानों की कहानियाँ अलग अलग होती है।

कितना फिलॉसफिकल अंदाज़ है सोचने का। मुझे खुद पर हँसी आ गई। हो गया अपराजिता रानी। नहीं अपराजिता रानी नहीं हो सकती। अच्छा जी मैं हारी, अब बताओ क्या करना है। अरे वाह, ये तो मुझसे बातें करने लगा। कौन मेरा मन।

अरे साला, ये तो अभी मुझे ले ही लेता। मेरी स्कूटी से सटाकर एक लड़का आगे चला गया। मेरी स्कूटी रूकी तो पीछे गाड़ियों की लंबी लाइन लग

गई। क्या हुआ मैडम। कुछ हुआ तो नहीं, पर वो लड़का उपर भेजनेवाला था। ट्रैफिक पुलिसवाला मेरे पास आ गया। गाड़ी पर प्रेस लिखा देखकर वह अलर्ट हो गया। चलिए आप लोग ऐसे लड़कों पर सख्ती नहीं लगाऐगें, तो ऐसा हमेशा हीं होता रहेगा।

का करें मैडम इ लोग ऐतना मन बढु हो गया है कि का बताएँ। ऐ देखिए इसकों। एक बाइक सवार फिर से आगे बढ़ने की ताक में था कि एक डंडा बाइक पर लगा और अब वो रूक गया। बताइए इ सब के ऐतना समझाइए कि टरेफिक रूल नहीं तोडो कौनो इ बात सुनेगा। वह बड़बड़ा रहा है। पर किसी को फुर्सत नहीं कि उसकी बातें सुनेगा। फर्र फर्र गाड़ियाँ हवा से बातें कर रही हैं। पता नहीं कौन सी मंजिल की तलाश है, इन बाइक और चमचमाते ब्रांडेड कार वाले क्लास को।

मेरी पीढ़ी को तेज चलने की आदत है पर हवा में उड़ने की नहीं। कैरियर में उछाल लाना है, परंतु जमीन पर पैर रखकर। वहीं आज की पीढ़ी को सीधे आसमान में उडना है। उड़ते हुए टिकटॉक बनाना है, भले ही जान चली जाऐ। तकनीक भी क्या चीज़ है यार। कल मैं सर्च कर रही थी तो आर्टिफिशियल इंटेलिजेंस के बारे में पढ़ा। ये एक कृत्रिम दिमाग़ होगा। जो मेडिकल एडवाइस से लेकर अंतरिक्ष में यानों को भी नियंत्रित करनेवाला है। घर बैठे हीं पूरी दुनिया से कनेक्ट हो जाओं। कमाल की बात है।

ऑफ़िस के गेट पर स्कूटी रूकी। दरबान ने गेट खोला। उसने झुककर सलाम बजाया। सब ठीक ठाक बहादुर। जी मैडम। मैं अंदर गई। हाय, हैल्लो के बाद एडिटर के कमरे में गई। वह अपने सिस्टम पर कुछ चेक कर रहे थे। मैं चेयर पर बैठ गई।

ओ हाय अपराजिता कैसे हो। फाइन सर। सी मैंने आपको इसलिए बुलाया है, ताकि आप उस स्टोरी पर काम कर सकें जो हमारे अख़बार को और उंचाई पर ले जाऐं और मार्केट से रेवेन्यू भी बढ़े। कौन सी स्टोरी सर। मेरी उत्सुकता बढ़ गई। देखो पिछली बार हमने शेल्टर होम की लड़कियों पर लीड लिया उसका फायदा मिला हमे।

अरे हाँ। मुझे याद आया कि अख़बार का बिजनेस काफ़ी बढ़ गया। इस उपलक्ष्य में ऑफ़िस में पार्टी दी गई। हम सबको गिफट मिला।

देखो अभी माइन्स की नीलामी हुई। उसमें कटारूका एंड संस को पहाड़पेट में आयरन ओर की माइंस मिल गई हैं। पता चला है कि उस ग्रुप को माइंस देने में करोड़ों की डील हुई है। मामले में सी.एम. और एक मिनिस्टर

का नाम आ रहा है। हम्म............। इसमें हमें सिर्फ़ यही करना है कि कटारूका की कंपनी की इमेज डैमेज हो जाऐ। ऐसा क्यों सर। उससे आगे क्यों नहीं।

नो अपराजिता। हमें वहाँ तक पहुँचने के डाइरेक्शन नहीं है। मतलब मैं चौंकी। यस मि.रोहन ने यही कहा है। ओ ओ.....मि. रोहन यानी हमारे अख़बार प्रबंधन से जुड़ा एक इंपोंटेंट नाम। जिनके लिए अख़बार एक सुलभ हथियार है, अपने इतर व्यवसायों को बढ़ाने के लिए। इस पैतृक विरासत को उन्होंने बेहतर तरीके से संभाला, उसमें कोई शक नहीं।

मामला क्या है बॉस। मैं मुस्कुराई। देखो अपराजिता हमें सिर्फ़ अपना काम करना है। कुछ पेपर हैं मेरे पास, बाकी माइस विभाग के कुंदन से मिल लेना। ओके सर। मिलते हैं फिर।

ये क्या है रे। मतलब अपना कुछ नहीं है पर मैनेजमेंट के लिए करना पड़ेगा। माइंस किसको मिला या मिलना चाहिए, इससे सिर्फ़ कुछ लोगों को लेना देना है। सरकार और उदयोगपतियों को। पैसा इन्हीं के बीच बंटना है। जिनकी जमीन पर ये माइंस है, उनसे तो पहले ही जमीन ले ली गई। वो कहीं सड़कों पर या महानगरों में रोटी की तलाश में अपना श्रम और शरीर बेच रहे होगें।

छोड़ यार इतना क्या सोचना। लिख देना जो लिखना है। आख़िर गड़बड़ तो हुई है। क्या फर्क पड़ता है कि कौन बचेगा, कौन डूबेगा। मंत्री और संतरी उ सब एक ही नाव में सवार होगें देर सबेर।

घर पहुँची तो शाम गहरा चुकी थी। मेरा कोई इंतजार कर रहा है, ऐसा नहीं है। बस माँ है जिसको लगता है कुछ कुछ। मतलब जिस उम्र में है वो। वहाँ भावनाएँ मिटने लगतीं हैं। सबकुछ रीतने लगता है। आँसू भी कम आते हैं। हँसी भी पूरी नहीं होती। गुस्सा थोड़ा दिखता है। अतीत भी धुंधलाता है वर्तमान दिखता है पर भविष्य की कोई रूपरेखा नहीं होती। हाँ दिल में कोई बात वर्षो से दबी पड़ी है, तो वो एक हद तक स्मृतियों में आता है।

अपने कमरे में गई। सालों से कमरा वैसा हीं है मानों मेरे अतीत को सजाकर रखा हो किसी ने। हैरत तो यही है कि अपने कमरे में कुछ भी चेंज करने की कोशिश नहीं करती। जो जैसा है वह वहीं पड़ा रहता है।

जल्दी से ढीला ढाला वाला प्लाजो और टी शर्ट पहनकर रिलेक्स हो गई। घर में मुझे बिंदास रहना पसंद है। ड्रेस को लेकर अब कोई उतेजना नहीं है। पहले तो बस क़ंपीटिशन हुआ करती थी।

धत! क्या सोच रही है। पहले तो सोनी ने चाय लाकर दिया। जिसमें कुछ खास इंटेरस्ट नहीं है मुझे। बस एक हैबिट के तौर पर पी लेती हूँ। मेरी दिलचस्पी उन सारी चीज़ों में ख़त्म होती जा रही है, जो मुझमें उत्साह और खुशी पैदा करतीं थी। क्या ऐसा हुआ ज़िंदगी में। अतीत की बातें आज भी मुझमें कहीं ज़िंदा है, अपने शिददत के साथ। जबकि जाहिरा तौर पर मुझे लगता है कि मैं आगे बढ़ चुकी हूँ। अपनी लाइफ में व्यस्त। अपनी नयी हॉबीज के साथ इन्जवाय भी कर रही हूँ।

आज जिस एन.जी.ओ. की नींव रखी गई है, उपरवाला उसको सफल बना दे। ताकि नरक झेलती लड़कियों, औरतों को कम से कम एक सुरक्षित आश्रय तो मिल सके। कामिनी और रीना बहुत मेहनत करेंगी, इतना तो भरोसा है। अंदर एक सुकून के झोकें ने अंगड़ाई ली और वो रात भर की नींद पर तारी रही। सुबह नींद खुली तो हल्का सा अंधेरा था। मैं बाहर बरामदे में निकल आई। सामने कॉरीडोर पर खडी होकर गहरी सांसें लेकर अपने को मुक्त करने का प्रयास किया।

आज मेरे पास सेंक्रेटेरियट के लिए कुछ काम था। वही माइंस वाला। ये सरकार का तंत्र है जहाँ इसको सरकार का दिमाग़ भी कह सकते हैं। यहीं पर योजनाऐं बनती हैं, इंम्पलीमेंट भी की जाती हैं। शातिर दिमाग़वालों का गढ़ है जो राजनीति के सिक्कों को उछालते है अपने हिसाब से। यहाँ के बाबू चाह लें, तो एक पता तक ना खड़के साहबों के।

मैं माइंस विभाग में गई। कुंदन वहाँ पर बड़ा बाबू या सेक्शन ऑफ़िसर कह लीजिए, उससे मिलना था। कल हीं टाइम ले लिया था। कुंदन साहू के केबिन में गई। फाइलों के ढेर के बीच एक चेहरा नुमाया हुआ। आइए मैडम जी। मुंह में गुटका भी दम लगा रहा था, बाहर आने को। वो कोने में गए। अपनी ढीली शर्ट को संभालते हुए। पुच्च पुच्च की आवाज़ के साथ गुटके ने अपना दम तोड़ दिया।

का बताऐ मैडम। एतना टेंशन रहता है ना कि बस इ गुटके जान बचाए रखता है। जरा देखिए गुडमॉर्निंग भी नहीं किए। आप तो मैडम उ हरामी चोटटा सदानंदवा को जेल भेजवाकर बहुते पुन का काम कीं हैं। बताइए बाल बच्चेदार आदमी और इतना घृणित कर्म।

कुंदन जी थैंक्यू, आप ऐसी बढ़िया सोच रखते हैं। दरअसल मुझे वो जो जून में टेंडर हुआ था ना। उसका डिटेल्स चाहिए था। जी वो सुंदर जी आए थे, उनसे चर्चा हुई थी। टेबल के उस पार से वो जितना नज़दीक अपना चेहरा

ला सकता था, ले आया। जानती हैं मैडम बवाले हो जाऐगा जब पेपर में छपेगा तो। हुँ ......मैंने हामी भरी।

आपको कुछ मिला नहीं है क्या। मैंने हँसते हुए पूछा। वो झेंप गया।हमलोग को कौन देता है। हमलोग लेते भी नहीं हैं। धुत इ सब में कोई बरकत नहीं है। अइसे भी इ सब त उपरे उपर डीलिंग हो जाता है। उसके भीतर का घूसखोर बाबू जीवित हो रहा है।

अपने चेहरे पर एक बड़ा सा लंबा वाला मुस्कान ओढ़कर मैंने कहा, तो वो सब कागज दे दिजिए ना। मैडम चाय पीजिए, पानी पीजिए। कम से कम ऐतना तो हमलोग कर ही सकते हैं। कोई दिक्कत नहीं है कुंदन सर। बस आप थोड़ा जल्दी करवा दें।

वो कुंदन बाबू बाहर चला गया। चपरासी चाय ले आया। सरकारी ऑफ़िसों की चाय पीना मतलब अपनी सेहत बिगाड़ना है। हर ऑफ़िस के लिए कुछ नियम होते हैं जिसमें झुग्गीनुमा होटलों से चाय मंगवाना भी एक नियम होता है। क्योंकि जितने पैसे की एप्रुवल मिली होती है उतने में बढ़िया चाय आती नहीं। बाबूओं को उसमें भी कमाई करनी है तो रददी किसम के चाय की हीं गुंजायश बच जाती है।

मेरे सामने प्लास्टिक की छोटी सी कप है जिसमें जो कुछ है वो चाय तो नहीं है। अपने बैग से पानी निकालकर पी लिया। ज़्यादा पानी पीना भी मुश्किल है क्योंकि हर जगह टॉयलेट भी नहीं होता। महिलाओं का हर काम इज्जत और सम्मान से जोड़ दिया गया है। पुरूष सरेआम निबट लेगें पर महिलाओं के लिए सुरक्षित जगह चाहिए। सारे शर्म का ठीका महिलाओं पर ही है।

मैडम चाय नहीं पिये। अरे सर, चाय मैं पीती नहीं बताना भुल गई। अच्छा पत्रकार लोग तो चाय बड़िए पीते हैं। सिगरेट चलेगा। उसने थोड़े अजीब अंदाज़ मे़ं बोला। नहीं लेना होता तो मैं खुद हीं ले लेती। मुझे पता है कि उसके अंदर का एक कचड़ा जो स्वतंत्रचेता महिलाओं के प्रति है, वही दबी जुबान से बाहर आ रहा था।

चलिए नहीं लेती है तो अच्छा है। नहीं तो आजकल की लड़कियाँ तो धड़ल्ले से सबे कुछ लेती हैं। कागज ले आए सर। इसबार मेरी जुबान में कुछ और था जिसको उस बाबू ने भी महसूस कर लिया। तैयारे है लीजिए। उसने एक ए फोर लिफाफे में कागज थमाया।

मैंने कहा कि कुछ इन्फोर्मेशन और चाहिए। कुंदन बाबू बोले कि पहले इसको पढ़ लिया जाऐ। देखिए सर अबकी बार हम आपको बुलाऐगें। वहाँ आ

जाइऐगा। ठीक है ना।

हाँ ज़रूर। बस लंच टाइम का ध्यान रखिऐगा। लंच भी रहेगा। बाबू के चेहरे पर चमक आ गई। ठीक है मैडम। वहाँ से ऑफ़िस पहुँची। वहाँ शाम वाली मीटिंग चल रही है। अपनी सीट पर बैठकर मैं डाक्यूमेंट पढ़ने लगी। न इसपर इतनी जल्दी ठीक नहीं। घर पर पढ़ना होगा। कुछ इवेंट के कवरेज थे। फोटो लगाकर मैंने भेज दिया। साथ ही एडिटर को मैसेज कर दिया कि डॉक्यूमेंट मिल गए हैं। स्टडी करना होगा। तभी रिर्पोट बन पाएगी। उन्होंने जवाब दिया ओके।

जब घर जा रही थी कि मोबाइल की घंटी बजी। कामिनी का कॉल है। आगे जाकर बात करती हूँ। रात के आठ बज रहे हैं। सड़क पर भारी भीड़ है। दो दो ट्रैफिक पुलिसवाले लगे हुए हैं। चौराहे से आगे बढ़ते ही स्कूटी को किनारे लगाया। कामिनी का फोन इंगेज है। वेट करती हूँ। मोबाइल की घंटी बजी।

हैलो कामिनी। अरे यार कहाँ है तू। फिलहाल तो लालबाग चौराहे के पास। तेरे घर आ जाउं। हाँ आ जाओ। घर पहुँचकर मैंने अपनी बिखरती सांसों को संभाला और अपने बेड पर सो गई।

# 7. आज़ादी की चाहत

ट्रैफिक की लस्तम पस्तम को झेलती घर आ गई। हरसिंगार की खुशबू ने मन को बावला बना दिया। इस खुशबू की किसी के साथ कोई कंपेरिजन नहीं। मतलब हरसिंगार की खुशबू चारों तरफ़ से आपको घेर लेती है। उससे बंधे हुए हीं रहा जा सकता है, उससे मुक्ति की चाहना भी कोई नहीं करता। मैं झूम गई और उसी रौ में अंदर गई। मुझे आज इस बावले गंध के साथ रोमांस करना हैं। मैंने सोनी को कहा कि अभी कामिनी आ रही है तो साथ ही चाय पीऐगें।

मैं आज स्कर्ट और टी शर्ट पहनूंगी। वो भी प्रिंटेड। हरसिंगार अंदर बाहर अपनी खुशबू से मदमस्त कर रहा है। वैसी ही फीलिंग आ रही है जब मैं अभि के साथ उसके बाइक पर बैठकर यूँ ही सड़कों की नापा करती थी। हाँ उस बावलेपन को सिर्फ़ मैं हीं फील करती थी। कभी मैंने उसको नहीं बोला कि तुम भी मेरे साथ महसूस करो। मन नहीं किया। पर मुझे आज लगता है कि इस गंध से उसको भी परिचित करवाना चाहिए था।

खैर कामिनी के जाने के बाद मुझे आज हरसिंगार के साथ बैठना है। सोनी देखो तो कामिनी आ गई है शायद। गेट पर बातचीत सुनाई पड़ रही है।

कामिनी और रीना दोनों ही अंदर आ गई। सुनो सदानंद की ज़मानत सुप्रीम कोर्ट ने खारिज कर दी। कामिनी खुश होकर बोली। वाह बहुत बढ़िया हुआ। चाय पीकर सेलिब्रेट करें। आफकोर्स। वो बास्टर्ड ज़मानत नहीं मिलने पर भी कितना रिलेक्स था। पता नहीं जेल के अंदर भी कोई गुल खिला रहा होगा।

अपराजिता कैन यू इमेजिन कि सदानंद कितना कुता और कमीना था, जो लड़कियों को नंगे रखता था। उनके साथ वाइल्ड सेक्स करता था। ओह! छोटी छोटी बच्चियों के आर्गन देखे थे। ओ माइ गॉड। वह वहशी था। कई बच्चियाँ उसके फिजिकल टार्चर से मर गई। कामिनी रोने लगी। रीना का चेहरा कठोर हो गया। मैं एकबार फिर से शेल्टर होम पहुँच गई।

दी आप जानती हैं कि मनोरमा और सदानंद ने मिलकर जो किया है ना उसके चलते कितनी लड़कियाँ मानसिक रोगी बन चुकी हैं। मैंने खुद उनको मानसिक आरोग्यशाला भेज दिया है। रात रात भर वो सोती नहीं हैं। गंदी गंदी हरकतें करती है। एकबार तो लगा कि इन सबको सरकार को सौंप दूँ। पर आपके भरोसे की याद आई तो किसी तरह संभाला।

कामिनी यार तुम तो जानती हो ना। लोग कितने खराब होते हैं तुम दोनों ने मर्दों का गंदा रूप देखा है उनका सामना किया है। तो अब उसको दूर करना है ना। कुछ दूर नहीं होगा। दुनिया ऐसे वही लोगों से भरी हुई है। सदानंद जैसे लोगों को तुरंत फांसी पर लटका देना चाहिए। हमारा कानून क्यों उन्हें मौका देता है कि अपनी बेगुनाही साबित करने का।

कामिनी बेहद गुस्से में हैं।सोनी पानी, चाय और पकौड़े लेकर आ गई। रीना के चेहरे पर सख्तीपन बरकरार है।अरे यार! जो सामने है उसके साथ इंसाफ करो। दरअसल मैं डर गई हूँ। कामिनी एकबार डिप्रेशन में जा चुकी है।गंभीर अवस्था में पहुँचकर वापस आई है। दुबारा ऐसा नहीं हो इसका ध्यान तो रखना पड़ेगा।

हम सब मिलकर कुछ बदलेगें। है कि नहीं। चलो हाथ मिलाओ। मेरे बढ़े हुए हाथों को देखती कामिनी और रीना ने एक दूसरे को देखा और अपने हाथ मेरे हाथ पर रख दिए।

अब हम बदल हीं डालेगें। पूरी दुनियां नहीं, बल्कि कुछ लोगों की दुनिया तो बदल हीं डालेगें। एडवोकेट कामिनी और सोशल एक्टिविस्ट रीना कुमारी। है कि नहीं मैंने मुस्कान बिखेरी और उनको देखा।

अब दोनों ने अपने को संभाला। सॉरी हमलोग थोड़े आउट ऑफ द वे चले गए। कोई नहीं सीधी रेखा पर चलनेवाले बदलाव नहीं लाते। पर जो टेढ़ी मेढ़ी रेखाओं पर चलना सीख जाते हैं, ना वही परिवर्तन का परचम लहरा देते हैं।

एक बात जो मैं कह नहीं सकी कि आड़ी तिरछी रेखाओं को हमसफर बनानेवालों को हकीकत में कोई हमसफर नहीं मिलता। इन तिरछी रेखाओं में अपनी निजी ज़िंदगी के कोई निशां नहीं मिलते। बस उम्रभर अकेले ही चलना पड़ता है।

अपराजिता देख हम इसलिए आए हैं कि तुझको बता सके कि सोसायटी का रजिस्ट्रेशन कल हो जाऐगा। उसमें जो पैसे लगे हैं, उसका एक हिस्सा तुझे भी देना है। ताकि तुझे भी संस्था अपना सा लगे।

ऐसे क्यों सोच रहे हो तुमलोग। पैसा देना तो मेरी डयुटी है। पर संस्था

हमेशा अपना ही लगेगा। तुमलोग जो हो उसमें। नहीं तेरा दिमाग़ कब किधर चला जाऐगा इसका किसी को नहीं पता।

ये सब सोचना छोड़ो और हिसाब किताब फिट रखो। तो कल पार्टी चलेगी। है कि नहीं। हाँ पर हम कल हीं संस्था कार्यालय का उदघाटन कर देंगें। तुमलोगों ने कार्यालय भी फाइनल कर लिया। कितने फास्ट चल रहे हो। वाह जी वाह। सच में कभी कभी कोई बात कितनी बड़ी खुशी दे जाती है।

बढ़िया। क्या हम उस अवसर पर लड़कियों और उनके फैमिली वालों को बुला सकते हैं। मेरा मतलब है जिनके माँ बाप हैं या जो परिवार के साथ संपर्क में है। दरअसल शेल्टर होम की लड़कियाँ अपने घर से बेघर हो चुकीं हैं। गरीबी, अत्याचार या गलत संगत के कारण घर और घरवाले उनके लिए समाप्त हो चुके है।

हाँ नाज़िया जैसी लड़कियाँ भी हैं जिनके घर में उसका इंतजार परिवार कर रहा है। वो उनसे मिलने भी आए थे। शेल्टर होम की छवि एक ब्रोथल यानि वेश्यावृति केंद्र की बन गई है। इसी छवि को ब्रेक करना है। ताकि लड़कियों को काम मिल सके। उनके आत्मसम्मान की बुनियाद संस्था के माध्यम से पड़े।

रीना एक बात बताओ जो लड़कियाँ मानसिक रूप से बीमार है। उनमें सोचने समझने की क्षमता है या नहीं। वो सिजोफ्रेनिक तो नहीं हैं। नहीं दी, किसी हादसे के कारण माइंड इधर उधर हो जाता है ना वही वाला। मैं समझ गई। जिन्हें पागल बताया जा रहा है, वो असल में गहरे अवसाद में हैं। इसलिए वो अजीब सी हरकतें कर रही है।

अच्छा ऐसी कितनी लड़कियाँ हैं। यही पांच के करीब है। जो इस समय मेरे साथ हैं। उनमें से दो भाग गई हैं। उनकी सूचना मैंने चौराहा थाना में लिख कर दे दी हैं।

ओह दो भाग गई। हाँ दी। बताया तो था आपको। उ सब को मार्किट से आर्डर लाने भेजे थे रमेसवा के साथ। बस वहीं से चली गई। अब उ लोग को दिन दुनिया सबे ना पता है। त कितना दिन तक रहती। पर देखिऐगा कभी ना कभी आएगी ज़रूर। इस ख़बर ने मुझे चौंकाया तो नहीं पर एक आशंका को जन्म दिया। कि कहीं फिर से वो लोग अपने पुराने काम में ना लग जाऐं।

चलो भाग गई तो क्या किया जा सकता है। पर जो रह गई है उनका इलाज बढ़िया से हो इसकी कोशिश कर सकते हैं हमलोग।

हाँ दी इलाज करवा रहे हैं ठीक ठाक है उ लोग।

मेरा एक सुझाव है कि संस्था का कामकाज जिस दिन शुरू हो, उसी दिन

एक मेला लगाया जाऐ। शेल्टर होम से बचाई गई लड़कियाँ कैसे आग बढ़ रही हैं। काम कर रही हैं। हूनर सीख रही है। कौन कौन सा सामान बना रही हैं। सब मंत्री और अ्फसर दूसरे लोग भी देखें तो एक अच्छा मैसेज जाऐगा। बाहरी सहायता भी मिल सकती है। बड़े लोगों को बुलाने की जिम्मेदारी मेरी।

नाज़िया को भी बुला लेगें हॉस्टल से। उसके जाने से पहले। नाज़िया एक बड़े टूर्नामेंट में खेलने के लिए हैदराबाद जा रही है। बेहद खुश है। जी जान से प्रैक्टिस कर रही है। ताकि कोई मेडल जीत सके। एक मेडल लाने से उसको यहीं पर एक नौकरी का जुगाड़ हो जाऐगा। जो उसके लिए बेहद ज़रूरी है।

हाँ दी। कामिनी और रीना एक साथ बोल उठीं। अच्छा प्लानिंग करके बोला जा रहा है। हँसी की एक महीन धार वातावरण में एक खुशबू घोलने लगी।

खाना खाकर जाओ तुमलोग। हम्म........ठीक है। बहुत दिनों के बाद खाने की टेबल पर रौनक है। आमतौर पर मैं कमरे में ही खा लेती हूँ टी.वी.देखते हुए। पर आज तो सिर्फ़ बतकही है हँसी है और किस्सों की भरमार। सोनी भी इस बदले रूटीन से उत्साहित है। वर्ना उसको पता है कि मैं सिर्फ़ काम से ही मतलब रखती हूँ।

वो शिवचरण को भी बुलाना है ना। बुलाना है पर उसका ट्रांसफर हो गया है, तुम लोग को पता है ना। बालिका आश्रयगृह कांड के चलते शिवचरण को काफ़ी झेलना पड़ा। बड़े अफसरों ने इस नेक काम करने की सजा दी। उसका ट्रांसफर सुदूर नक्सल एरिया में कर दिया।

हाँ ये बात तो है। मन करता है कि एक पी.आई.एल फाईल कर दूँ। किस आधार पर। शिवचरण खुद नहीं चाहेगा। आख़िर नौकरी तो करनी है ना उसको। बाल बच्चे कहाँ जाऐंगें। मैंने कामिनी को कहा।

हाँ तू एक काम कर सकती है। आश्रयगृह से हटाई गई लड़कियों के पुर्नवास के लिए विभाग में आवेदन दे सकती है। क्योंकि रीना की संस्था को हैंडओवर दिया गया तो उस हिसाब से पैसा भी तो देना चाहिए। जो पैसे मिल रहे हैं वो पर्याप्त नहीं है।

ठीक है कल हीं मैं एक सीनियर लॉयर से कहकर एक प्रतिवेदन दिलवाती हूँ। विभाग के सचिव से भी मिल लूँगी। ठीक है ना।

रात के दस बज चुके हैं। रीना और कामिनी दोनों चली गई हैं। मैं सोच रही हूँ कि क्या मिशन बालिका आश्रयगृह का मकसद सिर्फ़ इतना ही है। देखा जाए तो इस कांड को सामने लाने के बाद मेरी भूमिका ख़त्म। क्योंकि पत्रकार

हूँ, तो हर वक़्त ऐसी घटनाएँ होना और उसपर लिखना ही मेरा काम है।

पर मैंने पहली बार लड़कियों और महिलाओं का हर स्तर पर घिनावना शोषण देखा, तो मुझे नफरत होने लगी इंसानों की बिरादरी से। उनको लुटने खसोटने में हर तबके का व्यक्ति था। कहाँ चले गए। जाति धर्म के ठीकेदार। यहाँ हर लड़की, औरत सिर्फ़ एक माँस का टुकड़ा थी। जिसकों हर धर्म और हर जाति के लोग नोच रहे थे।

सदानंद और मनोरमा जैसे लोग मंच पर विराजमान होकर नेताओं अधिकारियों को तोहफे में स्त्री शरीर दे रहे थे। वाह रे! सिस्टम। फिर से मेरे चारों ओर अंधेरा धिरने लगा। नहीं मुझे इस अति संवेदनशीलता से बचना होगा। पता चलेगा कि अपराजिता हीं डिप्रेशन में चली गई।

शिवचरण से बातें करने का मन कर रहा है। क्या वो सोचता है कि उसने सही किया। या उसे पछतावा है कि इसकी वजह से उसे अपने घर परिवार से दूर होना पड़ा। इस कांड में फंसी पूर्व मंत्री को ज़मानत मिल गई गई है। पर पति को अभी लंबे समय तक जेल में रहना है। पूर्व मंत्री फिर से अपनी सार्वजनिक जीवन को आरंभ कर चुकीं हैं। बिना किसी अपराधबोध के। बिना शर्म के। लोगों ने उन्हें स्वीकार भी कर लिया है। चर्चा है कि उन्हें बोर्ड या निगम में कोई पद दिया जाऐगा।

तो यही चलन है सिस्टम का। शिवचरण, कामिनी, रीना और अपराजिता क्या कर लेगें जी। कुछ नहीं। घुमते रहिए। नज़ारे देखते रहिए। पर चुप रहिए। ज़्यादा स्मार्ट बनिऐगा ना तो सदानंद जैसे कितने राक्षस हैं जो बिना आवाज़ किये गायब कर देगें।किसी को पता भी नहीं चलेगा।

बालिका आश्रयगृह में भलाई के नाम पर जो नरक तैयार किया गया, वहाँ रहनेवाली अंतंवासियों के लिए वो इस जीवित संसार में बिरले हीं देखने को मिलता है।

हो गया बस हो गया। अब फिर से पहले वाली बातों में मत जा। वर्ना रातों की नींद जुदा हो जाएगी। सो जा अपराजिता।

आज की सुबह मुझे तरोताजा नहीं लगी। मुरझाई सी। क्या मेरे मन का असर है। हो सकता है। मेरे गेट के पास ही एक बड़ा सा हरसिंगार का पेड़ है, माँ ने लगाया है। नेचर से प्यार करना माँ से सीखा है। माँ जैसे अपनी नज़रों से दुलारती हैं, हर पौधे को छोटे जानवर को। गरीब असहाय को। ये भी उनकी सोच है जो कमोबेश हमने सीखा है।

हर सुबह हरसिंगार के फूल चारों ओर बिखर कर रंगोली बना लेते हैं। मुझे

उन्हे यूँ हीं छोड़ देने का मन करता है। हरसिंगार की खुशबू, फूलों का ऑफ वहाइट कलर और उसके डंठल का केसरिया रंग कहाँ कहाँ ले जाता है मुझे। वैसा ही फील कराता है जैसा फलाइट में बादलों के बीच से गुज़रना। सफ़ेद रूई के गुच्छे जैसे बादल एकदम से आपके करीब से गुज़रते हैं।

दीदी आज कितने बजे जाना है आपको। वही बारह बजे के आसपास निकलना है। आज मुझे वो माइंसवाली स्टोरी फाईल कर ही देनी है। वर्ना बॉस को लगेगा कि मैं इग्नोर कर रही हूँ। ग्यारह बज चुके है। मुझे घर के सामानों की एक लिस्ट थमा दी गई है। उसके लिए भी समय निकालना होगा।कम से कम दुकानवाले को तो लिस्ट देनी होगी। तभी वह सामान को घर पहुँचा देगा।

ऑनलाइन के इस युग में भी खुदरा दुकानदारों के प्रति एक लगाव है। जो बना हुआ है। मॉल से कोई चीज़ लें तो एक उत्साह बना रहता है। पर ऑनलाइन परचेज करना इंसान के अंदर की संवेदनशीलता को कहीं से ड्राई कर देता है। हालांकि इसने ज़िंदगी को सुविधाजनक बना दिया है।

चलिए जो कुछ भी नया है, उसको स्वीकार कर लेना चाहिए। अगर वो बहुत अधिक परेशान ना करे तब।

करीब तीन बजे ऑफ़िस पहुँची। इस दौरान मैंने रेस्तरां में बैठकर माइंसवाले डाक्यूमेंट का स्टडी किया। फिर उसपर बॉस के कहे अनुसार रिर्पोट तैयार कर लिया। टेंडर में गड़बड़ी हुई। मनचाही एजेंसी को काम दिया गया। फाईल में लिखा गया कि संबंधित एजेंसी के पास काम करने का एक्सपर्टिज है, जबकि बाकी की एजेंसी के पास वों नहीं है। टेक्नीकली दूसरी एजेंसीज को अनफिट कर दिया गया।

रिर्पोट सबमिट करने के बाद अचानक ख़्याल आया कि बालिका आश्रयगृह वाले मामले में एक फॉलोअप स्टोरी फाईल करूँ, जिससे ये लगे कि मामले पर नज़र है। नहीं तो मामले को ठंढे बस्ते में डाल दिया जाऐगा। तब अपराधियों को ज़मानत लेने में आसानी रहेगी।

विनीत को कॉल किया। वो न्यूज एडिटर है। विनीत पेज तीन में दो कॉलम की स्पेस रख देना। मैंने विस्तार से उसको बताया तो उसने कहा कि ऐसा ही होगा।

शाम को एक प्रेस कांफ्रेंस है लेबर सेक्रेटरी की। सचिवालय मेरा बीट तो नहीं है। पर जब असाइन किया जाए तो जाना ही पड़ता है। प्रेस कांफ्रेंस में सभी सीनियर रिर्पोटर उपस्थित हैं।

लेबर सेक्रेटरी ने बोलना आरंभ किया। उनकी घोषणा राज्य में नई उदयोग

नीति को लेकर था। बेरोजगारों की विशाल युवा फौज को अवसर दिया जा रहा है, सरकार की तरफ़ से कि वे नए नए आइडियाज लेकर आएं। उनमें से जो बेहतर होगा उसको सरकार और बैंक वितीय सहायता देगे। इसी पहल को स्टार्टअप के नाम से प्रचारित किया जा रहा है। कितने युवा सफल हुए, कोई सच वाला आंकड़ा तो दिखता नहीं, पर जो दिखता है वो युवाओं को लुभाता है।

प्रेस कांफ्रेंस की समाप्ति पर सवाल पूछने की एक अलिखित परंपरा सी बन गई है। तो मेरे दिमाग़ में भी एक प्रश्न आया। कई सहयोगियों के बाद मेरा नंबर आया। मैंने एक सवाल किया, सर पहले भी बेरोजारी दूर करने के लिए कई योजनायें चलायी गई हैं, उस संबंध में क्या कोई आंकड़ा है क्या। सचिव शायद इसके लिए तैयार नहीं थे उन्होने कहा कि इस संबंध में जो भी जानकारी चाहिए, वो आपको उपलब्ध करा दी जायेगी।

प्रेस कांफ्रेंस की रिर्पोट बनाकर मैंने भेज दिया। यह तकनीक का कमाल हीं तो है। ऑफ़िस जाने की ज़रूरत नहीं। कहीं से भी काम करो। वाह! चैन की सांस ली मैंने। अब मुझे बालिका आश्रय गृह के लिए एक फॉलोअप स्टोरी तैयार करनी है। उसमें कुछ नया ऐंगल भी होना चाहिए। तीन पार्ट में लिखना होगा। पहला हिस्सा मूल स्टोरी, दूसरा धीमी जांच की रफ्तार, तीसरी इस सेक्स रैकेट से निकाली गई महिलाओं में मानसिक अवसाद और अन्य समस्याओं का होना।

आज रात में इसको ख़त्म कर लेना होगा। मेरे पास रीना द्वारा दी गई सूचना है जिसमें कई महिलाऐं गहरे अवसाद में चली गई हैं। कुछ भाग भी गई हैं। रीना से कुछ और इनर्फोमेशन लेना होगा। मेरे साथ एक अजीब बात है। अगर मुझे कोई काम करना होता है, तो मैं ना अपने वक़्त की ना दूसरे के वक़्त की परवाह करती हूँ। उस काम के अलावा कुछ नहीं सुझता। जबकि वो काम मेरे लिए इंर्पोटेंट हो सकता है, पर दूसरों के लिए नहीं। कोई क्यों बैठाा रहेगा या अपना टाइम देगा आपके काम के लिए। पर संयोग कुछ ऐसा रहा है, मुझे सबका सर्पोट मौके पर मिल ही जाता है।

रीना को फोन लगाया। नॉट रिचेबल की टयुन ने मुझे परेशान कर दिया। छोड़ दे अपराजिता अभी। कपड़े चेंज कर मैं लैपटॉप पर लग गई। इसी बीच रीना ने कॉलबैक किया। सॉरी दी, जब आपका फोन आया था। उस समय प्रेयर कर रहे थे। कोई बात नहीं रीना। बस तुम्हारे एक छोटे से हेल्प की ज़रूरत है। हाँ दी बोलिए ना। तुम जिन महिलाओं के भागने की बात बता रही थी। क्या

उनका डिटेल्स मिल सकता है।

हाँ क्यों नहीं। दी आपको पता है वो सभी नशीली दवाएँ लेने की आदी हैं। उस आश्रयगृह में उन्हें नशीली दवाएँ दी जाती थीं। तब उनके साथ कई लोग बलात्कार करते थे। ऐसा रामी ने बताया था पुलिस को दिए बयान में। ऐसा हीं मुझे राबिया ने भी बताया था, जो मेरे यहाँ से भाग चुकी है।

ग़ज़ब और कौन सा एंगल बच गया। ये ड्रग वाला बाकी था, अब वो भी आ गया। रीना ये बताओ कि इनका इलाज भी तुमने करवाया था ना। हाँ दी। वहाँ पर भी डॉक्टर साहब ने पूछा था कि क्या वो लोग नशे की दवाइयाँ लेती हैं। मैंने कहा कि मेरी संस्था में तो नहीं लेतीं हैं। तब उन्होंने कहा कि ये सब ड्रग एडिक्ट हैं। इन्हें यहाँ नहीं मिल रहा, इसलिए ये मेंटली डिस्टर्ब हो गई हैं। इन्हें मानसिक स्वास्थय केंद्र ले जाऐं। वहीं पर इनका बेहतर इलाज होगा।

रीना इस रिर्पोट में तुम्हारा और डॉक्टर प्रसाद का स्टेटमेंट डाल देती हूँ। क्या कोई रिर्पोट लिख रही हैं। हाँ एक फॉलोअप स्टोरी है, उसी आश्रयगृह वाले मामले की। दीदी उस डॉक्टर से बात कर लें क्या। हूँ.... हाँ ठीक है। पर थोड़ा जल्दी करना। हाँ दी तुरंत कॉल करती हूँ।

मैं रिर्पोट में इस बात को हाइलाइट करना चाहती हूँ कि इस कांड में जो लड़कियाँ शिकार बनीं, उसका मुआवजा कुछ नहीं हो सकता। सिवाय इसके कि उन दरिंदों को मौत की सजा मिले। कुछ महिला संगठनों को भी इसमें लाना होगा। तभी कुछ हो सकता है। वर्ना इन सबको धड़ाधड़ ज़मानत मिल जाऐगी।

कुछ देर में रीना ने डॉक्टर से बात करवा दिया। वो डॉक्टर साहब तैयार नहीं हुए कुछ लिखित देने को। हाँ एक स्टेटमेंट मौखिक तौर पर दे दिया कि उन महिलाओं के स्वास्थय जांच के दौरान ही उनके ड्रग एडिक्ट होने का पता चला है। उन्होंने उन सबको मानसिक स्वास्थ्य केंद्र मेले जाने की अनुशंसा की है। इतना ही काफ़ी है। एक नया एंगल भी सामने आया।

आज सुबह सवेरे काफ़ी सारे फोन कॉल्स मेरी प्रतीक्षा कर रहे हैं। अख़बार की हेडलाइन ने फिर से शेल्टर होम वाले मामले को न्यूज ऑफ दी डे बना दिया। मैं चाय लेकर अख़बार देख रही हूँ। मोबाइल फिर से बजने लगा।

समाज कल्याण मंत्री का फोन है। उनके पी.ए. ने कहा कि मंत्री जी बात करेंगें। नमस्ते सर कैसे हैं। हम तो अच्छे हैं। मैडम आज आपका इ रिर्पोट देखे तो लगा कि अबी भी बहुते कुछ बाकिए रह गया है। बताइए इ ड्रग वाला चीज़ तो अपराधे ना है। आपके पास इनर्फोमेशन आते रहता है, आपलोग निकालते

रहते हैं। विभाग का त अतना बदनामी हो गया है कि का बताऐं।

कुछ बताना है मंत्री जी तो बताइए। अख़बार आपकी बात को सामने लाऐगा। अरे नहीं मैडम जी। हम तो सिर्फ़ यही कह रहे हैं उ भी आपसे कि इ सब कहानी के चलते कतना लड़की लोग का जिनगी खराब हो गया। अभी जो लड़कियन भाग रही हैं, लापता है, पगला के रोड चौराहे पर भटक रही हैं। उनको कहाँ रखें। संस्था वाला तो सिर्फ़ पइसा खाता है। नइ तो सदानंद बन जाता है।

ये मंत्री क्या बक रहा है। अपनी खुंदक निकाल रहा है या पीड़ा। सर देखिए ऐसा नहीं है। कुछ संस्थाएँ बढ़िया काम कर रहीं हैं। इस कांड के बाद आपके विभाग ने कुछ संस्था को लिस्ट किया है जहाँ ऐसी लड़कियों को रखा जाऐगां। आप चाहें तो नए सिरे से संस्थाओं का चयन कर सकते हैं। मंत्री जी की आवाज़ में एक गहन निराशा है।

फिर त वो ही वाला बात होगा। कौन संस्था का सचिब कइसा होगा। कौन जाने। सर इतना सोचकर तो कोइ काम नहीं होगा। संस्था चयन के लिए कमिटी बनाइए। पर हाँ अपनी किसी फेवरेट संस्था को इसमें लाने का प्रयास कोई नहीं करे।

ठीक है मैडम धन्यवाद। हमलोग कोशिश करते हैं। कभी विभाग में आइए। दुनो भाई बहिन चाय पिऐगें। जी धन्यवाद ज़रूर अवसर मिला तो।

लगता है मंत्री को कुछ दिक्कत हो गयी रिर्पोट छपने से। मैंने एडिटर को फोन लगाया और उन्हें मंत्री से हुई बात का ब्यौरा दिया। उन्होंने पहले तो मुझे थैंक्यू कहा, इस फॉलोअप स्टोरी छापने के लिए। साथ हीं कहा कि इसकी जोरदार चर्चा है।

उन्होंने कहा अपराजिता हमलोग जब एक मिशन में काम करते हैं, तो कई लोगों से मिलना उनकी बातें सुनना और सहना भी पड़ता है। हो सकता है वो नाराज हो इस स्टोरी को लेकर। पर हमारा नुकसान नहीं कर पाऐगा। क्योँकि सोचो कि हमारे चलते हीं उसको ये मौका मिला है। हो सकता है कि हम हीं उसको सरका देंगें। सो बी हैप्पी। तुम्हारी दोनों स्टोरी हिट है। ओ! मैं तो भूल ही गई कि वो माइंसवाली स्टोरी भी आज ही छपी है। वो भी फ्रंट पेज पर।

चलो आज का दिन अच्छा है। अब मेरे पास समय है। कुछ और भी करने का। ठीक है सर मिलते हैं। ओके मैडम।उन्होंने इस रिर्पोटिंग को लेकर मेरी प्रशंसा की। थैंक यू सर। अपराजिता फोन कट कर। चल यार हो गया, वर्ना ये कुछ और थमा देगा। मैंने मोबाइल को पर्स में रखा और लगभग दौड़ती सी मैं

बाहर आ गई। स्कूटी लिया और सरपट भाग लीं। आज कुछ खास खाने का मन है। ऐसे तो मैं घर का ही खाना पसंद करती हूँ। पर कभी कभी कुछ अलग सा खाने का मन हो तो रेस्टोरंट वाले टेस्ट को ट्राई करती हूँ। इसके लिए सरदार का किचन बेस्ट है। वहाँ वेज और नॉनवेज दोनों का टेस्ट यम्मी होता है।

वहाँ पहुँचकर माँ के लिए पनीर बटर मसाला, तवा रोटी और बाकियों के लिए स्टफड नॉन चिकेन चिल्ली और चिकेन करी का आर्डर कर दिया।

आज काफ़ी दिनों के बाद चैन से टी.वी.देख रही हूँ। मुझे आज कोई याद नहीं करेगा। ना मैं किसी को मिस करनेवाली हूँ। जो है वही सही है। सोच सोचकर तो बस तकलीफ ही हो सकती है। अप्पू दी तुम कहाँ से लेकर आई हो, चिकेन का आइटम। इतना टेस्टी है ना कि और खाने का मन कर रहा है।

ठीक है हम कल फिर ले आऐंगें। अरे बताओ ना कहाँ से आर्डर की हो। सुमी और बच्चों को भी टेस्टी लगा। वही पंजाबी किचेन से। चलो कल हम भी ले आऐगें।

उस रात हरसिंगार के फूलों की खुशबू ने मुझे गहरी नींद में सुला दिया। उस रात मेरे सपने में कोई मायूस सा पल या दृश्य नहीं आया। नहीं तो हर दिन जो नींद में आता है, वो मुझे डरा देता है या उदास कर जाता है। श्मशान सा सन्नाटा, पीली मरियल रोशनी, अंधेरे में चलते लोग। या खंडहर बन चुके इमारत, बहता हुआ गंदला पानी और पता नहीं क्या क्या।

दूसरे दिन सुबह आँखें खुलीं तो धुंधलापन छाया हुआ था। अच्छा तो आज मेरे पास मौका है कि सुबह का एक्सरसाइज़ कर लूँ।

आधे घंटे का एक्सरसाइज़ और पूरे दिन की ताजगी। फिट रहना मेरा शगल है। इसके लिए मुझे सबकुछ करना मंजूर है। पर कुछ और भी मेरा इंतजार कर रहा है। मैं बरामदे में गई, कुर्सी लेकर बैठी। अख़बार उठाया तो एक पेपर नीचे गिर गया। पेपर उठाकर जब पढ़ने लगी तो एक पल के लिए सिहर गई। लाल रंग से बनी एक तस्वीर जिसमें एक औरत खून से लथपथ है। नीचे लिखा है कि ऐसा ही अंजाम तुम्हारा कर देंगें। बालिका आश्रयगृह वाले मामले पर लिखना बंद करो।

अच्छा मेरी स्टोरी का असर हुआ है और उसका प्रमाण ये चिट्ठी है। मैंने तुरंत हीं संपादक को फोन लगाया और बताया। उन्होंने कहा कि घबराना नहीं। बहादुर हो ये सब होता है। उसको नहीं पता कि ऐसा कर के वो लोग खुद ही मुसीबतें बढ़ा रहे हैं। मैं अभी डी.जी.पी.को कॉल कर रहा हूँ।

ऐसी धमकियाँ पत्रकारों के लिए आम बात हैं। पर इस धमकी का मतलब

साफ है कि अगर बात नहीं मानी तो बुरा होगा। ये सब एक संगठित अपराधी समूह से जुड़े हैं। चाहें तो नुकसान कर सकते हैं। देखते हैं। इस ख़बर ने अख़बारी जगत में हलचल मचा दी। फोन और सुझावों और साथ साथ होने का अहसास दिलानेवाली बातों ने आज की सुर्खियाँ बटोर ली। कल का फॉलोअप जोरदार होगा। अख़बार के लिए अच्छा रहेगा। पर मुझे अलर्ट रहना पड़ेगा।

मोबाइल पर कॉल लगातार आ रहे हैं। दूसरे वाले मोबाइल पर एक कॉल आया। कामिनी का कॉल है। हल्लो! अरे मेरी जान ठीक तो हो ना। हाँ यार। प्लीज अपराजिता अपना ध्यान रखो। कभी कभी डर लगता है। अरे कोई नहीं। कुछ होगा तो मेरी याद में एक संगमरमर पर लिखवा देना कि एक बहादुर अकेली औरत थी, जिसने अपने कंधे पर सारी दुनिया को उठा रखा था और ऐसा करते हुए उसकी जान चली गई।

यार तू दुखी कर रही है, ऐसा नहीं बोलते जान। देखो सब ठीक है। डी. जी.पी.ने मेरी सुरक्षा के लिए उपाय कर दिए हैं। सादे कपड़ों में पुलिसवाले मेरे घर के पास आसपास तैनात रहेगें। नहीं तू सावधान रहना। ये लोग बेहद खतरनाक हैं।

देख अपराजिता हमलोग जल्दी हीं अपनी संस्था का उदघाटन कर लेगें। ये ज़रूरी लग रहा है। क्यों जब सारे डाक्यूमेंट तैयार हो जाऐगें, तभी होगा ना। हाँ उसको हम जितनी जल्दी संभव है कर लेगें। ठीक है जी।

क्या वो लोग सच में ऐसा कर सकते हैं। मुझे मार देगें। अपहरण कर लेगें। मेरे घर में भाई, भाभी, बहन सबलोग घबरा गए। मेरे कैरियर में कई बार ऐसा हुआ कि धमकियाँ मिली हैं। पर डर कभी नहीं लगा। इस बार क्यों थोड़ा अलग लग रहा है।

दीदी तुम अब बस करो। छोड़ दो ना रिर्पोटिंग। डेस्क पर चले जाओ। ऐसे भी तुम अपनी पसंद का दूसरा काम करो। कोई कमी तो नहीं है। मैंने उसको देखा और कहा तुमको पता है ना ये काम भी मेरी पसंद का है। हाँ पर दीदी तुम तो जानती है ना कि ये लोग अपराधी हैं। हाँ हम पूरी तरह से सावधानी बरत रहे है। एडिटर ने भी डी.जी.पी से बात कर ली है।

ठीक है दीदी। बस डर लगता हैं। मैंने उसको आश्वस्त किया कि कुछ नहीं होगा परेशान मत हो।

अब मुझे थोडी देर में निकलना है एक इवेंट कवरेज के लिए। आज जब रास्ते में निकली, तो पहली बार इधर उधर देख लिया कि कोई पीछा तो नहीं कर रहा। दिल की धडकनें कुछ तेज हो गईं। पर इस धड़कन में जो फीलिंग

है, वो गड़बड़ है। जिस दौर में दिल की धड़कनें किसी के पास होकर बढ़ जाया करती थीं, उसको याद करना चाहा।

इस गड़बड़ वाली बीमार तेज धड़कनों को, उस दौर की धड़कनों में बदलना चाहती हूँ। ताकि लगे कि वो फिर से मेरे पास है, ये कहता हुआ कि चलो ना यार अप्पू कुछ नहीं होता। ऐसे ही परेशान हो जाती हो। अरे मैं यहाँ हूँ ना।

उसकी साफ शफाक आँखें मुझे देखतीं और मुस्कुरातीं। मानो कह रही हों पगली सी है मेरी अप्पू। इतने सालों के बाद मेरी आँखें आँसुओं से सराबोर हैं। काश! वो मेरे पास होता। मैं आज खुद को बेहद अकेली महसूस कर रही हूँ।

मैंने अपनी पलकें बंद कर आँसुओं को जज्ब कर लिया। नहीं मैं इसकी इज़ाजत नहीं दे सकती अपने को। ऐसा कुछ भी नहीं है, जिसके लिए रोया जाए। ओवरकम ओवरकम डियर अपराजिता। अब रास्ते साफ हैं। दूर दूर तक कुछ बुरा सा नज़र नहीं आ रहा। चल अपराजिता वर्ना देर हो जाएगी।

वहाँ भी साथी पत्रकार मुझसे आज की ख़बर के बारे में हीं पूछ रहे थे। उन्होंने कहा कि पत्रकारों का एक प्रतिनिधिमंडल आज सी.एम. से मुलाकात कर ज्ञापन देगा और मेरी सुरक्षा के लिए बात करेगा। तय हुआ कि शाम चार बजे हम सब चलेगें।

आज मैंने दो स्टोरी फाइल की जिसमें एक तो मजदूरों के रोजगार से संबंधित थीं और दूसरी बाजार में उथलपुथल से। वैसे आर्थिक गतिविधियों में मेरी दिलचस्पी है, पर उसकी तकनीकि बातों से आज भी मुझे परहेज है।

मैं आज अपने घर बिलकुल सही समय पर जा रही हूँ। कल का एसाइनमेंट मुझे मिल गया है। तकनीक ने काम करना सहज बना दिया है। काम लो, काम करो फिर ऑफ़िस में सेंड करो और इंज्वाय करो।

घर पहुँचते ही मैं फ्रेश हुई। खाना बना हुआ है। खाने के बाद चहलकदमी की और बिस्तर पर आ गई। कई दिनों के बाद मुझे दिन में रेस्ट करने का मिला। बिस्तर पर लेटे लेटे मैं फोन पर वीडियो देखने लगी। कब मेरी आँख लग गई पता हीं नही चला। सोनी की आवाज़ से मेरी नींद खुली।

दीदी चाय पी लीजिए। केतना सोइऐगा। चाय पीकर मैं सी.एम. आवास जाने को तैयार हो गई। जाने का मन नहीं था। पर मेरा मामला है, नहीं गई तो बिना मतलब के बतंगड़ हो जाऐगा।

जब सचिवालय पहुँची तो वहाँ वाहनों की भीड़ लगी थी। क्योंकि आज सी.एम. ऑफ़िस में ही हैं। वहाँ जनसंपर्क विभाग के अधिकारी स्वागत करने

में लगे.थे। आइए मैडम बहुत दिन के बाद हमलोग मिल रहे हैं। अरे ऐसा क्या है सिन्हा जी। जब बुलाइयेगा आ जाएँगें। महेश मेरे अख़बार के फोटोग्राफर ने कहा। हाँ हाँ सर जब भी आइए आपका स्वागत है। हम सब अब सी.एम. के वातानुकुलित चैंबर में आ गए।

सी.एम. अपने चेयर पर बैठे बैठे घुम गए। सबको मेरा नमस्कार। उन्हें एक ज्ञापन दिया गया। इस वक्त सी.एम. के साथ फोटो खिंचवाने की होड़ लग गई। सी.एम. अपने चष्मे के अंदर से अपनी ही तस्वीर जो एकदम दमदार नज़र आ रही है उसपर फिदा हैं। पत्रकारों का कुनबा किस कदर बेचैन होता है प्रभावशाली लोगों के संपर्क में आने और रिश्ता बनाने के लिए। यही कारण है कि पत्रकारिता अब दरबारी पत्रकारिता बनकर रह गई है।

बैठिए आपलोग। मैडम अपराजिता जी ने ऐतना एक्सक्लुसिव स्टोरी किया। महिलाओं के सम्मान के लिए लिखा। तो क्या गलत किया। पर कुछ लोगों को चिउंटी काट रहा है जेल में बइठल बइठल। अभी उन सबका भूत भगाते हैं। घंटी बजाई। एक स्टाफ भागा हुआ आया। डी.जी.पी.को बुलाइए। तीन मिनट के भीतर डी.जी.पी हाजिर हैं। ये होता है सता का प्रताप।

बैठिए डी.जी.पी.साहब। इनको ज्ञापन का कॉपी मार्क करवा दीजिए डायरेक्टर साहब। सर सर घुनघुनाते हुए जनसंपर्क विभाग के डायरेक्टर रेस हो गए। ज्ञापन की कॉपी सौंप दी गई।

देखिए हमारी सरकार इ सब बर्दाश्त नहीं करेगी। कोई मजाक है क्या। कोई धमकिया देगा किसी को। अंधेरगर्दी है क्या। डी.जी.पी साहब आप सब जांच करके हमारे पत्रकार बंधुओं को सूचित कीजिए। पकड़िए उन लोगों को, जो प्रेस की स्वतंत्रता पर चोट पहुँचा रहा है। मैडम आप निश्चिंत रहिए। सब पकड़ाऐगा। आपके घर के पास सुरक्षा व्यवस्था भी कर दिया गया है। आप भी कोई सस्पेक्टेड दिखे तो तुरंत ख़बर कीजिए।

अरे भाई, इन सबको चाय पिलाइए। केतना मुश्किल से तो इन सबसे मिलना होता है। सर सर फिर से डायरेक्टर की हिनहिनाहट सुनाई पड़ी। ठीक है फिर आइऐगा आमंत्रण है मेरी तरफ़ सें। पत्रकार समुदाय गदगद हो उठा। हाँ सर ज़रूर। लोकतंत्र मतलब, बिना मतलब की कोई चीज़। मतलब चाटुकारिता, मतलब बेईमानी।

वाह लोकतंत्र ऐसा ही हो गया है। अर्थहीन, उत्साहविहीन सिर्फ़ नेताओं के लिए है लोकतंत्र। मेरा दिल बेजार सा हो उठां। कहाँ आ गई हो अपराजिता। ये लोकतंत्र जिनका है उनमें से कुछ सता में या विपक्ष में बैठे हैं और बाकी

के ज़िंदाबाद, मुर्दाबाद के नारे लगा कर अपनी गोटियाँ लाल कर रहे हैं। एक प्रखंड का नेता भी काले रंग की बोलेरो में धूल उड़ाता हुआ चार पांच लुच्चों को लेकर अपने हर अपराध से बरी हो जाता है। लोकतंत्र तो इनकी जेब में रखा होता है। जब चाहा निकाला, जब चाहा जेब में धकिया दिया।

बाप रे, इतनी गंभीर बातें ना ना अपराजिता थक जाएगी। अब वो ये सब नहीं सोचती। मैच्योर लेडी हूँ मैं। पढ़ाई के दिनों में यही सब चला करता था दिमाग़ में। अपराजिता बैचेन सी हर किसी से सवाल पूछा करती। पत्रकारिता के एक सर ने तो बेचैन आत्मा की संज्ञा दे दी थी।

चल अब लोकतंत्र का खेल देख लिया। शाम के साढ़े छह हो गए। उं ऐसा करें कि रिवरसाइड रेस्टोरेंट में चलें। कुछ चाय साय पीते हैं। अरे वाह अच्छा ख़्याल है जानेमन। एक बार कामिनी को देख लूँ क्या। या वो अपने ऑफ़िस में होगी। छोड़ो यार बिजी होगी। मैं रेस्टोरेंट पहुँची तो सात बज चुके थे। आओ अपराजिता कई आवाज़ों ने मुझको एक साथ घेर लिया। यहाँ रोज दिन आनेवाले पत्रकार मित्रों का जमावड़ा मौजूद था। कई अपनी रेगुलर ड्रिंक चालू कर चुके हैं, कई अपनी मनपसंद ब्रांड का इंतजार कर रहे हैं।

यहाँ ऐसा ही माहौल रहता है। खासकर शाम को। इस वक़्त यह बार बन जाता है। पर सख्त नियम ये है कि जो पीकर बहकेगा उसको रेस्टोरेंट वाले उठाकर बाहर कर देगें। इसमें कोई कंम्प्रोमाइज़ नहीं। एक तरह की आभिजात्यता है इस मामले में। यहाँ पत्रकार, बुद्धिजीवी नेता, क्रांतिकारी युवाओं, कलाकारों का समूह, लड़के लड़कियाँ और पियक्कड़ महिलायें सभी आते हैं। ड्रिंक और सिगरेट की फूंक लगाने।

कभी कभार यहीं से कई समाचार बन जाते हैं। तकनीक की दुनिया में ऑफ़िस की ज़रूरत कहाँ है। टाइप किया भेज दिया। बस नेट की कनेक्टीविटी सही होनी चाहिए। इस रेस्टोरेंट में कभी भी कनेक्टीविटी की प्रोब्लम नहीं होती।

मेरे पास नटवर आया आर्डर लेने। मैडम चाय और प्याज पकौड़ा लेकर आउं। अभी अभी उतारा है। यहाँ सब मुझे जानते हैं और मेरी पसंद भी। ले आओ देखो तीन लाना। मेरे साथ सलोनी राय और पंकज त्रिपाठी भी हैं। पंकज तो अपनी ड्रिंक भी ले रहा है, जबकि सलोनी सिगरेट पर लगी हुई है।

यार अपराजिता आज वो जो स्टोरी तुम्हारी आई है, वो तुम्हारी तो नहीं लग रही है। क्यों। बिलकुल सीधी सपाट।

साले मेरा स्टाइल भी पहचानते हैं। यार कुछ अंदर की बात है क्या। नहीं

तुम्हें ऐसा क्यों लग रहा है। नहीं मुझे पता चला है कि टेंडर में वैसी कोई गड़बड़ी नहीं है। फाइल में कुछ वैसा आबर्जक्शन भी नहीं है।

पंकज तुम हमेशा फॉलोअप स्टोरी क्यों करते हो। सलोनी ने धुआं उड़ाते हुए कहा। उस धुएं में उसके संबंध भी पंकज के साथ आसमान में बिखर रहे हैं। पंकज ने उसकी तरफ़ हिकारत से देखा। सुनो मुझे फॉलोअप स्टोरी करना पसंद नहीं है, पर तुम्हारे साथ ने इसको पसंद करना सिखा दिया। सलोनी का चेहरा सूना सूना सा हो गया। मुझे लगा कि अब मैं बैठी तो दम घुट जाऐगा।

इतने प्यार और समझ से शुरू हुआ रिश्ता, तेजाब में क्यों बदल जाता है। किसी को याद नहीं रहता कि वो आपस में कितनी प्यारी बातों, ख़ूबसूरत पलों के साझीदार रहे है। सलोनी चाय पीएं। अरे हाँ मैं तो भुल गई। उसने चाय का कप पंकज की ओर सरकाया। पंकज पकौड़े भी लो। तुम भी लो ना। वर्ना सिगरेट का धुआं तुमको भी जला देगा मेरे शराब की तरह।

मैं दुसरी तरफ़ देखने लगी। सलोनी बोली सॉरी अपराजिता। क्या करूँ दिल में जो चल रहा है, जुबान पर आ जाता है। पर इसको कोई फर्क नहीं पड़ता। ना घर बसाऐगा ना छोड़ेगा। मुझे अब यहाँ से जाना होगा।

सलोनी किसी रेस्टोरेंट में बैठकर लाइफ का बड़ा डिसिजन नहीं लिया जाता। घर में बैठो और डिसिजन लो। तुमलोग बातें करो, मैं आती हूँ।

मैं आगे जाकर दरवाजे के पासवाली टेबल के पास लगी कुर्सी में बैठ गई। चाय का कप पकड़े हुए मैं इधर उधर देखने लगी। अचानक लगा कि कोई मुझे देख रहा है। नज़रें घुमाई कोई नहीं दिखा। अब मुझे चलना चाहिए। नटवर इधर आओ। जी मैडम। मैंने पैसे दे दिए। पैसे देने वक़्त भी लगा कि कोई मुझे घुर रहा है। मैंने बायीं ओर गर्दन घुमाया तो दूर एक टेबल पर बैठा, एक व्यक्ति झट से नज़रें झुकाकर कुछ लिखने लगा। तभी बीच में दो लोग आ गए ओर उसकी शक्ल गायब हो गई।

मैं उस तरफ़ बढ़ी जहाँ वो अनजान व्यक्ति दिखाई दिया था। वहाँ उस टेबल पर कोई नहीं है। अरे कहाँ चला गया। इस टेबल पर तो कोई नहीं है। वो चेहरा मैं याद करने की कोशिश करने लगी। ठीक से दिखा नहीं था वो। पर मोटा ताज़ा लग रहा था। बड़ा सा चेहरा। मेरे मन में एक शंका उठी कि वो कहीं मुझे फॉलो तो नहीं कर रहा कि मैं कहाँ जाती हूँ, आती हूँ।

कुछ तो गड़बड़ है अपराजिता। मैं सतर्क सी होकर आगे बढ़ने लगी। अचानक मैं मुड़ी तो देखा कि दो लोग चाय पीते हुए बाहर की तरफ़ देख रहे हैं। शायद मुझे देख रहे हैं। ये क्या हो रहा है। उफ वहम है। जल्दी से स्कूटी

स्टॉर्ट किया और थोड़े स्पीड में जाने लगी। सामने ट्रैफिक सिग्नल है, रूकना पड़ेगा। समय क्या हुआ है। आठ तो बज गए होगें पक्का। गाड़ियों का शोर इतना असहनीय होता है कि वो एक दूसरे किस्म का दर्द पैदा कर देता है।

साला दर्द हीं दर्द का किस्सा है ज़िंदगी। क्या दर्द से हार मान लेगी अपराजिता। ना ये तो हो नहीं सकता। कठिन से कठिन हालात में मैंने अपने को संभाल लिया है सबकुछ अपने में समेटे। कभी कोई मेरे दर्द का अंदाज़ा तक नहीं लगा पाया।

सालों पीड़ा सहकर पत्थर बना लिया अपने को। अब कुछ भी हो असर नहीं होता। मैंने सीख लिया है कि अपनी प्रिय चीज़ों का त्याग कैसे करते हैं। कैसे अपनी ज़रूरतों को दफन किया जाता है। कैसे अपनी इच्छाओं को अपने बड़बोलेपन से छुपाया जाता है। कैसे किसी को फटाक से मुंहतोड़ जवाब दिया जाता है।

अब अपराजिता मासूम नहीं है, वो एक चतुर बिल्ली हो गई है। उं... बिल्ली हाँ चलेगी। कोई इमोशनल अत्याचार नहीं कर सकता। मेरा दिमाग़ डर से छुटकारा पा चुका है। रास्ते भर मैं गुनगुनाते रही।

कमरे में जाकर टी.वी.खोला और गानेवाला चैनल लगा दिया। मेरा मन फिर से बेचैन हो गया। क्या सदानंद ने अपने आदमियों को छोड़ रखा है मुझे मारने के लिए। मेरी नज़र के सामने कितनी ही क्रुर हत्याओं के लाइव सीन घुमने लगे।

उफ! लग रहा है कि कोई धारदार हथियार से मेरे एक एक अंग को काट रहा है। अजीब सी सनसनाहट हो रही है। मैंने झट से चैनल चेंज किया। कोई सीरियल देखती हूँ, प्यार, मुहब्बत और षड़यंत्रवाला। उस रात मैं देर तक जगती रही एक अनजाने डर के बारे में सोच सोचकर।

सुबह मैंने अपने रात के हैंगओवर को दूर करने के लिए एक्सरसाइज़ किया, वाक किया। थोड़ी देर के लिए सब ठीक रहा। उसके बाद सर और आँखें भारी होने लगीं। अब मुझे सोना हीं पड़ेगा। मैं जगी रह सकूँ, वो वाली एनर्जी डाउन है। बिस्तर पर लेटते ही गहरी नींद आ गई। सोकर जब मैं उठी तो दिन के तीन बज रहे थे।

मोबाइल चेक किया काफ़ी सारे मिस्ड कॉल हैं। मैंने ऑफ़िस में फोन करके बोल दिया था कि तबीयत अच्छी नहीं है। इसलिए मेरे असाइनमेंट किसी को दे दे।

मैं खाना खा रही थी कि रीना का कॉल आया। अपराजिता दी हमलोगों

ने सोचा है कि अगले महीने की सात तारीख़ को उदघाटन सह मेले का आयोजन करें। अगर आप मुख्यमंत्री सर का टाइम ले लेंगी, तो फाइनल कर लेंगें।

क्या बात है तुमलोगों ने तो वेरी वेरी फास्ट काम किया यार। बहुत बहुत बधाई। दी आप पीछे नहीं होतीं तो कुछ नहीं होता। आज मैं जो भी हूँ आपके चलते हूँ। क्या बात कर रही हो रीना। अपनी ताकत देखो, पहचानो। मैंने तो सिर्फ़ बताया है कि कैसे चला जाता है। वही तो दी। आपने ज़िंदगी में कैसे आगे चलें, ये बताया। देखिए आपने जो बताया उसी पर चलकर यहाँ तक आ पहुँचे हैं।

ठीक है यार। मैं मुख्यमंत्री से एकाध दिन में बात करके बताताी हूँ। चलो अच्छा न्यूज है। इसको सेलिब्रेट करना चाहिए। पर किसके साथ। कामिनी और रीना तो बिजी हैं। कोई बात नहीं घर में हीं कर लेते हैं। मैंने कामिनी को फोन लगाया। हैल्लों जानेमन क्या बात है, याद किया और आप हाजिर हो गए।

ऐसा है डियर एडवोकेट कि आज आप लोगों के एचीवमेंट ने लिटरली मुझे कॉल करने पर बाध्य कर दिया। कांग्रेचुलेशन माई फेयर लेडी। संस्था को इस रूप में लाने के लिए, कि अब उसका उदघाटन का डेट भी फाइनल करने जा रहे हैं।

हाँ यार मुझे लग रहा है कि जल्दी से इसको करवाकर काम र्स्टाट किया जाऐ। तुझे जब से ये धमकी वमकी मिली है, ना तब से बेचैनी है।

कामिनी की चिंता देखकर मेरी आँखें नम हो गईं। अरे यार, तुम्हारे जैसे दोस्त हों तो कौन क्या कर सकता है। नहीं अपराजिता इसको हम यूँ ही नहीं ले सकते। क्योंकी अगर कोई आदमी बर्बाद हो जाए, किसी की वजह से तो वो कुछ नहीं सोचता, सिवाय बदला लेने का।

परेशान हूँ मैं। हमेशा लगता है कि तू ठीक है या नहीं। कामिनी, कामिनी ठहरो यार। देखो नाज़िया जानेवाली है, अपनी मंजिल के करीब। हमें जल्दी से चीफ मिनिस्टर से समय लेना है, ताकि वो इस प्रोग्राम में आकर खुद इन लड़कियों से मिलें, उनके काम को देखें। तभी तो संस्था को सहायता मिल पाएगी। इसके बारे में सोचो।

अगर कोई मुझे मारना चाहे, तो कोई बड़ी बात नहीं वो मार सकता है। क्योंकि मेरे पास किसी तरह की ताकत नहीं, है सिवाय मेरे नैतिक बल और आत्मविश्वास के। पर ऐसा होगा नहीं। इसलिए फिजूल में चिंताएँ नहीं पालो। अब काम करने की बारी है वो भी जोरशोर से। है ना मैडम एडवोकेट।

आज शाम को तुम दोनों मेरे घर पर आओ ना। मजा आऐगा। चिकेन और रोटी बनवाते हैं। साथ में पत्ता छाप बीड़ी। मैं हँसने लगी। नहीं हुक्का चलेगा। ठीक है तो लेते आना। वो दोनों बीड़ी और हुक्का दोनों का कश लगाती हैं। मैं कमरा बंद कर देती हूँ। जब भी उनको पीना होता है।

लड़कियाँ सिगरेट पिएं तो लोगों को हजम नहीं होता। आजकल लड़के भी परहेज करते हैं नए कानून बन जाने के कारण। पर उनका पीना अधिकार जैसा है और लड़कियों का पीना अपराध जैसा।

आज छुट्टी है क्या। कामिनी ने पूछा। नहीं पर आज मैंने छुटटी ले लिया। वाह बहुत अच्छा किया। ठीक है आते हैं। रीना से भी पूछना पड़ेगा। बताते हैं। देख जल्दी बताना। अरे नो चिंता। अगर आऐंगें तो उधर से ही चिकेन ले आऐगें। बस यही बात है ना। हाँ पर तुमलोग क्यों लाओगे। मेरा क्लांयट है भोला। वहीं से ले लेगें क्वालिटी अच्छी मिलेगी।

# 8. हरसिंगार की खुशबू

आज मेरे पास वक़्त है। क्या करूँ। सबसे पहले तो चाय पी लूँ। माँ के साथ चाय पीकर मैं बाहर आई। देखा दिवालों के कोनों पर घासफूस उग आऐ हैं। बुरा लगा कि इस तरफ़ मैंने कभी ध्यान नहीं दिया। उनको उखाड़ने लगी। पर कुछ की जड़ें बड़ी मजबूत हैं। उन्हें हटाने के लिए दरांती जैसी चीज़ का इस्तेमाल करना पड़ेगा। सामने हरसिंगार का विशाल सा पेड़ अतीत को मजबूती से पकड़े हुए बदस्तुर खड़ा है। अगर कभी उसको उखाड़ना पड़े तो बड़ी सी दरांती लानी पड़ेगी।

अजीब बात है कि पेड़, पौधे जब तक अपनी जड़ों से लगे रहते हैं, तभी तक हरे भरे रहते हैं। जहाँ दरांती चली कि वो सूखकर ख़त्म हो जाते हैं। रिश्ते भी जब अपनी जड़ें छोड़ देते हैं, तो उनका उखड़ना लाजिमी होता है। नहीं तो उन्हें परिस्थितियों की दरांती जड़ से काटकर अलग कर देती है।

हरसिंगार के पेड़ को दिन में देखना भी सुकून दे रहा हैं। उसके हरे हरे पते मानो पेड़ को ढंककर उसकी हया को बचा रहे हों। रात को ये पेड़ खुशबू के शहर में तब्दील हो जाता है। इसकी खुशबू हवा के झोंके पर सवार कहाँ कहाँ की सैर करती है, नहीं पता। कॉलेज के दिनों में इसकी खुशबू मेरी कल्पना में गुनाहों के देवता उपन्यास से जुड़ी रोमांटिक बात सामने लातीं औरें मुझे मोहपाश में बांध लेतीं। मैं उस उपन्यास के नायक को अपने संदर्भ में देखती और खो जाती।

हरसिंगार के सफ़ेद छोटे छोटे फूल की खुशबू आज भी मुझे बांध लेते हैं पर इसके कारण दिल में कोई प्यारा सा ख़्याल भुले भटके ही आता है। ऐसा नहीं है कि मैं पत्थर की मूरत हूँ। पर मैं भावनाओं के इस खेल में हमेशा ही एक लुजर रही हूँ। हर बार मुझे हटना पड़ा है, पीछे जाना पड़ा है। क्योंकि हर बार लीक से हटकर हीं मैंने ज़िंदगी को जीने की राह चुनी।

ठीक है, जो है, सो है। मैंने हरसिंगार के पतों को हल्के से छुआ। पते सिहर गए मानो। अरे यार क्या बात है। न तब तो इनको नहीं छेड़ूंगी। मुझे हँसी आ गई। पते की ओट से जो चेहरा नज़र आया वो अभि का है। अच्छा लुका छिपी खेल रहा है।

क्या अवास्तविक दुनिया में खो रही है अपरा। ओह! नहीं। अब मेरे ड्रीम में खोने की उम्र नहीं रही। अब तो अपराजिता है जो सिर्फ़ तथ्य और आँखों देखी सोचती है और लिखती है। शब्द भी सीधे सपाट होते हैं। वर्ना पहले मैं जो बोलती थी और जो लिखती थी, उसको समझने के लिए कोई लिटरेरी बंदा हीं चाहिए होता था।

आसमान की तरफ़ देखा तो शाम का आगाज हो चुका है। मंदिरों में बजते घंटे भी भगवान का आहवान कर रहे हैं। वाह कुछ भी नहीं दिख रहा है बस आवाज़ें हैं, जो खुशी दे रही हैं भक्ति को जुबान दे रही है। एक कंबो पैक बना रही हैं म्युजिक और फीलिंग का। ग़ज़ब भगवान जी क्या रच दिया आपने।

मेरे मन में थोड़ा भक्ति भाव गहरा गया। घर के प्रवेश द्वार पर तुलसी का पौधा मुस्कुरा रहा था। अच्छा आज तो सब मस्त हैं। मैं दौड़कर अंदर गई और पानी से भरी बाल्टी लेकर बाहर आई। गमलों में लगे पौधों को पानी पिलाने लगी। करीब बीस मिनट तक मैं उन्हें पानी देती रही। प्यासे पौधे खुश होकर झूमने लगे।

वाह अपराजिता आज तो तुम्हारा दिन बहुत बढ़िया गया। सब मस्त मस्त हैं।। अब मेरी दोनों महबूब आ जाएं। महबूब एक नया शब्द तो नहीं पर .... ...दोस्त भी महबूबू हो सकते हैं ये सही है। महबूब मतलब प्रिय व्यक्ति।हा हा ...... तो कामिनी और रीना दोनों ही मेरी महबूब हैं।

अचानक दिमाग़ में कुछ कौंधा। क्या कोई मेरे घर के पास भी रेकी कर रहा होगा। दौड़कर गेट के पास गई। कोई नहीं है। वो पुलिसवाले भी नहीं दिखे, जिन्हें सुरक्षा के लिए रखा गया है। फिर से बेचैनी होने लगी।

शाम के धुंधलके ने आहट दी। घर में हूँ तो संझा बती कर देती हूँ। संझा बती यानी तुलसी के सामने दीप जलाना और भगवान के पास अगरबती दिखाना। ये आम भारतीय घर में अघोषित नीति है। सांझ बती करना। वैसे ख़त्म होते दिन के बाद, अंधेरे के आगमन पर भी प्रकाश से स्वागत करना इसी देश में संभव है। यानी जीवन के हर पक्ष का स्वागत। मुझे अच्छा लगता है, अंधेरे में दीप जलाना।

अभी सात बज रहे है। थोड़ी देर में कामिनी और रीना पहुँच जाऐगें। सोनी

को मैंने बोल दिया है कि माँ का खाना बनाने के बाद किचेन में नॉनवेज वाले बर्तन ले आएगी। ये भी एक लफड़ा है। कुछ नॉनवेज खाना हो तो एक तरह से पृथकतावादी सोच आ जाती है। यानी कि उसी किचेन में अलग से सारी व्यवस्था करनी पड़ती है।

कामिनी और रीना साढ़े सात तक पहुँच गए। हमने बात करना शुरू हीं किया था कि शिवचरण का फोन आ गया। कैसी हैं दी। अरे शिवचरण कैसे हैं आप। कितने समय से हम आपको ढूंढ रहे हैं। पर कोई संपर्क मिल हीं नहीं रहा था।

जी, मैं यहीं पटना में हूँ। उसी बालिका आश्रय गृह वाले मामले में। गवाही देना है।

अच्छा अभी आ सकते हैं क्या। कामिनी और रीना भी यहीं पर है। कुछ इंपोंटेंट डिस्कसन करना है। जी मैं भी आपसे मिलना चाह रहा था। मुझे आधा घंटा चाहिए। ठीक है आ जाइए।

शिवचचरण मेरे छोटे भाई का पहचानवाला है। घर में आना जाना रहता है। इसलिए कोई दिक्कत नहीं है। उसने इस केस में बड़ी भूमिका निभाई है। अगर वो नहीं होता तो हम इतना कुछ नहीं कर सकते थे। जब कामिनी और रीना ने सुना कि शिवचरण भी आ रहा है, तो वो खुश हो गई।

रियल सिंघम आ रहा है। है कि नहीं दी। हाँ ये तो सच है। सच में शिवचरण ने जेम्स बांड की तरह काम किया था। उसने ये दुस्साहस भी किया था कि बहुत सारे मामले में अपने सीनियर को भी नहीं बताया था, ताकि काम में बाधा ना पड़े। जिसकी सजा उसे नक्सल इलाके में ट्रांसफर के रूप में दी गई। मौका ए वारदात पर जो सबूत मिले उसके पीछे शिवचरण हीं था। नहीं तो किसी को सजा नहीं हो पाती और न ही केस मजबूत हो पाता।

शिवचरण आया और उसने मेरे पैर छूकर अभिवादन किया। आइए शिवचरण जी बैठिए। बहुत दिनों के बाद आपके दर्शन हुए। केस के टाइम तो हमलोग इतने उलझे हुए थे, कि ठीक से बातचीत का कोई मौका नहीं मिला।

हाँ हम भी जहाँ भेजे गए वहाँ की स्थिति इतनी खराब है कि लगता है कि अब गए तब गए। जंगल के बीच में थाना है। चारों ओर से थाना को उंची बाउंड्री वाल से घेरा गया है। छत पर भी हमेशा बंदूक, बारूद लेकर जवान तैनात रहते हैं। लगता है कि युद्ध के मैदान में हैं। फोन लगाने के लिए उपर जाना पड़ता है। फोन भी सर्विलांस पर है। तो घर पर भी कभी कभी फोन करते है। बच्चे और पत्नी भी परेशान रहते है। पर डयुटी है, कहाँ जाऐं, क्या करें।

हमारे असली सिंघम ने एक बार में सब कहानी बयाँ कर दी। हम सब उसकी हालत पर थोड़े गमगीन हो गए।

अरे आपलोग सोचिए मत। काम है तो करना हीं पड़ेगा। हाँ जो बात करने आए हैं, वो ऐसा है कि ये लोग कोर्ट को मैनेज कर लिया है। मंत्री मैडम को तो ज़मानत मिल गई है। तो उसको आधार बनाकर कोई उपाय लगाया है। पता चला है कि बहुत सारा सबूत गायब करवा दिया है। खासकर फोटो, वीडियो वगैरह।

निचली अदालत से इनको बेल मिल जाऐगा। नहीं शिवचरण जी। सुप्रीम कोर्ट खुद इस मामले की मॉनिटरिंग कर रहा है। तो ऐसा नहीं हो पाऐगा कामिनी ने कुछ अधिक विश्वास के साथ कहा।

कामिनी मैडम कोर्ट के पास सबूत रहेगा तभी ना कुछ होगा।

दूसरी बात आपकी संस्था में जो लड़की लोग रह रही है ना, उसमें से भी कुछ को तोड़ने की कोशिश होगी। कुछ को भगाया भी जा सकता है। फिर आप लोग को कुछ पता भी नहीं चलेगा। ये मेरे सूत्र बता रहे है। इसलिए आपलोग सावधान रहें। मैं तो अपना बयान दे दूँगा। पर सबूत नहीं होंगें, तो उनका बरी होना लाजिमी है।

कामिनी के माथे पर शिकन ने आकर उसकी मुस्कुराहट को ख़त्म कर दिया। हम्म....... ये सोचने की बात है शिवचरण जी। क्या वहाँ से कुछ डॉक्यूमेंट गायब कर दिए गए हैं। देखिए मैडम मुझे ऐसी सूचना मिली है। क्योंकि वो जो मंत्री मैडम हैं जब उनका बेल के लिए मूव किया जा रहा था, उस समय डॉक्यूमेंट के अभाव में जज ने उनको बेल ग्रांट कर दिया।

तभी कोर्ट के एक आदमी ने कहा था कि सर खेला शुरू हो गया। ऐतना मेहनत किए पर देखिए सब वोइसने हो रहा है। खूबे खर्चा किया है सदानंदवा। बस तभी मैं समझ गया कि अब कुछो नइ बचेगा इस केस में।

कामिनी थोड़ी उतेजित हो गई ये कैसे हो सकता है। मैं रिर्पोट करूँगी सुप्रीम कोर्ट को। आपके पास या हमरे पास प्रुफ थोड़ेवे ना है मैडम।

देखिए शिवचरण एक न्युज आइटम बना सकते हैं। सीधे नहीं लिखेंगे। थोड़ा टर्न कर देंगें। मेरे दिमाग़ में एक आइडिया आया। फटाक से मैंने रिर्पोट बनाया। जिसमें ये लिखा कि क्या सबूत गायब किए जा रहे हैं। उसमें मंत्री को बेल मिलने का जिक्र करते हुए, इस केस में उनकी संलिप्तता बताई गई। साथ ही सरकारी वकीलों द्वारा समय पर डाक्यूमेंट दाखिल ना करने पर भी सवाल उठाए गए।

इस रिर्पोट को सीधे एडीटर को भेज दिया। वेरी अर्जेंट बताते हुए। दीदी आप ये सही कर दीं। थोड़ा फिर से लोगों का ध्यान इधर आऐगा। कामिनी बोली कि मैं जज से मिलकर एक पीटिशन दूँगी। कि यहाँ से सारे सबूत गायब किए जा रहे हैं। उसके साथ अख़बार की कटिंग लगा दूँगी।

पर कामिनी मैं ये नहीं कह रही कि सबूत गायब हो गए हैं, मैं सिर्फ़ एक संभावना बता रही हूँ। ठीक है वो भी चलेगा। पर अब मुझे अलर्ट रहना पड़ेगा। खुद ही निगरानी रखूंगी। या किसी को बोलना पड़ेगा। रीना बोली कि कामिनी मैडम मेरा एक रिलेटिव है, सिविल कोर्ट में उसको भी लगा सकते हैं।

शिवचरण मुझे भी जान से मारने की धमकी मिली है। इसलिए तो बोल रहा हूँ कि आप फिलहाल कुछ दिनों के लिए शांत रहिए। मतलब कुछ लिखिए नहीं।

क्या वो ऐसा कर सकते हैं। देखिए किसी पत्रकार को धमकी देना ऐतना आसान तो नहीं होता। वो भी राज्य की नामचीन पत्रकार को। इसी से उसकी हिम्मत देख लीजिए।

आपको सावधान रहने की ज़रूरत है। आपकी सुरक्षा के लिए सादे वेश में पुलिसवाले तैनात किए गए हैं। पर वो नज़र नहीं आते मैंने शिवचरण से पूछा। न उ लोग आपके पास थोड़ी ना आऐगा। हम हीं देखे अभी।

अच्छा कहाँ हैं वो। मैंने उत्सुकता से पूछा। छोड़िए ना दीदी। उनको अपना काम करने दीजिए। एक मस्ती वाला मूड अनजानी चिंताओं में डूब गया। रीना ने पुछा सर क्या मेरे यहाँ जो लड़कियाँ हैं। उनका अपहरण भी हो सकता है। क्योंकि कुछ हैं जो आज भी मनोरमा और सदानंद का नाम लेती है।

हो सकता है पर अपहरण करने की ज़रूरत ही क्या है। ऐसे ही बुलवा लेगें। उनके माँ बाप हीं आ जाऐगें उनको लेने। आप मना तो कर नहीं पाऐंगी ना। हाँ ये तो है।

इ सब पर सिर्फ़ ध्यान दीजिए, ज़्यादा चिंता मत कीजिए। क्या होगा। छुटिए जाऐगा आज न तो कल।

नहीं शिवचरण जी। छूट तो नहीं पाऐगा सदानंद और न हीं उसके चमचे। इतना दुराचार करने के बाद भी अगर वो बाहर आ गया, तो जस्टिस का नामो निशान मिट जाऐगा।

देखिए हम अइसा नहीं बोल रहे हैं कि उनलोग को बेल मिल ही जाऐगा। पर होने को तो कुछो हो सकता है। हम इधर आऐ थे, तो सोचें कि मिलकर बता दें सब।

बहुत अच्छा किया आपने। अब साथ में खाना खाइए तब जाइऐगा। अरे नहीं मेरा पुलिस मेस में खाना है। सब दोस्त यार है थोड़ा बतियागें। बड़ी दिन के बाद सभ से भेंट हो रहा है। ठीक है पर अपना फोन नंबर देते जाइए।

शिवचरण चला गया पर हम सब थोड़े परेशान हो गए। दी लड़कियाँ चली जाएगीं बिना बताए। तो हम फंस जाएँगें। नहीं जाएगी उ लोग। कामिनी ने ठेठ भाषा में कहा। नहीं कामिनी दीदी इ लोग भी खिलाड़ी है। आख़िर सोचिए जब इ सब चल रहा था, तो इ सब जानती थी। मतलब कुछ लोग जो समझदार है। उ लोग पुलिस को ख़बर नहीं कर सकती थी।

देखो रीना तुम्हारा कहना सही हो सकता है। पर जो कुछ नहीं जानती थीं, वो सभी बच्चियाँ थी। उनके साथ जो जुल्म किया इन राक्षसों ने, डर के मारे उसका खुलासा कभी नहीं करतीं।

हम नाज़िया से बात करते हैं और उसी से पूछते हैं कि इनमें से कौन खतरनाक हो सकती है। तभी आगे का काम किया जाएगा। ठीक है पर पहले खाना खा लेते हैं। उस दिन तय हुआ कि कामिनी न्यूज छपने पर कुछ महिला वकीलों और सोशल एक्टिविस्ट के साथ हाईकोर्ट के जस्टिस से मिलेगी।

इधर रीना कुछ संस्थाओं के महिला प्रतिनिधियों के साथ मिलकर प्रदर्शन करेगी, इस माँग को लेकर कि सदानंद को दूसरे जिले के जेल में ट्रांसफर किया जाए। नहीं तो वह केस में जुड़े गवाहों को प्रभावित और सबूतों को नष्ट करवा सकता है।

काफी समय हो गया। कामिनी और रीना को छोड़कर जब मैं कमरे में लेटी तो डर का मनोविज्ञान असर करने लगा। क्या करूँ मैं। मैंने लाइट की तरफ़ देखा। इसको जलते हुए छोड़ने से अगर कोई आऐगा। तो पता चल जाऐगा। उस इंसान का चेहरा मैं देख सकती हूँ। धत क्या सोच रही है अपराजिता। अरे ऐसा नहीं हो सकता।

उस रात भी नींद नहीं आई। नींद का सफर ख़ूबसूरत होता है, अगर जीवन में सब बढ़िया चल रहा हो तो। पैसा, समृद्धि और शोहरत हर किसी की विश लिस्ट में है, जो नींद नहीं आने का बड़ा कारण है इन दिनों। पर मुझे इनमें से कुछ नहीं चाहिए, फिर नींद क्यों नहीं आती।

क्या जीवन का मोह हो गया है, पर ऐसा तो कभी नहीं था। जीवन त्याग करने का भय नहीं। मेरे पास कुछ ऐसा नहीं जो मुझे बांध ले। हमेशा से निर्बंध, विमुक्त रही हूँ मैं। जब मैं सोचती हूँ कि मेरे पास जो है, क्या उसका कोई मोल है। उं हूँ कुछ भी नहीं। अगर मुझे कुछ त्यागना होता है तो आसानी से कर देती

हूँ।

लोग और संबंध मोह के कारण बनते हैं। पर मेरे लिए ऐसा नहीं रहा है। मैं जीवन में न तो किसी बात का अफसोस करना चाहती हूँ, और न हीं किसी के दुख का कारण बनना।

जीवन को बहुत साधारण तरीके से जीना पसंद है, पर अक्सर स्थितियाँ ऐसी बन जाती हैं कि हर थोड़े अंतराल के बाद जीवन दुश्वारियों का दूसरा घर बन जाता है।

नींद दो दिन से लुकाछिपी खेल रही है। पर आना तो पड़ेगा इसको। नहीं तो अपराजिता का क्या होगा महादेव।

आनेवाली सुबह सुहावनी नहीं है, सर भारी लग रहा है, आँखें खुलने से इंकार कर रही हैं। सो जाती हूँ। अब जो होगा सो देखा जाएगा।

सोनी देख कोई आएगा तो बोल देना नहीं हूँ। मैंने मोबाइल को साइलेंट मोड में कर दिया। बिस्तर पर जाकर लेट गई, बिना कुछ खाए पिए। आँखें बंद है पर उनमें नींद नहीं है। खोलने पर दर्द हो रहा है। बंद आँखों में उस अज्ञात धमकी के शब्द दिख रहे हैं। बालिका गृह पर बहुत लिख चुकी हो, तुम अब लिखना छोड़ दो। वर्ना बीच चौराहे पर तुम्हारे साथ जो होगा उसको तुम्हारे सात पुश्त याद रखेगें।

सोचते सोचते नींद आ गई। बेख़बर होकर सोती रही। एक बार नींद खुली, पर मैं वापस सो गई। रात्रि जागरण का हैंगओवर। आज फिर मेरी नींद दोपहर में खुली। बाहर निकलना पड़ेगा नहीं, तो डर का अहसास मुझे कैद कर लेगा। फोन लगाया अपने न्यूज एडिटर को और असाइनमेंट पूछा। तो उन्होंने कहा कि छोड़ दो बाकी के लोग कर लेगें। आराम कर लो। नहीं प्रदीप मुझे अच्छा लग रहा है। तो मुझे बता दो जल्दी से ताकि मैं निकल जाउं।

ओके, आज सी.एम. का प्रेस कांफ्रेंस है कवर कर लेना। महेश भी जा रहा है। अगर कोई स्टोरी हो तो बताओ। वैसे कल रात वाला आइटम लग गया है। बॉक्स आइटम है फ्रंट पेज पर।

अरे उसको मैंने देखा हीं नहीं। क्या इसका कोई फॉलो अप हो सकता है। तुम खुद नहीं कर महेश और समीर को लगा दो। आज तो नहीं कल कर लेते हैं। मुझे पता है कि इस ख़बर पर जर्बदस्त प्रतिक्रिया होगी।

हाँ बहुत सारे वकीलों का और कुछ अधिकारियों का भी कॉल आया है बॉस के पास। वो शायद बात करेंगें तुमसे।

ठीक है मैं रिर्पोट फाइल कर दूँगी। शाम चार बजे से है प्रेस कांफ्रेंस जन

संपर्क विभाग के हॉल में।

अब अच्छा लग रहा है। नहीं तो इंसोमनीया यानी नींद नहीं आने की बीमारी हो जाती मुझे। हँसी आ गई। ये क्या होता है दीदी। सोनी ने पूछा। नींद नहीं आने पर जो बीमारी होती है वही वाला।

अरे हमको भी नींद नहीं आता है तो इ वाला बीमारी हो जाऐगा क्या। हाँ अगर रोज रोज नींद नहीं आए तो। चलिए तब तो नहिए होगा। आज जब मैं स्कूटी से बाहर निकली तो मन में शांति थी कि कुछ नहीं होगा और जो होगा देखा जाऐगा।

स्टार चौक पर पहुँची तो हमेशा की तरह ट्रैफिक जाम था। मोबाइल पर किसी का नंबर दिखा तो मैंने उठाया ओर कानों से लगाया, ये अख़बार के जी. एम. का कॉल था।

हल्लो अपराजिता हाउ आर यू। आय एम फाइन सर। सर कैसे फोन किया। यू आर डुइंग वेल। थैंक्यू सर। हमारे न्यूजपेपर ने तो लीड ले लिया है आपकी स्टोरीज की वजह से। माइ प्लेजर सर। बट दिस हैपेन्ड डयू टु आवर सर्पोटिव मैनेजमेंट सर।

मैंने इसलिए कॉल किया था कि आप मुख्यमंत्री की कांफ्रेंस में जा रहे हों। पॉसिबल हो तो पूछ लेना कि माइनिंग वाले केस में क्या हुआ। कार्रवाई होगी या नहीं। आपने वो स्टोरी लिखा था तो आइ थॉट कि आप पूछेंगी तो बेहतर रहेगा। ठीक है सर ये क्वेश्चन मैं कर लूँगी। ओके थैंक यू।

अब मैं जन संपर्क निदेशालय के पास थी। सी.एम. का प्रेस कांफ्रेंस है काफ़ी भीड़ है। सलोनी ने हाथ हिलाया। मैंने भी विश किया। जन संपर्क विभाग के लोग बिछे पड़े हैं पत्रकारों के सामने। आख़िर मुख्यमंत्री के प्रेस कवरेज का सवाल है। कुछ उल्टा पुल्टा ना छप जाऐ। सरकारी व्यवस्था का सबसे निरीह विभाग। जो आज़ादी के बाद से अबतक यही कर रहा है यानि ख़बरें पक्ष में छपवाना।

आइए मैडम एकदम आगे वाला सीट रखा है आपके लिए। अच्छा रवि जी। मुझे आगे बैठाऐगें तो सवाल कौन पूछेगा। अरे मैडम आज ज़्यादा सवाल नहीं न पूछिए। सी.एम. सर एक योजना का घोषणा करनेवाले हैं।

भनभन की आवाज़ परिसर में फैली हुई है। गुटखा और तंबाकु वाली पत्रकार बिरादरी अपने पीच फेंकने को लेकर परेशान है। इतना चकचकाता परिसर है कि उनको झिझक हो रही होगी, कि आख़िर इसकी ख़ूबसूरती में दाग कैसे लगाएँ। सबके लिए पान पराग से लेकर गुटखा तक का बंदोबस्त है पर

चुपके चुपके।

सभी को हॉल में ले आया गया। हॉल क्या एक शानदार फाइव स्टार होटल का लक्जरी कमरा। पूरा कॉरपोरेट लुक दिया है आर्किटेक्ट ने। वहाँ बैठे लोग कभी अपने को, कभी कमरे को देख रहे हैं।

वाह सिन्हा जी हॉलवा तो ग़ज़बे बनाए हैं। जी सर सरकार ने बनवाया है कि मीडिया के साथियों को कोई दिक्कत नहीं हो।

अच्छा तो हम यहाँ रूक सकते हैं क्या। गुटखा से भरे गालों को थोड़ा पिचकाते हुए एक मित्र बोले। सर ये तो पूछना पड़ेगा। पर आपलोग को अपने कार्यक्रम के लिए कोई हॉल चाहिए तो मिल जाऐगां। पर यहाँ नहीं सर। यहाँ तो विदेशों से लोग आते हैं मीटिंग करनें। अभीए तो एगो हुआ था। का नाम था रवि। जरा बताइऐगा।

अरे छोडिए सिन्हा जी। इ हॉलवा तो नहीं न दीजिएगा। ऐ सर तनी मुंहवा से जो गिर रहा है उसको संभालिए ना। उफ!

क्या स्टैंडर्ड है पत्रकारों का। सिर्फ़ दलालीगिरी करते हैं और अपना टूटा फूटा घर संभालते हैं। कभी किसी अफसर के पास तो कभी मंत्री से सिफरिश। पैसे कम भले मिलें पर अपने लोगों को पूरा फायदा दिलवा देते हैं। घर, परिवार सबको सुरक्षित कर लेते हैं अपनी पत्रकारिता से।

अपराजिता तू कुछ अच्छा क्यों नहीं सोचती। हर जगह ऐसा हीं है। हूँ ये तो पता है। क्या करें यार चुप रहने से मेरे दिल में दर्द होता है। लो.सी.एम. साहब आ गए। मैं अपनी जगह पर बैठ गई। सी.एम. ने सबको विश किया। मुस्कुराए और कहा कि आप सब कैसे हैं। कैसे हैं भवभूति जी। भवभूति जी का सीना चौड़ा हो गया। अपराजिता मैडम कोई दिक्कत तो नहीं है ना। नहीं सर सब ठीक है।

उसके बाद सी.एम. ने अपनी कल्याण योजना के पैकेज के बारे में बताना शुरू किया। जिसमें स्वास्थ्य बीमा से लेकर किसान और मजदूर कल्याण की बातें शामिल हैं। कुछ खास नहीं था पर पत्रकारों ने सवाल पूछना आरंभ किया।

सर इसमें बालिका गृह जैसे मामलों की शिकार लड़कियों के लिए कुछ नहीं है क्या। मोहित जो एक साप्ताहिक अख़बार का युवा रिर्पोटर है उसने सवाल पूछा। तो सी.एम. फंस गए।

जनसंपर्क विभाग के अधिकारी ने इशारे से कुछ कहा। सी.एम. सवाल को टाल गए।

तुरंत ही उस अधिकारी ने अपने पसंदीदा पत्रकार से सवाल पूछवा दिया।

मोहित का सवाल इसमें कहीं गुम हो गया। ये हमेशा होता है, छोटे अख़बार के पत्रकारों के सवाल अक्सर ही कोने में बिना जवाब दिए डाल दिए जाते हैं। बाहर जाकर यही लोग अपने काम्पलेक्स को छुपाते हुए बातें करते हैं, देखे ना हम कैसे फंसा दिए मंत्रीवा को। जवाबे नइ दे सका। हकीकत ये होती है कि उनके सवालों को अहमियत नहीं दी जाती।

मुझे भी माइनिंग वाला सवाल पूछना है। पर कैसे। चलो पहले आज की इस योजना के बारे में पूछ लूँ। मैंने जो सवाल पुछे उससे सी.एम. खुश हो गए। मैडम देखिए, पिछले कई सालों से यहाँ क्या चल रहा था, सबको पता है। ए भाई तनी सुनिए ध्यान से। पर आज हम राज्य को स्वाभिमान से खड़ा होना सीखा रहे है। जो गड़बड़ी हुई है उसको ठीक करने का प्रयास किया जा रहा है। अब मेरे पास कोई जादू की छड़ी नहीं ना है कि एक दिन में सब ठीक हो जाऐगा।

सर एक और सवाल है। बताइए। सर वो जो माइनिंग के टेंडर में गडबड़ी हुई है उसपर कोई कार्रवाई होगी कि नहीं। मुख्यमंत्री के चेहरे पर एक नागवारी का भाव उभरा। पर उसको संभालकर उन्होंने कहा कि मैडम अभी उस मामले को देखा जा रहा हैं, अगर कोई नियम विरूद्ध काम हुआ होगा तो कार्रवाई ज़रूर होगी।

जनसंपर्क के लोग भांप चुके हैं कि अब सवाल नहीं होगें। बल्कि कुछ अप्रिय बातें उठ सकती हैं जिससे कुछ गड़बड़ हो सकती है।

अब इस कांफ्रेंस को समाप्त किया जाता हैं आप सबका धन्यवाद सिन्हा जी ने हाथ जोड़कर कहा। माननीय मुख्यमंत्री जी को एक मीटिंग में दिल्ली जाना है। फिर मिलेगें। सी.एम. की ये हाथ जोड़ने वाली मुद्रा मुझे चिढ़ा देती है। अरे यार झूठी विनम्रता क्यों दिखाना।

खासकर ये मुख्यमंत्री तो विनम्र नहीं हैं। कोई शिकायत लेकर जाए और जल्दी से ना बोल पाए तो चिड़चिड़ा जाऐगें। अजी बोलिए ना जल्दी से। मुंह में दही जमा लिए हैं क्या। वो बेचारा गरीब अमलों, चमचों की फौज के सामने डरकर बोल नहीं पाता। ऐसा मैंने खुद उनके कई जनसंवाद कार्यक्रम में देखा है।

बाहर निकलकर देखा तो गुटखा गिरोह अपनी शेखी बघारने में जुटा है और उनके साथ जनसंपर्क वाले चिरौरी मिनती कर रहे हैं। जो छोटे अख़बार हैं वो तो बिचारे विज्ञापन के लिए कुछ भी करने को तैयार रहते है। पर बड़ेवाले तो बस तने रहते हैं। तुम विज्ञापन दो या न दो। हमें तो मिलकर रहेगा।

मैंने महेश को कहा कि मैं रिपोर्ट भेज रही हूँ। तुम देख कर फोटो लगा देना। हाँ कुछ अफसर जो जम्हाई ले रहे थे, उस फोटो को संभाल कर रखना। काम आऐगा। अपराजिता मेरे पास ना वैसी भी तस्वीर है, जिसमे सी.एम. के सुरक्षा गारद का जवान सो रहा है। पर नहीं दिया, नहीं तो उसकी नौकरी ही चली जाती।

छोड़ो किसी की नौकरी क्या लोगे। रखे रहो। कभी इसके भी दिन फिरेगें। मैंने हँसते हुए कहा। स्कूटी के पास आई तो यहाँ भी भीड़ भाड़ है। मैनेजमेंट हेड को फोन करना ज़रूरी है, इंतजार कर रहा होगा। आगे चलकर बताती हूँ।

स्कूटी स्टार्ट कर एक पेड़ के नीचे पहुँची। वहाँ पर एक होटल में कुछ लोग बैठे थें। वहीं पर मैंने जी.एम. को फोन लगाकर बोल दिया कि सी.एम. ने कहा है कि जांच की जा रही है। गलती हुई हो तो टेंडर कैंसिल किया जाऐगा। चलो ठीक है उन्हें कैंसिल तो करना हीं पड़ेगा। हमारा जितना काम था हमने कर दिया। थैंक यू अपराजिता। वेलकम सर।

मेरे पूरे व्यक्तित्व में एक किस्म का अधूरापन हमेशा हावी रहता है। ये क्या है। अक्सर लगता है कि मैंने लाइफ में कुछ किया ही नहीं। जबकि सच्चाई यही है कि जिस काम में मैं जुटी, उसको पूरा किया। इसके बाद भी एक अधूरापन लगता है। टिकना शब्द तो मेरी लाइफ स्टाइल में है ही नहीं। बस एक बेचैनी को लेकर यहाँ से वहाँ भागती रही हूँ मैं।

आज भी वैसी ही बेचैनी मेरा पीछा कर रही हैं। वो डर वाली बेचैनी अभी नहीं है। पर एक बेचैनी जिसमें कुछ नहीं कर पाने की मायूसी है। अब और क्या करूँ। मेरे जीवन का मकसद क्या है। कुछ और नयापन चाहिए मुझे। मुझे एक ट्रिप प्लान करना चाहिए। कहीं बाहर। लददाख जाउं क्या। वहाँ जाना भी मेरा एक लक्ष्य है। कितना ख़ूबसूरत है लददाख।

अगर वहाँ नहीं तो पूर्वोतर भारत के सात बहनों के राज्य में जाया जा सकता है। माय गॉड वहाँ पर तो लगता है ख़ूबसूरती का गलीचा बिछा हुआ है चारों ओर। जब भी यू टयूब में किसी ट्रैवल वीडियो को देखती हूँ, तो बस देखती ही रहती हूँ। ठीक है सब काम ख़त्म करके कामिनी और मैं चलेंगें।

अपनी ही धुन में मैं जा रही थी कि एक फोन कॉल आया। मैंने सोचा कि घर पहुँचकर देखती हूँ। पर इसी बीच दो तीन बार मोबाइल की घंटी बजी। अब एक आशंका हुई कि कहीं किसी के साथ तो कुछ नहीं हुआ। दिल मेरा तेजी से धड़कां। मैं साइड में आ गई। घर से कोई कॉल नहीं है। तो किसका है। तभी फिर से घंटी बजी। मैंने रिसीव किया।

हल्लो हाँ तुम रिर्पोटर बोल रही है ना।

कौन हो आप। अरे तू हमको कहाँ से पहचानेगी। सुन रे रिर्पोटर। जेतना लिख दी है। ओतने बहुते हो गया। क्या मतलब कौन हो तुम। इससे कोई मतलब नहीं रखो। कि कौन बोल रहा है। बोलने के अंदाज़ से पता चल रहा है कि कोई अनपढ़ सा आदमी हैं। सदानंद जेल चला गया त इसका मतलब थोड़ी है कि निकलबे नइ करेगा। पर तू लोग कहानी लिखना छोड़ो अब।

मैंने उसकी आवाज़ रिकार्डिंग पर लगा दिया। बस ऐतने बोलना है। नहीं तो जो होगा ना, उसको तुमरा सातों पुश्त याद रखेगा। पहले भी समझा चुके है। जेतना नुकसान हुआ है ना, हमलोग सूद समेत वसूल लेगें। तुम हमको धमकी दे रहो हो। इ धमकी थोड़े ना है। इ त समझा रहे हैं। नहीं मानी तो धमकी नहीं सीधे तुमरे भाई को और बचवन को ले जाऐगें। तुमको तो अइसन करेगें ना कि लिखने लायक नहीं रहेगी।

इसको सब पता है कि मेरा भाई है, बच्चे हैं। मैं उस वक़्त सोच रही थी कि सचमुच इसने वैसा कर दिया तो। तुम इतने बहादुर हो तो नाम बताओ। जादा स्मार्ट मत बनिए मैडम। मेरे साथ जों लोग है नां। उ सब पहुँचल है। जो नियमों बनाता है और उसको तोड़ता भी है। जानने से भी कुछ नइ बदलेगा।

इ नमर अगर तू बदल लेगी त दूसरो वाला भी खोज लेगें। अब रखते हैं। उसने फोन रखा और मैं थरथरा गई। लगा कि गुंडों ने सच में ऐसा कर दिया है। नहीं पहले तो मुझे ऑफ़िस में बताना होगा। मुझे डरना भी नहीं है। नहीं तो ऐसे लोग हावी रहेगें हमेशा। अपराजिता को डरना नहीं है। इसी अस्त व्यस्त अवस्था में मैं घर पहूँची।

आसपास कोई व्यक्ति निगरानी कर रहा है, ऐसा महसूस नहीं हुआ। कहाँ गए सादे वेश में निगरानी कर रहे पुलिसवाले। संदेह ने मुझे घेर लिया। कहीं कोई इस हरसिंगार के पेड़ के पीछे तो नहीं छुपा है। लाइटस की रोशनी भरपूर हैं। कोई छुपा होगा तो दिख जाऐगा।

दीदी आ गए आप। हाँ सब ठीक है ना। हाँ ठीक है। क्या कुछ गड़बड़ हुआ है क्या। नहीं बस ऐसे हीं पूछ रहे हैं।

अंदर कमरे में जाकर मैंने अपने एडिटर को कॉल किया और उन्हें सारी बातें बताई। उन्होंने कहा कि ठीक है परेशान नहीं होना है। मैं अभी बात करता हूँ। नंबर दो। सर नंबर हीं तो नहीं है। उसने वीडियो कॉल किया था। हम्म... ....। अपराजिता मैं डी.जी.पी से बात करके उन्हें बताता हूँ। इस ख़बर को हम नहीं देगे। कल के बाद जो होगा। उसके बाद एक फॉलोअप स्टोरी करेगें। तुमने

फोन रिकार्ड किया है क्या।

सर एक मिनट। मुझे याद आया कि मैंने तो कॉल रिर्कोड किया है। मेरे पास उस आदमी की कॉल रिर्काडिंग है। वाह! पर तुमने पहले क्यों नहीं बताया। सर अभी मेरा दिमाग़ गायब हो गया सिर से। पहले शांत हो जाओ फिर उसको भेजो। हमारा काम आसान हो जाऐगा। तुम एक काम करो कि विजय को भी ये बता दो। ठीक है सर। उसको बोलना कि हमसे बात कर लेगा। इ सदानंद के आदमी को पता चलेगा कि कहाँ हाथ डाला है। विजय पत्रकार यूनियन का अध्यक्ष है। उसको बताना ज़रूरी है।

हैल्लो विजय। हाँ मैडम बोलिए कैसी हैं आप। देखो हम जो बता रहे हैं उसको ध्यान से सुनना और आगे क्या करना है ये बताना। बताइए ना मैडम। मैंने उसको सारा डिटेल्स बता दिया। देखो सर ने कहा है कि तुरंत बात कर लो उनसे।

ठीक है बात कर लेते हैं। पर आप घबराइए नहीं। इनको जबाब तो तुरंत मिलेगा। क्योंकि हमको पता है कि आपने कितनी ईमानदारी से इस कांड को सामने लाया है। दूसरा भाइ लोग होता तो कब का फरिया लेता। सदानंद पइसा तो फेकिंए रहा है। हमलोग बताऐगें कि अबकी कइसन लोग से उसको पाला पड़ा है। पहिले आपके एडिटर से बतिया लेते हैं।

मैं आज अपने वृत पर घुम रही हूँ। कहीं कोई ठहराव नहीं है। बस घूम रही हूँ। यही है मेरे जीवन का एसेंस यानी सत।किसी जड़ी बूटी, पौधे या फल को निचोड़कर या जलाकर उसका सत यानी आख़िरी परिणाम निकाला जाता है। कभी यह जहर भी होता है तो कभी अमृत भी। मेरी वजह से किसी को कोई तकलीफ ना हो। भले मुझे नुकसान उठाना पड़े। आज मेरे घर के लोग मेरी वजह से कुछ अपराधियों के निशाने पर हैं। न ऐसा नहीं होने दूँगी।

ऐसी ही अस्त व्यस्त अवस्था में मैंने कामिनी को फोन लगाया। वो किसी क्लब में है। जहाँ कुछ सेलिब्रेशन हो रहा है। उसने कॉल पिक नहीं किया। रीना को शेयर नहीं कर सकती। वो घबरा जाऐगी। वैसे भी उसकी ज़िंदगी में पचास तरह के लफड़े हैं। होने को तो और भी बहुत सारे अच्छे दोस्त हैं मेरे। पर मेरा मन नहीं किया उन्हें कुछ भी बताने का।

रात के दस बज चुके हैं। कामिनी का कॉल आया। मैडम जी। पता है ना कि हमने संस्था के उदघाटन का डेट फाइनल कर सोशल वेलफेयर मिनिस्टर को चीफ गेस्ट के रूप में इनवाइट कर लिया है।

वाह ये तो बढ़िया ख़बर है। बहुत बहुत बधाई हो। हाँ जी आपको भी। वहाँ

आपके नाम का ही जिक्र हुआ और मंत्री की सहमति मिल गई। कुछ भी कहो यार तुम्हारे नाम का डंका बजता है। अरे नहीं, तुमलोग इतने सक्षम हो कि सब कर लेते हो।

अब हम एक फाईनल शिडयुल बना लेते हैं कि और कौन कौन होगा जिसको हम बुलायेगें। हाँ, तो तुमलोग बैठकर तय कर लो।

मैं अजीब सा अलगावपन महसूस कर रही हूँ। मेरा दिल दिमाग़ सिर्फ़ उस धमकी पर लगा हुआ है। ये पहली बार हो रहा है कि किसी की धमकी से मुझे डर लग रहा है। इसमें जो व्यक्ति है उसको मेरे घर और लोगों की पूरी जानकारी है।

अपराजिता चार आई. ए. एस अफसर हैं जिनके नाम तुमने दिए हैं। वो आ जाऐगें ना। हाँ क्यों नहीं। कुछ बिजनेसमैन हैं वो सभी आ रहे हैं। ठीक है।

अपराजिता कहाँ खो गई। मैं तुम से हीं बात कर रही हूँ, कुछ बोलो ना। हाँ ठीक है ना। तुमलोगों ने जो डिसाइड किया है उसमें कोई दिक्कत नहीं है। अरे कुछ और भी हो सकते हैं तुम्हारी लिस्ट में। जो संस्था के लिए लाभकारी हो सकते हैं। माय गॉड लाभकारी कितना डिफिकल्ट है ये वाला वर्ड। फायनली मैंने हिंदी सीख ली।

अरे यार कम से कम कांग्रेचुलेट तो करो। हाँ थोड़ा ठहरो तो। कांग्रेचुलेशन मैडम। अपराजिता तुम्हारी आवाज़ में कोई दम नहीं है। बताओ तो आख़िर व्हाटस द मैटर। कुछ तो हुआ है यार। डोंट ट्रार्य टू हाइड मैन। मुझे गुस्सा आ जाऐगा।

कामिनी देख मुझे सदानंद के आदमी लगातार धमकियाँ दे रहे हैं। साथ हीं उनके पास घर के सभी लोगों की जानकारी है। उन्हें भी ख़त्म करने की धमकी दे रहे हैं।

व्हाट कौन लोग धमकी दे रहे है, सदानंद के लोग। कब ऐसा किया। तुमने मुझे बताया भी नहीं। अरे मैं इधर कुछ फील्ड रिर्पोटिंग में बिजी थी। सच पूछो तो पहली बार मैं इस तरह की बातों से डिस्टर्ब हो गई हूँ।

मैंने कामिनी को सारी बातें बताई। ओह इतना कुछ हो गया और बताया भी नहीं। सुनो अपराजिता कल हम कोर्ट में एक पीटिशन फाइल करेगें। जिसमें इन सब बातों का जिक्र रहेगा। इस आधार पर हम अनुरोध करेगें कि सदानंद को ज़मानत नहीं दिया जाऐ, अन्यथा गवाहों और इस केस से जुड़े लोगों की जान को खतरा हो सकता है।

पता नहीं ये सही होगा या नहीं। क्योंकि उसके लोग ताकतवर हैं। इसका

अंदाज़ा हो गया है। सदानंद अंदर हो या बाहर इससे उनकी सोच पर कोई असर नहीं पड़ेगा।

कामिनी थोड़ा रूक जाओ। मुझे नहीं लगता कि सदानंद को ज़मानत मिलेगी। कम से कम साल छह महीने तो लग हीं जायेगें।

अरे सिर्फ़ अनुमान पर काम नहीं होता। आगे बढ़कर स्ट्रेटजी बनानी पड़ती है। ठीक है कि एक दो दिन ठहरा जा सकता है, पर आगे बढ़ना हीं होगा इन लोगों को जवाब देने के लिए।

हाँ ठीक है बस। कुछ दिनों के बाद करना हीं होगा। कामिनी मुझे समझ नहीं आ रहा कि कैसे ये तनाव दूर होगा। जर्बदस्त है, पहली बार महसूस हो रहा है।

सब ठीक हो जाऐगा जान। क्या संस्था का उदघाटन कार्यक्रम टाल दें। नहीं नहीं ऐसा नहीं करना। जो हो रहा है होने दो। रीना और तुम आ सकते हो कल शाम को आ जाना। सब फाइनल कर लेगें।

अपराजिता क्या मैं आउं तुम्हारे पास। नहीं मैं ठीक हूँ, कल मिलते हैं ना।

मेरी बेचैनी बढ़ती जा रही है। किसी ने मुझे धमकाया हो अबतक ऐसी नौबत नहीं आई। हाँ रिर्पोटिंग में समस्याएं तो आतीं हैं खासकर जिस बीट पर मैं काम करती हूँ, वहाँ ज़्यादातर सामाजिक समस्याएं आतीं हैं। पर जान से मारने की धमकी देने जैसी बात कभी नहीं हुई।

मेरे सामने रोशन ठाकुर का चेहरा घुमने लगा। जिसको सात साल पहले शराब माफियाओं ने सरेआम गोलियों से भून डाला था। अपराध यही था कि उसने शराब के ठेकों पर छापे डलवाए थे। मंडल गुप्ता एक स्टिंगर था, एक छोटे अख़बार से जुड़ा था। एक बिल्डर की स्टोरी छापी, वो भी उसकी बैक हिस्ट्री। जिसमें उसके कुकृत्यों की पूरी कुंडली थी।

अब मंडल उसके पीछे क्यों पड़ा था। उसकी भी बहुत सारी स्टोरीज मीडिया में वायरल हुई। जिसमें ब्लैकमेलिंग से लेकर नमकहरामी के किस्से थे। खैर मंडल गुप्ता की बेरहमी से हत्या कर दी गई। दोनों ह्मथ और पैरों को काट दिया गया यानी तड़पाकर मारा गया। उफ! याद आते हीं बदन सिहर गया।

हे भगवान! मेरे दिमाग़ में किस तरह की बातें आ रही है। दहशत, आतंक और खून से लथपथ सोच। रोक अपराजिता यहीं पर रोक। नहीं तो ये तेरे दिमाग़ को शंट कर देगा। ऐसा कुछ नहीं होनेवाला। तूने एक अच्छा काम किया है। आजतक किसी का बुरा नहीं किया, ना तेरे परिवार ने किसी का बुरा किया है। तो ऐसा कुछ नहीं होगा।

कामिनी का कॉल फिर से। जानती हूँ कि वो भी परेशान है। कामिनी अरे यार सब ठीक है, मैं भी ठीक हूँ। फिक्र ना कर कुड़िए।। मैंने अपने अंदर के डर को दूर धकेलने की कोशिश की। झूठ ना बोल यारां। मैं जनदी कि तू ठीक नइ है।

मेरी आँखें इस अपनेपन को महसूस कर भर आई। मेरे पास दोस्तों और अपनों की कमी है। मतलब ऐसे रिश्ते जिसमें सबकुछ ओपन होता है। समय तो आगे बढ़ता गया। हम सब भी आगे बढ़ते रहे। पर इसके बीच कुछ छुटता भी रहा। आगे बढ़ने के क्रम में ये याद हीं नहीं रहा कि जो छुट रहा है वो कितना कीमती है।

अपराजिता यार परेशान ना हो। वर्ना मुझे नींद नहीं आऐगी। अरे न न कुड़िए। ये जुल्म नहीं करना। मैं ठीक हूँ बाबा। तेरी सौं। हम मजाक में कभी कभी पंजाबी बोलते हैं। तू ठीक है ना। हाँ, मैं ठीक हूँ ठीक हू ठीक हूँ। ले तीन बारी बोल दिया। फिर ठीक है। तू भी सो जा। मैं भी सो जाती हूँ।

गुड नाइट मैंने धीमे से कहा ताकि उसको मेरी आवाज़ से कुछ पता ना चले। मेरे अंदर का आतंक उसकी नींद को ना खा जाऐ। अब फिर से मैं अकेली हूँ अपनी सनसनी वाली सोच के साथ। अचानक से हरसिंगार के फूलों की सुगंध का एक बड़ा सा झोंका गुज़रा और मुझे महका गया। बावरा हो चला मन। उफ् ऐसी सुगंध। जो एक ऐसी अनुभूति करवाती है जिसमें जीवन के सारे सुख एकाकार हो जाते हैं। एकदम परफेक्ट। कुछ मीठी, कुछ फीकी, कुछ पवित्र सी सुगंध होती है इस फूल की।

इस की सुगंध मुझे धर्मवीर भारती के चर्चित उपन्यास गुनाहों का देवता याद करवा देती है। कॉलेज के दिनों में साहित्यिक रूचिवाले स्टुडेंटस के लिए तो ये उपन्यास उनकी छुपी हुई प्यारी नरम सी मासूम फीलिंग के लिए बाइबल थीं। जिसको पढ़कर सभी लव बर्ड्स ऐसा ही आइडियल बनने का प्रयास करते।

मैंने भी सात आठ बार पढ़ा था इस उपन्यास को। इसको खरीदा भी मैंने ही था। ि कतनी मुश्किल से एक दुकान में मिला वो भी पेज निकला हुआ। दुकानवाले ने कहा कि यही बचा हुआ है लेना है तो लो। पर कीमत कम नहीं होगी। स्टूडेंट थी मैं, पैसे भी कितनी मुश्किल से जुगाड़ किए थे।

जब उस किताब को खरीदा तो लगा कि जंग जीत लिया। मेरी फ्रेंडस पढ़ना चाहती थी पर इसके लिए पैसे खर्च करना नहीं चाहती थी। उस किताब को छूते हुए एक रोमांच और थरथरी थी। घर पहुँची तो मेरा धैर्य जवाब दे

चुका था। फट से पढ़ने बैठ गई। उस रात मैंने ख़त्म कर लिया उस उपन्यास को। रात भर मैं गुनाहों के देवता के मासूम से पात्रों के बारे में सोच सोच कर आँखों में आँसू लाती रही।

आज शायद ऐसा ना हो, वैसी कॉलेज वाली अनुभूति ना हो। पर आज उसी हरसिंगार ने मेरे अंदर के डर को अपनी खुशबू में समेट लिया। मैं सो गई।

दूसरे दिन मैं अपने अंदर के डर से मुक्त हो चुकी। सब नार्मल हैं। आज शाम को रीना और कामिनी मेरे पास आनेवाली हैं। संस्था के उदघाटन कार्यक्रम को फाइनल करने के लिए। मेरे भीतर एक खुशी है कि अब कुछ तो अच्छा हो सकेगा उन बेसहारा बिखरी हुई औरतों और बच्चियों के लिए। एक शुरूआत हो जाए इतना काफ़ी है।

पूरे दिन मैं एक नयी उर्जा के साथ अपने प्रोफेशनल एवं पर्सनल काम निबटाती रही। आज मजा आ रहा है तो अपनी स्कूटी की रफ्तार को थोड़ा बढ़ा दिया। जो मैं अक्सर किया करती हूँ जब मेरा दिल इसकी इज़ाजत देता है मतलब मजे करने का मन हों। सुकून वाला अहसास हों।

स्कूटी की स्पीड तब धीमी करनी पड़ी, जब स्टार चौक पर भारी जाम लग गया। लो अब इंतजार करो। सिग्नल का कोई काम नहीं। यहाँ तो बारह चौदह पहियों का राज है। जो कब से अटके पड़े हें। वो तभी आगे बढ़ेंगें जब पुलिस के लोग इशारा करेगें। यानी पैसा वसूल लेंगें। ये घूसखोंर लोग जानबुझकर भी जाम लगवा देते हैं हद है।

दिमाग़ ने सोचना आरंभ किया तो खुशी वाली फीलिंग कहीं गुम होने लगी। धत तेरी इतनी जल्दी मूड चेंज क्यों हो जाता है। ठीक है जो समस्या है उसके साथ ही चलना होता है जबतक समाधान नहीं निकल जाता। तभी गाड़ियों के भोंपू एक साथ चिंघाड़ने लगे। यानी अब जाम हटेगा। रूके हुए सारे वाहन आगे जाने के लिए होड़ में लग गए। सही भी है हर किसी का ज़रूरी काम हो सकता है जिसमें समय को पीछे छोड़ना होता है। इसलिए जाम हटते ही गाड़ियों के सायरन सर पर हावी होने लगे।

मैं अभी उस रास्ते पर हूँ जहाँ सदानंद ने बालिका आश्रय गृह खोल रखा था। उसके काले बड़े गेट पर ताला लगा हुआ है सील कर दिया गया है वो भवन। पहली नज़र में हीं उसकी दीवारों पर दर्द और अत्याचार की इबारतें नज़र आई। जो हर किसी को नहीं दिखाई देतीं। कितनी मासूम बेजुबानों के कत्ल की गवाह है यह खूनी भवन। इसको नेस्तनाबूद कर देना चाहिए। ताकि फिर किसी को ऐसा दोजख बनाने की हिम्मत ना हो। मेरे स्कूटी की स्पीड नार्मल हो गई

है वही चालीस वाली।

दिन के तीन बजनेवाले हैं। घर आ चुकी हूँ मैं। इस टाइम का सदुपयोग नींद में कर लेना चाहिएं। शाम को तो लंबा डिस्कसन होना ही है। बेड पर लेटकर मैं एक मोटिवेशनल स्पीच सुनने लगी। शाम के करीब साढ़े पांच बजे नींद खुली।

सोनी चाय पिलाएगी क्या। अरे दीदी कब से तो आपके जगने का इंतजार कर रही थी। पर आप तो इतनी गहरी नींद में थे कि क्या बताऐं। चल चाय पिला जल्दी से।

शाम का समय या तो मनहूसियत देता है या एनर्जी। खासकर घर में जब आप अकेले हों तो। हाँ अगर वाक करना हो या एक्सरसाइज़ करना हो तो शाम एर्नजेटिक हो जाती है। आज वाक पर नहीं जाकर प्राणायाम और स्ट्रेचिंग एक्सर साइज़ कर लेती हूँ।

करीब पचीस मिनट के बाद मैं फिर से उर्जावान हो उठी। हा हा मुझे हँसी आ गई। उर्जावान की जगह क्या होना चाहिए। जिससे शब्द वजनी ना लगें।

थोडी देर में ही कामिनी और रीना की जोड़ी मेरे घर पर पहुँच गई। साला वेट नहीं कर पाए। क्या और कैसे हुआ। तुम कैसी हो। जानने के लिए हम जल्दी यहाँ पहुँच गए। अच्छा हुआ तुमलोग आ गए। आइ नीड यू बोथ।

अपराजिता कैन यू टेल मी वन थिंग। क्या जिस समय ये थ्रेट दे रहा था कोई कुत्तें की औलाद, तब तुमने रिर्काड किया या नहीं। हाँ ये मैंने कर लिया था। वाह तब तो हमारे पास इविडेंस भी है। साले मुंह की खाऐगें। रीना जल्दी से बोली। कामिनी मैडम अब तो सब ठीक होगा ना।

हाँ रीना हम केस फाइल करेगें। उसके दुबारा ज़मानत पर सुनवाई से पहले हीं। तब उसको पता चलेगा कि धमकी देना कितना महंगा पड़ा है। कामिनी एक अदृश्य दुश्मन की गुस्से और विवशता से भरी तस्वीर की कल्पना कर अपने को तसल्ली दे रही है।

कामिनी बाहर आ जाओ। हमारे पास कोई टाइम मशीन नहीं है कि अगले पल क्या होगा ये जान सकें। इसलिए पहले जिस काम को पूरा करना है उसको कर लेते है। फिर धमकीवाले मामले पर डिस्कसन करेगें।

ठीक है पर तेरा मैटर सीरियस है। उसको छोड़ नहीं सकते। तुम चाहे जो दिखा लो पर कुछ सही नहीं चल रहा। जो तुम्हारी शक्ल बता रही है। मेरा चेहरा कैसा लग रहा है मायूस या डरा हुआ। ये डर मुझपर हावी हो रहा है।

रीना पेपर और पेन निकाल चुकी है। कामिनी चुप सी होकर कुछ सोच

रही है और मैं एक पेंडुलम बनकर झूल रही हूँ। देखो उदघाटन का दिन और चीफ गेस्ट फाइनल हो चुके हैं सिर्फ़ कुछ वी.आइ0पी और कामवाले लोग को एड करना है। है ना कामिनी। हूँ अ उ उ......कामिनी की प्रतिक्रिया ऐसी रही।

दी आप ना अपनी तरफ़ से दस नाम दे दीजिए। हम दस एन.जी.ओ. को लिस्ट में डाल देते हैं। कामिनी मैडम हाइकोर्ट के वकील और अपने कुछ क्लायंट को ले आऐगी। इस तरह सौ लोग मेहमान होगें और 150 के करीब मेरी इस संस्था के लोग होगें। ये नयी संस्था और पुरानी संस्था मिलकर मेला लगायेगें। जिसमें पूरा मैनेजमेंट बालिका गृह की लड़कियाँ संभालेंगी। यहाँ तक कि मंच संचालन भी वही लोग करेंगीं।

हाँ अपराजिता इस कार्यक्रम का पूरा प्रबंध नयी संस्था और उसके सदस्य संभालेगें। जैसे स्टेज मैनेजमेंट निशा और तब्बसुम को दिया गया है। हाँ रीना वहाँ पर होगी स्वागत और कार्यक्रम परिचय के लिए। चीफ गेस्ट और दूसरे गेस्ट का स्वागत कामिनी मैडम करेगी। मेला और उसका प्रबंध कलावती और सिमरन करेगीं।

सांस्कृतिक कार्यक्रम मालिनी और उसके साथ बच्चों की टीम करेगी। कार्यक्रम का धन्यवाद ज्ञापन अपराजिता जी करेंगी। बस हो गया।

दीदी कैसा है। अरे सब ठीक है। मैंने नाम दे दिए हैं। उनको मैं रिमांइड भी करवा दूँगी। पर इस कार्यक्रम की नायिका होगी नाज़िया खातुन। हाँ वही तो उदघाटन भाषण देगी।

नाज़िया एक ऐसा नाम जो लोगों की जुबान पर है। जिसने अपने स्वंय की हिम्मत से सबकी तकदीर बदल दी। सबको एक जीवित नरक से मुक्ति दिलवा दिया। अब वो खेल जगत का जाना पहचाना नाम है। वो नेशनल खेलने के लिए हैदराबाद जा रही है। सरकार ने उसके संघर्ष और प्रतिभा का सम्मान करते हुए कई पुरस्कारों से नवाजा है।

सदानंद की गाााथा कलंक गाथा है जबकि नाज़िया एक दोज़ख़ से निकली हुई एक नायाब हीरा है जिसकी चमक दूर दूर तक दिखाई पड़नेवाली है।

अरे वो छोटी सी लड़की किसी बात से नहीं डरी और मैं कितनी ही ताकतों से लैस डर में जी रही हूँ। वही तो जीता जागता रोल मॉडल है। कैसे भूल गई मैं।

कामिनी सब ठीक है जो ठीक नहीं है उसको ठीक कर लेगें मिलजुल कर। कामिनी मेरे इस बदले अंदाज़ को देखकर हैरान है। पक्का। हाँ पक्का। एक ख़ूबसुरत जीवन किसी आगत भय के कारण कचड़े में बदल जाए ये मंजूर

नहीं है।

जीवन है तो अनंत संभावनाएँ अपनी मुठठी खोले आसमान को समेटने को तैयार रहती है। नियति है ख़त्म होना तो ख़त्म होना ही पड़ेगा। अन्यथा जीवन तो मुस्तैदी से तब भी चलता रहता है जब किसी की सांसें आख़िरी दम पर होती है।

क्या इस मेले में उनके बनाए हुए डिजाइन दिखेगें। हाँ बैकड्राप और कई पेंटिंग्स, कपड़े उनलोगों ने डिजाइन किए है। रीना ने उत्साहित होकर कहा। मैं उसका चेहरा देख रही हूँ। एक ऐसी चमक है जो तब आती है जब आपकी आत्मा अपने किए पर गर्व महसूस करती है। जैसे कि एक माँ के चेहरे पर तब आती है जब उसके बच्चों की तारीफ लोग करते हैं।

रीना इधर आना। हाँ दीदी। मैंने उसके सर पर हाथ रखा और कहा कि तुम हमेशा खुश रहो। क्या बात है दी। आज आप आर्शीवाद लुटा रही हैं। उसकी ज़रूरत हमेशा है दी। पर आप अपना ख़्याल कीजिए। हमलोग बहुत चिंतित हैं। पर आप परेशान नहीं होइए। आपने कभी गलत नहीं किया है। तो भगवान ऐसा कुछ नहीं करेगा जिससे उसपर से भरोसा उठ जाऐ।

रीना और कामिनी तुम दोनों शेरनी हो। तुम लोगों के होते हुए मेरा शिकार कोई नहीं कर सकता। हम सब को हँसी आई एक साथ। इस हँसी में एक ताकत और मजबूती है। इसने पल भर में डर की लंबी चादर को हटा दिया। अब इसमें एल.इ0डी बल्ब की दूधिया रोशनी अंधेरे की संभावना को देर कर रही है।

संस्था के उदघाटन और मेले की तैयारी जोर शोर से चल रही है। मुझे हर जानकारी दी जा रही है। मैं थोड़ी डिस्टर्ब हूँ, इस बात को मान लेना चाहिए। मुझे धमकी मिली है इस ख़बर को मेरे अख़बार ने होल्ड पर रखा है हालांकि इसकी जानकारी पुलिस के अधिकारियों को दे दी गई है। मेरे फोन को ट्रैक किया जा रहा है। पर कोई कॉल नहीं आया।

आज सुबह जब मैं उठी तो कामिनी ने बताया कि सदानंद और मनोरमा के बेल देने को लेकर सुनवाई है। निचली अदालत में फिर से आया है केस। मुझे सुनकर अजीब लगा कि ऐसे लोग जिनके कृत्य इतने गंदे हैं उनके लिए भी न्ययालय समय दे रही है अपनी बेगुनाही साबित करने की। जबकि सभी साक्ष्य उनके विरूद्ध हैं। यानी किसी साक्ष्य को जुटाना नहीं है सिर्फ़ समीक्षा करना है। फिर भी इतनी देरी। हमारी न्याय व्यवस्था इस बात की गारंटी लेती है कि हर किसी को अपना पक्ष रखने का अधिकार है पर इसकी गारंटी नहीं

देती कि न्याय मिलने की तारीख़ क्या होगी।

मुझे आज एक वर्कशॉप में जाना है नेशनल लेबल का है। रोजगार की तलाश में महिलाओं और बच्चों का पलायन और उसके प्रभाव। मुझे भी एक वक्ता के तौर पर बोलना है और रिर्पोटिग भी करनी है। इसलिए सुबह ही निकलना पड़ा। हमेशा की तरह शहर अपनी रफ्तार में है। भागमभाग ओर चिल्ल पों के बीच लाइफ की संजीदगी देखने लायक है।

वर्कशॉप में पहुँचे सारे वक्ता नामचीन विषेशज्ञ हैं। श्रोताओं में भी शहर के तमाम सभ्य लोग हैं। इसपर चर्चा कर सरकार को रिर्पोट देगें कि कैसे इस मामले में सुधार की ज़रूरत है। मुझे इन विषयों पर बात करने के लिए ऐसे आभिजात्य किस्म के बनावट से कोफत होती है। कुछ नया नहीं होता सिर्फ़ विषय बदलते हैं। पर आज का विषय समीचीन है। ये आफिशियल एसाइनमेंट भी है और बोलना भी है।

मैंने अपनी बारी आने पर कहा कि इस मुददे पर लगातार बहस की ज़रूरत है ताकि इसको समग्रता में हल किया जा सके। बात सिर्फ़ इसकी नहीं है कि भूख अभाव के कारण समस्या हो रही है बल्कि एक मनुष्य के लिए के लिए बेहद ज़रूरी मानवीय मुल्यों सम्मान और अस्मिता का भी पलायन हो रहा है। इसलिए इंसान का सम्मान करना होगा, खासकर जो विपरीत परिस्थितियों से लड़ कर बाहर आते है। क्योंकि जो इंसान अपना सम्मान खो देता है उसका शोषण करना ताउम्र आसान हो जाता है।

इस बात पर तालियाँ बजीं और इसको भावी कार्यनीति के एक मुख्य बिंदु के रूप में देखा गया।

इस भाषण के बाद मैं बाहर आ गई। थोड़ी भागदौड़ संस्था के कार्यक्रम को लेकर भी करना है। आयोजक प्रताप शरण मेरे पास आऐ तों मैंने उन्हें संस्था के उदघाटन का कार्ड दिया और आने को कहा। बहुत खुशी होगी इसमें शामिल होकर। मैं ज़रूर आऊँगा।

अब मैं बाहर आ गई हूँ। कुछ हल्का सा महसूस कर रही हूँ। जबकि अभी कुछ वैसा नहीं है कि जिसे बहुत अच्छा कहा जा सका।

स्कूटी पर बैठी तो अचानक ही'' आनेवाला पल जाने वाला है, हो सके तो ज़िंदगी बिता ले कल जो पल जानेवाला है'' के बोल मेरे होंठ गुनगुनाने लगे। इसी बीच आठ से दस कॉल आ चुके। गाड़ी रोक रोकर मैंने जवाब दिया। फिलहाल मुझे एक दो मंत्रियों से मिलकर संस्था के बारे में बताकर उन्हें कार्यक्रम में बुलाना है। गाड़ी चलाते हुए नज़रें आसमान की तरफ़ उठीं तो वहाँ

खुशियों की तस्वीरें नज़र आई। मैंने धींमे से शुक्रिया का एक प्यारा सा चुम्मी आसमान पर उछालकर उसको मौसम पर चस्पां कर दिया।

मुझे स्टार चौक से बाएँ जाकर लेन नंबर दस में जाना है वहाँ से बाटा चौराहा होते हुए आर0पी.कॉलोनी पहुँचना है जहाँ अधिकतर विधायक व मंत्रियों के आवास हैं। स्टार चौक आने में करीब आधे घंटे का वक़्त है। अगर जाम वाली सिचुएशन ना हो तो बीस मिनट में पहुँच सकतें हैं। अचानक मुझे लगा कि कोई मेरे पीछे पीछे आ रहा है। मैंने स्कूटी के साइड मिरर में देखा तो पीछे एक बोलेरो में कुछ चेहरे झांक रहे थे। उसके पीछे गाड़ियों की लंबी कतारें है जो अमूमन होती है।

मेरे पूरे शरीर में सिहरन सी हो गई। क्यों नहीं पता। कुछ रोज पहले वाला डर मुझे घेरने लगा। सड़क की दूसरी तरफ़ देखा तो वहाँ भी गाड़ियों की कतारें हैं सभी अपने आप में गुम। किसी को किसी की परवाह नहीं। एक दूसरे को धकेलते, कुचलते हुए लोग। क्या इतने भीड़भाड़ वाले इलाके में किसी के साथ कोई हादसा हो सकता है।

दिल की धड़कनें तेजी से धड़कने लगी हैं। कोई साया पीछे से मुझको अपने में समेट रहा है। मेरा दम घुट रहा है। ओह नहीं इसको हटाना होगा नहीं तो अब मैं ख़त्म होनेवाली हूँ। हे भगवान क्या हो रहा है। इधर तो कुछ भी नहीं है सिर्फ़ गाड़ियाँ का शोर है।

मै अब अलर्ट हूँ सिर्फ़ यही लग रहा है कि कोई मेरे पीछे है और मुझे मार डालेगा। मेरा गला सुख रहा है। मैं स्कूटी को भगा रही हूँ। कहाँ पता नहीं। मुझे भागना है अपने को बचाना है। अभी ट्रैफिक का लोड कम है। मेरे पास वक़्त नहीं है। कई गाड़ियाँ मेरे पीछे हैं। पर पीछा कौन कर रहा है नहीं पता।

आज सब ख़त्म हो जाऐगा। जिन गुंडों ने मुझे धमकी दी थी। वो नहीं समझेगें कि बालिका आश्रयगृह में किस तरह से लड़कियों का शोषण हो रहा था। नरक बना दी गई थी मासूम बच्चियों की ज़िंदगी। पता नहीं उनके बच्चे हैं या नहीं। शायद कभी समझेगें।

आगे फिर से एक चौराहा है मैं किस दिशा में जाउं। अपनी मंजिल से दूर मुझे कहाँ जाना है नहीं पता। मौत किसी शक्ल में मेरा पीछा कर रही है। ये मेरा सिक्सथ सेंस बोल रहा है। पर कहाँ है वो लोग। कब मारेगें। मुझे तो मौका भी नहीं देगें, ये लोग कि दुबारा मैं किसी से मिल सकूँ। मेरी आँखें भर आई लगा कि जोर जोर से रोने लगूँ। मेरी आँखें लबालब भरी हुई, सांसें तेज तेज चल रही हैं। किस को बुलाउं, कहाँ फोन करूँ। अगर रूक गई तो उनके लिए

आसान होगा मुझे मारना।

हे! ईश्वर कहाँ ले जाना चाहते हैं मुझे। किसी सुनसान जगह में। नहीं अपराजिता ऐसे नहीं मरना। कोंशिश करना होगा। पर क्यों! ठीक है मार देंगें तो। सभी लोग अपनी अपनी ज़िंदगी जी ही लेते हैं। कुछ दिनों तक परेशानी होती है उसके बाद नार्मल हो जाती है लाइफ।

मैंने अपनों और दोस्तों सबकी शक्लें अपने दिमाग़ में इकठठा कर लीं। एक अजीब सा मोह हो गया। एक एक चेहरा सामने आता हिचकियाँ तेज हो जातीं। इन सबके बीच मेरी गाड़ी का संतुलन भी बिगड़ने लगा। कई कॉल आ रहे हैं पर किसको क्या पता कि आज मेरे साथ मौत भी चल रही है। इतने दिनों से मैं अकेली ही चल रही हूँ पर कोई साथ नहीं आया। पर आज जीवन ने फासला बना कर मेरे साथ मौत को लगा दिया है।

अचानक लगा कि कि अभिजित मेरे साथ स्कूटी पर है। पीछे से मेरे कानों के पास आकर कह रहा है पागल मैं हूँ ना। मैं जरा सा पीछे हटी कि एक धमाका हुआ और मेरे चारों तरफ़ से खून की बौछारें होने लगीं। मैं रक्त के समुद्र में डुब गई हूँ। एक तीखी दर्द की तेज लहर मुझे बहा ले जा रही है। मेरी आँखें मुंद रहीं हैं। अब मैं मर रही हूँ।

चारों ओर शोर है। अभिजित मेरे साथ है। मैं उसको पकड़कर उठना चाहती हुँ। अधखुली आँखों से देखा कि मेरे सामने कई चेहरे हैं जो मुझपर वार कर रहे हैं। साली ज़िंदा नहीं जाएगी। मेरे कानों से होता हुआ आग का धधकता गोला गुज़रा, साथ में मेरा पुरा शरीर उछल गया। मेरी चीखें दहाड़ें मार रही हैं। कुछ समझ नहीं आ रहा।

मैं एक गहरे कुंए में हूँ। कुछ दिखाई नहीं दे रहा। कुछ लोगों के बोलने की आवाज़ें आ रही हैं। उफ कितना दर्द है आँखें दर्द में डूब गई। मैडम आँखें खोलिए। आँखों पर कुछ भारी सा पसर गया है। मेरी आँखें नहीं खुल रही। दीदी देखो ना। ये कहीं कुछ बज रहा है।

किसकी आवाज़ है। कौन बुला रहा है मुझे। कुछ अस्पष्ट चीज़ें है जिनके अर्थ मुझे समझ नहीं आ रहे। कुछ हिलते डुलते चेहरे आग की लपटों से होकर मुझतक पहुँच रहे है। मैं आग के गोले में हूँ, दर्द का खौफनाक लावा मुझपर बरस रहा है। वो हिलते डुलते चेहरे मुझपर पिस्टल तानकर गोलियाँ बरसा रहे हैं।

मैं अपनी सांसें धरती पर छोड़कर वापस आसमान में चली गई हूँ शायद। पता नहीं फिर क्या हुआ। अचानक हीं मेरी आँखें खुलीं मैंने माँ को पुकारा।

दीदी को होश आ गया। मेरे सामने एक धुंधलापन है। आपलोग हट जाएें प्लीज। ताजी हवा आने दें। उफ कितना दर्द हो रहा है। समस्त शरीर में। मेरे सर पर, पैर में और दाहिनी हाथ पर मोटी पटिटयों का बैंडेज लगा हुआ है। अजीब सी गंध आ रही है। कहाँ हूँ मैं।

मैडम कैसा फील हो रहा है। सर थोड़ी देर में ये सारी बातें पूछ सकते हैं। पहले उन्हें बाहर आने दीजिए। डॉक्टर, नर्सेज बारी बारी से अंदर बाहर कर रहे हैं। मुझे इंजेक्शन और दवाएँ दी जा रही हैं। नाक में ऑक्सीजन की नली लगी हुई है। मेरे होंठ कब के प्यासे है। पानी मिल सकता है क्या। किसको बोलूँ। मैं किसी को पहचान नहीं पा रही। हाथ उठाना चाहा तो दर्द के मारे मेरी चीखें निकल गई। एक नर्स पास में खड़ी थी।

क्या हुआ मैडम। पानी मेरी जुबान से निकला। अभी पानी नहीं। पानी चढ़ रहा है। उसी से पानी मिलेगा।

मैडम कैसा फील कर रही है। बस आप ठीक होनेवाली है। अभी कुछ मत सोचिए। ना कुछ बोलिए। उससे आपको दर्द होगा। अभी कुछ लोग आपका वेट कर रहे हैं कि आपसे कब मिलें। मैंने इशारे से पूछा कि मुझे क्या हुआ है। उपरवाले की कृपा है कि आप को कुछ हुआ नहीं है। आप ठीक हो जाएें फिर बात होगी। ये सारी बातें एक डॉक्टर मुझसे कर रहे है।

उन्होंने नर्स को बुलाया और कुछ बोला। फिर मुझे मुस्कुराकर देखा और बाहर निकल गए। नर्स ने मेरे हाथों से इंजेक्शन निकाल दिया। पर दर्द की लहरें उपर से नीचे, दाएँ, बाएँ चारों ओर उठ रही थी। मैं चाह रही हूँ कि कोई ऐसी दवा मिले जो दर्द को दूर कर दे।

अब मुझे अपने अस्पताल में होने का भान हो रहा था। सारे अपरिचित चेहरे हैं। मुझसे मिलने कोई आया होगा तो वो कहाँ होगें। कौन सा अस्पताल है। अचानक कमरे के अंदर मेरे घर के लोग आ गए। माँ कैसी है। ठीक हैं सबकी आँखें नम हैं। दीदी तुम अब छोड़ दो पत्रकारिता। भाई इमोशनल हो रहा है। अरे अभी ये सब मत करों। अभी दी को ठीक होने दो।

दी कुछ मत सोचो। कुछ नहीं हुआ है। बस जल्दी से घर आ जाओं। सब लोग ठीक है ना। हाँ सभी ठीक हैं। पर तुम प्रोमिस करो कि ज़्यादा कुछ नहीं सोचोगी। मैंने जैसे ही सर हिलायाँ। चीख निकल गई। नर्स दौड़कर आई। मेरी आँखें दर्द से बंद हो गई। अभी आपलोग जाइए। इनको रेस्ट करने दीजिए।

पता नहीं कितने दिन हो गए है यहाँ पर। दवा और इंजेक्शन मेरे संगी बन गए है। अभी की कई सारी बातें समझ से परे है। उठने बैठने में भी नर्स की

हेल्प लेनी पड़ती है। लगता है मेरा पूरा अस्तित्व बेहिसाब दर्द और तकलीफ से जुझता हुआ ख़त्म हो रहा है। मेरे पास किसी को आने की इज़ाजत नहीं है। पर मुझे सबसे बातें करने का मन कर रहा है। अधिकतर समय मैं दवाओं के प्रभाव से सोती रहती हूँ।

कई दिनों के बाद मैं आज मुझे अच्छा लग रहा है कुछ हल्का हल्का सा। आँखों के पपोटे भी हल्के हो गए हैं। अब मैं नज़रें उठाकर देख पा रही हूँ। सीनियर डॉक्टर मेरी सुधरती हालत से खुश हैं। सर मैं अपने घर कब जा रही हूँ। बहुत जल्दी ही मैडम। आप चाहें तो लोगों से मिल सकती है। पर ध्यान रखें कि ज़्यादा बोलना और सोचना आपके स्वास्थ्य के लिए महंगा हो सकता है।

नहीं डॉक्टर आप निश्चिंत रहें, मैं पूरा ध्यान रखूंगी। पर आप बता सकते हैं कि मुझपर जो हमला हुआ उसमें कोई पकड़ा गया कि नहीं। ये सवाल अचानक से मेरे दिमाग़ में आया।

मैडम अभी आप सिर्फ़ अपने हेल्थ पर फोकस कीजिए। सबकुछ ठीक हो जाऐगा। अपने घर में कॉल कीजिए। फ्रेंडस को बुलाइए और हंसिए मुस्कुराइए। यही तो लाइफ है। अभी आप की स्माइल से देखिए कितनी पॉजिटीविटी फैल गई। डाक्टर ने मुस्कुराते हुए कहा।

करीब आधे घंटे में मेरा कमरा गुलजार हो गया। नीना ओर बच्चे, सोमेन और उसकी वाइफ आए। सोमेन ने जयकारा दिया जय माता दी। हम सब भी जय माता दी के जयकारे लगाकर लिपट गए। जब भी हम सब खुश होते तो यही जयकारा साथ में लगाते या जय महादेव का नारा। दीदी आप कितनी बहादुर हैं ना। आपने कैसे मुकाबला किया। अच्छा मैंने और मुकाबला। हाँ पेपर में निकला था। अच्छा ...........। क्या मैंने मुकाबला किया था। पर मेरे पास तों कुछ नहीं था।

दीदी तुमने ना अवचेतन में हीं अपने स्कूटी को उनपर गिरा दिया था जब उनमें से एक तुमको मारने आ रहा था। वही पल था दी कि उपरवाले ने तुमको बचा लिया। पुलिस वैन ने चारों तरफ़ से घेरकर उस आदमी को पकड़ लिया और मार मार कर पब्लिक ने अधमरा कर दिया।

मैं घटना का विवरण सुनकर सन्न रह गई। मुझे ये सब याद नहीं आ रहा है। सिर्फ़ यही याद है कि मेरी स्कूटी के सामने किसी ने विस्फोट किया और मैं नीचे गिर पड़ी। आग की लपटें चारों ओर फैल गई। सामने से दो लोग मेरी तरफ़ आ रहे थे। इसके बाद नहीं पता क्या हुआ।

नीना ने बताया कि जिस जगह पर हमला हुआ वो अलफेंटा मोड़ था,

अच्छा खासा भीड़ वाला इलाका। जितनी तेजी से ये सब हुआ उतनी ही तेजी से लोग इकठे भी हो गए। पुलिस की गश्ती वैन भी आ गई। उनमें से एक पकडा गया। पर मेरे हाथ के कुछ हिस्से उड़ गए। हाथ और बाल क्षतिग्रस्त हो गए। अपने बालों पर हाथ फेरा तो वहाँ छोटे छोटे बाल हैं।

जले बालों को काट दिया गया। माथे पर भी बारूद के छींटों के कारण जलने के निशान आ गए। पर दी भगवान तुमपर मेहरबान था। जैसा अटैक किया गया उसकी तुलना में कोई बड़ा नुकसान नहीं हुआ। पर अब तुम ये पेशा छोड दो प्लीज। नीना की आँखों में आँसू हैं। साथ आए बड़े बच्चे खुश हैं कि मैंने कितनी बहादुरी का काम किया है।

पता है दीदी सिटी में तो आंदोलन हो गया। हर दिन सरकार के खिलाफ़ धरना प्रदर्शन हो रहा है। कितने ही संगठन अपराधियों को अरेस्ट करने की डिमांड लेकर डटे हुए हैं। सबसे बड़ी बात कि जिस दिन आप पर अटैक हुआ। उसी दिन पी.पी.सिंह उर्फ़ सदानंद और मधु उर्फ़ कुलसूम की ज़मानत अर्जी खारिज कर दी गई। आप पर जो अटैक हुआ उसका रिलेशन इस बात से जोड़ा जा रहा है।

मैं चुप होकर सुन रही हूँ। अभिजित मेरे सामने है और बोल रहा है देखो मैंने बचा लिया ना तुम्हें। साथ हूँ तुम्हारे। छोडूंगा नहीं। मेरे चेहरे पर मुस्कुराहट छा गई। बुआ आप ना अब वेब सीरिज बनाइए। अभी काफ़ी पोपुलर हो रहा हैं। इसी अटैक पर स्टोरी बनाइए, एकदम हिट हो जाऐगा। बाबू, दी जब ठीक होगी तो ये सब बात करना। सोमेन ने डांटा टोनी को। अरे कोई बात नहीं इंज्वाय करने दो।

एक नर्स ने कमरे में आकर कहा कि अब मैडम को थोड़ी देर रेस्ट करने दें फिर इवनिंग में आ जाइऐगा। हाँ हमलोग जा रहे हैं। ठीक है दी। शाम को आते हैं। तुमलोग परेशान मत हो। आराम से रहो। जब समय मिले तभी आना। दरअसल मुझे पता है कि इन सबके पास कितना सारा काम है। घर बाहर करते करते थक जाते हैं सब।

एकाध घंटे के बाद मैं जगी। नर्स बोली मैडम आपसे मिलने बहुत लोग आया है। भेज दें। कमरा फूलों की सुगंध से भर गया। अलग अलग तरह के सुगंध। चारों ओर ख़ूबसुरत फूल मुस्कुरा रहे हैं। नर्स उन सबको भेज दो। शहर के कई पत्रकार और संपादक अंदर आ गए हैं। मैंने सबको विश किया उठने की कोशिश की पर दर्द ने उठने नहीं दिया, बिस्तर पर हीं लेटी रह गई।

बधाई हो मैडम अपराजिता। आपने अपनी इच्छाशक्ति से मात दे दी मौत

को। हम सब बेहद खुश हैं कि आप इतनी जल्दी रिकवर कर गईं। ये विजय है प्रेस क्लब के अध्यक्ष।

झांसी की रानी हो तुम तो अपराजिता। प्राउड आन यू। हमारे ग्रुप के लिए गौरव का क्षण है कि तुम इस अख़बार के साथ जुड़कर एक बड़े मिशन को लेकर काम कर रही हो। ये मेरे अख़बार के संपादक मि. नंदन सेन हैं।

देखो अभी तुम अख़बार तो नहीं पढ़ सकती। पर मैं बता रहा हूँ कि नेशनल लेवल पर इसको लेकर बवाल मचा है। सेंट्रल मिनिस्टर ने भी इस मामले को लेकर राज्य सरकार को तलब किया है।

साला मजाक है क्या। अरे क्या कर रही है राज्य सरकार। आप आरोपी मंत्री को फिर से टिकट दे देते हैं। सदानंद जैसे दुराचारी के गुर्गे सरेआम पत्रकार को धमकाते हैं, हत्या की नियत से जानलेवा हमले करवाते हैं। पुलिस इतनी निकम्मी कि अबतक हमलावरों को गिरफ्तार नहीं कर सकी। कई पत्रकार साथी गुस्से में हैं।

सर हमलोग के लिए कुछ नहीं है मरने के अलावा। एक तो इतने जोखिम लेकर स्टोरी करो। उसपर अपराधी के हमले झेलो। मर मरा जाओ। तो परिवार सड़कों पर आ जाऐगा।

मि. सेन सब सुन रहे हैं। अपराजिता तुम चिंता नहीं करो। सब ठीक होगा। अस्पताल के खर्च के लिए चिंता नहीं करना। देखो हम इस मामले को छोड़ने नहीं जा रहे। उन को ये पता चलना चाहिए कि उन्होंने किस अख़बार से पंगा लिया है। खून के आँसू रोऐगें वो सभी। संपादक भी आक्रोश में हैं।

किसी महिला पत्रकार पर हमला पुरूष प्रधान व्यवस्था के लिए एक चुनौती होती है। अरे हमला करना था तो मर्द पत्रकाऱ पर करते। कायर कहीं के। ऐसी वाली फीलिंग है उन सबके मन में।

मैंने सबको थैंक्यू कहा। उनके साथ ने मुझे अच्छा फील कराया। पर मैं उदास हूँ। शरीर और मन दोनों ही थके हैं। कुछ ख़त्मेहो रहा है मेरे अंदर। मुझे किसी का इंतजार भी नहीं। बस गुम हो जाना चाहती हूँ। ना तो किसी की सुनना है और ना सुनाना है। अपने कंधों पर हीं बोझ उठाना पड़ता है, दूसरों के कंधे पर तो सिर्फ़ जनाजे उठाए जाते है। इन पंक्तियों में छुपा है ज़िंदगी और संबंधों का तानाबाना।

# 9. स्वाहा स्वाहा

शाम होने में वक़्त है अभी। मुझे नर्स चाय और बिस्किट देकर गई है। मैडम इसको खा लीजिए दवा देनी है। मैं आइने में अपनी शक्ल देखना चाहती हूँ। कैसी लग रही हूँ मैं। सिर के पिछले हिस्से में दर्द हो रहा है। सभी ने सोचने को मना किया है। मैं सोच भी नहीं रही। पर कई ख़्याल बिन बुलाए आते जा रहे हैं।

दिमाग़ में कई धुंधली तस्वीरें आती हैं। जिनमें सबकी शक्ल जानवर जैसी है। आधे पशु और आधे मनुष्य का। उनके हाथों में चाकू, तलवार, तीर और पता नहीं क्या क्या है। वो सब एकसाथ मुझ पर वार कर रहे हैं। मैं अपने हाथों से चेहरा ढंक लेती हूँ। एक चित्कार निकलती है। नर्स दौड़कर आती है। क्या हुआ मैडम। मेरे दोनों हाथ चेहरे को ढंके हुए हैं। पूरा शरीर पसीने पसीने हो गया है।

नर्स तुरंत मेरा बी.पी.टेस्ट करने लगती है। मैडम आप टेंशन नहीं लें सब ठीक हैं। नहीं परेशान नहीं हूँ। बस अचानक से दिमाग़ में उस अटैक का सीन आने लगा। नहीं आप डर रही हैं। जबकि हम सबको पता है कि आप कितनी बहादुर हैं।

बहादुर और मैं। न न ये गलत है। हाँ इमोशनल हूँ। इसी चक्कर में रिस्क ले लेती हूँ। नर्स बोली आप खास हैं हमारे लिए। आपने कितनी लड़कियों की ज़िंदगी बचाई। गॉड आपकों हमेशा प्रोटेक्ट करेगा।

मेरे कमरे में ढेर सारी रोशनी है सफ़ेद वाली। चंदन के सुगंध वाली अगरबती भी है। नर्स आई है और साथ में चाय की ट्राली ले आई है। मेरा कुछ चटपटा खाने का मन कर रहा है। पर यहाँ तो सादे बिस्किट दिए जा रहे हैं। नींबू वाली चाय मिलेगी क्या।

ठीक है मैडम। आप के लिए लेकर आते हैं। पकौड़े बने हैं कैंटीन में, ले

आउं क्या। अरे नहीं हम ये सब लेकर आए हैं। एक साथ कई चहचहाटें कमरे को उत्सवी माहौल में बदलने लगीं। कैसी है मेरी जान। कामिनी, रीना और नाज़िया ने एक साथ धावा बोला। नाज़िया मुझसे लिपट गई और रोने लगी। मैडम जी हमारे चलते ऐसा हो गया।

हरामी लोग नरक जाऐगा। कीड़ा पड़ेगा। अल्लाह ने उनलोग को बता दिया कि हमारी मैडम जी को कुछ नहीं हो सकता।

नाज़िया उठो दीदी के पास इ सब बात मत करो। डॉक्टर मना किए हैं। रीना ने कहा। दी आप ना एकदम ठीक हो जाइऐगा। देखिए हमलोग बुढ़वा महादेव बाबा के पास जाकर मनौती माँने थे कि हमरी दीदी को कुछ नहीं होना चाहिए बाबा, नहीं तो लोग का श्रद्धा खतम हो जाऐगा। बाबा सुन लिए। इ नाज़िया भी गई थी। कामिनी दूर खड़ी मुझे देख रही है।

इन सब पर मुझे प्यार आने लगा। मुझे जीना तो पड़ेगा ऐसे रिश्तों के लिए। हमलोग एक दिन भी नहीं सोए हैं दी। तीनों आदमी साथ में थे। रीना बोलते बोलते रो पड़ी। रीना बस करो यार। अपराजिता ठीक है। जब अस्पताल से घर आऐगी तो हमलोग सब बात करेगें।

अपराजिता हम उदघाटन की तारीख़ नहीं टाल रहे। ये कार्यक्रम तो उसी दिन होगा। देखते हैं कौन रोक लेगा। सदानंद को बेल नहीं मिली तो उसके गुंडों ने हमला किया। अब देखना कि उसका क्या हश्र होगा। कामिनी बेहद शांत है। उसके शब्द एक सर्द गुस्से में है। जिसमे ताप नहीं, बल्कि एक मजबूत सोच है जो चीज़ों को परिणाम में बदल देगी।

मैडम जी दीदी को जो चोट पहुँचाया है उसको हमलोग नहीं छोड़ेगें। उ हरामी लोग एही सोचा ना कि इनको मारिए देगा। पर भगवान जानते है कि इ मैडम सबको बचाइ है दुर्गा की अवतार हैं। देखिए इसीलिए उ मा.....की जात को बेलवे नहीं मिला। नाज़िया भयानक गुस्से में है। उसे रोकना ज़रूरी है।

नाज़िया इधर आओ। वो मेरे पास आई। सुनो तुम कुछ नहीं करोगी। जो करना होगा ना उपरवाला करेगा। वो लोग कुछ भी करवा सकतें है। तो अगर ऐसे लोगों का मुकाबला करना है तो तुमको बहुत अच्छा खेलना होगा। उसमें नाम करना होगा। हाँ अपने अल्लाह मियाँ से मेरे लिए दुआ करना।

उ सब का बेट करेगें ना मैडम जी त कहियो कुछ नहीं होगा। हम अच्छा खेल रहे हैं। आप बेफिकर रहिए। पर इ सब के त नाज़िया छोड़ेगी नहीं। हम आपके लिए ना एगो ताबीज़ फुंकवा कर ला देगें। आप पहनइयेगा ना मैडम जी। अरे क्यों नहीं ज़रूर पहनेगें। मैडम जी सब शैतान लोग ना ख़त्म हो जायेगा।

नाज़िया सुनो बेटा अभी हमलोग को संस्था का उदघाटन करवाना है और उसमें तुम को ही मेन रोल में रहना है। इसके बाद हमलोग क्या और कैसे करेगें, बैठकर तय कर लेगें। नाज़िया का चेहरा स्याह सफ़ेद हो रहा है।

अपराजिता अभी तुम कुछ मत सोचो। वो हम पर छोड़ दो। बस तुम एकदम फिट हो जाओ। उन्हें अहसास होगा कि गलत जगह हाथ डाला है उन्होंने। पुरा देश बवाल काट रहा है। छुटेगा तो कोई नहीं। पर हम सभी को तुम्हारी फिक्र है यार। कामिनी थोड़ी इमोशनल हो गई। रीना तो चुप रहकर सिर्फ़ आँसूओं को संभाल रही है।

मैं क्या करूँ। भीतर एक डर है। इससे इन्कार नहीं। पर हमेशा अगर डर हीं बना रहे तो जीवन जीना कठिन हो जाऐगा। इसको बताना भी सही नहीं।

कामिनी तुम लोग जाकर तैयारी करो। सब कुछ अच्छे से करवा लेना। हाँ नाज़िया का ध्यान रखना। कार्यक्रम के बाद उसको हैदराबाद जाना है तो ये सब भी देखना पड़ेगा।

मैडम जी हम आपके पास ही रहेगें। आपकी सेवा करेगें। हम नहीं जाऐगें। नाज़िया ज़िदद पर अड़ गई। अरे नहीं बाबू हम यहाँ ठीक हैं। तुम ना रीना और कामिनी मैडम के साथ जाकर तैयारी करो। मिलने के लिए आ जाना जब मन करे।

पता नहीं क्यों कामिनी और रीना ने मुझसे कुछ भी नहीं कहा। पर उनकी आँखों में कुछ खास भाव थे जो अमूमन नहीं होते।

अपराजिता तुम ना बस रेस्ट करो। तुम बहुत दिनों से सोच रही थी ना कि अपनी पसंद का कुछ चटपटा सा खाऐं। तो ये सब करो। पर टेंशन नहीं लेने का है।

हम्म..........ठीक है। ऐसा हीं होगा। वो सभी चले गए। मेरे दिमाग़ में एक चित्र उभर रहा है। एक स्मार्ट लुक वाले देहाती बंदे का। जैसा फिलमों में दिखाया जाता है। कस्बे का बिगड़ैल लड़का। जीन्स और रंगीन टी-शर्ट पहने हुए। उसके हाथों में चाकू था और फिल्मी अंदाज़ में मुझपर वार करने वाला है। उसकी ये हरकत देख मैं एकदम डर गई। रोकने की कोशिश की पर मेरे चारों तरफ़ खून का फव्वारा बन गया और मैं उसमें डूब रही हूँ। हे भगवान मुझे ताकत दे।

नर्स मैं चिल्लाई। वो दौड़कर आई। क्या हुआ मैडम। लीजिए पानी पीजिए। मैं ठीक हूँ। सॉरी आपके दोस्त आ गए थे तो बाहर चली गई। ठहरिए एक दवा देती हूँ। देखो अब मुझे मेडिसीन मत दो। खुद से ठीक होने दो। इससे मुझपर

एक भारीपन सा छाया रहता है। मैडम मेडिसीन इसलिए दिए जाते हैं जिससे पेशेंट के दिमाग़ पर असर ना पड़े। वो ज़्यादा कुछ सोचे ना।

पर मुझे सोचना है और जानना है कि आख़िर कौन लोग हैं जो मेरी जान हीं लेना चाहते है। नर्स थोड़ा डर गई। मैडम आप ठीक हो जाइए तब इ सब कीजिऐगा। वो एक जूनियर नर्स है जिसकी देखभाल की डयुटी लगाई गई है।

आप क्या पिऐगीं। बताइए हम लेकर आते है। ठीक है अभी जो ये कहती है सुन लेते है पर डॉ. सेन जब आऐगें तो उनसे बातें करेगें। तुम मेरे लिए कॉफी बनाकर लाओ। मुझे सरकार की तरफ़ से बहुत सारी सुविधाऐ दी गई है। वी. आइ.पी.ट्रीटमेंट मिल रहा है। वाह क्या बात। पर अगर वो मुझे मार ही देते तो।

हैल्लो अपराजिता हाउ आर यू, यार। डरा दिया सबको। हँसते हुए कई चेहरे मेरे सामने नुमाया हो गए। वो सब मेरे कॉलेज और इंस्टीटयूट के दोस्त हैं। मिलना तो होता हीं नहीं पर ऑनलाइन जुड़ाव बना हुआ है।। यार इतने बड़े बड़े अवार्ड ले आई। कुछ इधर भी दे देना। वो अपनी तरफ़ से माहौल को खुशनुमा बनाना चाह रहे हैं।

उन सब ने मुझे एक गुलदस्ता दिया। बेहद ख़ूबसूरत। रजनीगंधा की सुगंध से लबरेज हो गया माहौल। वो सभी विवाहित लोग हैं जिनके लिए रजनीगंधा की सुगंध का कोई मतलब नहीं रह गया। वर्ना एक ज़माने में तो किसी रोमांटिक ख़्याल को जगाने के लिए हम सबके लिए यही काफ़ी होता था।

इन पांच में दो लड़कियाँ और तीन लड़के हैं। अविनाश खेर, बिकास राठी, नयन पाल, मैरी हंसिका और नयना चतुर्वेदी। सब के सब ग़ज़ब के खिलंदड़े हँसने हँसानेवाले। मुझे इनकी कंपनी हमेशा से पसंद रही है। पढ़ाई का मतलब नौकरी और छोकरी पा लेना। इससे अधिक कुछ नहीं। ये सब बड़ी कंपनियों में है अच्छे ओहदे पर। लाइफ में कोई विस्तार नहीं। बस अपनी ज़िंदगी को भरपूर इंज्वाय कर रहे हैं।

अपराजिता टेल मी वन थिंग। तुम इतना कैसे कर पाती हो। आई मीन लाइफ का रिस्क लेना। रिपोर्टिंग इज़ ओके। बट ये होना। रियली वी आर वरी अबाउट यू। नयन पाल का चेहरा सच में चिंता से भर गया। लाइफ को सेलिब्रेट करना चाहिए यार।

बेटा हो गया तेरा। हम यहाँ आए हैं अपराजिता की जीत का सेलिब्रेशन करने और तू गड़बड़ा रहा है। बेचारा बच्चा है छोड़ दे ना विकास।

अपराजिता याद है ना एक बार हम लोग फिल्म देखने गए थे तो नयन पाल डरकर रोने लगा था। उं ....मुझे तो याद नहीं। यार ये झूठ है तो उसको

क्यों याद रहेगा। एक घंटे तक दोस्तों की चुहलबाजी ने नयी उर्जा से भर दिया। उनमें से किसी ने नहीं कहा कि चिंता नहीं करना। ख़्याल रखना।

वो लोग हँसते हँसते चले गए। मुझे इस पॉजिटिव एनर्जी की सख्त ज़रूरत थी। हँसने की, मुस्कुराने की। खासकर पेंशेंट से मिलने जाने पर सिर्फ़ बीमारी नहीं बल्कि वैसी बातें करनीं चाहिए, जो दिमाग़ को तनावमुक्त कर दे। ये अब मुझे समझ गया।

मेरी आँखें नींद से झुकने लगीं हैं। उन्हीं आँखों से कमरे के उजले प्रकाश को देखा। उसकी उजास ने एक अनजाने सुख से भर दिया। मेरी आँखें जब खुलीं तो रात के तीन बज रहे थे। मन किया कि प्राणायाम कर लूँ। मेरे हाथों और चेहरे पर पटिटयाँ चढ़ी होने की वजह से संभव न हो सका। मैं उदास हो गई। कबतक ये सब ठीक होगा। इसके बाद कोर्ट, कचहरी पता नहीं क्या क्या करना होगा।

कमरे में सोई नर्स जग गई। गुड मार्निंग मैडम। गुड मार्निंग। जल्दी उठ गए आप। मुझे क्यों नहीं जगा दिया। नहीं इसकी कोई ज़रूरत नहीं है। आप चाय लेंगी क्या। हाँ हाँ मजा आऐगा इतनी सुबह चाय पीने पर। मुझे स्माइल करते देख नर्स खुश हो गई। रेडिमेड चाय मसाले का स्वाद मुझे पसंद नहीं आता। पर अभी उसके फ्लेवर ने मस्त कर दिया।

सही कहा है लाइफ में चेंज बहुत ज़रूरी है। चाहे चाय का नया फ्लेवर ही क्यों ना हो। आप वाक करना चाहेंगी। यहीं कॉरिडोर में।

हाँ ज़रूर। नर्स ने मुझे सहारा देकर उठाया। खड़ी हुई तो लगा दर्द की एक तीखी लहर दौड़ रही है। आह भगवान जी। मैडम जी आप लेट जाइए ज़्यादा दर्द हो रहा है तो। नहीं मुझे चलना होगा रोमा। उसी दर्द में मैंने एक एक कदम बढ़ाया। बाहर गमले में फूलवाले पौधे लगे हुए हैं। उनको सहलाना चाह रही हूँ। पर झुक नहीं सकती। मैंने उनको फलाइंग किस दिया। रोमा मुस्कुराने लगीं। लवली वेरी नाइस। मैं एक पिक्चर लेती हूँ। उसने दो तीन तस्वीरें ली अपनी मोबाइल से।

मैडम आपके मोबाइल में सेंड कर दूँ। नंबर बताइए। उसने तस्वीरें भेज दीं। मेरा चेहरा उस फोटों में बिलकुल वैसा लग रहा है जैसा मेरे मन में था। यानि पतला सा भावहीन। हाथों में और माथे पर बंधी पटटी चुगली कर रहे हैं कि हादसा हुआ है। मेरे बाल बिखरे से हैं। कुल मिलाकर सतर के दशक की हीरोइन जो प्रताड़ना की शिकार हो, वैसी लग रही हूँ।

नर्स की डयुटी बदल चुकी है। सीनियर डॉक्टर और उनकी टीम राउंड पर

है। गुड मार्निंग मैडम। गुड मॉर्निगं सर। वाह आप रिकवर कर रही हैं। नर्स ने बताया। दरअसल किसी पेशेंट का विल पावर जितना स्ट्रांग होगा। रिकवरी रेट उतना ही अच्छा होगा। मुझे लगता है कि पुलिसवालों को आपका स्टेटमेंट लेने के लिए बोल सकता हूँ, वहाटस योर ओपिनियन।

ठीक है बुला लीजिए। मैंने अपनी बॉडी पर लगी पटिटयों को देखा। थैंक गॉड कुछ हिस्सा बचा हुआ है। मैं ज़िंदा हूँ। ये अहसास बड़ा है शायद। पर अहसास ऐसा नहीं है कि मैं खुश हो जाऊँ। घर पर लोगों ने कहा कि पूजा करवाना है मंदिर में। उपरवाले ने दीदी की जान बचा दी। ईश्वर की बड़ी कृपा है।

वाकई ऐसा है क्या। तो फिर मेरी जान लेने की कोशिश करनेवालों की जान क्यों नहीं गई। वो तो ठीक है। अगर कृपा होती तो ऐसा होता हीं क्यों। इसके जवाब में कोई धर्मपरायण व्यक्ति बोलेगा कि प्रारब्ध में जो है वो तो होकर रहेगा।

चलो इस पचड़ें में नहीं पड़ते। अभी भी कुछ सपने बचे हुए हैं। जिनकी गिनती हो सकती है। पहले तो असंख्य सपने अपने पंख फैलाए इधर उधर उड़ते रहते थे। रंग बिरंगे सपने। पर अब तो गिने चुने सपने बचे हुए हैं। जो जीवन के लिए ज़रूरी हैं।

मैडम पुलिसवाले आए हैं। ले आओ उन्हें। गुड मार्निंग मैडम। एक पुलिस इंसपेक्टर ने विश किया। उन्हें गुड मार्निंग बोल दिया। मैडम क्या आप तैयार हैं अपना बयान देने को। हाँ क्यों नहीं।

घटना कहाँ हुई और उस दिन क्या हुआ था। अब फिर सें वही सब दृश्य सामने है जिसको मेरा दिमाग़ देखना नहीं चाहता, याद नहीं करना चाहता। मेरे शरीर में दर्द के खौफनाक मंजर आवाज़ें दे रहे हैं। मैं कांपने लगी। अंदर आतंक की लहरें खतरनाक हथियारों से लैस मुझे टुकड़ों में काट रहीं है। उफ कितनी डरावनी है उस अपराधी की शक्ल। मुझपर वार कर रहा है बेतहाशा। रक्त की दीवारें बन गई हैं। उसको चीरता कोई शख्श आ रहा है।

बताते बताते मैं थक गई मेरी आँखें मुंदने लगीं। मैडम अभी रहने दीजिए। सर पेशेंट को तकलीफ हो रही है। आप सर से पूछ लीजिए। हमलोग इसकी इज़ाजत नहीं दे सकते। हाँ हाँ हम दूसरे दिन आ जाऐगें। पर इसपर इनका सिगनेचर चाहिए। ठीक है हम बाद में करवा देगें। फोन कर दीजिएगा। हमलोग ले लेगें।

नर्स ने मुझे पूछा कि आप ठीक हैं ना मैडम। हूँ .......। बस थोड़ी थकावट

हो गई। आप रेस्ट कीजिए। अभी आपसे कोई नहीं मिलेगा।

एक महीना हो गया अस्पताल के कमरे में रहते हुए। लगने लगा कि सदियों से मैं यहीं हूँ। सबलोग आते हैं, बातें करतें हैं चले जाते है। उनमें से कोई ये नहीं जानना चाहता कि अस्पताल के बाद मैं क्या करनेवाली हूँ, या बाहर क्या कुछ हो रहा है। मेरे दिमाग़ पर कोई असर ना पड़े इसलिए शायद। दिल और दिमाग़ दोनों ही दुरूस्त हो चुके है। पर कुछ प्लान नहीं कर पा रही। क्या करूँ इसपर सवाल उठ रहे हैं पर क्या करूँ। इसका जवाब नहीं मिल पा रहा है।

पुलिसवाले दुबारा नहीं आए मेरे पास। हालांकि एफ.आई. आर दर्ज हो चुका है अज्ञात के खिलाफ़। पुलिस अबतक पता नहीं कर पाई है कौन हैं वो लोग। उसमें किसने मुझे फोन से धमकाया था। पुलिस के पास ये सारे डिटेल्स हैं पर अबतक कुछ ठोस परिणाम नहीं आ पाए हैं।

मेरे दिमाग़ में आजकल सिर्फ़ यही चल रहा है कि अस्पताल से जाने के बाद नार्मल लाइफ हो पाऐगी या नहीं। क्या कोई फिर मुझपर अटैक करेगा। मुझे मार डालेंगें वो लोग शायद। आतंक तो नहीं एक अजीब सा ख़्याल आता है जीवन के बारे में। बस यहीं तक का सफर तो नहीं है मेरा। घटनाऐं डरातीं नहीं, पर सबकुछ ख़त्म होने का एक उदास सा ख़्याल मेरे उपर भारी पड़ने लगा है। ये दवाओं के ओवरडोज का भी असर है। हमेशा उनींदी आँखें सोने को विवश कर देती हैं।

आज अस्पताल आए एक महीने हो चुके है। सुबह सोकर उठी तो एक अच्छा सा फील आया। ताजगी वाला। खिड़की से अशोक के लंबे पेड़ की पतियाँ लहराती सी नज़र आई। लॉन में लगे फूलों के रंग मेरे पास पास आने लगे। मैंने अपने बालों को झटका तेल की खूशबु तैर गई। रोमा मेरे बालों को ठीक कर दो।

मैडम आज आपको अच्छा फील हो रहा है ना। हूँ.......। रोमा ने बालों में कंघी की और कहा देखिए सब ठीक हो गया है। मेरी पटिटयाँ हटा दी गई हैं। निशान तो हैं पर वो हल्के पड़ जाऐगेंगा। रोमा कोई क्रीम है ना जो घाव के निशान को कम करने के लिए दिए गए है। हाँ वो लगा देती हूँ।

मुझे हमेशा से स्मार्ट लुक पसंद है। कपड़े से लेकर बालों तक मे्ं। बैठने से लेकर खड़े होने तक मे्ं। मैंने आज पूरे मन से ड्रेस चुज किया और वही पहना। स्काई व्लू कलर का शर्ट और मिक्स कलर का लांग स्र्कट। आँखें सूनी हैं उनको भी सजा लिया हल्की सी काजल की रेखाओं से।

आइना देखा, माथे पर कटे का निशान गाल और आँखें डूबी डूबी सी। जैसे कई रातों का जागरण हुआ हो। सामने के बाल भी गायब वहाँ भी निशान। हाथ तो जैसे काले काले निशानों से भरे पड़े है। नर्स ने कहा कि मैडम आप तो बहादुर हैं। निशान हट जाऐगें पर थोड़ा टाइम लगेगा। अभी ना हेयर स्टाइल को चेंज कर दीजिए। सामने का हिस्सा छिप जाऐगा। मुझे हँसी आ गई। ये नर्स होने के साथ ब्यूटी केयर में भी माहिर है।

रोमा तुम तो ब्यूटिशियन भी हो। नहीं मैडम हमलोग को भी थोड़ा सजकर रहना होता है ना। इसलिए आइडिया हो गया है। अच्छी बात हैं।

मैं कमरे में पड़े सोफे पर जाकर बैठ गई। नर्स ने मुझे बेगोनबेलिया का एक गुच्छा दिया। हैव ए ब्यूटीफुल डे। उसने कहा। यू टु रोमा।

बेगोनबेलिया के रंगबिरंगे पतों ने कमरे की फिजां को भी रंगीन बना दिया। अब विजिटिंग टाइम शुरू हो गया। मेरे पास आज कई भुले बिसरे, पुराने रिश्तों से जुड़े लोग आए। मैं अपनी ज़िंदगी में उनकी वापसी नहीं चाहती। इसलिए औपचारिक तौर पर हीं मिली।

दोपहर के डेढ़ बज चुके हैं। थकावट होने लगी। खुद से बेड पर आ गई। अचानक आँखों के सामने कुछ चेहरे आ गए। जो मेरी तरफ़ बढ़ रहे थे। उफ! आँखों को हाथ से ढंक लिया। दीदी क्या हुआ। उस नई आदिवासी नर्स ने कहा। पानी दो। उसने पानी निकालकर दिया।

आँखें खुली तो कामिनी, रीना और राधिका आसपास थीं। उनकी आँखें नम हैं। क्या हुआ। कामिनी ने मेरे हाथों को पकड़ लिया। रीना और नाज़िया ने झुककर अभिवादन किया। फिर वो दोनों रोने लगी। बेआवाज़ सी रूलाई। अचानक नाज़िया उठी ओर बोली बहुत हो गया ना मैडम जी। अच्छा अच्छा कहकर जीना नइ आता है हमको। जब हम को मारने की कोशिश किया उ मनोरमा और गुंडी गैंग तबो हम नइ डरे। अब तो हम ढीठ हो गए है। हम तो अब उनको पेल देगें। जा रहे है मैडम जी।

नाज़िया कहाँ जा रही हो। कहीं भी मैडम जी। हमको रोकिए मत। अरे सुन नाज़िया। कल हीं तो उदघाटन है। कहाँ जा रही हैं। हम आ जाऐगें। रीना जाने दो। उसने पीछे मुड़कर देखा। मेरी आँखें टकराई तो उसकी आँखों में जलता हुआ कुछ दिखा। क्या है वो।

कामिनी तुम जाओ यार। काफ़ी कुछ मैनेज करना है। दी आप ठीक हो ना। रीना ने चिंतित होकर पूछा। हाँ मैं ठीक हूँ। थोड़ा समय तो लगेगा ना। हाँ, उसकी आवाज़ रूआँसी हो गई।

तुम रेस्ट करो अपराजिता। कोई स्ट्रेस नहीं लो। बस सब ठीक हो जाऐगा। हम्म.............। वो दोनों बिना कुछ बोले चली गई। मुझे नींद आ रही है। नींद का सफर ख़त्म हीं नहीं होता। लगता है अनंत काल से मैं सो रही हूँ।

फिर से दूसरा दिन आ गया। नींद ने तय कर लिया है अपना पहला पायदान। आज मैं ना खुश हूँ ना उदास। मूड स्विंग का मामला नहीं। दवाओं का असर है। जो अलग अलग तरीके से अपना प्रभाव डालतीं है। कभी नींद का बेशुमार झोंका। तो कभी भारी भारी आँखें। दवाएँ ही तय कर रही है इन दिनों मेरी ज़िंदगी।

आज का दिन बेहद खास है। बालिका गृह के शोषण सेउपजी उम्मीदों की नयी कहानी गढ़ी जाएगी। हर उस औरत और डर्टी गर्ल्स के लिए जो समाज के लिए कुड़ा मान ली जाती हैं उनके लिए एक सुरक्षित घर होगा और एक अच्छे भविष्य की नींव रखी जायेगी। हाथ जोड़कर मैंने उस विराट अनंत अदृश्य से प्रार्थना की कि वो अपनी इन बेटियों के लिए एक बेहतर समाज के निर्माण में अपना आर्शीवाद दें।

पर आज मुझे ना जाने क्यों बेड पर रहने का हीं मन कर रहा है। आज कुछ हल्का हल्का सा महसूस हो रहा है। दिमाग़ पर कुछ बोझ सा नहीं है और दिनों की तरह। हाँ निजी तौर पर चारों तरफ़ खालीपन है। मेरे लिए कहीं कुछ नहीं है। मेरे हिस्से का सब गुम है। बस लग रहा है कि ये उदघाटन हो जाए। फिर एक अनजान रास्ते की तरफ़ निकल चलूँ।

क्या अपराजिता तुम भी ना। कभी पॉजिटिव नहीं सोचती हो। इतनी निगेटिविटी है तुम्हारे अंदर है ना कि होनेवाली चीज़ें भी अपना रास्ता बदल लेतीं है। किसी ने कभी ये कहा था।

क्या मैं निगेटिव हूँ। मैं तो कितने सारे लोगों को मोटिवेट कर चुकी हूँ। इसकी तारीफ हर कोई करता है। कभी किसी ने मुझे निराश और हताश नहीं देखा। हाँ अपने को लेकर कभी कोई उम्मीद नहीं रही। अपने लिए क्या चाहती हूँ मैं। ये कभी स्पष्ट नहीं रहा।

संस्था के उदघाटन की तरफ़ ध्यान गया तो फिर एक उम्मीद मुस्कुराने लगी। मैंने उसको आहिस्ते से गले लगाया और कहा बहुत बहुत बधाई।

अचानक किसी ने दरवाजे को धकेला। मेरे अख़बार का जूनियर प्रशांत था। बेहद हड़बड़ांया हुआ। क्या हुआ प्रशांत। नहीं नहीं आप लेटे रहिए। बस सुनिए जो हम सुना रहे हैं। आज सवेरे सवेरे ही मनोरमा के गांववाले घर को जला दिया गया। क्या। हाँ और सदानंद के ऑफ़िस व घर को भी खाक कर

दिया गया। सदानंद का बेटा झुलस गया है। लोग बता रहे हैं कि कुछ पागल औरतों ने ये सब िकया है जो बालिका गृह से भाग गई थी। पुलिस ने उनको अरेस्ट कर लिया है।

प्रशांत की बातों ने मेरा होश गुम कर दिया। कौन थी वो लोग। कैसे किया ये सब। प्रशांत उन औरतों का क्या हाल है। आप अभी सुनिए। आज हीं सिविल कोर्ट ने सदानंद और मनोरमा को इस पूरे प्रकरण में दोषी मानते हुए आजीवन कारावास की सजा सुनाई है।

आज हीं। हाँ। उन हरामजादों पापियों को सजा मिल गई है। आप देखिए इस वीडियो को जिसमें उनके घर नहीं जल रहे, बल्कि सैकड़ों दुखी आत्माओं की बददुआ आग की विकराल लपटों के रूप में निकल रहीं हैं।

मेरे मोबाइल पर वो वीडियो डाउनलोड हुआ और मेरे कमरे में भी लपटें पहुँच गईं। उनके मकान- दुकान में बस आग की लपटे, शोरगुल दिखाई पड़ रहें हैं। एक आग की लपट आगे बढ़कर सबको लपटों में बदल रही थी। किसी की आह सबको जला रही थी। किसी के आशियाने को आग के ढेर में देखना बर्दाश्त नहीं हो रहा है।

धू धू धू की धुन किसी डरावनी आवाज़ का आगाज कर रही हैं। कभी गेट पर लपट है तो कहीं सीढ़ियाँ जल रही हैं। आग की लपटें किसी मदारी की धुन पर तांडव नृत्य कर रही हैं। यहाँ से वहाँ। हाहाकार मचाती लपटें मृत्यु से साक्षात्कार करवा रही हैं। लपटों की दरिंदगी में चीखते भागते लोग अब नहीं बच पाऐगें।

ऐसा हीं सीन होता होगा जब बालिका गृह की निरीह बच्चियाँ हवस के दरिंदों से बचने के लिए दौड़ती भागती होंगी। पर उनकी पुकार सुनने वाला बचानेवाला कोई नहीं था भगवान भी नहीं। मेरी आँखों में हिंसा की लपटें चित्कार बनकर दौड़ने लगीं।।

प्रशांत चला गया है और मैं अकेली उन राक्षसी आग की लपटों से जुझ रही हूँ। उन लपटों में मनोरमा और सदानंद की वहशी ख्वाहिशें किसी विशाल दानव की तरह आगे बढ़ती जा रही हैं। अब वो लपटें मेरी तरफ़ आ रही हैं। उनके सर नहीं, पैर नहीं, हाथों में रिवाल्वर और चाकू हैं। तभी अचानक एक दूसरी बड़ी लपट आकर उस को अपने में सिमटा देती है। दोनों ही तो लपटें हैं जो एक दूसरे को खाक करने में लगीं है।

अचानक वहाँ कई औरतों की आकृति लपटों में घिर गई। मेरी चीख निकल गई। वो सभी अपने बालों को नोंच रही है। कपड़ों को जोर से पकडकर

चिल्ला रही हें। कई आकृतियाँ उन्हें नंगा कर रही हैं। मैंने अपनी आँखों को ढंक लिया। जोर से चिल्लाई।

मैडम ठीक तो हैं ना। क्या हुआ। नर्स बदहवाश होकर पास आई। हाथ हटाइए इधर देखिए। वीडियो बंद हो गया। सांसें तेजी से धड़क रही हैं। पानी पीजिए मैडम। हम सर को बुलाकर लाते हें। अरे नहीं हम ठीक हो जाऐगें।

नहीं हमको डांट पड़ेगी। नर्स घबरा गई। सुनो इधर कुछ नहीं होगा। हमको थोड़ा उठा दो। वाक करेगें तो ठीक हो जाऐगा। आग की लपटें अभी भी साथ चल रही हैं।

फोन की घंटी बजी। वीडियो कॉल है। संस्था का उदघाटन हो रहा है। नाज़िया माइक लिए कुछ बोल रही है साथ में एक वीडियो टैग किया गया है। आग की लपटों से भरा माहौल। जहाँ सब स्वाहा हो रहा है। वहाँ मौत का आतंक धू धू करके नाच रहा है।

मैंने झट से वीडियो बंद कर दिया। रीना ने कॉल किया। दीदी संस्था का उदघाटन हो गया। बधाई हो। मेरी आवाज़ में कोई जोर नहीं। एक ठहरी हुई सूनी सी आवाज़। मैं कहाँ खो गई। दी आप ठीक है ना। हाँ रीना क्या कार्यक्रम ख़त्म हो गया। हाँ बस मेले को विजिट कर रहे हैं मिनिस्टर साहब।

अच्छा सब ठीक से हो गया ना। हाँ दी, बालिका गृह में जो दरिंदगी हुई ना बच्चियों के साथ। आज उसका भी हिसाब होइए गया। क्या हुआ रीना। दी हमलोग निपटाकर आते हैं ना।

प्रशांत बोल रहा था कि कुछ पागल महिलाओं को पकड़ा गया है जो वहाँ पर आग को देखकर ठहाका मार कर हँस रही थी। पुलिस का कहना है कि उन्होंने आग लगाई। कौन है वो महिलाऐं। कहीं रीना के पास रखी गई महिलाएँ तो नहीं जो भाग गई। पता करना पड़ेगा। मुझे टी.वी देखने का मन करने लगा। मोबाइल को छूने की हिम्मत नहीं है।

बालिका आश्रय गृह की कहानियाँ मेरे सामने आने लगीं। मन एक पीड़ा और घृणा से भर गया। इंसान की शक्ल में राक्षस। नर्क से भी बदतर ज़िंदगी को, ज़िंदा आग में झुलसानेवाले नाली के कीड़े आख़िरकार उन मासूम आहों की चपेट में आ ही गए। उनकी ज़िंदगी भी अब नर्क बन गई। अब अपने ही बनाये दोज़ख़ में तड़प तड़प कर मरेगें। उनका जेहनी पाप उनकी नींद, चैन सब ख़त्म कर देगा। मैंने नफरत से उनकी ज़िंदगी का मर्सिया पढ़ा।

आख़िरकार सदानंद के बनाये दोज़ख़ को दोज़ख़ की हूरों ने ही सब स्वाहा स्वाहा कर दिया।

मेरे मन में जारी भावनाओं का अंधड़ चुप्पी लगाकर बैठ गया। कुछ ऐसा हुआ कि मैं कमरे से बाहर निकलकर कॉरिडोर में आ गई। सामने फूल की क्यारियाँ हैं। उनकी मुस्कुराहट मेरे चेहरे को स्माइली बनाने लगीं। होंठ के आकार बढ़ने लगें। स्माइल हँसी में बदल गई। मैं हँसने लगी। वाह कितने दिनों के बाद अंदर कुछ ताज़ा ताजा सा गया। अंदर भी ताजी हवा के झोंके ने सारे अवरोधों को दूर कर दिया। अब सांसें खुलकर नृत्य करने लगीं।

मैं भी यही चाहती थी कि उनका सब बर्बाद हो जाए। तड़पें ये अपराधी। वैसे ही जैसे तड़पा तड़पाकर कितने निर्दोष को ज़िंदा मार दिया।

कोई स्त्री तमाम दुख झेलती है अपने घर, परिवार और समाज में। क्योंकि उसे भरोसा होता है कि उसके साथ हुए अन्याय का प्रतिकार होगा। पर जब उसको ये समझ आ जाता है कि अपमान और जिललत ही जीवन बनेगा। तब वह बेशर्म और ढीठ होकर तमाम वर्जनाओं को ध्वस्त करती है, तबाही ला देती है। उन्ही दोज़ख़ की हूरों ने ये आग की होली खेली होगी। उनका तो सब खाक हो गया तो बचा क्या।

अब विक्षिप्त और बर्बाद हुई औरतों ने आग को अपना हथियार बनाया और उसकी पीली लपटों को साक्षी बनाकर सब कुछ स्वाहा कर दिया। आज उनकी तड़पती आत्माओं को सुकून मिल रहा होगा। मैंने आँखें बंद कर उनके सुकून को अपने दिल में उतार लिया।

बिस्तर पर लेटी मैं अपने भीतर के आतंक से उबर रही हूँ। हर बुरी बात का अंत होता है। चाहे उसका रूप कोई भी हो। अर्से से दिमाग़ में फ्रीज हो चुकी खौफनाक हादसे की तस्वीर हटने लगी है। ताजी ताजी हवा मन की दहलीज पर आकर सहलाने लगी है।

अपराजिता कई आवाज़ें एक साथ आ रही हैं। आँखें खोलने का मन नहीं कर रहा। हुँ ........कहती हुई मैं बेड से उठकर बैठ गई हूँ। पत्रकारों का झुंड कमरे में घुस गया है। देखो यार आज तो बस धमाकेदार हेडलाइन बना दी है फिर से बालिका गृह ने।

क्या हुआ जगदीश। आज तो सदानंद एंड गिरोह को सिर्फ़ दर्द मिला है। कोर्ट ने आजीवन कारावास दिया तो कुछ पागल औरतों ने चुन चुनकर उनके घरों को जलाकर खाक कर दिया। उनके घर के लोग बुरी तरह से झुलस गए हैं। जिन्होंने तुमपर हमला करवाया था, उसमें सदानंद का बेटा भी था। वो भी बुरी तरह से झुलस गया है। सबके पाप स्वाहा स्वाहा हो गए हैं।

क्या हाँ। अपराजिता। ये भी अजीब है जब संस्था का उदघाटन हो रहा था

तो दूसरी तरफ़ उन पापियों का सब ख़त्म हो रहा था। हमारे मोबाइल पर आग से जलती तस्वीरें थीं तो साथ में नवनिर्माण का आगाज हो रहा था। सभी हैरान थे कि आख़िर एक ही दिन बर्बादी और निर्माण का आगाज कैसे हुआ।

स्वाहा स्वाहा की गूँज सुनाई पड़ रही हैं। प्रज्वलित अग्नि सबके पापों का भक्षण कर रही है। उसकी लपटें विशाल होती जा रही हैं। स्वाहा स्वाहा। मैं हैरान सी उस दावानल को सबकुछ भक्षण करती हुई देख रही हूँ। स्वाहा!अग्नि नमाय! स्वाहा!। पाप के कुंड में सब स्वाहा हो रहा है। आज़ाद आत्माएँ अग्निदेवता का आवाहन कर रही हैं। आओ और दुष्ट लोगों का भक्षण करों।। पता नहीं कैसे मेरे दोनों हाथ जुड़ गए। डर से या उस अज्ञात की ताकत से। जिसने कई कमजोर और पदादलित आत्माओं को प्रतिकार करने की शक्ति दी।

खिडकी का पर्दा खिसका और सुर्य की कड़कड़ाती किरणों ने सीधे सीधे बिस्तर को छूते हुए मेरे चेहरे पर नज़र डाली। उफ गाल तमतमा गए। उस एक पल में लगा कि आग की लपटों ने कैसे जला दिया होगा। जो उसकी चपेट में आए होगें। उनका क्या हाल हुआ होगा। आग में झुलसे शरीर की मर्मातंक चीखें कानों के पास आकर चीखने लगीं। पर मुझपर कोई असर नहीं हुआ। एक कतरा भी नहीं पिघला मेरे अंदर।

मैं आज चैन में हूँ। पहली बार इन बातों का घटनाओं का कोई साइड इफेक्ट नहीं है। जो हुआ, सो अच्छा हुआ। ये वाला भाव प्रभावी हो गया है। इतने दिनों से मेरे अंदर कुछ था जो चैन से रहने नहीं देता था। हर वक़्त लड़कियों, बच्चियों की दर्दनाक चीखें बेचैन किए रहतीं। स्थायी किस्म की उदासी मुझे डिप्रेशन में धकेल रहीं थी।

अब लगा कि ज़िंदगी मेरे पास आकर मुस्कुरा रही है। आग की लपटों के बीच भी दुखी आत्माएँ उत्सव मना रही हैं।मेरे कमरे में बैठे लोग बेहद शांत हैं। इन सभी लोगों ने बालिका गृह के नरक की रिपोर्टिंग की थी। उनके आसपास भी दर्द की दीवार खड़ी थी कब से। अब इस घटना ने दर्द की दीवारों को ढाह दिया था। हम सब अपने अपने मौन में खड़े उत्सव मना रहे हैं। ऐसा उत्सव जो वर्चअल है। सिर्फ़ दिमाग़ में बनी तस्वीरों से दुख और खुशी का अहसास हो रहा है।

अपराजिता अब चलें। बस जल्दी से ठीक होकर आ जाओ। पापियों को भगवान ने अपने तरीके से दंड दे दिया है। इस दंड से कुछ लोग सबक ले सकें तो अच्छा होगा। ज़रूर जगदीश ऐसा ही होगा।

मैं भीग रही हूँ अंदर बाहर। मेरे दर्द को पिघला रहा है कुछ। हाथों से अपने

बालों को हटाया, बाल तो नहीं आए। पर सर सफाचट है इसका अहसास हुआ। इसके साथ ही मेरे अपने अस्तित्व पर पड़ी चोटें ताज़ा होने लगीं। कैसे उनलोगों ने हमला किया था मुझपर। चाकू, डंडे और तलवार से। शायद उनके पास रिवाल्वर भी होगा। उनमें से एक लड़का जिसने मुझपर लगातार चाकूओं से वार किया था उसकी शक्ल सामने आने लगी। जिंस और टी शर्ट पहना वो लड़का कुछ बोल नहीं रहा था, पर उसके चेहरे पर चिपकी क्रूरता बता रहे थे कि वो पक्का अपराधी है।

करीब एक महीने बाद मैंने हर बात को रिकॉल करने की कोशिश की। इस बार मेरा दिमाग़ मजबूती से खड़ा है। मुझे कोई परेशानी नहीं हुई। अब मैं ठीक हूँ। एक और जो भोजपुरी मिश्रित हिंदी बोल रहा था वो उम्रदराज था और सर पर गमछा लपेटे हुए था। उसने कहा था कि साली हरामजादी के मार ही डाल। न रही बांस ना बाजी बांसुरी। बड़ा तंग कइले बिया। ये कहते हुए उसने तलवार से वार किया था। पर उसी का कोई आदमी सामने आ गया। तलवार की नोंक उसको लग गई। उसके बाद क्या हुआ याद नहीं। पर चाकूओं का वार बड़ा गहरा था। बेहोश होते होते तक मुझे याद है कि खून की बौछारें सड़क पर फफन कर गिर रही थीं।

वे लोग करीब चार- पांच थे। जिनमें से दो का चेहरा मुझे याद है। पुलिस को अब मैं बता सकती हूँ कि क्या कुछ घटित हुआ है। अब मैं उन अपराधियों को सामने लाकर ही दम लूँगी। माथे पर पसीने की बूंदें छलछला उठीं। थोड़ी देर पहले की शांति एक अव्यक्त बेचैनी में बदलने लगी। मुझे इंतजार है कामिनी और रीना का। उनसे ही डिटेल्स मिलेगा।

शाम अपनी रौ में चली जा रही है। अस्पताल के उस कमरे में मैं निपट अकेली किसी होनी का इंतजार कर रही हूँ। मैं समय से आगे बढ़कर उस काल में जा रही हूँ जहाँ सिर्फ़ शून्य है। विचार, आचार, चिंतन, दिल, दिमाग़ सब शून्य।सिर्फ़ आँखें देख रहीं हैं। उस सत्य को जो समय से परे हर काल चक्र में समान भाव से घुम रहा है। मैं उसी सत्य को देख पा रही हूँ जो लगातार कई गुरूत्वाकर्षण पर सवार यहाँ से वहाँ शून्य में बबल बना रहा है। मैं उसको पकड़ पाने में असमर्थ हूँ। हे अज्ञात मेरी सहायता कर। उस सत्य को सामने ला। ताकि मेरी शक्ति बनी रहे।

अचानक मेरा कमरा रोशनी से जगमगा उठा। खुशियों से लबरेज आवाज़ें मेरे गले से लिपटने लगीं। दी हमलोग जीत गए। देखिए तो सही कौन कौन आया है। मैंने देखा बालिका गृह की आज़ाद लड़कियाँ को। जिनके चेहरे

उत्साह का गुलाल लपेटे मुस्कुरा रहे हैं। सब मेरे पास आ गई। सबसे पीछे नाज़िया है। इधर आ जाओ। वह धीरे धीरे आने लगी। किसी अपराध भाव से भरी हुई।

दी आज तो नाज़िया और लड़कियों ने कमाल कर दिया। इतना बढ़िया माइक संभाली। स्वागत की कि क्या बताएँ। रीना का उत्साह जमीन पर नहीं आसमान पर है। नाज़िया बताओ ना क्या क्या हुआ।

नाज़िया का चेहरा एक मानचित्र जैसा लग रहा है। जिसमें कई दुखों का पता लिखा हुआ है। अलग अलग रंग के हैं दुख। उसके चेहरे के मानचित्र को पढकर हीं मैं उस नरक गृह के खौफनाक मंजर को बाहर ला पाई। इन रंगों में सबसे प्रभावी रंग तो उसके अदम्य साहस का रंग है। जिसने बालिका गृह के नरक को झेलते हुए अपना मानसिक संतुलन नहीं खोया। सामहूिक बलात्कार से लेकर मार पिटाई तक की गई। पर उसके विरोध के स्वर उंचे हीं रहे। वो कभी नहीं डरी।

आज के युवाओं के लिए वह एक रोल मॉडल है। अब वह राष्ट्रीय स्तर की खेल प्रतियोगिताओं में भी जा रही है। पर उसके चेहरे पर वही भाव है। पता नहीं क्यों वो मुझे अपनी जैसी लगती है।

नाज़िया बोलो ना। आज तुम ने एक बड़े कार्यक्रम में हिस्सा लिया। तुम्हारा भी एक सपना है ना कि लड़कियों को आश्रय मिले, इसका प्रयास होना चाहिए। तो देखो तुम लोगों ने आज इसकी शुरूआत कर दी है। उसकी आँखें झुकी हुई हैं। वो मेरे बेड के पास बैठी हैं। खिलाड़ियों वाले युनिफार्म मे़ं। एकदम रफ टफ वाली नाज़िया।

मैडम जी उसने नज़रें उठाई। हाँ बोलो नाज़िया। आप हमलोग को माफ कर दीजिए। हमही लोग के चलते आपको उ हरामी लोग मारना चाहा। आपका अइसा हालत बना दिया। उसकी सुनी आँखों मे़ ना जाने कहाँ से नमी आ गई। ऐसे तो वो कभी रोती हीं नहीं।

नहीं बाबू ऐसे नहीं बोलते। तुमने तो लड़कियों का उद्धार कर दिया। सिर्फ़ अपने साहस के बदौलत। आज की हिरोइन तो तुम हीं हो। मैंने उसके साहस को बल दिया।

नइ मैडम आपको कुछ हो जाता तो। नाज़िया के इतना बोलते ही वहाँ घुप्प सन्नाटा छा गया। खुशियों के गुब्बारे फुट गए।

रीना ने कहा अरे तुम लोग काहे उदास हो गई। दीदी को आज का ना बात बताएगी। कितना अच्छा प्रोगाम था ना। रीना ने फट चुके गुब्बारों में हवा भरने

का प्रयास किया।

पर आज हमलोग बदला ले लिए। नाज़िया ने जैसे विस्फोट किया।

क्या.........। हाँ मैडम जी। उ तारा देवी, विनती, उर्मिला और राबिया जिनका दिमाग़ खराब हो गया है। उ सब मिलकर ना आजे सबको फूंक दी। मतलब.......। उनलोग का घर दुआर आदमी सबको फूंक दी। देखिए ना वीडियो बन गया है।

चुप नाज़िया एकदम चुप। रीना तुम इन लड़कियों को लेकर वहाँ बैठो। हम नाज़िया से बात करते हैं। मेरा डर वापस लौट आया। अगर लड़की ये सब बोलेगी तो पुलिस उसको अरेस्ट कर लेगी।

सुनो नाज़िया हमको बताओ क्या हुआ। उसने जो बताया उससे मैं भौंचकी रह गई कि इन सब ने मिलकर इतना बड़ा प्लान कैसे तैयार किया। इसकी लीडर थी। वो सनकी औरतें जिनका शोषण उस बालिका गृह में हुआ था। वहीं उनका दिमाग़ी संतुलन गड़बड़ हुआ था। एक पल ठीक तो दूसरे पल पागलों की तरह व्यवहार। यही औरतें रीना की संस्था से भाग गई थीं।

नाज़िया ने जब मुझपर अटैक की बात सुनी और मुझसे मिलने अस्पताल आई। उसी वक़्त उसने सोच लिया था कि कैसे उनको चोट पहुँचानी है। उसको नहीं पता था कि वो सनकी औरतें कहाँ मिलेगीं। उसने इस प्लान को अंजाम देने के लिए सुनयना जो सदानंद और मनोरमा की करीबी थी। उससे मिली और अपने प्लान के बारे में बताया। सुनयना सदानंद से नफरत करती थी। क्योंकि सदानंद ने कुछ पैसे कर्ज के बदले उसको खरीद लिया था और जानवर से बदतर सलूक करता था। उसने ही कई सनकी औरतों का पता किया, फिर नाज़िया ने उनको बताया कि क्या और कैसे करना है।

सुनयना की नफरत ने इस आगजनी को सौ फीसदी सफल बना दिया। वह दोनों अपराधियों के घर और आदमियों से परिचित थी। उसने ही सब जलवाया और वीडियो बनाकर वायरल कर दिया। वही सनकी औरतें आग के इर्द गिर्द नाच रही थी कि पुलिस ने पकड़ लिया।

मैडम जी उनलोग का घर का लोग अस्पताल में है। मौत से जुझ रहा है। लड़कन फड़कन सब जला है। नाज़िया की आँखें अचानक से चमकने लगी। उनमें खुशी से ज़्यादा रोमांच है कि चलो बदला ले लिया।

पर तुम ये सब किसी से नहीं कहना। कभी भी नहीं। नइ मैडम जी। हम त यहीं बोले अब कभी थोड़ी ना बोलेगें। उसकी मासूमियत मुझे डराने लगी।

तुम आज के बाद सब भुल जाओगी समझी ना। नहीं तो फिर तुम्हारी मैडम

जी बीमार हो जाएगी। नहीं नहीं मैडम जी ऐसा मत बोलिए।

देखो पुलिस इस कांड की जांच कर रही है तो तुम सबके सामने ये बात बोलोगी तो क्या होगा। वो तुम्हे अरेस्ट कर लेंगें ना।

हाँ मैडम जी। पर ऐसा नहीं होगा। हम कभी बोलेगें हीं नहीं। तुम वहाँ नहीं थी ना।

नहीं हम तो सिर्फ़ प्लानिंग करके सुनयनवा को बता दिए थे। उ सब पागल है तो उनकी बात पर कौनो भरोसा थोड़े ना करेगा।

मैडम जी आज ना हम बहुत दिन के बाद खुश हैं। हमको डांस करने का मन कर रहा है। आज हम मंच पर भाषण भी दिए। मंत्री जी के सामने हम सबकुछ बताए। कुछ लोग मना कर रहे थे पर हम सोचे कि इ चांस तो दुबारा नहीं मिलेगा। इतने लोगों को तो पता होना चाहिए कि लड़कियों का देह भंभोरने वाला भेड़िया लोग कइसा था। हमलोग का देह नहीं हमारी आत्मा को नोचता था। एतना घिन होता था कि अल्लाह मियाँ लड़कियों को बनाया क्यों।

पर जब मैडम जी का काम सामने आया ना। तब स ऐही समझिए कि लगा दुनिया में अच्छे लोग हैं और दुनिया अच्छी भी है। हमलोग अब अपने जीवन में आगे बढ़ने लगे हैं। एकदम तरीके से।

दी नाज़िया ऐसे ही बोली जैसा बता रही है। दिमाग़ तो इसका काफ़ी तेज है। रीना ने नाज़िया को प्यार वाली चपत लगाई। अभी यहाँ कुछ खराब नहीं है। सब अच्छा लग रहा है। स्वाहा स्वाहा की गूँज धीमी पड़ने लगी है।

पर मेरा दिल अभी भी जलती हुई आग की लपटों में घिरा हुआ हैं। इस आग की लपटें सिर्फ़ आगाज कर रही हैं एक लंबे युद्व का। क्या ये एक लंबी लड़ाई की शुरूआत है।

नाज़िया और लड़कियाँ खुश हैं। उन्हें इस प्रोग्राम से सबके सामने आने का मौका मिला। वो भी एक नई पहचान के साथ। अब वो अपने को इसी समाज का एक हिस्सा बनकर गर्व महसूस कर रहीं हैं। रीना भी उनकी खुशियों में बराबर की भागीदार है।

पर कामिनी कहाँ रह गई। लगता है कि वो वी.आई.पी गेस्ट के साथ होगी। बाद में आएगी। मैडम जी अब ना हम खेलने के लिए फॉरैन भी जाऐगें। नाज़िया हुलस हुलस कर बता रही है। बाकी की लड़कियाँ उसकी उपलब्धि पर खुश हैं। उन्हें आनेवाले पल की कोई फिक्र नहीं। वो तो बस आज में जी लेना चाहती हैं। जबकि उनकी ज़िंदगी का ए बी सी भी हल नहीं हुआ है। उन्हें सिर्फ़ रहने के लिए एक सुरक्षित जगह मिली है।

मैं क्यों इतना सोच रही हूँ। सोच भी कैसी। किसी विध्वंस की कल्पना। सबकुछ जलकर भस्म हो जाए वैसी कल्पना। कामिनी नहीं आई। लड़कियों का शोरगुल जारी है। इतनी बड़ी वारदात को अंजाम देने के बाद भी एक प्रकार की निश्चिंतता।

उफ! मेरे सर में हल्का हल्का दर्द हो रहा है। मैं सोना चाहती हूँ। सामने नीली पीली आग की लपटें है, जलते हुए, भागते हुए लोग हैं। ज़िंदा लोगों के जलते हुए शरीर की असहनीय सड़ांध है। मेरे आस पास ही सब घटित हो रहा है। मैं क्या करूँ। आँखें खोली तो कामिनी सामने बैठी है।

अरे बैठे बैठे ही मेडिटेशन हो रहा है। सब ठीक तो है ना अपराजिता। तुम ठीक हो ना। उसके चेहरे पर रंगों का झूमर बन गया। खुशी, परेशानी और बेचैनी की धमाचौकड़ी ने उसके चेहरे को अजीब सा बना दिया। पहले तो तुम अपनी शक्ल ठीक करो। मेरी आवाज़ में थकावट है।

दरअसल मैं यानी हम सब तुम्हारे गले लगकर सेलिब्रेट करना चाहते हैं। हँसना चाहते है, रोना चाहते है। कामिनी के इन शब्दों ने सबको चौंका दिया।

पर अपराजिता तुमको देखकर ऐसा नहीं लगता कि हम को ये सब करना चाहिए।

अरे नहीं मैं ठीक हूँ। मैं खड़ी हो रही हूँ। आओ तुम सब। वाह कितना बढ़िया। सब एक साथ आ गए। हँसते खिलखिलाते। इस हँसी के लिए हम सब तरस गए हैं। कामिनी, रीना और नाज़िया सहित सभी एक दूसरे को पकड़कर झूल गई।

दी हमलोग का फोटो भी तो होना चाहिए। हाँ हाँ क्यों नहीं। कामिनी के मोबाइल ने खटाक खटाक फोटो लेना शुरू किया। अपराजिता दीदी ज़िंदाबाद, ज़िंदाबाद, ज़िंदाबाद। ज़िंदाबाद के शोर ने एक बड़ा तूफान खड़ा कर दिया। उस तूफान की तासीर सर्द नहीं किसी ज्वालामुखी की तरह बिलकुल गर्म है। उसमें आग की बुलंद लपटें उठ रही हैं और तूफान को अपने वजूद में लेकर ख़त्म करने पर तुली हुई हैं।

कामिनी कैसा रहा सबकुछ। बहुत ही बढ़िया। इससे बेहतर कुछ नहीं हो सकता था। आज हर शै शैतान और हैवानियत के खिलाफ़ थी। तुमको पता है जब हमारी संस्था का उदघाटन हो रहा था ठीक उसी समय राक्षसों का अंत हो रहा था।

कोई ईश्वर को माने ना माने पर कुछ तो खास था जिसने पूरे ब्रहामंड को हमारे पक्ष में कर दिया था। कोर्ट का फैसला उन शैतानों के खिलाफ़ होना,

उनकी सारी संपति जलकर खाक होना और इस विध्वंस के बाद इन बच्चियों के लिए एक संस्था का उदघाटन होना, एक चमत्कार है। उस परम शक्ति का हमारे पक्ष में होना बताता है कि आसुरी ताकतें पराजित होती हैं पर थोड़ा समय लगता है।

सबके चेहरे पर उनका स्याह अतीत पुत गया था। अचानक से एक चुप्पी ने सबको डरा दिया है।

नहीं ये आगामी दिनों के प्रज्जवलित दीपक हैं। इनका अतीत अब भस्म हो चुका है। एक नयी ज़िंदगी उनके लिए राहें तैयार कर चुकी हैं, बस कदम बढ़ाने की ज़रूरत है।

चलो डर्टी गर्ल्स गैंग हम जश्न मनाते हैं। कामिनी आज हम सब पार्टी करेंगें। ये हमारा हक है। हो हो के समवेत स्वर ने अस्पताल के कमरे की रोशनी को चमक से भर दिया।

अप्प दीप भव। अर्थात अपनी राह खुद चुनो। बुद्ध ने यही कहा है।

डर्टी गर्ल्स का ये गैंग समाज को एक नयी चुनौती पेश करेगा और बताऐगा कि जब कोई इंसान अपनी राह खुद चुनता है तो वह एक बुद्ध हो जाता है। परिवर्तन का मतलब ही बुद्ध हो जाना है।

कामिनी और रीना ने सबको अपने पास बुलाया और मुझे बीच में रखकर गोला बनाकर डांस करने लगीं। मैं चुपचाप उन सभी को देख रही हूँ। जीत का जश्न ऐसा हीं होता है शायद। पहली बार इतने सारे लोगों की आत्मा को खुशी से हिलोरें लेते, मस्ती में डूबे, निराकार एक पल में समाते हुए महसूस कर रही हूँ। क्या उनकी आत्माऐं तृप्त हो गई हैं। अब उनको कुछ नहीं चाहिए। फिर मुझमें बेचैनी की एक रफ्तार क्यों रहती है। मैं क्या उनकी खुशियों से अलग हूँ।

दी आप तो हिरोइन हैं सच की। रीना ने लाड़ से कहा। हाँ मैडम दीदी तो हीरो नंबर वन है। लड़कियाँ चहकने लगीं।

दोज़ख़ की हूरें अब अब नहीं डरेगीं किसी से। बल्कि ये सभी सबको जीने की राह दिखाऐंगीं। अब वो सभी बुद्व होने की प्रक्रिया में हैं। इन्हें किसी की शरण में नहीं जाना है बल्कि अब ये गैंग दुनिया को सबक सिखायेगा और बतायेगा कि देखो हम तुम्हारे हीं कचरे को खुद में समोये आज भी ज़िंदा हैं और कल भी रहेगें।

मैं आहलादित हूँ उन सबको देखकर। मन कर रहा है सबको लेकर बीच सड़क पर डांस करूँ, ट्रैफिक रोक दूँ और इनके जश्न को हवा में उछाल दूँ।

आसमान पर इंद्रधनुषी रंगों से लिख दूँ, हाँ हम दोज़ख़ की हूरें हैं। पूरी कायनात हँस पड़ेगी, अच्छा ये ख़ूबसूरत सी तितलियाँ तुम्ही हो, जिसने हमारे दिल पर सीधा वार किया इतने प्रेम से। हाँ हम ही तो हैं जो नए सिरे से रचेंगें अपनी दुनिया। ऊँगलियाँ हमारी, सोच हमारी और ज़िंदगी भी हमारी।

क्या यार! अपराजिता एकदम से कुछ भी। शब्दों के भंवर से बाहर निकल और देख कि तूने क्या कर दिया। मैडम इधर आइऐ ना। देखिए इ छोटकी ना पगला गई है। लौंडा नाच कर रही है। मैंने देखा कि एक गोलमटोल सी लड़की, लड़का बनकर डांस कर रही है और वहाँ पर हँसी के फौव्वारे इधर उधर भागते फिर रहे हैं। नाज़िया अबतक समेट कर रखे गए अपने दुख की पोटलियों को चिंदी चिंदी कर उड़ा रही है अपनी हँसी में, खुशी में।

रीना और कामिनी तो बस मस्त होकर इस माहौल के साथ अपनी अतृप्त इच्छाओं को भी स्वर दे रहीं हैं शायद यहीं से उनकी आत्मा भी मुक्ति की ओर अग्रसर हो। हे भगवान मेरी इन हूरों को सिर्फ़ सही रास्ता दिखाना, ताकि वो अंधेरे में जी रही, दूसरी कांताओं को भी जीना सीखा सकें। बुद्धम शरणम गच्छामि।

www.ingramcontent.com/pod-product-compliance
Lightning Source LLC
LaVergne TN
LVHW102350051026
849518LV00017B/2016
* 9 7 8 9 3 5 8 6 9 2 2 6 6 *